中国科普作家协会资助项目

王晋康文集
第3卷

宇宙晶卵

王晋康　著

科学普及出版社
·北京·

图书在版编目（CIP）数据

宇宙晶卵 / 王晋康著 . -- 北京：科学普及出版社，2023.2

（王晋康文集；3）

ISBN 978-7-110-10466-8

Ⅰ.①宇… Ⅱ.①王… Ⅲ.①幻想小说 - 中国 - 当代 Ⅳ.① I247.5

中国版本图书馆 CIP 数据核字（2022）第 121256 号

策划编辑	王卫英
责任编辑	王卫英
封面题字	张克锋
装帧设计	中文天地
责任校对	焦　宁　张晓莉　邓雪梅　吕传新
责任印制	徐　飞

出　　版	科学普及出版社
发　　行	中国科学技术出版社有限公司发行部
地　　址	北京市海淀区中关村南大街 16 号
邮　　编	100081
发行电话	010-62173865
传　　真	010-62173081
网　　址	http://www.cspbooks.com.cn

开　　本	710mm × 1000mm　1/16
字　　数	7460 千字
印　　张	470.25
插　　页	1
版　　次	2023 年 2 月第 1 版
印　　次	2023 年 2 月第 1 次印刷
印　　刷	北京中科印刷有限公司
书　　号	ISBN 978-7-110-10466-8 / I・641
定　　价	2888.00 元

（凡购买本社图书，如有缺页、倒页、脱页者，本社发行部负责调换）

目 录

楔子　少年的叛乱	/ 001
第一章　溅落之前	/ 023
第二章　家园？	/ 030
第三章　嬷嬷	/ 044
第四章　血仇	/ 059
第五章　前行	/ 072
第六章　叛乱	/ 083
第七章　空裂	/ 103
第八章　死亡太极	/ 136
第九章　海流	/ 153
第十章　引领者	/ 172
第十一章　进化	/ 174
第十二章　生离死别	/ 190
第十三章　元元的阴谋	/ 211
第十四章　天地之合	/ 229
第十五章　胎梦	/ 239
第十六章　十七年蝉	/ 241
第十七章　新生	/ 255
第十八章　他者与我	/ 273
后记	/ 275

楔子　少年的叛乱

蛋房岁月中耶耶大神曾数次言及此事，惜亚斯愚钝，终生未能领悟其奥义，谨于晚年追记如下：

传言浩瀚星空最深处有一处至尊之地，也是极空、万流归宗之地，名曰宇宙之心，被神圣的紫光笼罩，是普天诸神灵智皈依之所。诸神皆为天帝之长房苗裔，在宇宙中开枝散叶，历亿万劫方修得真身。凡得真身者皆脱体飞升，回归此地，将灵智融于紫光之中，献祭于天帝。

——《亚斯白勺书·蛋房纪事》

我们是虔诚的科学信徒，因为科学揭示了大自然简洁、优美、普适、永恒的深层机理，令我们由衷敬畏。这些宇宙之道是固有的，先天的，自在的——但是，"道"为什么会先天存在？它是唯一的吗？"道"会死亡吗？或者它也会新生？

——《姬星斗回忆录》

今天傍晚，天船队的船队长兼天马号船长姬继昌，偕同妻子也即天隼号船长埃玛，举办了一场家宴。这是独生子豆豆的 16 岁生日庆典，也是他的成人礼。这场家宴基本没有邀请外人，只邀请了豆豆的五个同龄伙伴谢廖沙、阿冰、克拉松、森和卓玛。但天狼号船长康平是姬继昌的光屁股伙伴，又是看着小豆豆长大的，自然不会缺席，带着妻子山口良子也来了。康平一进门就笑着说：

"过了今天，咱们的小豆豆就要变成姬星斗啦。快点长快点长，天狼号船长的位置在等着你哩！"

豆豆摇摇头："抱歉啦康叔叔，你那个位置我看不上。若是船队长的位置我还可以考虑一下。"

四个大人都笑了，良子笑着夸豆豆：志存高远啊。埃玛敲敲儿子的脑袋，说一句"不知天高地厚"。对两位长辈的话，豆豆都付之一笑。那时埃玛曾有下意识的闪念：今天儿子和五个伙伴的表情好像有点怪？儿子开玩笑时，五个孩子也都跟着笑，不过笑得有点儿不自然，似乎都有点儿紧张。埃玛的这种感觉只是一闪而过，没有往下深究。她没有料到，这场喜盈盈的少年成人礼会演化为一场晚辈对长辈的叛乱。

天船队含天马号、天隼号、天狼号三艘亿倍光速飞船（船员们习惯称之为亿龙赫飞船），离开地球已经六年。船队上天时的6000名船员中包含398名八岁到十岁的儿童，平时都在太空学校进行封闭式学习。其中最大的六位今年16岁了，这会儿都在场。飞船上还有近千名幼儿，都是飞船上天后出生的，最大的只有六岁，眼下还都待在幼儿园里。两拨孩子之间有一个明显的年龄断层。

六年前，为了躲避即将到来的宇宙暴胀及其对智力的摧毁，天、地、人三支船队共九艘亿龙赫飞船离开地球，奔赴太空，开始了"智慧保鲜之旅"。其中地、人两支船队绕太阳系飞行，以便在灾变结束后可以及时重返地球——或者还要重建地球，这就要看灾变的程度了；而天船队进行环宇宙航行，以便在"智慧保鲜"的同时，验证爱因斯坦的"宇宙超圆体"理论。这是太空时代的麦哲伦航行，是人类史上最伟大的壮举。

天船队三只飞船的结构设计是完全独立的，有各自的动力系统、维生系统、通信系统等。在凶险莫测的太空长途飞行中，各船互相独立可以增加生存的概率。但在这六年的飞行中，这些保险措施已经根据实际情况做了相当的弱化。毕竟三只飞船进行的是"空间滑移式"飞行，带飞的天马号与它身后的两艘飞船永远是相对静止的，万一天马号因故障停机，三只飞船都会在瞬间静止，其相对位置一点儿也不改变，既不会相撞也不会失联。所以飞船设计时采用的保险措施根本用不上，属于"过度安全"，说明设计者还没能完全跳出牛顿力学的旧框框。认识到这一点后，船队对三艘飞船进行了适当的实用改造。改造之后，天马号主要做船队的指挥部和公共场所，有控制室、船队长室、舞厅、音乐厅、图书馆、会议大厅、太空学校、太空幼儿园等。一旦学校和幼儿园放假，天马号上就只剩下200多个常住人员。这艘船上也有一座小型的液氢燃料储存库。后面两艘船主要用于液氢燃料的储存和人员住宿，常住人员包括幼儿各有3400人左右。当然后两艘飞船上基本的动力、控制等系统还是要保留的。三艘飞船之间建有两段柔性材料的连接管道，各有近百米长，人员可以自由来往，不用穿太空衣。柔性管道中也含有各船之间的燃料泵送管道，不过一直没有启用。上天六年来，船队一直由天马号带飞，等它的液氢库存用完就该保养了，以后将改由天隼号带飞，继而是天狼号带飞，三只飞船互相轮换。

　　三艘飞船的主电脑通过缆线并网后实际已经合为一体。它有一个外部代表，是一个会飞的圆球，内置中子源核动力，使用"微波谐振"方式飞行，与藏在船体夹层的主电脑可以透明式交流。它有人头大小，有五官和表情功能，容貌类似一个七八岁的男孩，每天跟屁虫似的悬飞在船队长姬继昌头顶。其实它本身就是一部量子计算机，有强大的计算功能，这么说吧：它差不多相当于主电脑的"大脑皮层"，即使没有那些藏在船壳中的"大脑白质"，单是它也足够控制飞船的航行了。由于它的外貌，船员们给它起了个昵称，叫"小圆圆"。但这小家伙不光智商高绝，而且随着年龄"长大"也具备了情商。长大后的它嫌这个名字太幼稚，太低龄化，有伤自尊，于是自己改了名，叫"元"。虽然汉语中"圆""元"同音，但后者很有哲学味道，诸如"本元""一元复始""抱元守一""通元识微"等。大家对这点改动倒是笑着认可了，不过以后的称呼很快演变成了"小元元"——又恢复了其"幼稚性"和"低龄化"！这位智商高绝的"元"先生颇为不怿，但它无法改变数千人的众口一词，只好勉强接受。

　　今天的生日宴会元元当然也要到场，不光因为它是姬船队长的跟屁虫，还因为它与豆豆的特殊友情。豆豆大脑中装有一块芯片，说白了是一套脑内蓝牙系统，可以用蓝牙方式直接同元元交流信息。这种脑内蓝牙是试验性的，到目前为止，所有船员中唯有豆豆安装了。由于这种特殊的关系，元元与豆豆可说是青梅竹马、总角之交，一起在飞船上渡过了青涩的少年时代，自然情深谊厚。

天船队一直沿用地球的纪年和时辰，只是把节日大大简化。这也是无奈之举，因为船员来自各个民族，如果所有节日都要庆祝，实在不堪其烦。所以飞船上把法定节日简化为两个：每年1月1日为元旦节，7月1日为中秋节，各放假一星期。今天是中秋节，天马号的在校学生，包括近400名大孩子和近千名幼儿全都回家了，大多回到天隼号和天狼号上，巨大的天马号因此显得十分空旷。姬家寓所内，参加生日家宴的众人围坐在饭桌周围，透过透明天花板仰视着巨大的飞船空间，如同置身于茫茫宇宙。视野中有稀疏的红色星光，那是各处仪表灯的闪亮。寓所的地板，也即飞船的双层船壳，由透明的类中子材质构成，虽然夹层内布满了设备，但也留下不少透明之处，可以直接观看船外景观——可惜船外从来没有任何景观，只有浑茫的虫洞壁。

今天的寿星佬豆豆显得反常，和他的五个同龄伙伴坐在桌旁，话语不多，眼睛骨碌碌地看着四个大人。说他"反常"是基于这小子平素的脾性——怎么说呢，说他顽劣桀骜似乎有点过重，但说他调皮捣蛋显然太轻。飞船的空间滑移式飞行可达亿倍光速，轻松驰骋于广袤的太空，六年来已经行驶了六亿光年！这是神一般的科技，连上帝也会艳羡的。但那位"操蛋老天爷"坚持他惯常的行事方式，每当人类向自由世界跨进一步，他都会悄悄地施加某种报复——这种"轻松的驰骋"却是全盲的，一个圆锥形的浑茫虫洞永远包围着飞船，只在船尾方向留下一小片模糊扭曲的星空。这种飞行实在太枯燥难熬了，每日生活没有一点儿变化，即使你撞上并穿过一颗恒星，由于虫洞的保护你也毫无感觉。船员们只在断续飞行的试飞阶段观看过宇宙景色，包括近距离观看一艘低龙赫飞船诺亚号穿越大角星的宏大场景。这些见闻成了船员们最宝贵的回忆，每天用来咀嚼。但再美的回忆，咀嚼几年后也都味同嚼蜡。豆豆生性好动，更是受不了这般枯燥，就变着法子跟大人捣蛋，几乎每两三天就会给爹妈一个"惊喜"。他也颇有号召力，在398名半大孩子中，他是当然的领袖，甚至连五六岁的小郎当们也喜欢跟在他屁股后面。所以他的捣蛋常常是一呼百应，弄得船队长相当头疼。

宇宙晶卵

埃玛曾调侃姬家的基因太强大，豆豆虽然是黄种人和白种人的混血儿，但长着黑头发黑眼珠黄皮肤，只有深眼窝像妈妈；至于豆豆的顽劣天性，毫无疑问更是来自父系基因——不要忘了，姬继昌少年时代是有光荣历史的，他曾经把幼儿园园长的手都咬破了！姬继昌笑着默认了妻子的调侃，其实对自己的少年顽劣史满自豪的。所谓"同病相怜"，只要豆豆的捣蛋不过线，他就睁只眼闭只眼。

埃玛把生日蛋糕端来了，良子熄了屋灯，16朵小小的烛火跳跃着，焰尖指向飞船的径向中心。六个孩子合唱生日歌，阿冰打拍子。元元今天很亢奋，在众人头顶轻盈地旋舞，带起的微风吹乱了烛火。屋里气氛很欢快，但埃玛作为母亲，心中免不了有浓重的苦味。孩子们已经过了六年监狱生活，封闭，枯燥，单调。他们没见过星空，没见过太阳和月亮，没见过大海河流，没有脚踏过土地，没见过真正的树木。飞船的空间倒是相当宽阔，设置有几十处绿地公园，种有绿草和树木，但树木全是袖珍型的，与地球上的广袤森林和参天大树无法相比。而且，六年的监狱生活只是小小的开头。飞船预计还要在封闭虫洞中飞行170年，才能躲过那波邪恶的空间暴胀，所以，即使豆豆这代人的寿命会延长，也肯定是终生的监禁了。当然，孩子们上天前就知道这些情况，都是自愿上天的，但"理论上的了解"和"真正的经历"绝不是一码事，毕竟他们上天时不足十岁，还是一群懵懂孩子。埃玛在心中叹息：没办法，这是他们的宿命啊，只能怪命运让他们撞上了宇宙暴胀的灾难。

六个孩子唱完生日歌，轮到小寿星佬许愿了。这时，姬继昌夫妇都发现了异常：豆豆没有急着许愿，而是与五个伙伴诡秘地交换目光。五个孩子显然颇为紧张，尤其是其中的两个女孩子，阿冰和卓玛，而元元似乎在用目光为她们鼓劲。安抚了伙伴后，豆豆笑嘻嘻地说：

"吹蜡烛前要在心中许愿，但今天我不想默祝。我有一个迫切的愿望想公开说出来。爸爸，妈妈，康叔叔，良子阿姨，你们说行不行？"

康平警惕地说："你个混小子，是不是又有坏点子啦？行，我替你爸妈答应，说吧。"

豆豆一扫刚才的戏谑表情，郑重地说："我的愿望是——其实是我们六个人的愿望,是398个同龄伙伴的共同愿望,甚至是近千名幼儿的共同愿望。那就是:请给我们一个短短的假期,一星期就行。"

良子笑着问:"可是,现在正是中秋节长假啊。"

姬继昌冷静地说:"豆豆要求的显然不是这样的假期。豆豆,往下说。"

"对,我们想要一个真正的假期,那就是:暂时中断飞行,把我们从这具虫洞棺材里放出来几天,看看太空的美景,哪怕看一眼呢。我们398名伙伴已经六年没见过星空了,一千名小弟弟小妹妹们更可怜,打生下来就没见过!要知道,地球上的监狱还有放风时间呢。"

姬继昌的目光中流露出冷意,"棺材""监狱"这两个比喻对一个船队长来说,太刺耳了。虽然豆豆是无意中说出口的,但这更透出豆豆内心对太空生活强烈的憎恶。埃玛也颇为吃惊。豆豆一向对飞船的枯燥生活喷有怨言,这她是知道的,但没想到他的怨恨如此激烈。

豆豆察觉了爸爸目光中的冷意,但没有退缩,"爸爸,妈妈,康叔叔,良子阿姨,我们不是胡闹,不是心血来潮,请听听我们的正当理由。"

康平心粗,没察觉父子之间的较劲,笑嘻嘻地说:"行,你说,我们听听有没有道理。"

豆豆早就做好了准备,接下来侃侃而谈:"好,我来说理由。第一,楚天乐等前辈发现了已经开始的空间暴缩,预言了它对智力的提高,这个预言已经经过了实证;他们还预言了未来的空间暴胀,预言了它对人类智慧的摧毁,不过后两个预言还没有经过验证。我非常敬佩这些先哲,也相信他们的后两个预言。但不管怎么说,这只是理论预言,需要证实。单单因为两个尚未证实的预言,地球人就踏上一百多年的连续虫洞飞行,这个决定是不是太仓促了?总得想办法先做一些证实吧。而且,即使证实了空间暴胀是真的,它对人类智慧的摧毁效应也是真的,那我们有没有其他路可以逃生?也得尽力试试嘛。"

康平点点头。当年那个上天的决定确实比较仓促,但那是人类的无奈之举。宇宙暴胀是否真的会降临,它能否真的摧毁人类智慧,这些根本无法在实验室里提前验证;但一旦它真的来了,真的吹熄了人类智慧之火,局势就

宇宙晶卵

再也不能逆转。试想，人类一旦失去智慧还能做什么？这样的软灾难比任何硬灾难都更可怕。鉴于此，地球科学界在慎重思考并广泛投票后，决定提前让飞船上天。这属于"偏于安全"的思路，不管灾难是否真的到来，先为人类保留好智慧的火种。康平鼓励他：

"豆豆，你说的有点儿道理，往下说。"

"第二，我们在开启'智慧保鲜之旅'的同时也开启了环宇宙航行，航向是在进入虫洞之前确定的，以宇宙最远处的类星体为灯塔。但之后就一直盲飞，不能依据星空图来校准航向，连激光陀螺导航仪也不起作用。眼下的航向究竟对不对？谁也不敢保证。人们都知道，密林中迷路的人常常转圈圈，那是因为两条腿的力量略有差异，如果没有眼睛作校准就会产生系统性误差，并逐渐累积。我们的飞行难保没有类似的系统性误差，这么一直盲飞，说不定又转回太阳系了呢。"

康平再次点头。豆豆说得对，由于空间滑移式航行的两个特点——飞船相对空间静止、盲飞，飞船保持航向只有一个办法，即：使用工艺方法保证高能粒子对撞点精确地位于飞船中轴线上。但再微小的误差乘以六亿光年的距离，也将累积到可怕的程度。对这一点，飞船设计者，还有船队领导层，都是清楚的，但这是由空间滑行式飞行的本质所决定的，没有解决办法，除非采用间断式飞行，以星空导航。但眼下以"智慧保鲜"为首要任务，飞行不能中断，环宇宙探险眼下只是作为次级目标。顶不济，等智慧保鲜之旅结束后再确定坐标原点，从头开始环宇航行。

"第三，楚先生预言空间暴缩周期是124年，之后转为124年的暴胀。眼下才是第78年，暴缩还没有过去，离暴胀还有46年呢。所以，如果暂时中断飞行，回到大宇宙中几天，并没有什么危险。我们可以重新校正一次航向，说不定，还会有意想不到的新发现呢！"他嬉笑着加了一句，"再说，享受一次放风不光是孩子们的愿望，也是很多大人的愿望，比如——康叔叔。我几次听他说过，他实在受够了这个飞船监狱。"

康平被子侄辈揭出"短处"，有点儿难为情。没错，以康平飞扬不羁的性格，确实难以忍受这样的监狱生活。他当然不会在公共场合说这些话，但在光屁股伙伴姬继昌的家里，他的大嘴巴就彻底放开了，诸如"当时怎么鬼迷心窍上了飞船"，或者"再憋两年我一定会发疯"等，这些牢骚难免有一些被豆豆拾到耳朵里。但康平尽管性格粗疏，大事不糊涂，这会儿已经有了警觉：尽管豆豆说的"正当理由"有其合理性，但他的要求显然过头了，在私人宴会上，向船队长父亲伸手讨要如此重的、涉及整个船队行程的"生日礼物"，是很不合适的。他看看姬继昌，看到他目光深处凛凛的冷意，便和埃玛、良子对视一眼，沉默下来。连"初具情商"的元元也看出屋里气氛不佳，尤其是船队长目光冰冷，便悄悄停止了空中的旋舞，悬停在那儿，暗暗为豆豆担心。

豆豆说完了，六个孩子殷切地看着船队长。姬继昌沉默片刻，平静地问："这个愿望，你们六个人事先商量过？"

豆豆听出爸爸平静语调中的冷意，但对此早有心理准备，仍然嬉笑着："对，我们商量过，全票通过。"其他五个孩子都点头认可。

"豆豆，你们的想法有其合理性。即使对楚天乐和泡利这样伟大的先哲也不要迷信，要敢于提出自己的怀疑，因为对权威的反叛正是科学的精髓，哪怕到了科技神化时代仍是如此。但这个问题，这样重大的设想，应该在船务会议上提出才合适，它不该出现在家庭聚会上，更不能当成父母可以赐予的生日礼物。我这个当爸的虽然是船队长，但根本没有这个权利。"

豆豆笑着说："我不是刚过 16 岁嘛，按照飞船公约，超过 16 岁才能在船务会议上提动议，今天权当一次预演吧。不过爸爸，如果我在船务会议上提出这个动议，你们会认真考虑吗？我总觉得——爸爸你别怪我说话直率——你们这代人的思维已经定型了，不论是对宇宙灾变的估计，还是环宇探险的理想，都被定型了，因为那是'乐之友'先哲们的既定方针，你们绝不会改动一个字的。"

姬继昌的声音转为严厉："对，探索太空的理想已经刻印在我们这代人的内心深处，不会改变。我和你妈也一直努力把这个理想刻印到你心里，但看来我俩的教育不大成功。豆豆，你如果正式提出这个动议，船务会议一定会认真考虑，但提动议的动机应该是为了更好地实现理想，而不是为了逃避航行生活的枯燥。没有哪种理想是在安逸中收获的,要想成就事业必须要吃苦。豆豆,你刚才说了不少中断飞行的正当理由,但我首先想问,你提动议的真正动机是什么,是为了更好地实现飞船的目标,还是逃避枯燥?"

对这个尖锐的问题,豆豆语塞。没错,扪心自问,他们这个建议的真正动机是"逃避枯燥",而那些冠冕堂皇的"正当理由"是为这个动机服务的,是先有那个动机,然后找到这些理由。这时,连"初具情商"的元元也感受到船队长的强烈不满,怕他说出更重的话,忙说:

"豆豆该吹蜡烛了!豆豆,换一个愿望吧,你那个愿望放到船务会议上提。"

它明显是在庇护自己的少年朋友,豆豆也顺坡下来:"好,那我就换一个愿望。这次我在心中默祝吧。"他合掌默祝了一个新的愿望——这个愿望也确实只能默祝,绝不能让大人们听见——然后吹熄了蜡烛。大家抛掉刚才的风波,高高兴兴地过完了生日。姬继昌面色平静,但目光深处的冷意一直没有消失。

结束宴会,六个孩子一窝蜂跑了,说要到公园去玩。他们走后,姬继昌看看妻子,简单地说:"埃玛,看来咱俩的教育不成功。这个小子……太自我。"

埃玛轻叹一声,没说话,从今天豆豆的表现来看,丈夫这个评判并不算严厉。康平是看着豆豆长大的,又和他"对脾气",一向宠他,便笑着为豆豆转圜:

"没错,这小子太自我,太狂妄,竟然伸手讨要这样重的生日礼物!真不知道天高地厚。不过呢,这小子优点也不少,有帅才,船队里近400个大孩子都听他的话。再者脑瓜灵光,办事不循常规,敢走别人不敢走的路。他今天说的理由并非强词夺理,还是有合理性的。"

姬继昌讽刺地说:"你这么看好他,要不,这会儿就让他接任你的船长?"

康平嘿嘿地笑了。上天之前他原是飞船船体制造商,千亿富翁;何况他说过:"眼下正是氢盛世,地球上富得流油,打死我也不会去太空送死。"但船队上天前他却突然变了主意，抛妻别子，决绝地上了飞船。用他的话说，肯定是爷爷康不名的"科幻亡灵"在作祟。姬继昌对他的加入当然非常欢迎。因为康平是社会名人，又非常熟悉飞船结构，所以这个晚来的革命者随即被任命为天狼号船长。但康平说他的生性根本不适合当船长，常对姬继昌嚷嚷着要找人顶替。这会儿康平笑着说：

"那不行，早了点，还是早了点。这个混小子啊，枝丫有点儿疯长，还得你俩好好修剪修剪，修剪好再去顶替我。"

这句话对上了姬继昌的心思，他喃喃地说：

"修剪修剪，对，他确实该修剪了，否则就要长成歪脖子树了。康平啊，还有埃玛、良子，你们仨是否意识到，豆豆要的礼物绝非一个短暂的放风？不，即使真的中断飞行，给他们一个七天的放风，他们也不会满足的。他们已经憎恶了这种生活，他们想改变的是飞船的整个航程。"

三人不由凛然。没错，这恐怕正是豆豆他们的真实意愿，一个短暂的放风只是一个大计划的第一步。也许他们并非存心要放弃环宇探险，但显然不想再在虫洞中煎熬，而这肯定导致那个理想被放弃。三人都不是糊涂人，刚才没有意识到这一点，只是因为潜意识中仍把他们看成小孩子。埃玛心情沉重，对这件事的前景有不祥的预感，轻声说：

"这混小子确实该修剪了。不过对他们还是要多一些理解，毕竟他们上天时才十岁，还都不懂事。可以说，是父母代他们做出了人生的大决定，对这点我总是心中有愧。"

她说得很委婉，但意思是：不能拿成人船员的标准来要求他们，上天时他们并没有宣誓，所以即使中途退缩也算不上"背叛誓言"。姬继昌声音冷硬地说：

"对，他们没有宣誓而咱们宣过誓，但咱们的宣誓其实也非自愿，而是那场灾变逼的。不管怎样，在远航船队中，维持秩序不能靠宽容，而要靠铁的纪律。慈不掌兵！元元，跟我到船长室，我有事情要交代。"

他径自走了。他的表情很冷厉，显然这件事绝不会到此为止。元元很为朋友担心，但作为船队长助手，它只能执行，不能发表意见。留下的三人面

宇宙晶卵

面相觑，都为豆豆捏一把汗。

六个孩子出了姬家，并没有去公园玩。按照事先的约定，他们悄悄分头去往飞船"静思室"。那是个完全隔音的房间，专供一些需要静心思考的人使用。其实这只是表面的说法，实际是为了——避开元元无处不在的监听。船队长需要通过元元时刻掌握飞船各处的情况，所以飞船内遍布摄像头和监听器，形成了一个连通全船的视听网络。但——也许偶尔需要避开电脑，进行一场纯粹是人和人之间的谈话？所以飞船在制造时就设置了这间静思室，它不光隔音，也隔绝一切电子信息。飞船上唯有这儿对元元是全盲的。

但孩子们今天躲到这儿并不是为躲开元元，而是为了躲开大人。六人陆续溜进静思室。屋内是空的，只有十几把座椅。谢廖沙趴门缝对外侦察一遍，仔细关好门，对豆豆点点头。豆豆立即说：

"伙伴们，我的预料怎么样？我早就料定，这个生日礼物咱们绝对要不到的。大人们的思维全都僵化了，走火入魔了，哪怕对乐之友的既定方针做一点小小的改变，对他们来说都意味着背叛。"他哼一声，"还假惺惺地让我在船务会议上提动议，即使我真提了，肯定也是石沉大海。"

克拉松是这件事最坚定的支持派："豆豆哥你说该咋办吧，我们都听你的。这具活棺材我实在受够了，一天也不能忍了！"

森、卓玛几个也说："我们受够了！""行动吧！"

作为十几岁的孩子，他们确实受够了这种完全封闭的虫洞生活，这和他们上天前的想象反差太大了！他们曾满怀憧憬，想乘着亿龙赫飞船在太空中尽情飙车，想饱览宇宙深处的壮丽美景，甚至想和外星人交交朋友。上天前，豆豆的爷爷姬人锐，也即乐之友时代三位先贤之一，曾开玩笑说让豆豆娶回来一个外星公主，这句玩笑在少年心中种下了美丽的憧憬，虽然那时他还弄不清"妻子"的真实含义……而现在呢？哪有什么壮丽美景和飙车！哪有什么外星公主！视野中永远是浑茫的虫洞壁，每天的生活都千篇一律！这么说吧，孩子们之所以还能忍受这六年，只是因为内心的"无望"——根本看不到改变现状的希望。但十几天前豆豆提出了这个设想，大伙儿就像突然从棺

材中看到一丝亮光,冰封的愿望一下子被唤醒。而愿望一旦苏醒,他们简直是度日如年,一天也不想多待。只有阿冰有些犹豫:

"豆豆,你爸刚才说,提动议的动机应该是为了更好地实现理想,而不是为了逃避枯燥。"

她没有加评论,但显然比较认可这句话。阿冰生性宽厚平和,遇事总爱先站在别人立场考虑。她觉得,豆豆和船队长两方的意见都有合理性,不知道该选择哪一个。但豆豆很干脆地反驳:

"逃避枯燥就是很好的动机啊。不妨回顾一下地球文明史,人类搞技术革命的动机是什么?其实就俩字:偷懒,是让机器替人类干活,尤其是干那些重复的枯燥的劳动。"

"那么,如果咱们的计划成功,真的跳出了虫洞,后续计划是什么?"

"不用咱们操心,大人们会接着干的。他们只是被这个魔咒魇住了,压根儿没有走出去的念头。咱们只用替他们打破魔咒就行啦。"

阿冰无法反驳,不再说话。她暗暗佩服豆豆父子,他们能从"对立的合理性"中果断地选出一个方向并坚定不移地走下去,她就做不到,总觉得"此亦一是非,彼亦一是非"。六个伙伴中谢廖沙年龄最大,半年前就过了16岁生日。他平时思虑周密,颇有组织才能,在孩子们中很有威望,但一直甘居豆豆的副手。对这次的秘密行动他同样是坚定的支持派。他冷静地说:

"我也赞成立即行动!赞成的理由还包括——这个行动完全无害。现在又没到宇宙暴胀期,让飞船停一次,既不会造成飞船损坏,又不至于让船员的智力受损。即使停飞后,经过努力,找不到其他的新路,那再度恢复飞行就是了。我真不明白,这样无害的建议,船队长为什么会断然拒绝,大人们真的走火入魔了。"

然后是一分钟的沉默,大家在沉默中淬硬了决心。豆豆环视五个伙伴,五个伙伴都轻轻点头,曾经犹豫的阿冰最终也点了头。豆豆声音铿锵地说:

"好,那咱们就开始干!"

"干!"

几个孩子急不可待。至于具体怎么干,大家早就商量好了。他们的目标只是让飞船停飞,又不是破坏飞船,很容易实现。他们计划,先由豆豆混入控制室,找机会按一下紧急停车钮,这样便大功告成。如果他没能得手并且因此失去自由,其他人就不再等他,直接开始后续行动。这些天,他们早就同300多个大孩子秘密串联好了,谢廖沙也提前拟就了飞船各系统关键节点图。豆豆如果失手,谢廖沙将立即把这张图发给大伙。然后孩子们各显神通,在某个节点上搞点无伤大雅的破坏,既不至于造成实质性破坏,又足以引发飞船的自动停车。豆豆和谢廖沙想了很多巧点子,比如:瞅准元元不在船队长身边的时机,用金属丝网突然罩住它。金属丝网相当于一个法拉第笼,可以隔绝它同飞船电脑主机的信息交流。这个小小的恶作剧就足以造成一场大乱,让飞船停飞。他们对计划的成功很有信心,飞船的管理再严,能够防住398个孩子的成心捣乱?不可能,除非把孩子们全抓起来并无限期监禁,这同样不可能。

这会儿他们的心绪很复杂,既有叛逆的快感,有对新生活的渴望,当然也难免有负罪感,他们知道自己将要干的事是"蓄意破坏",是公然违犯飞船禁令,甚至算得上对父辈的公然反叛,这一步一旦迈出去,就再也收不回来了,长辈们不可能轻易宽恕。豆豆让大家都把右手伸出来,紧握在一起,六人同声说:

"干!"

大家准备离开,分头行动。突然门铃响了,声音急骤,震得六人一哆嗦。豆豆示意大家噤口,阿冰打开门,原来是元元。阿冰好奇地问:

"是你在摁门铃?你是用脑袋摁吗?"

但她随即噤口,其他孩子也都噤声——门的两边闪出保卫部长齐林以及四名全副武装的飞船警卫,再后边是船务委员会的全体成员:船队长兼天马号船长姬继昌,大副约翰,天隼号船长埃玛,大副拉马努,天狼号船长康平,大副额尔图,船队科学官维尔。七个人腰间都挎着激光枪,此刻一语不发,目光冰冷地看着他们,康平、埃玛等人的目光中也不乏怜悯。孩子们没想到是这么大的阵仗,脸色唰地变白了。豆豆尽管脸色苍白,仍满不在乎地问元元:

"元元，是你小子告的密？啊，我知道了，"他通过"脑内蓝牙"读到了有关信息，"原来我们出来后，船队长就命令你跟踪。船长的命令你当然不能违抗，我不怪你。"

元元表情愧然："是。"它补充一句，"此前他还命令我，对你暂时关闭蓝牙功能。"

姬船队长冷厉地命令："把六名案犯都铐上。"

齐林向一位高大的警卫示意。那名警卫过来，虽然满眼不忍之色，但很干脆地将六人依次铐上。孩子们看着手上锃亮的手铐，这才真正意识到自己的"罪犯"身份，脸色更为惨白。姬继昌冷冷地说：

"坦白吧，你们刚才密谋的内容是什么？我想，不用逼我们打开黑匣子吧。"

作为安全措施，静思室里配置有黑匣子，对室内密谈会自动录音保存，但录音须经船务委员会全体同意才能打开。这会儿姬继昌把七个委员全部聚齐，也许正是为了方便打开黑匣子吧。到了这时，豆豆真正意识到了事情的严重性，但表面上仍满不在乎，嬉笑着说：

"用不着这么麻烦，我招供就是。"

他很干脆地把刚才密谋的内容全部倒出，一点儿也不剩。几名委员一边听一边在心中叹息，按照他的供述，已经是典型的叛乱了，无可宽恕。姬继昌问：

"从人类大航海时代到今天的环宇探险，远航船队中的叛乱将会受到怎样的惩罚，你们清楚吗？元元，你告诉他们。"

头顶悬停的元元说："叛乱首犯和情节严重的从犯都将处以死刑。还有，年满16岁就要负刑事责任。豆豆我很同情你，可是我帮不了你……"

元元确实只有初步的情商，在这种场合，它最后一句话显然很不得体。现场是死一般的沉寂。康平咳一声，准备尽可能做一点转圜，姬继昌提前打断了他：

"按照船队法令，由船队长全权处置叛乱事宜，只需在事后向船务委员会报告。所以，我就不征求各位的意见了。"

康平只好噤口,无奈地看看其他委员,大家同样不好说话。又是漫长的死寂。罪犯中,谢廖沙虽然脸色苍白,仍勇敢地站出来:

"船队长,我是首犯。这个主意是我最先提出来的,飞船各系统关键节点图也是我手绘的。"

其他几个孩子也争先恐后地领罪,连曾经提出异议的阿冰也说:"这是我们共同的决定,有罪大家担。"

豆豆此时已经完全镇静下来,笑嘻嘻地说:"别傻了,谁都甭想和我争头功。你们也争不过去,黑匣子在那儿放着哩。船队长阁下,我是首犯,该怎么处置就怎么处置吧,千万别让人说你徇私包庇。"

姬继昌不理会儿子话中的尖刻,平静地说:"你尽管放心,我不会徇私的。"他转向几位委员,"我重申一次,航程中的叛乱由船队长全权处置,我就不征求各位委员的意见了,以下为最终决定。"他缓缓地说,"我决定,首犯姬星斗判处死刑,明天早上六点执行;从犯谢廖沙罪行严重,判处死刑,明天早上六点执行;其他四名从犯不足16周岁,暂且监禁,随后会宣布处罚意见。"

几个孩子全都惊呆了。开始密谋这件事的时候,他们已经准备好接受事后的惩罚。但只有当死刑之剑真的悬于头顶时,他们才知道,自己其实并没有做好心理准备。谢廖沙身体晃了一下。阿冰看着豆豆,泪水慢慢溢出眼眶。森、卓玛和克拉松眼中满是茫然,不敢相信自己的耳朵。豆豆虽然震惊,但至少维持着表面的镇静,尖刻地说:

"船队长,知道你是想杀鸡吓猴,那你杀一只也就够了。谢廖沙确实绘制了飞船各系统关键节点图,但那是我命令他干的,他只能算是从犯。你就饶他一命吧。"

姬继昌没有理他,回头对埃玛吩咐,"行刑前犯人家属可以来告别,你通知谢廖沙的父母过来。还有,埃玛你替我告别吧。"

他目光复杂地看儿子一眼,决绝地离开了。元元焦灼地看着豆豆,略微犹豫,匆匆追船队长去了。

埃玛心如刀割,走过去,把豆豆揽到怀里。她这会儿满腹狐疑,虽然豆豆干的事确实混账，必须严惩，但丈夫的判处明显过重了，过于独断了。没错，从大航海时代开始，远航船队的纪律就是头等大事，因为漫长的航行、局促的船上环境、恶劣的饮食、刻板的日常生活、严酷的自然环境等多重叠加，船员的心理很容易变态，很容易因个别人的煽动而造成"炸营"，必须以极端严厉的纪律来束缚。在这点上她理解作为船队长的丈夫。但无论如何，这次事件中罪犯只是一群孩子，而且他们的密谋还算不上"罪大恶极"，至少尚不至于危及船员的生命。在这种情况下，"斩立决"肯定是过重了。但丈夫也不可能是"空言恫吓"，如果仅是"恫吓"，他就不会公开宣示这是"最终决定"，否则，在如此郑重的公开宣示后如果再行反悔，那可是以船队长的威信为代价！莫非——丈夫是为了彰显自己的"大义灭亲"而有意过度严厉？不，这也不像丈夫的为人，他处事从不偏激。看看其他委员，表情都显得困惑，应该是和她同样的想法。这时康平过来，匆匆同豆豆拥抱一下，对埃玛说：

"你在这儿陪豆豆，我要离开一会儿。"

他没有明说，但显然要去劝说船队长收回成命。埃玛点点头，目送他离开。确实，如果想说服丈夫，这位丈夫的光屁股朋友是最佳人选，比埃玛本人更合适，因为康平的身份是"第三者"，说话没有顾忌。其他几个委员也随康平匆匆离开，应该是出于同样的目的。

埃玛尽管内心不赞同丈夫的处置，但船队长的命令是必须执行的，她通知了谢廖沙的父母。十几分钟后他们匆匆赶来了。他俩是飞船上的普通船员，虽然震惊悲痛，但他们了解船队的纪律，而且船队长的儿子也是同样的命运，他们也就死心了，只是抱着儿子默默垂泪。埃玛一直陪着儿子说话，但难免心不在焉，焦急地等着康平的消息。她看得出，儿子尽管表面镇静，但那是装出来的，他对今天的结局并没有心理准备。

他们熬过漫长的一夜，康平和其他几位船务委员始终没有出现。

五点半，船医吉尔斯和医助刘英来了，手中是准备好的两个注射器。十分钟前，元元传达船队长的命令，通知他们做好准备，将对两名罪犯执行注射死刑。两人怜悯地看着姬星斗和谢廖沙，几乎不敢看犯人的父母。看到行刑人出现，埃玛的脸色突然变得惨白，到了这时，她相信处决命令真的要执行了，心如刀割，但无法可想，既然康平没能劝动丈夫收回成命，那自己同样劝不动。孩子们同样震惊，其中未被判刑的四个孩子不约而同地聚集起来，把豆豆和谢廖沙护到中间。豆豆呵斥道：

"干吗？别孩子气，这样就能护住我啦？来，谢廖沙，拥抱一下，咱哥儿俩要死得像个英雄。"谢廖沙从父母怀里挣脱，虽然脸色苍白，仍笑着走过来。不过两人戴着手铐，抱是抱不成的，只能半抱。"伙伴们，都来个最后的拥抱。"其他四个伙伴哭着同两人拥抱。豆豆转向埃玛，"妈，最后抱我一下。"

埃玛含泪同儿子拥抱，一边斜睨着门口，等着丈夫出现。谢廖沙的父母也扑过来，重新抱紧儿子，泪如泉涌。突然300多个孩子潮水般涌来，把这儿团团围住。原来，埃玛派人通知谢廖沙父母来与儿子诀别时，邻家一个六岁孩子虎娃正好在场，无意中听到了。虎娃的哥哥是密谋的积极参与者，所以虎娃也多少知情。他听说豆豆哥哥和谢廖沙哥哥要送命，立即哭着回家，叫醒了哥哥。哥哥当机立断，串联了三艘飞船上的所有大孩子，匆匆赶到天马号来了。这段时间船队领导层都在天马号上，所以没人阻止孩子们的行动。

警卫们如临大敌，把他们隔在静思室外。300多孩子鸦雀无声地等待着，大多数人在流泪，既恐惧难过，也蕴含着愤怒。六点整，孩子群忽然骚动起来，埃玛看见一个成人拨开孩子们，走进来。不是丈夫，是康平。孩子群中漾起一波骚动，300多双眼睛盯着康平。康平脸色沉重，对埃玛说：

"我整整劝了他一夜……孩子们，你们这次玩火确实玩过头了，越过了船队纪律的底线。豆豆，不要怪你爸爸，他是在恪尽船队长的职责。"

豆豆彻底死心了，笑着说："康叔叔，不要难过嘛。不管怎样，我很感激你的。谢谢你为我说情，也谢谢你为我送行。来，拥抱一下。"

康平没有响应，苦涩地叹息一声："暂时还不用诀别，我总算劝得他把死刑缓期两年执行……"六个孩子的眼睛立即睁大了，在场所有人：埃玛、谢廖沙的父母、执行死刑的医生吉尔斯和医助刘英，都是同样的惊喜。随后这个消息在孩子群中从近到远地传播,所到之处都引起强烈的骚动,孩子们都含泪笑了。康平冷肃地说下去:"但缓刑有苛刻的条件,我来讲给你们。警卫,让他们集中坐下,听我讲缓刑条件,手铐不用取。埃玛,你劝其他孩子散了吧。"

昨晚康平紧跟着姬继昌赶到船长室,敲门前,船务委员会其他四个成员也匆匆赶来了,康平回头说:

"你们且等在外边,我先去劝,不行咱们再一齐上。"

船队科学官维尔点点头,他熟知康平与船队长的关系,心想有些话由他们私下去说也许更好:"好的,你先去吧。"

其他三人也点点头,候在外面。康平敲开门,屋里只有姬继昌和空中的元元。元元无奈地说:

"康船长,我一直在劝船队长,说这个处罚决定过于严厉,但船队长命令我闭嘴。"

康平示意元元先离开房间,然后关上门,直截了当地说:

"昌昌,姬船队长,你在演啥戏?是想吓唬吓唬孩子们?"

姬继昌面色冷肃:"你看我是演戏吗?"

康平很困惑:"我也觉得不像,你绝不会拿船队长的威望当儿戏。但昌昌啊,如果你是认真的,那你的处罚确实太重了。他们的行为尽管恶劣,甚至可以视作叛乱,但毕竟他们是孩子,更关键的是要看他们的犯罪动机!他们并非想害人,只是想放放风,看看监狱外的天空。即使把密谋付诸实施,也不会危及船员生命。我绝非为他们辩解,这几个小子太混,太狂,太自我膨胀,竟敢策划在飞船上搞破坏,确实该严厉处罚。但是判死刑还要立即执行!实在过重了,你看,连元元的机器思维都认为过重。你一直拿'紧急状态下船队长有权临机处置'来堵我们的嘴,不让我们发表意见。没错,按飞船公约,紧急状态下船队长确实有权临机处置,但现在算是紧急状态吗?飞船的安全和船员的生命受到威胁了吗?姬船队长,我是认真的,如果你执意这样独断专行,我不得不会同其他船务委员,暂时中止你的船队长职务。告诉你，我肯定能拿到足够的票数。"他郑重地做出了"威胁"，又转而央求道，"昌昌我的好兄弟，别固执了，听哥的劝，赶紧想办法转圜吧，否则，弓张得太满会把弓弦绷断的。"

姬继昌表情平静，很长时间没说话。后来他开口了，说的却是完全不沾边的话题："康平，咱们都50多岁了，十年后就该交权了。你说，年轻一代中，谁最适合接任船队长的位置？"

康平稍一愣，立即回答："我看豆豆最合适。我说过，他有帅才，思维活跃，做事不循常规。虽然野性难驯，爱闯祸，但算不上大毛病。谢廖沙也不错，你看他这次筹划的破坏方法，相当周密，还有很多巧点子。但他偏于冷静，不具备领袖气质，更适合当一个副手或参谋长。总的评价，这代孩子中属豆豆最出色，天生的领袖材料。我说这些话绝不是出于偏爱，而是客观的评价，也许你这当爸的，反倒不容易看到自己孩子的优点。"

姬继昌讥讽地问："经过这场事件后，你的看法也没变？你先别回答，认真想一下再说。"

康平真的认真思索一会儿，"不，有变化，正面反面的变化都有。这场事变进一步证实了他的优点：思维不循常规、敢作敢为、有帅才，竟然在大人眼皮底下，不声不响地组织了这么一场行动！还加上一条：临大事有胆气，死刑当头不乱方寸，一心保护他的部下，非常难得！他的手下争着领罪，也证实了他的凝聚力。但也暴露了他的一个大缺点，怎么说呢，就像战国时的赵括，把'战争'看得太容易。他的心地太轻，坠不住他的才气。"

姬继昌点头："看来咱康平老哥还是很有眼光的。你说得不错，这小子有很多优点，其实在这个事件中，我更看重的一点是：他敢于闯新路。咱们成长在乐之友时代，可能确实被楚天乐和泡利这些先哲的天才耀花了眼睛。虽然我相信他们关于宇宙暴胀及其毁灭智慧的预言，但再天才的理论预言也是需要验证的。而且，即使这个灾变预言完全正确，那是否还有别的路可以走？在这上面，豆豆的意见完全正确，他比咱们老一代强，脑袋中没有框框。"

康平想不到这会儿能听到姬继昌对豆豆的赞扬，使劲点头："是这样的，确实如此。"

"可惜啊,他提出了一个很有价值的思路,但动机却是为了逃避枯燥!他自我太膨胀,竟然伸手向船队长父亲讨要这样重的生日礼物!你说,如果我是赵奢,将来能放心把飞船指挥权交给这个赵括吗?船队长的肩上担着山一样的责任,他本人也得有山一样的沉毅。"

康平的心情顿时轻松了,笑道:"我明白了,明白了。你是想借这场事变好好'削一削'他,让他知道轻重。为此你昨天故意把戏演得很满,甚至把死刑之剑悬在他的头顶。你是对的,培养接班人是头等大事,内举不避亲,外举不避仇。为了这件事,就是损失一点船队长的威望,也在所不计。"

姬继昌不在意地摆摆手,意思是我没太看重那个"威望"。"不,我不全是演戏。这小子昨天这么一闹,确实对我很有启发。我想借这个机会,逼着他们背水一战,说不定能闯出一条新路。"他加重语气说,"我很看重这件事,这将是未来几年中船队的头等大事!也想借机把这代年轻人磨炼出来,将来接咱们的班。他们虽然刚过成人礼,但已经有六年的深潜式学习,单就知识根基来说早就超过老一代了,已经具有了干大事的基础。当然这个构想事关重大,还得船务委员会通过。"

康平真心叹服:"咱昌昌毕竟是船队长啊,境界就是比你哥高。你这个决定——应该是在昨天临机做出的吧,应变之际还能看得这么长远,而且一箭双雕,既干事又育人,我真心服气。"他看见姬继昌嘴角露出讥讽的笑容,忙用一句话堵回去,"你不用讥讽我,哥不是拍马屁,是真心钦服,这辈子我都对你甘拜下风。"

"服气就好。你说说,下边该咋办?"

"咋办?噢,我知道了,你是想让我来配合,把这场戏演完?好,我来。"

"行,你去演下半场吧,要把戏演足,相信你有这个天分。我请其他几位委员进来,好好沟通一下。埃玛就不用来了,你要演的那场戏中,最好有一个含泪诀别的母亲。"

康平把戏演得很足。他先是指出了这件事的严重性,严厉地说:"叛乱者不严惩就不足以平民愤，就会彻底败坏飞船的纪律。"他也弱弱地说了一句："即使船队长的处置有点儿过重。"现在他虽然尽力劝得船队长缓期两年，但这是有条件的——

"姬星斗，你们认为空间暴胀及其毁灭智慧的预言需要验证；还说，即使它被验证为真，也要为飞船找出一条新路。好，这个任务就交给你和你的伙伴，你们要戴罪立功。姬船队长说，他并不排斥对飞船既定计划做出合理的改变，但前提是你们必须提出非常充分的理由，足以说服船务委员会和全体船员。如果你们成功，我负责说服船队长对你们减罪；如果不能成功，姬船队长说了，不许我再过问对你们的处分，你们就好自为之吧。这两年是你们的缓刑期，两名主犯和四名从犯都要带上电子脚镣，不许自由行动，没有节假日。犯人家属可以三个月探视一次。"

虽然被判重刑，但六个孩子目光熠熠，兴奋异常。不仅是因为两位死刑犯得以活命，更重要的是："寻找新路"正是他们的愿望，现在可以光明正大地全力进行了。当然，他们还得忍受两年的"枯燥"，甚至是双倍的"枯燥"——在飞船里失去自由，但没关系，"枯燥"只要有期限、有目标，那就能够忍受。六个孩子戴着手铐互击手掌，表示庆贺和决心。埃玛心情轻松了，虽然昨晚她没能与丈夫沟通，但凭着对丈夫的了解，这时已经弄清了丈夫的用意，包括丈夫对接班人的长远考虑。这次"叛乱"能有这样的良性结局，她当然很欣慰。谢廖沙父母以及随后赶来的其他几位船务委员也都很高兴，心情轻松地同六个孩子拥抱。连元元也飞过来，贴一贴每个孩子的面颊。它当然十分欣喜，也有内疚，因为它曾对"铁哥们儿"搞过消息封锁和秘密跟踪。豆豆对此倒是毫不介意，那是船队长的命令，作为船队长的智能助手，元元当然得无条件执行嘛，这件事不影响元元和他的友情。他对头顶悬停的元元说：

"船队长阁下呢？转告他，请他也出来露个面，同大难不死的儿子抱一抱嘛。告诉他别不好意思，我嘛怨恨归怨恨，这个爸爸我还是认的。"说这些话时他嬉笑着直视元元的眼睛，因为他知道，此刻那位"阁下"肯定正通过元元的眼睛看着这边。埃玛喝一声：

"姬星斗！"

豆豆十分惶恐："哟，老妈生气了。埃玛船长，我错了，我现在是缓期死囚，应该夹着尾巴做人的。"

埃玛恼怒地对警卫说："给他们去掉手铐，带上电子脚镣！"说完她转身就走了，生怕隐藏不住目中的笑意。康平、约翰、维尔等人也努力忍住笑，赶紧离开这里。

外面的300多个孩子一直没有散，还在紧张地等待着。康平走出去，向孩子们宣布了船队长的决定，人群中登时一片欢呼，有跺脚的，有吹口哨的，乱作一团。他们呼啦啦冲过警戒线，把六名罪犯围在中间，守卫们也不再阻拦，笑着退后旁观。豆豆知道了是虎娃哥儿俩把大伙儿召集起来的，高兴地把小虎娃举过头顶。虎娃咯咯笑着，笑容灿烂，顾盼生辉。

船长室里，姬继昌透过元元的双眼看着嬉皮笑脸的儿子，还有狂欢的孩子们，忍不住绽出笑纹，摇摇头，咕哝一句：

"这混小子，死刑也没吓住他。随我小时候的脾性。"

第一章　溅落之前

那时天船队已经知道，这些亿倍光速飞船一旦中断飞行，从虫洞中溅落到大宇宙，则其溅落的时空点是随机的，不可预测的。其后姬星斗六人的研究进一步认识到这种机理的哲学意义——在跨进超光速时代之后，曾被地球科学家奉为金科玉律的因果关系、曾被他们认为是理所当然的确定性世界，已经消失了，代之以基于概率关系的不确定的世界。从本质上说，这是量子世界的不确定性经由高科技的放大，表现到宏观世界。

后来从地球典籍中知道，在他们之前，诺亚号船员已经做出同样的发现，而姬星斗团队只是重复了前人的脚步。

——《姬星斗回忆录》

姬星斗和谢廖沙的两年死刑缓期后来又延长了三年。那次事件后，六名罪犯带领 300 多个孩子投入了狂热的研究，可惜两年内没能做出任何突破。姬船队长说，他们在缓刑期间工作狂热，表现良好，可以减刑了。但豆豆和谢廖沙等坚决不同意，一定要继续顶着"缓期死囚"的帽子，带着电子脚镣，说这样干起活来更有紧迫感。

五年后，豆豆满 21 岁时，六名罪犯，现在是天船队的"带镣智囊团"，要求召开船务委员会扩大会议。船务委员会同意了，参加者有七名船务委员和 30 名船员代表，还有近百名年轻人旁听。

会议在天马号上的大会议厅举行。会议室是由阿冰带着虎娃等孩子布置的，她在屋内摆了很多盆景，满屋子绿意盎然，姹紫嫣红。会议开始。大会主席姬继昌致了简短的开幕辞：

"这次会议的动议是姬星斗等六人提出的，今天嘛就由他们来唱主角。姬星斗船员,死刑的事就不必说了,五年来你们表现良好,所以今天不管结果如何,船务委员会肯定会给予减刑。不光如此,如果你们确实找到了一条新路,船务委员会将不吝重赏。"

带着电子脚镣的豆豆站起来,笑着说:"什么重赏?你的位置?船队长,我五年前曾瞄过你的位置,但早就变了主意。现在我才不耐烦干那个差使哩,又累又烦还要得罪人,连亲儿子都要得罪。当然我不是干不了,如果我来干,不会比你差。"

"有气魄!那要先看你肚里有没有真货色。开始你的讲述吧。"

豆豆嬉笑着指指旁边的阿冰:"其实这个功劳大半要归于阿冰。研究最艰难的时刻,我们几乎有点儿绝望了。这时漂亮的阿冰说:谁能首先想出逃离黑牢的办法,我就嫁给他!这个诱惑太大啦,于是我们重新焕发出洪荒之力,最后真的琢磨出了办法。不过这是集体智慧的结果,所以阿冰嫁给谁的问题还悬在那儿。"

大家都笑着把目光转向阿冰。阿冰平静地说:"这个办法的完善确实是缘于集体智慧,但首创者是豆豆,所以我嫁给谁的问题是有确定答案的,只是这家伙事后想赖账。"她补充一句,"他的理由是不敢违背爷爷的遗训。据说在天、地、人船队上天前,姬人锐先圣吩咐过,要豆豆娶回来一个外星公主。"

大家哄然大笑。豆豆没想到阿冰会这样直率,略有点尴尬。埃玛笑着说:"这句话嘛,他爷爷当年确实说过,但现在咱们都已经是外星人啦,那么阿冰你就是外星公主!所以这个理由不成立,阿冰你别放过他。"

阿冰笑着答应:"行,有阿姨这句话,我决不让他赖账。"

豆豆赶紧拉开话题,清清嗓子,开始正式阐述:

"船队原来的航行计划大家都清楚,按说不用赘述,但为了把问题捋清,我还是稍加回顾。咱们的船队十一年前上天,原计划要以虫洞状态连续飞行176年,才能逃过楚天乐和泡利预言的宇宙暴胀,以及它对人类大脑的毁灭性伤害。咱们的飞船虽然是亿倍光速,但它们是'空间滑移式'飞行,没有相对论效应,也就没有时间的延迟,仍然保持正常的时间速率。但飞船所在的'本域空间'与'周岸空间'由于有虫洞壁的隔绝,在时空上是不连续的。飞船一旦中断激发,脱离虫洞,溅落到周岸空间,则溅落点是随机的,包括空间的随机和时间的随机,而概率曲线的峰值位于飞船的'原时空点'。"他叹道,"我们为啥一直保持全盲式的连续飞行,在黑牢中苦熬日子?因为这个原时空点咱们绝不想去,在那儿无法躲过宇宙暴胀!以上机理大家都是熟知的。但是——"

他有意停顿,目光炯炯地看着大家,提高声音说,"经过我们五年的严格计算,有了可喜的发现:在飞行十一年后,飞船仍回头落到灾变期的可能性已经小于百分之一!这个可能性是不是还比较危险?没关系,万一飞船仍落到空间暴胀期并导致船员们智力受损,因而无法及时做出正确反应,那也不要紧。电脑智慧不会受暴胀空间的影响,因为此前的暴缩空间就只提升人脑智力而对电脑没有提升作用,那么根据逆向推理,暴胀空间同样不会破坏电脑思维。我们可以预设程序,届时飞船会自动恢复飞行,然后再次自动溅落,自动检测周边环境。只需如此重复三次,飞船落到灾变期的可能性就小于百万分之一。知道这意味着什么吗?意味着我们只要敢冒百万分之一的风险,就不用在这个活棺材里苦熬了!"

这个前景在会议室引起强烈的骚动,大家目光发亮,努力消化着豆豆的阐述。确实,在熬过十一年的虫洞飞行后,这个前景实在太有诱惑力了。但豆豆说的这个办法"过于简单",仅仅溅落三次就能让飞船逃离灾变?大家,尤其是年龄较大的船员,心中难免怀疑。姬继昌已经事先听过儿子的详细报告,心中是清楚的,便调侃地问康平:

"喂,康老哥,你的猪脑子听懂没?"

两人是光屁股朋友,上学时康平一向自称是猪脑子,只要一沾数字和理论就脑瓜疼。但他自有独特的过人之处:动手能力极强,心灵手巧,眼力超棒,木工钳工强电弱电样样来得。后来他就是靠着这些优势,成了一个世界级的企业家。康平兴高采烈地点头:

"听懂了,听懂了,不就是时空溅落的随机性嘛。"

他一向性子野,和豆豆他们一样,受不了飞船上的枯燥生活。而且启航十一年来，三艘飞船一直是编队飞行，他这个排在第三位的船长基本闲置，早就"闲得身上长白毛"。以他的生性，越是闲，日子越难熬。他由衷地夸豆豆：

"还是娃儿们聪明！我也早就蹲够这黑牢了，咋就想不到这个办法呢。"他调侃豆豆，"看，你们几个娃崽被死刑一逼，就逼出办法了，要是搁我身上，刀架脖子上也逼不出来。豆豆，还是我早就说过的，你来天狼号吧，我这个船长让给你。虽然船长得经过选举，但现任船长是有推荐权的。"

豆豆笑着没接话。其他与会代表也都很兴奋，尤其是像维尔、约翰、拉马努、伦德尔这些当年姬船队的老伙伴。对这些"太空亡命徒"来说，只要能脱离这个黑牢，百万分之一的危险根本算不了什么。豆豆请维尔叔叔补充，这五年的研究中，船队总科学官自然是深度参与的。维尔摇摇头说：

"姬星斗说得很全面清晰，我没有什么可补充的。说来我颇为内疚，这个发现理应由科学官做出的，却让孩子们早走了一步。看来，确如船队长所说，我们这代人被乐之友先哲们的光辉耀花了眼睛，思维中有了无形的框框。作为船队科学官，我衷心向姬星斗团队祝贺！"

豆豆请元元补充，这次计算同样有元元的深度参与。元元也没有可补充的，只是祝贺了好朋友的成功。

大家讨论一会儿，康平笑着问：

"豆豆，你说溅落是随机的，还是有可能溅落到咱们出发那个时空点的，虽然可能性只是百万分之一，对不对？万一溅落到原时空点，我在地球上的婆娘还活着，我该咋相处？上天前她就是个醋坛子。"

姬继昌打趣："没关系，如果溅落到那个时空点，山口良子的丈夫应该也活着，你们对换一下就行了嘛。"

康平苦着脸："不行啊，虽说良子这个老婆是电脑为我指定的，当时我捏着鼻子勉强接受，但日久生情，如今我也舍不得了，何况她刚怀上我的娃儿，两个月啦。"

众人哄然大笑。姬继昌笑着说："你是捏着鼻子勉强接受的？良子今天不在场，你才敢胡说八道吧。"

约翰、拉马努、额尔图几个老伙伴也起哄，要把山口良子喊来，让康平把刚才的话当面再说一遍。康平牛气哄哄地说，你们尽管去喊，康平我啥时怕过老婆？这些老伙伴们是常常打嘴仗的，姬继昌本人开朗随和不拘小节，平时也着意培养船队集体的"乐天性格"，这是对抗枯燥的飞船生活的最好武器。场内气氛欢乐，但康平提到地球，姬继昌心中不由涌起淡淡的伤感。他也想到了那个远去的家，想起留在地球的父母和鱼乐水阿姨，以及在雁哨号飞船中绕地球飞行的楚天乐叔叔，准确地说只是他的脑袋。天船队的虫洞式飞行彻底隔绝了同外界的信息交流，不知道他们是否还在世？还有在蛮荒星球上独自守护着卵生后代的褚贵福伯伯，在诺亚号上的贺梓舟哥哥和马柳叶嫂子，以及在起飞之后就分手的地、人船队的一万两千名伙伴……如果天船队溅落，为了躲开灾变期，当然要尽量躲开原时空点，但那也意味着永远同亲人们天各一方，因为原时空点是各船队唯一的共同联系……他与豆豆对视，儿子显然也看出了他的内心涟漪，用目光交换着心灵的共鸣。毕竟豆豆离开地球时已经十岁，对爷爷奶奶和其他长辈，对地球生活，都有相当的记忆。姬继昌摇摇头，摆脱这些怀旧思绪，说：

"继续开会吧，豆豆……姬星斗的话还没说完呢。"

姬星斗转为严肃："各位，你们不要光顾着高兴，忘了这个'随机溅落'机理中还埋着不利因素。"众人停止欢笑，认真听着。"天马号的重要使命，除了'智慧保鲜'外，就是当年姬船队倡议的'环宇航行'，咱们要像麦哲伦那样绕宇宙跑一圈，证明宇宙是个超圆体。对于亿龙赫飞船来说，这只是一个为期数百年的短期任务，几代人就能完成。至于在几百亿光年的旅途中如何保证'一直向东'而不迷路？记得天马号试飞时，十岁的我不知天高地厚，还给鱼乐水奶奶大讲一通定向方法。那个方法以宇宙最远处的类星体定位，定位测量只能在飞船中断激发、溅落之后进行，具体细节我就不啰唆了。但我那时不知道，当时所有科学家也都不知道，这个办法实际上是行不通的，原因就在于时空溅落的随机性质。如果溅落点不是太远，元元还能利用已掌握的宇宙三维地图来推算出当下方位，然后判断出原定方向，接续上原定航程；但随着溅落过程的累积，最终肯定会失去连续性，连元元也无能为力。

知道这意味着什么吗？这就是说，我们根本无法按一个预定的航线进行环宇航行，而只能闷头瞎撞，在时空中做布朗运动！"豆豆苦笑道，"记得当年褚贵福爷爷有一个口头禅：操蛋老天爷。他骂得不错，这个老天爷确实够操蛋，心眼够坏，只要人类文明跨前一大步，他必然要给你使一个新的绊子，让你永远到不了自由王国，哪怕你拥有亿龙赫飞船这样的神级科技！要知道，咱们面临的困境并非技术层面的原因，而是哲理层面的。当我们跨入超光速时代后，一定会伴随着确定性在宇观尺度上的失效。从本质上说，这是量子不确定性被科技的力量放大到宏观和宇观世界，以后就是概率称王了。我们将成为时空中无根的浮萍！我们面临的是人类史上全新的问题。"

会场气氛凝重。此前大家已经熟知时空溅落的随机性，但囿于强大的思维惯性，一直把它当成技术层面的问题，而技术问题总归是有解的，连科学官维尔也曾是这种认识。现在一位年轻人首次明确揭示，这是哲理层面的困境，是无解的。约翰、额尔图、拉马努是当年"姬船队"的老伙伴，环宇探险是他们自小种在心中的梦想，可以说是他们人生的唯一目的，而现在他们痛苦地得知，这个人生目标无法实现了，即使他们拥有亿龙赫飞船这样的神级科技！

屋里气氛比较沉闷，姬继昌笑着环视大伙儿："怎么啦，一个黄口小儿的话就把你们吓住啦？犯不着。姬星斗阐述的随机性倒是没错，但他最后面那句结论肯定是过甚其词了。咱们面临的并非新问题，而是人类历来都要面对的老问题。人类文明史中历来都是以'小范围内的确定'来面对'边界之外更大的不确定'。咱们不妨回顾一下：当熟悉树上生活的猿人来到非洲稀树草原时，它们心中有谱吗？一点儿没有，它们要面对的是铺天盖地的新问题；当熟悉非洲草原的智人走出非洲时，同样是两眼发蒙啊；当熟悉亚洲草原的人类跨过白令陆桥、面对冰雪世界时，更是一片茫然。但结果如何？他们不都闯过来了嘛。那些傻乎乎的猿人和赤手空拳的智人都能闯过来，何况咱们！我想，即使我们以后只能做时空布朗运动，但只要经历的时空点足够多，同样会汇总出某种确定性！换句话说，'证实宇宙是超圆体'这个目标还是能实现的，不过可能要换一种全新的、目前尚不了解的办法。这是我和科学官维尔的共同意见。"

这番话让大家振作起来。康平生性乐天，没把豆豆说的难题放在眼里，浑不在意地说："就是宇宙浮萍又咋样？至少地球上的浮萍活得满自在，活了上亿年也没绝种。豆豆，谢廖沙，你们这群小崽子们蛮不错，目光敏锐，头脑灵活，就是历练还少，胸怀气度上还嫩一点。不要忘了乐之友的两句老话：活着！先走起来再找路！"

豆豆仔细想想，对几位长辈的话倒是心服口服。是的，如果站在更高的角度来俯瞰人类史，确实从来不存在一个"确定的世界"，所以自己真的过甚其词了。他笑着说：

"谨遵船队长老爸的教诲，我记住了。"

埃玛夸奖道："总的说，你们六人智囊团干得很不错。阿冰，不要放过这个想赖账的小混蛋。你不妨主动进攻。当年我就是主动追豆豆爸，从美国追到中国。"

阿冰笑着："谢谢阿姨——不，谢谢未来的婆婆。"

在一片笑声中，开始对这项"退出虫洞，立即溅落"的动议进行投票。今天是船务委员会扩大会议，七名船务委员和30名代表都有投票权，最后全票通过。会后将向全体船员公布，立即实施。他们都有热切的渴望，跃跃欲试，就像是雁群在迁徙开始前的群体性亢奋。虽然前途未定，前边不知道会有什么艰难和灾难在等着他们，但这些姬船队的老伙伴都是铁杆太空行动派，一色的亡命之徒。想当年他们以"创造婴儿宇宙"的方法逃离母宇宙时，前景更为凶险，但没有一人临阵退缩。

至于六人的刑期自然宣布撤销，保卫部长齐林立即除下了他们已经佩戴五年的电子脚镣。六名少年犯重获自由，喜不自禁，六双手臂相挽，六个脑袋顶在一块儿，呼喊着："奋斗！成功！"元元不甘旁落，也硬挤到六个脑袋的中心，加入伙伴们的庆贺。会场内所有人都在狂欢，笑容灿烂。

一场新的征程开始了。

那时没人知道，这是一趟死亡之旅。既是肉体层面的死亡，也是哲理层面的死亡。

第二章 家园？

科学官维尔指导着六人智囊团，为飞船设定好自动程序。万一飞船溅落到暴胀空间并造成对人脑的毁灭性伤害、失去对飞船的人工控制时，飞船电脑可采用类似图灵测试的方式，自动检测船员的智力状况——然后自动恢复飞行——两个月后再次溅落。如此可反复进行。

他们对这个程序进行了严格的验证。

七天之后，船员们分别集合在三艘飞船的环形大厅，船队领导层则集中在天马号驾驶室。姬继昌下令开启无线通信系统，此前在虫洞飞行状态时它是用不上的，所以一直被关闭。在7000人的屏息期待中，天船队六人智囊团首领姬星斗作为船队长代表，郑重地按下了"停止激发"的按钮。船队自离开地球，十一年一直连续盲飞，这是首次中断。

由于"空间滑移式"飞行的特性，天马号及它身后的天隼号、天狼号都在瞬间静止，但保持着自转。那个永远禁锢着他们、似乎与生俱来的浑茫虫洞瞬间消失，久违的星空瞬间出现，绕着飞船缓缓旋转。双层船体的材质是透明的，虽然夹层中安装有很多设施，如成排的粒子约束磁线圈、电缆、管道、电脑主机等，仍留有不少对外透明的区域，可以直接看到星空。暗色天幕上缀着无数亮星，一颗红色太阳挂在天边，它还伴有一颗行星。行星绕着红色太阳旋转，反射着太阳的光芒，整体呈明亮的红色。仔细观看，它周围又有三颗"月亮"，绕着不同轨道安静地旋转。飞船内是休克般的寂静，不少船员热泪盈眶，他们与星空已经暌别十一年了！

忽然，环形大厅中一声啼哭打破寂静，是虎娃的妹妹在哭，她才两岁，从来没见过真正的星空，竟然被吓到了。哭声在周围的幼儿中引发一波啼哭的声浪，然后引发了大孩子和成年船员的笑声。在这个重要时刻，三艘飞船的图像声音是共享的，所以7000人的哭声和笑声汇成一股强大的声浪，形成了浑厚的共鸣。

元元已经在观察周围的星系排列，测量空间的背景辐射，它是时间的单调减函数，可用以大致确定时间，再经过量子大脑的计算，立即报告：

"船队长，看来姬星斗五年前的预言是准确的，飞船这十一年确实转了一个大圈，又飞回出发点附近了！这儿距太阳系只有20光年，眼前的这颗红色恒星就是G星，即褚贵福先哲和卵生人的栖身之地！至于时间不好精确测定，但应该在距离出发时刻的200年范围内。"

元元的话中充满了惊喜，毕竟这儿接近人类的故乡啊。虽然溅落到这个时空点也意味着——宇宙灾变期可能还没结束。元元随即飞低一些，在船队长耳边密语：

"船队长，我没观察到船员们'智力受损'的迹象，请你注意体验和观察。"

此前地球人已经知道，由于空间缩胀的特殊性，没有仪器可以测量，只有人脑这种宇宙中最精密的仪器才能感受到它的影响。姬继昌在心中夸奖"小元元懂事了"——它在提醒这件事时用了耳语，不想在这个关键时刻影响船员们的情绪，看来它的情商大有进步。姬继昌注意体察自身并观察大家，欣喜地确定没有智力受损的迹象。

对元元报告的时空方位，几千名船员一片惊叹——竟然回家了？！上天十一年，谁不想回家看看呢。但惊叹声中也有相当的困惑——乘着亿龙赫飞船跑了十一年，算是白跑啦？姬继昌笑骂道：

"娘的，豆豆和康平的乌鸦嘴竟然蒙对了？飞了十一年，一下子回零啦？没关系，全当回来探探亲，探亲之后重新出发！康平啊，你的乌鸦嘴已经蒙对了一半，下面你就准备处理二妻争夫的难题吧。"

参加过上次会议的人哄堂大笑，想起了康平说的"捏着鼻子接受这个老婆"的话。今天山口良子也在天马号上，就站在康平身旁。康平挽上她的胳臂，笑着说：

"你们别害我。今天良子在身边，我不敢胡说八道。不过，如果真的……

可真的要难为我了。走一步说一步吧。"

姬继昌说："不过回地球探亲得稍推迟一些，既然已经到了 G 星，怎么也得先看看褚老爷子，要不，这倔老头哪天醒来，知道了这件事，不把我骂死！元元，通知大副，准备在 G 星降落吧……"

忽然无线通话器中传来清晰的声音："你们好！这儿是地球常驻 G 星星域值班飞船，我是船长提明。请问你们是天、地、人船队的哪个船队？"说的是汉语普通话，音调虽有点儿怪，但足以轻松地听明白。天船队的官方语言是英语，但由于"乐之友"的中心设在中国，所以多数人懂得汉语，不用翻译就听懂了。大家惊喜莫名：地球飞船！天船队从十一年的虫洞飞行中刚刚溅落，竟然立马撞到了地球飞船，实在是太幸运了！姬继昌立即用汉语回答：

"你好！提明船长，我们是天船队，刚从虫洞中溅落，很庆幸能遇见地球亲人！"

那边热情洋溢地回答："欢迎天船队归来！你是姬船队长吧，我们留有你的声纹资料。"

"对，我是姬继昌。首先要问一下：现在是哪一年？如果公元纪年没有中断的话。"

"姬船队长，公元纪年没有中断，不过现在更常用的纪年方式是以灾变开始那年为元年。你们在灾变纪年 72 年上天，现在是 217 年。"

姬继昌迅速进行心算，天船队在灾变纪年 72 年上天，飞了 11 年，按飞船时间，现在应是新纪年 83 年；但对方说是 217 年，相当于飞船溅落点向后跨了 134 年。这么说，当年留在地球的亲人肯定全都作古了，不由得心中怆然。怆然中还闪过一丝戏谑：至少康平不用担心"二妻争夫"的难题了。不过眼下没工夫来考虑这些不急之务，还有更重要的事需要操心：按照楚天乐和泡利的理论计算，宇宙灾变应该在新纪年 248 年结束，那么现在仍处于宇宙暴胀期？按楚天乐和泡利的理论，空间暴胀会对人脑产生毁灭性影响，但此刻并没有感受到任何异常啊。对方显然猜到了姬继昌的思路，主动进行解释：

"姬船队长，首先报告一个好消息，宇宙灾变已经提前结束了！50 年前就结束了！暴缩比理论预言的更可怕，几乎毁灭了人类；好在时间比理论预言的短，只有 40 年。"

姬继昌惊喜地对大家转述："伙伴们，灾变已经提前结束了！真是上天保佑啊，我们虽然不幸溅落到了理论预言的灾变期，幸亏它提前结束了。"

飞船内一片欢呼，船员们击掌庆贺。实在太幸运了！不过平心而论，能碰上这样的幸运首先得感谢豆豆当年的"叛乱"，否则飞船恐怕还会四平八稳地继续盲飞。元元报告说：已经看到了对方飞船的尾焰，它正使用常规动力向这边飞速赶来。尾焰是分散的，飞船前后都有，从这种分布看，它与天船队一样，也是使用小蜜蜂飞艇的动力作为整船动力。这种飞艇在每艘船上配备八艘，以氢聚变为动力，可用于飞船的对外运输；平时固定在船首和船尾的固定架上，八只小蜜蜂同时工作，可作为整船的常规动力。姬继昌让元元通知大副约翰，也使用常规动力全速向对方迎过去。两船迅速接近，在会合途中，提明船长通报：

"姬船长，我们已经向地球通报了你们的消息，帝皇陛下极为惊喜，将亲自带文武百官皇室宗亲，举行郊迎大典。"

姬继昌担心自己没有听清："帝皇？你是说帝皇？"

"对，帝皇平桑波陛下。"

这么说，仅仅一百多年时间，地球的政治体制竟然发生了如此大的变化！从离开时的地球政治风尚看，这是根本不可能的，那么，也许是极度灾变催生的？但有点儿奇怪的是，他们为什么不称"皇帝"而改为"帝皇"。这时，对方的飞船已经能用肉眼看清了，外形与天船队的三艘船相似，可能更先进一些，但相差不会太大。现在已经能看清对方飞船的名字，是汉字妮儿先皇号，不知道这位妮儿先皇是何许人，应该是那个什么平桑波帝皇的先人吧。

两边顺利会合，提明船长说，为了节约时间，两边不用对接了，请天船队即刻跟在妮儿先皇号后边，仍用"空间拖运法"一块儿回地球。姬继昌笑着请求：

"且慢。虽然我们归心似箭，但既然身在 G 星附近，还是先降落一次，看看褚老爷子吧。要不等哪天他醒过来,知道我路过 G 星没去看他,一定饶不了我。"

提明船长在回答前显然犹豫了片刻:"姬船队长,非常抱歉。G 星是耶耶大神的龙栖之地,外人不能擅入,去 G 星需要帝皇及御前会议的特别批准。我们是否先回地球,再从长计议?"

姬继昌和旁边的康平、埃玛等交换目光,都有些困惑,不知道提明船长说的这位"爷爷大神"是个什么玩意儿,G 星又怎么成了他的龙栖之地。但实际上,探望褚老的事确实不用着急,现在距他到 G 星安家只有二百年,而 G 星的地球化是以十万年计的。所以褚老一定还安安稳稳地睡在他的冷冻室里,没必要这么早就第三次把他唤醒。他问:

"你们既然是地球常驻 G 星域的值班飞船,一定是在监督它的地球化进程吧。请问 G 星现在的状况怎么样?还远远没有完成地球化吧?"

"是的,按正常的时间速率,那儿开始地球化改造才二百年,尚处于非常早期的阶段。"

姬继昌对提明船长这个回答有点困惑:G 星的进程当然是遵照正常时间速率,这一点不用特意强调吧。不过此刻他不想深究,痛快地答应:

"那好吧,这事以后再从长计议,咱们先回地球!"

他也想尽早回到故土见见这位"帝皇"。他迫切想弄清这个帝皇是从哪里蹦出来的,和乐之友有没有继承关系。按情理推断,他们离开地球只有一百多年,想来乐之友的强大影响绝不会中断;但以当年乐之友的政治风尚,他怎么也不相信其后人会采用这种制度。

新船队以亿龙赫速度向 20 光年外的地球前进,分把钟时间后就停止激发,各自开启常规动力继续前进。在亿龙赫时代这是标准的安全降落程序,凡在目标星球五光时范围内不得使用亿龙赫飞行,以免不小心撞上它。常规飞行是亚光速的,时间就比较漫长了,天船队的船员们简直急不可耐。飞行途中,提明船长没有再介绍地球情况,说等抵达地球后会有一次全面性的详细介绍。

宇宙晶卵

　　十二个小时后，飞船开始减速。又经过六个小时，蓝色的地球出现在肉眼视野。到了！天船队上的7000名船员一片欢腾。说起来真是造化弄人，天船队以亿龙赫速度飞行十一年，按说离开地球已经十几亿光年之远了，结果第一次溅落，竟然基本是落在出发时的原时原地！造成这样的结局，有可能是因为时空溅落的随机性，更大可能是"密林效应"——这些年飞船的盲飞只是在绕圈子。但不管怎样，能回来探探家也是好的，尽管亲人肯定已经过世，看看后代也行。

　　天船队在妮儿先皇号的带领下停泊在地球同步轨道，那儿已经有一艘飞船在迎候，外貌更加漂亮，名字是皇家一号。两船仍未进行对接，皇家一号船长在无线通话器中致了典雅的欢迎辞，然后使用小蜜蜂飞艇把船员运到地球。五艘飞船上共备有40架小蜜蜂飞艇，每只可载50人，四个波次就运完了。姬继昌和康平最后一批离船，元元随行，留下宾图等10人在飞船上留守。

　　降落地点是在原来的中国，乐之友基地附近，从这点上推断，那位帝皇可能和乐之友有某种继承关系。小蜜蜂的舷窗中开始出现地上的美景，青山绿水中点缀着极其漂亮的透明材质的房屋。康平作为当年的透明球生产商自然最有感触，他惊叹道："我老康的事业后继有人啊，就是不知道康家后人是不是还在干这个行当。"小蜜蜂离地面更近了，可以看到每间透明屋子中都有人在窗口向外探着身体，热烈地向归来者挥手致意。街道上聚集的人更多，他们衣着典雅，动作优雅，给人的印象是整个城市都在举行盛装舞会。还有一点让人印象深刻，这些动作优雅的人也都十分剽悍，似乎每人都是健美达人。姬继昌叹道：

　　"那位值日官说灾变才过去50年，真没想到，地球文明复苏得这样快。"

　　衣着华丽的导引官接上他们，毕恭毕敬地在前边带路。前边应该是皇宫了，建筑仍是透明的球体或其变形，如串珠形、卵形和螺旋形，高大巍峨，富丽堂皇。宫门前是巨大的广场。广场中心有一尊巨型雕像，远远看见那是一名女性，裸体，青春靓丽，极为美貌。但有两点显得相当怪异：她满头白发，与年轻的形貌体态很不匹配；更怪异的是——她的双手交叉在腹部，手上带着两个亮晶晶的金属手镯，其实更有可能是一具手铐。这尊奇特的雕像吸引了所有归来者的目光，山口良子忽然触触丈夫，惊异地说：

"平，她在向咱们微笑！"

康平没有在意，笑着说："有啥奇怪的，雕像嘛，大都是面带微笑的。"

山口良子轻轻摇头。丈夫没有理解她的意思，她说的是：雕像的微笑不是静止的，不是由雕刻家赋予的，而是活的微笑，刚才，她确实看到一波笑纹在雕像的面部缓慢地漾开，就如一道涟漪掠过平静的湖面，那笑容分明是针对归来游子的。不知道这座雕像的原型是谁，但有一点是肯定的，她在今天的地球人心目中地位非常尊崇。不过此时欢迎人群已经迎过来，走在最前边的显然是帝皇本人，山口良子只能先把疑问抛开。

72岁的帝皇和帝后身着皇家盛装，快步迎上来。姬继昌心中有点儿打鼓，不知道按照皇家礼仪自己该如何做，他是绝不会下跪叩头的。但这位尊贵的帝皇没有讲究什么皇家礼仪，主动过来同客人依次拥抱，满眼热泪，口中不停地说：

"嬷嬷的亲人回来了。嬷嬷的亲人终于回来了。"

嬷嬷？姬继昌立时联想到，他说的嬷嬷，肯定就是指广场中心那座雕像的原型吧。帝皇说的是汉语普通话，仍然是那种稍显怪异的声调，但完全可以听懂。姬继昌也用汉语郑重地致了答辞：

"感谢陛下的盛情。我们回来了，虽然只是缘于一次随机性的时空溅落，但能回到故土，确实是命运的恩赐。"

随后帝皇向客人介绍了他的随行人员：帝后、皇子平桑轩逸、漂亮的公主平桑吉儿、剽悍的公主侍卫格鲁、中书令、掌玺令、御前统领。姬继昌心中升起一点儿疑问：一位护卫也要这么郑重地介绍？姬继昌也介绍了这边的天船队七名船务委员。客人们与主人寒暄致意时，都禁不住对公主多看一眼，不仅是因为她夺目的美貌和健美的体形，还因为她显然与雕像的眉眼很相像。这么说，雕像的原型是她母亲，一位前帝后？

豆豆看到公主的第一眼就被丘比特之箭正中心脏，失声低呼："我的天！这正是我梦中的外星公主！"

宇宙晶卵

十一年前飞船上天时，爷爷姬人锐说过，让他娶一个外星公主回来。这当然是玩笑，即使旅途中能够遇上外星人，但他们可能是爬虫、无性别人甚至是气态人，反正不可能与地球人通婚。但不管怎样，爷爷的玩笑在十岁孩子的心中种下了一个梦，他用孩子的幻想把"她"逐渐充实：她应该有逼人的美貌，长发飘飘，目光如水晶般清澈，高贵的皇家风度，但最好带三分野性——以豆豆的性格，不喜欢那种过于精致的水晶姑娘。随着年岁渐长，青春逐渐觉醒，这位梦中公主越来越丰满，几乎由"魂魄"变成一个活生生的人。而这位叫平桑吉儿的公主——不正是他梦中的形象吗？幸运之神竟然如此青睐自己？

伙伴们听到了他的低呼，腾起一阵谐谑的欢笑，撺掇着他立即上去表白。撺掇者中甚至包括阿冰，她与豆豆从十岁起就相熟，对他很有好感，但二人太熟了，她也说不清这种好感是异性之爱还是兄妹之情，所以对豆豆今天的"移情别恋"也算不上有失落。虽然此前她曾在船务会议上抱怨过豆豆在婚姻上"赖账"，但那大半是玩笑。她笑着说：

"那你还不赶紧上前表白？不过，这是地球公主，可不是外星公主。"

豆豆嬉笑着诡辩："怎么不是？我妈曾说过，咱们已经成外星人啦，那么，对咱们来说，地球公主可不就是外星公主？！"

"嗨，相对论学得不错，虽然是强词夺理，也勉强说得通。那你快去表白吧，怎么，用不用我来牵线？"

豆豆庄重地说："阿冰你别捣乱！还有你们四个也都别捣乱！我肯定会去表白的，但必须找个最合适的机会。"

这下子，大家知道他是认真的了。到这会儿，阿冰免不了微微泛起醋意。谢廖沙细心，把阿冰的片刻失落看在眼里，赶紧用闲话岔开了。

短暂的寒暄后，帝皇把全部客人请入皇宫，举行了盛大的欢迎宴会。虽然皇宫规模宏大，也没有可容纳七千人的大厅，所以宴会就设在宫内的空地上，近千张桌子密密麻麻排开。帝皇及七名重臣宗亲，加上天船队的七名委员共坐主桌，激情的致辞后是觥筹交错。但随着宴会进行，姬继昌、康平、埃玛、维尔、约翰、拉马努、额尔图等老一代船员都渐生疑窦——这些热情的主人似乎不是原来的地球人！没错，他们都说汉语，长相衣着与地球人相同，宴席桌上摆的都是地球人的食物，对归来者的欢迎也发自肺腑；但总觉得他们身上有一种非地球人的气质，这点差别说不清道不明，只可意会不可言传。主人们还有一个奇怪的时尚：身上都佩着一把精致的匕首和一个不知为何的长形物，后来知道是火镰。他们的动作优雅而粗犷，两种不大相容的风度在他们身上水乳交融。这么说吧，眼前的情景就像是在演一场地球古罗马时代的盛装歌剧，虽然演的是真实的人生，但多了一些"歌剧味"，或者说有一些疏离感。还有，乐之友呢？眼前看不到和乐之友有关的任何征象，主人也不提，难道它完全消失在历史的河流中了？只有短短一百多年啊。

至于姬星斗、阿冰、谢廖沙等在飞船上长大的这代年轻人，则大都体会不到这些微妙差别。以他们的眼光，主人们就是地球人，甚至更多是中国人。

睿智的帝皇看出了老一辈客人的疑窦，端起酒杯再次向姬继昌等敬酒，诚挚地说：

"诸位尊贵的客人，我们都是乐之友的后代，是褚嬷嬷造就的新人类——褚嬷嬷是乐之友元老褚贵福的曾孙女，她如今仍站立在皇家广场中心，深情地注视着她的子民。这些年地球的变化一言难尽，宴会后我会详细告诉你们。"

姬继昌敏锐地领会到这番皇家语言的深层含意：有些话到私密场合去说更为恰当。他不再问，暂且放开胸怀享受盛宴——但在内心深处开始有了警觉。据他观察，老一代船员中，至少康平和维尔也有了警觉，但也像自己一样，把警觉埋在目光深处。

宴会结束，帝皇请天船队七名船务委员留下，令礼宾官安排其他客人们到国宾馆休息。还细心交代，要为一千名幼儿准备好幼儿床、奶粉等物品。然后他带着七名委员来到皇宫后院，元元在空中跟随。这样，七名委员就要与船员完全分开了。康平向姬继昌递了一个怀疑的眼色，随后维尔也递了眼色，姬继昌都用目光制止了——现在，天船队处于帝皇的绝对控制之下，即使帝皇有什么阴谋，反抗也是无用的，只能静观其变，见机行事。

帝皇八人及姬继昌七人走进一间密室，屋里只有左右两排椅子。侍卫退下，随之关上了房门。这下，连不谙权术的元元也感受到异常，困惑地看看我方人员。这七个人都是经过大风浪的，虽然心中已经升起警觉，但表面上镇静如常。

帝皇等八人肃立在右排，坚持请客人们先落座。虽然早于主人落座不合礼数，但姬继昌示意众人服从主人安排，他带头坐下，其他六人也困惑地坐下。其后帝皇的举动完全超乎客人的预料，令他们十分震惊！他率领帝后、皇子、公主、公主侍卫、中书令、掌玺令、御前统领齐齐跪下，向客人们大礼参拜！埃玛、约翰、拉马努等人被弄得措手不及，下意识地站起来辞谢，被姬继昌摇手制止了。到了此刻，他已大致猜到了原因。他端坐不动，苍凉地说：

"不必客气，让他们叩拜吧。帝皇陛下如此庄重地行礼，必然有这样做的理由吧。"

埃玛等困惑地落座，尴尬地接受了帝皇等人的大礼。帝皇率众人庄重地三叩首。这中间只有公主没有叩拜，她背手而立，平淡地说："我不谢罪。上辈人的恩仇与我无关。"帝皇没有强迫她。

她点出"上辈人的恩仇"，证实了姬继昌的预感。埃玛等人也听出端倪，震惊地看着姬继昌。姬继昌强迫自己冷静下来，也示意大家冷静。待三次大礼礼毕，他扶帝皇平身，苍凉地说：

"陛下请起，有什么话需要告诉我们，请讲吧。"

帝皇神色凝重，简要而全面地述说了G星人的历史，以及他们与地球人的恩仇。

他说，我们来自G星，是耶耶大神也即褚贵福先圣的后代。耶耶在十万年前向G星撒播地球低等生命，促使G星迅速地球化。一万年前耶耶唤醒那些冷冻中的卵生崽子，让他们在G星开枝散叶。一百多年前，G星人的科学开始启蒙，女科学家妮儿为其代表。耶耶再度醒来，一手把妮儿推举到皇位上，利用飞船电脑中储存的高科技知识，大力发展科学。这时正赶上又一波宇宙暴缩，它带来了智慧的暴涨，造就了一个科技爆炸且极度尚武的G星社会。此后将是宇宙暴胀期，为了逃避它将要带来的智慧崩溃，G星人赶造了数百艘亿龙赫飞船，装载着80多万G星人及数十亿颗受精卵，开始了"智慧保鲜之旅"，以图逃离灾难。从本质上说，这是沿着时间轴逃难。

在航程之初，他们遵照耶耶的遗训，把他的肉身归葬地球，并准备悄悄离开。他们没有惊动地球人，因为两个种族各自进化，有了十万年的进化距离，已经不能算作同类了。但就在将要离开时他们意外发现，由于时空溅落的随机性，飞船竟然逆时序溅落在十万年前的地球，正处于上一波宇宙暴胀刚刚结束的时刻！对于移民船队来说，这是一个难得的最佳时空点。G星人决定留下，不走了。

当然，地球人绝不会允许数十亿G星人占据地球，于是G星船队冷静地策划了一场彻底的种族灭绝，并未因为地球人是耶耶的亲人而心软。

地球人中只有三个幸免者：当时的雁哨靳逸飞前辈、褚文姬和小罗格。保护他们幸免于难的是一个神奇的六维时空泡，由一位不知名的戴手铐的神赠予靳前辈。靳前辈在急怒中吐血而亡，此后褚文姬和小罗格矢志复仇，杀死不少G星人。二人也准备结合，延续人类的血脉。直到小罗格被杀、褚文姬被俘。

帝皇苍凉地回忆道："他俩就是被我亲手杀死和俘虏的啊，当年我15岁，已经被训练成一个冷血嗜杀的武士，但DNA深处的人类天性仍驱使着我，被褚文姬的美貌和风度所震撼。此后的种种曲折我就不赘述了，总之褚文姬经过痛苦的煎熬，最终放弃了对G星人以血还血式的复仇，而改用高贵的教化式复仇。其结果是，在一代人中，她把野蛮尚武的G星人改造成了新地球人，而她也成了所有新地球人的'嬷嬷'。嬷嬷于18年前仙逝，更准确地说，她并没有死，而是在一个神奇的高维泡泡的保护下，变成了一个活着的塑像。"

帝皇结束叙述，疚痛地说："我们罪孽深重，不奢望以一次忏悔博得你们的宽恕。我只能说：这就是历史。不仅G星人的历史——它属于人类文明的分支——甚至整个人类的历史，都是从血泊和肮脏中走出来的。逝去的历史无法更改，只有抛开历史的重负才能前行。"

皇子平桑轩逸也真诚地说："G星人都是褚嬷嬷的后代，是人类的嫡系后代，从文明基因上说是如此，从血统上说同样如此。"

其他G星人没说话，静静地等待着，包括那位不肯下跪谢罪的公主。

帝皇的忏悔很沉痛，但总的说相对冷静。因为这是已经凝固的历史，而帝皇的感情也已历经半生的沉淀。七位客人突然得知噩耗，处于极度的感情锯割中，震惊、狂怒、切齿仇恨，也浸泡着绝望和无奈——他们意识到历史已经凝固了，无法更改了，而且此刻他们处于帝皇的绝对控制中！元元的心智是以数理逻辑为主，不具有这样的强烈感情。它冷静地将帝皇披露的信息纳入量子脑中，综合分析，最后得出结论：对方的忏悔是真诚的，信息可信度为99.99%。它悄悄把这个结论告诉了船队长。

久经风浪的姬继昌知道此刻该怎么做。他艰难地平息了感情波涛，用目光安抚住六名同伴，尤其是怒火最炽的康平。然后他回过头，苍凉地说：

"陛下，这对我们是最沉重的时刻。这个噩耗让我们心如刀割，很难立刻接受你们的忏悔。但我相信褚文姬的选择。这位血性女子丧夫失子，又痛失导师和情人，曾力行了以血还血式的复仇，但最终改为高贵的教化式复仇，她这样做总有充足理由吧。"这段话是对帝皇等人说的，同样是对他的同伴说的。"帝皇，请容我们平静一下，努力接受这段历史吧。"他回头对六位同伴严厉地说，"严格对船员保密！这些事实只能有控制地逐步披露。"

性格粗莽、快意恩仇的康平简直无法隐藏目中的怒火，但他知道姬继昌是对的，眼下天船队处于帝皇的绝对控制之下，此时发泄怒火只能是自取灭亡。他勉强点点头。埃玛、约翰、额尔图、维尔、拉马努等也依次点头。

帝皇真诚地说："知道你们一时无法接受我们的忏悔，只能慢慢求得你们的谅解。"

埃玛问："帝皇刚才说那位褚……嬷嬷是活塑像？我们经过广场时，确实曾远远看见她绽出一波微笑，是活的微笑。"

"是的，那件事是我18年前亲历的。"帝皇不由得陷于回忆中，"那时我已经登基，为褚嬷嬷造了一尊雕像，是按我第一次见到她时的模样雕刻的，年轻而美貌。褚嬷嬷七十寿辰那天，我和梓童陪着她去皇宫广场，为雕像开光。就在此时，一位'神'飘然降临，赠她一个六维时空泡，说泡内的活力场能让她长生不死。嬷嬷说她已经太累了，不想再为人生煎熬，一度想拒绝这个礼物，但最终还是改变主意接受了。知道她为什么改变主意吗？"帝皇看着七个客人，"当时嬷嬷是这样说的：当千年万载后，天、地、人船队或诺亚号飞船回地球时，最好能有一个真正的地球人来迎接他们。于是她接受了'神'的礼物，与雕像合为一体，或者说，嬷嬷变成了一个活的雕像。合体后雕像的外貌没变，只是黑发变成了白发。"

帝皇夫妇感情激荡，回到了当年与嬷嬷生离死别的场景，帝后甚至珠泪涟涟。夫妇两人那时都还年轻，转眼已经白发槁颜了。所幸，他们在有生之年见到了归来的游子，算是代嬷嬷还了心愿。姬继昌心中十分矛盾：眼前这群人是人类不共戴天的仇敌，但他们对"嬷嬷"的感情又显然是极为真挚的，并惠及嬷嬷亲人，这一点无法作假。

康平闷声说："刚才我瞥见，在广场远处，与褚文姬塑像相对，好像还有一座年轻男子的塑像。我猜测那是罗格？就是你说的那位不愿活在G星人的身体里、自断经脉而死的罗格？我想去祭拜他。"

他的声音平静，但其实蕴含着刻毒的仇恨。姬继昌立即补充一句："对，我们想祭拜他们二位。"

他对康平的话进行了悄悄的更正：单单祭拜罗格和同时祭拜两人的含意是不同的。帝皇和帝后没有听出康平话中内蕴的仇恨——或者假装没有听出。帝后说：

"你们先到国宾馆安顿好，休息一晚，明天让公主带你们去吧。都说公主与嬷嬷长得最像，和嬷嬷最有缘分。"

公主高兴地答应了："好的，乐意为尊贵的客人效劳。"

主客告别，中书令安排礼宾官带七位客人去国宾馆，帝皇率手下亲自送出宫门，与客人告别。七个客人虽努力掩饰，仍显得比较沉闷，默默离开。等客人的身影消失在御道拐角，帝皇立即率众臣返回密室，召开御前紧急会议，这次会议是预先就安排好的。皇子平桑轩逸先开口：

"陛下，在得知历史真相后，他们心中显然充满了仇恨和怒火，尤其是康平、维尔两人更为明显。这种心情在我们意料之中，可以理解，也不足多虑，因为我们对局势有绝对的控制权。儿臣只担心一点。"他略为停顿，环视众人，接着说，"只担心 G 星，我们的故土，那是我们最薄弱的命门。陛下，他们从虫洞中随机溅落时，恰恰落在 G 星附近，儿臣相信这个结果纯属偶然；但如此巧合，难道是复仇女神的安排？不管怎样，对那儿的封闭要做到万无一失。"

帝皇点点头，平静地说："他们是褚嬷嬷的亲人，务必热情供奉，让他们宾至如归——不，朕说错了，他们不是宾，是主人。最好能劝他们留下，留在他们的故土和父母之邦，享受我们终生的供养，享受优雅富足的生活。如果他们决定离开，而且执意近期就要离开的话——掌玺令，在他们离开前，你亲自带一支舰队去 G 星守卫。"他稍顿，改变了命令，"不，现在就去吧，一直守在那里，等朕下令再撤回。"

掌玺令说："遵命。微臣知道这件事的分量，一定百倍谨慎。只是……陛下，微臣有个破格的请求：请陛下赐我圣杀令。"

帝皇犹豫着，没有立即回答，掌玺令耐心地等着。作为帝皇手下的老臣，他熟知"嬷嬷"在帝皇心中的分量，也能掂出"嬷嬷亲人"在帝皇心中的分量。所以，他破例索要圣杀令，实际是索要帝皇的决心——如果涉及国之根本，即使对嬷嬷的亲人也要严厉处置！屋内静场了很久，气氛沉重如铁，忽然公主咯咯地笑了：

"掌玺令伯伯真厉害，咋就想起这个宝贝了！从上代帝皇迄今，这宝贝从没启用过，我都快把它忘啦！我想这次也用不着它。皇兄你说呢？"

皇子看看父皇，谨慎地说："我也觉得用不上。不过父皇你授予他吧，掌玺令大人一向端谨持重，绝不会滥用的。"

帝皇最终也点了头，简短地说："朕授予你，相信你一定会慎用的。"

第三章　嬷　嬷

第二天，帝皇再次宴请天船队所有船员，宴会地点仍在皇宫的院内。

7000名船员昨晚已经被船务委员会告知：人类没熬过那次宇宙灾变，全部灭绝了。这个泼天噩耗让人悲痛欲绝，但其实也是意料中的事，因为飞船上天前人类已经预知了这场灾变，正是这场灾变逼得他们逃离故土。所以他们相对平静地接受了这个噩耗。他们还知道了，现在的地球人实际是从十万年后的G星来的，是褚贵福带去的卵生人的后代——但他们仍然属于地球人的血脉，甚至可以算作乐之友的嫡系后代，这算是不幸中之大幸吧。天船队的游子在离家十一年后幸运地回到地球，纵然亲人已逝，但故土比他们离开前更为先进、富足、优雅、美丽，这对他们是悲痛中的安慰。虽然今天的地球社会有某种陌生感，也是可以理解的，毕竟他们来自G星，有着独有的进化经历，他们能基本保持地球人的风貌，已经很难得了。在船员们眼里，不管怎么说，眼前的地球还是一个"相对熟悉"的老地球，充满故土的亲切。

这正是姬继昌说的"有控制的逐步披露"。现在，七名船务委员悄悄扛着这个秘密，努力维持着平静的假面，但要做到这一点实在不容易啊。

宴席中，帝皇亲切地问姬继昌此后的打算。帝皇真诚地说：

"既然由于时空溅落的随机性，环宇航行已经不大可能实现，那么，我衷心希望天船队留在地球，好好享受生活。这是你们的故土啊，你们比我们更有资格享用它。如果你们决定留下，所有船员都将终生享受皇家待遇。当然，如果你们最终决定继续航行，我也会尊重你们的意愿。无论你们做出什么决定，我都会大力支持。"

姬继昌已经事先考虑过该如何回答，笑着说：

"衷心感谢陛下的深情厚谊。这是件大事，还得广泛征求船员们的意见。

就我个人来讲倾向于继续航行。环宇探险已经成了我们这代人的天性,印记在血脉中,渗透在骨髓里,无法改变。你们应该在乐之友的资料中读过下面这段历史:当年,乐之友派'姬船队'用激发'婴儿宇宙'的办法来逃出母宇宙,那基本是一次必死的冒险,但我的六千名伙伴们全都视死如归。后来,即将激发时被楚天乐先生紧急叫停。之后我们不死心,甚至秘密组织过一次'叛逃',去往那个九死一生的婴儿宇宙。"他有意扯出这段陈年旧事,以便把他的拒绝表现得更自然一些。它确实是历史的真实,相信帝皇已经在地球信息库中读到有关记载。"至于环宇航行能否实现,目前说'不可能'为时尚早,我们边走边探究吧。乐之友一直秉持的口号是:活着!先走起来再找路!"他最后加了一句,"何况,亲人们都不在了,我们也想离开这块伤心之地。"

他隐晦地提到"伤心之地",不知情的船员们以为他是指人类灭绝于"自然灾变",而帝皇自然知道其中含意。帝皇点点头,说:

"朕……"他立即改口,在这些客人面前他一直避免使用这个称谓。"我尊重你们的选择。如果你们决定要走,我会提供充足的给养。你们想不想换成新飞船?我们的飞船可能稍微先进一些。"

"谢谢帝皇的慷慨,但不用换,老飞船我们用惯了,而且其性能也足以胜任环宇航行。"

宴席上大家一直言笑晏晏,几名知道真情的船务委员都表现得很平静,只有康平显得寡言。宴会后,中书令安排其他船员们返回国宾馆,只安排七位船务委员前去瞻仰嬷嬷和罗格的塑像,公主做向导,侍卫格鲁随行。这样的安排是为了对普通船员暂时保守有关嬷嬷的秘密。姬继昌很默契地同意了这种安排,他同样不想让普通船员过早知道。

一行人步行到广场,先去瞻仰了罗格塑像。一个十七八岁的年轻人,身材瘦削,手持激光枪正在射击,但对方粒子枪的轰然一击炸飞了他的腹部,形成一个贯通的空洞,此刻肉体的疼痛可能还没传到大脑,他惊异地低头看着腹部,似乎不相信自己的眼睛……这是一个有血性的年轻人,他的刚烈甚至博得了敌人的由衷尊敬。康平紧紧盯着罗格,盯着他腹部的空洞,目光如

火,仇恨在胸中如岩浆般涌动。他瞅公主和侍卫格鲁没注意这儿,以极低声音对身边的姬继昌说:

"……你是对的,必须尽速离开……"

姬继昌用严厉的一瞥制止了他。新地球人的科技十分先进,完全可以远距离监视监听。

然后一行人去瞻仰褚嬷嬷的塑像。从雕刻技艺上说,这尊塑像显然更见功力。一位极为美貌优雅、雍容高贵的裸体妇人,白发娇颜,胴体健美,戴着手铐,深邃的目光平静地遥视远方。看着她,众人心绪复杂。听帝皇叙述了她异常艰辛跌宕的人生之路,大伙儿虽然痛恨她帮助G星人在地球扎根,但更多的是怜悯和谅解。想当年,她在做出那个艰难的转变时,该经受了怎样的心灵煎熬啊!相对这样的煎熬,死亡都显得太轻。忽然,良子低声惊呼:

"看,她又在微笑!"

良子指的当然是那种"活的微笑"。没错,塑像在向他们微笑,不光是微笑,还缓缓地向他们侧身,缓缓低头。大家已经得知她是"活塑像",所以并没有太惊异,只是紧张地等待着。塑像首先把目光聚焦在康平身上,直视着他的眼睛,无声地说——但在场所有人都清晰地听见了:

"不要——去——G星。"

康平心中霍然一震。这正是他念兹在兹的念头。他想赶紧离开地球,因为在这儿敌我双方实力悬殊,无法报仇;他要前往G星,那儿处于不稳定的时空状态,稍加干涉就会引发崩溃,是仇人们最大的罩门。如果他们能溅落在褚贵福老人苏醒前的时空点,也许能中断此后G星进化,也就改变了地球的历史,把被灭族的人类从时空中拯救出来。相信连褚贵福前辈也乐意这样做的,纵然他是G星人的先祖。他这个念头越来越强烈,因为担心对方的监听,一直藏在心中,对姬继昌都没有说过。但此刻,褚文姬,这个法力高强的巫婆,第一句话就准确地击中了十环!他的心情顿时无比灰暗,因为,这个念头只要被敌方得知,复仇的希望就基本破灭了,新地球人毋宁说是外星杂种武力强大,足以轻松粉碎任何偷袭的企图。虽然明知此刻表示愤怒无异自杀,但康平天性耿直,无法做到"喜怒不形于色"。他怒视着嬷嬷,心中满盛着郁怒，满盛着绝望的悲愤。他既恨这位"嬷嬷"用毕生精力帮外星杂种在地球上站稳脚跟，又恨她这么快就斩断了自己的报仇希望。姬继昌十分熟悉这位光屁股伙伴，他看看康平，用目光向他警告；然后回过头，干脆地对褚文姬说：

"请你放心，我们不去G星。"

公主冰雪聪明，听懂了三人对话中隐含的意思，轻松地笑道："当然没人去。嬷嬷你放心，没人去，那里是皇家禁地，谁去那里找死啊？"

这句话像是玩笑，但此时此刻，这样的玩笑让康平心中滴血。他回头怒视着公主，公主看懂了他的表情，但仍保持着轻松的嬉笑。姬继昌连忙打岔，笑着问塑像：

"我该怎么称呼你，是不是也像新地球人一样尊称嬷嬷？但算起来你该是我的孙辈才对，你的曾祖是我的褚伯伯。"

塑像对这句调侃微微一笑，没有回答，而是无声地说出第二句话，但所有人仍然听到了。这次她的目光聚焦在姬继昌身上：

"超圆体——有——中心。"

这次轮到姬继昌心中一震！这尊活塑像确实神力无比，刚才准确地猜到了康平的内心，这次则猜到了自己的内心。尽管由于时空溅落的随机性，环宇航行已经难以完成，而且地球上的巨变也严重干扰了他们的计划，但他绝不会放弃"验证宇宙是超圆体"这个终极目标，只是眼下还没有想到可行的办法。这位"褚嬷嬷"惜言如金，只说了寥寥六个字，但含意丰富，显然是在为他们指路。众所周知，一维超圆体圆环有中心，中心位于比其高一维的二维平面上；二维超圆体球面有中心，中心位于比其高一维的三维空间；三维宇宙如果确实是超圆体，那么它也会有中心，中心应该在比其高一维的四维空间，也就是所谓的"二阶真空"中。只要根据某种特质找到这个位于更高维度的宇宙中心，也就间接证明了三维宇宙是超圆体。问题是：如何能抵达那儿？如何进入高一维的空间？如何辨别它？对这些难点如何解决，连理论上的假设都没有。他准备向嬷嬷询问，但公主已经迫不及待地问了：

"嬷嬷，你说的超圆体宇宙中心，是否就是《亚斯白勺书》中说的至尊、极空、万流归宗之地？它在哪里？怎么去？"

姬继昌等人对公主的话很困惑，不知道她说的"至尊、极空、万流归宗之地"是什么玩意儿。姬继昌用目光询问元元，元元轻轻摇头，表示它的信息库中没有相关信息。此时塑像转向公主，用目光爱抚地刷遍她的全身。她再次开口了，仍然是无声的语言，但所有人都听见了：

"大道——为——空。"

所有人都很困惑，从刚才两句话看，嬷嬷惜言如金，为什么此时说了这样一句不着边际的、好像道家偈语的四个字？它不像是对公主所提问题的回复。公主同样很困惑，想再询问，但塑像已经把目光转向了空中飞翔的元元。塑像仍没有说话，但元元显然接收到了某种信息，急急地说：

"船队长，她在唤我飞近！"

姬继昌立即说："你去就是！"

元元飞向高处，与巨大塑像的眼睛平齐，随后发生的变化令众人震惊。此前他们已经知道，这尊塑像实际是六维时空泡保护下的嬷嬷，而这个"六维泡"是不可见的。但是，当元元飞过某条不可见的边界后，这个泡泡被激活了，显出透明但清晰可见的球面边界，嬷嬷位于泡泡中心。元元也被包在泡泡内，两者显然在交流。但交流的方式相当奇特，泡内出现一团紫光，像活物一样脉动着，慢慢扩大，把元元完全罩住。元元被罩住后，它的球形身体变得半透明化。然后紫光慢慢收缩，变为一个紫色的光点，消失在元元球形身体的中心。

元元飞出球形边界，急急地说：

"嬷嬷要走了！她什么也没说，但我分明听到了她的话，是她的意识把我淹没了。这是一种全新的感受，我无法准确描述。"

"她说了什么？"姬继昌问。

"她说，她早就想去往'至尊、极空、万流归宗之地'，那是普天灵智的皈依之地。只是为了能够看一眼回归的亲人，才滞留至今。现在她心愿已毕，要离开地球去那儿了。"

元元的转述看来没错。那个透明但可见的泡泡慢慢消散了，而塑像也发生了肉眼不可见而能意会的变化：它的"生命"或活力消失了，变成一具真正的塑像。不，肉眼可见的变化也是有的，她的满头白发慢慢转黑，变得又黑又亮，光可鉴人。她仍在微笑，不过不再是活的微笑，而是她最后那波笑容的凝固。姬继昌等七人为塑像的变化惊疑不已，公主喃喃地说：

"嬷嬷走了，嬷嬷的灵魂肯定离开了雕像，与我们永别了。我见过当年雕像开光时的照片，黑发的嬷嬷才是雕像本来的形貌啊。"她怅然良久，想到嬷嬷很可能从此永别地球，心中是深深的失落。然后她转向姬继昌，"船队长阁下，按父皇安排，瞻仰雕像后我本该送你们回国宾馆。但既然嬷嬷'显灵'，还对我们有所教诲，是否咱们立即返回皇宫见见我的父皇？我觉得，嬷嬷的三句教诲非常重要。"

姬继昌立即答应了。他也觉得，在嬷嬷"显灵"之后，特别是她说出"不要去G星"的警告后，他们不应该拒绝去见帝皇，以免引发不必要的误会。还有，关于那个"超圆体中心"和"至尊、极空、万流归宗之地"，他也想从帝皇那儿得到更多的信息。一行人同嬷嬷的塑像告别，返回皇宫。

途中偶遇了豆豆和伙伴们——其实算不上是偶遇，因为豆豆并没有回国宾馆，一直在皇宫附近游逛，想寻找进宫或与公主碰面的机会。他的伙伴们全都热心地陪着他，包括微怀醋意的阿冰。看见爸妈一行人，并且公主也在其中，豆豆满面春风地迎上来。问清他们是要返回皇宫，豆豆立即急切地说：

"我也一块儿去吧，我们几个都一块儿去吧。皇宫这么漂亮，我们一直想参观它的全貌。"姬继昌想找理由拒绝，此去见帝皇，谈话中恐怕会涉及一些历史真相，而这些真相他暂时不想扩散。但没等他拒绝，豆豆已经自来熟地和公主攀上了话，"公主妹妹，吉儿妹妹，我们想去参观皇宫，主人欢迎不？"

公主笑着点头。这下子姬继昌不好拒绝了，只好默认。康平则郁怒地哼了一声。他一向宠豆豆，但眼下实在看不得他对公主屁颠屁颠的样子。没错，这位公主既美貌又高贵，年轻男人为她动心是正常的，但她却是血仇的后代！她的祖父、父亲都是双手沾满人类鲜血的禽兽！当然，豆豆尚不知道真相，这么苛求他其实不公平，但尽管如此，康平无法克制心中的不快。

帝皇和帝后在寝宫接见了他们。公主一进门就急切地说："父皇，母后，嬷嬷苏醒了！"

"嬷嬷苏醒了？！"帝皇敏锐地反应道，"那么，她随后就离开了？"

"对，她走了，但走前留下了三句话。"

帝皇与帝后立即起身，向广场方向虔诚遥拜。三拜之后，帝皇痛惜懊恼地说：

"真该死，刚才我和你母后都该陪客人去现场的，我太粗疏了。当年嬷嬷接受'神'的馈赠并变成活塑像，只是为了再见一眼回归地球的亲人。今天她见到了，自然会离开。这个结局我竟然没能事先料到，真是老糊涂了。实在可惜啊，错过了见嬷嬷最后一面的机会。"

帝皇夫妇跌足长叹，怅然良久，之后才回过神来："吉儿，嬷嬷留下哪三句金言？"

姬继昌抢先说："嬷嬷的第一句话似乎是对我们说的，因为当时她的目光朝向我们。她说：不要去 G 星。陛下，我们知道那儿已经成了耶耶教的圣地，不会去打扰的。"

他直视着帝皇，因为豆豆等六位年轻人在场，他对这件事点到为止。帝皇点点头，两人心照不宣。姬继昌接着说："嬷嬷的第二句话似乎也是对我们说的，她说：超圆体有中心。我相信她已经知道我们的困境，这是在给我们的探险之旅指路。当时公主曾问她，这个中心是否就是《亚斯白勺书》中说的'至尊、极空、万流归宗之地'？又问嬷嬷，它在哪里，怎么去？但嬷嬷没有直接回答，只说了一句：大道为空。随后就飘然而去。走前她告诉我的智能助手元元，说她是去往那片至尊之地。后两句金言一定具有深意，但我们资质鲁钝，不能理解。"

帝皇略为沉吟，与帝后交换目光，叹道："这件事么说来话长，还是让公主详细解说吧。她从少年时代起就有一个执念，估计与这件事相关。"

公主目光熠熠，对父皇点头同意。但她没有立即解说，而是低声交代格鲁，到她的寝宫取一样东西。等待期间，帝皇感慨地对客人们说：

"朕……我这个女儿啊，从小就不同常人，她的心灵同大自然是相通的，

宇宙晶卵

对那些玄虚之事最感兴趣，老是问这样的傻问题：宇宙有多大？多老？什么时候出生的？会不会死？死后会不会重生？重生的宇宙还像不像它的母亲？这类问题我和梓童一个也回答不了，惹得她扁着嘴不高兴。可惜那时嬷嬷已经去世，否则以嬷嬷的睿智，一定会让她满意的。"

帝皇感慨时，公主一直凝望着远方，沉浸在遐思中，今天与嬷嬷的交流在她心中勾起了万千思绪，勾起少年时的憧憬。她感受到了冥冥中强烈的呼唤。很快，格鲁抱着一件颇重的物件回来，是一块紫水晶的原生矿，有成人的头颅那么大，大致呈山形。矿石一角被剖切和磨平，可以看到内部的结构：粗粝的外壳之中是一个空腔，腔内由外向内生长着很多六棱形的水晶柱，端部是尖的，晶莹澄澈，光滑精致，呈现出高贵神秘的紫色，与粗粝的外壳反差强烈。看到它，豆豆不由摸摸自己左腕的手串，那也是漂亮的紫水晶材质，是临上天前鱼乐水奶奶送他的，与公主这块原矿石颜色相同。不过他闹不明白，其他船员同样不明白，公主在讲述"至尊、极空、万宗归流之地"的话题前，特特拿来这块紫水晶，是什么用意。

公主心潮起伏，抚摸着紫水晶，遐思地说："这是我少年时在一家地质博物馆看到的，当时我立即被迷住了，向馆方强买了它，带回家中。关于水晶晶体如何形成，我们今天都知道科学的解释，它需要同时具有以下条件：含有丰富二氧化硅的热液、岩浆凝固时由气泡形成的一个晶洞、600度左右的温度、两到三个大气压的压力。在这些条件下水晶会自动结晶……从根本上说，宇宙诞生至今只有两种运动：一是无时不在的熵增，它让万物变得无序；二是逆向进行的自组织，它在无序中自动产生秩序。水晶的形成就是自组织的一个典型例子。当然，这是我长大后的认识。在当时，在一个少女心灵中，领悟到的却完全是另外一幅图景：在黑暗幽闭的岩层中，二氧化硅分子感受到了'空'的存在，感受到冥冥中的召唤。它们依本能知道，只要进入晶洞，自身就会升华，由粗贱杂乱的石头，结晶出高贵精致的水晶，成就出它们本来该有的高贵面貌，彰显其内禀之'道'。于是它们竭尽自身之微力，默默地、艰难地向晶洞移动。这个过程历时千万年，才形成眼前的晶体，璀璨、高贵而神秘。"她叹道，"这件水晶原矿石真的把我迷住了，从那时起，我一直把它放在卧室，每天伴我入眠。夜深人静，我甚至能聆听到'空无'的召唤。"

她说得十分动情，听众都被她感染了，感受到冥冥中的神秘召唤——只有康平满脸不屑。除了他对这位"仇人后代"的心结，也因为他从来不耐烦听这类玄虚的话题。公主又说：

"然后，大概是十岁时，我在圣书《亚斯白勺书》中读到了一段话，立即产生了强烈的共鸣。你们听我背诵这一段：

> 蛋房岁月中耶耶大神曾数次言及此事，惜亚斯愚钝，终生未能领悟其奥义，谨于晚年追记如下：传言浩瀚星空中有一个至尊之地，也是极空、万流归宗之地，名曰宇宙之心，被神圣的紫光笼罩，是普天诸神灵智皈依之所。诸神皆为天帝之长房苗裔，在宇宙中开枝散叶，历亿万劫方修得真身。凡得真身者皆脱体飞升，回到此至尊之地，将灵智融于紫光之中，献祭于天帝。

她流畅地背诵完毕，目光灼灼地问客人们："听了这段神谕，你们是什么感受？反正我初次读到时有强烈的晕眩感。我觉得，这段神谕和水晶晶洞的神秘召唤简直是异曲同工啊。你看，在黑暗幽闭的宇宙中，生命或灵智感受到了'空'的存在，感受到了冥冥中的召唤。他们依本能知道，只要进入那个'晶洞'，自身就会升华，能将灵智融于紫光之中，成就出他们本该有的高贵。于是他们就竭尽自身之力，不可阻挡地向那儿前进。"

客人们受到强烈的震动，包括姬继昌。公主的感悟比较诗意，比较缥缈，而姬继昌的感悟比较实在。他觉得，这虽然是一段宗教传说，但也可能是真实的宇宙历史。传说中的"天帝之长房苗裔"，很可能是起步很早的文明，他们在宇宙中经历万千劫难，最终羽化成神，达到神级文明。至于他们在羽化后为什么都要回到"至尊、极空、万流归宗之地"，一时还想不清楚。推测可能是一种寻根行为，是宗教意义上的"朝拜天房"，或者是科学上的大道归一。这些天来，他读了不少皇家典籍，对G星的历史有所了解，知道那位耶耶曾得到"神"馈赠的天房和一个六维时空泡，那么这段历史信息也可能得之于"神"的传授。当然，不会有超自然的神，那只是达到神级文明的一位先圣，被蒙昧时代的G星先民神秘化了。至于这段话中的"将灵智融于紫光之中"，眼下猜不到其真实含意。但无论如何，姬继昌已经有了强烈的预感：这个宗教上的至尊之地与"超圆体中心"一定有某种联系。它很可能是一个双重圣杯，只要找到它，既证实了宇宙是超圆体，也将得到科学上的极大提升。

公主的激情述说影响了众人，大家目光闪烁，遐思翩翩，只有康平心中发凉。他断定，这绝对是那个老巫婆的忽悠，是想骗天船队陷入一个虚无缥缈的目标，忘了对G星人的血仇。看伙伴们的表情，很可能他们已经上当了，甚至包括最为睿智的姬继昌，这让他十分焦灼郁怒。

公主忽然问姬继昌："姬船队长，听父皇说，你们打算再次离开地球，继续你们环游宇宙的理想？"

姬继昌谨慎地说："我还没有广泛征求船员们的意见。以我本人的意愿，是这样的。"

公主立即说："那我跟你们走。"

一座皆惊！尤其是那些客人，惊得眼珠子都掉出来了。几位主人也吃惊，但表情相对平淡一些，夹杂着一些苍凉无奈。抱着水晶矿石的格鲁皱紧了眉头，显然极不乐意听到这句话，但并未显得意外，显然这句话在他预料之中。公主立即对客人解释：

"不用惊奇，这正是我从孩提时代就有的梦想，父皇母后包括格鲁都知道的。我一心想找到这个至尊之地，所以从小就磨着父皇，对我进行了严格的太空训练。这几年我又磨着父皇母后，让他们为我组织一个远航船队。但父皇母后舍不得我离开，一直在推诿拖延，我也没忍心下最后通牒。现在，正好你们来了，而且有幸得到嬷嬷的面谕，我想这一定是嬷嬷有心成全我，这下子父皇母后就无法推托啦！"她大笑着，问几位客人，"你们愿意接受这个不速之客吗？"

未等船队长回答，豆豆抢先说："当然，我们热诚欢迎！"

阿冰、谢廖沙等五个年轻人也笑着点头。豆豆的"过分殷勤"招来康平恼怒的一瞥，姬继昌同样心中不快：不管该不该接受公主上船，豆豆也不该在船队长之前就表态同意。他以目光向儿子警告，豆豆知道自己冲动了，冒失了，讪讪地笑着。帝后对公主招招手，准备劝解，公主一句话堵了回去：

"母后，你非常清楚，这是女儿的一生夙愿，所以——劝阻的话就不要说啦。"

帝后苦重地叹息一声，真的不再说话，看来公主确实已经磨了他们很久，而父母始终无法劝转女儿。到了这个地步，姬继昌只好表态：

"我们当然竭诚欢迎啦，尊贵的公主能加入天船队，是我们的无上荣幸。但你最终是否成行，要看你父皇母后的旨意。"

帝皇面色平静，只说了四个字："从长计议。"

他安排礼仪官送客人回国宾馆，格鲁端上那块水晶原矿，准备随公主回她的寝宫。豆豆不失时机地走过去，从手腕上捋下紫水晶珠串，放入水晶原矿的晶洞里。两者颜色十分相近，都是高贵神秘的紫色，晶莹澄澈，水晶珠串就像融化到了晶洞中。豆豆笑着说：

"公主你看，两者完全同色啊，多难得的机缘！公主妹妹，让这些水晶珠回归晶洞吧。你刚才那番话太有激情了，连它们都感受到了冥冥中的召唤。"

这是聪明的送礼，想来公主不会拒绝。康平把豆豆的鬼心眼看在眼里，不快地说："豆豆，这串珠串是鱼奶奶送你的吧？"

他是在提醒豆豆，鱼奶奶的礼物不要轻易送人，更不用说送给"仇人后代"。阿冰也趁机捣蛋：

"豆豆，我听鱼奶奶说过，让你把它送给心上人？"

豆豆有点尴尬，威胁地瞪她一眼，阿冰捂着嘴笑。鱼奶奶送珠串时并没说这句话，但这会儿豆豆不好辩解，这种事只能越洗越黑——而且说到底，这不正是他的隐秘目的？公主聪慧过人，对付这些小伎俩自然不在话下，抿嘴一笑：

"这些水晶珠真漂亮！很想满足它们回归晶洞的心愿，可惜我不敢收，我知道它一定有真正的女主人。"

她把珠串从晶洞里取出来，笑着还给豆豆，目光却促狭地看着阿冰。豆豆尴尬地收下了，阿冰则暗中高兴——公主是在调侃她，但阿冰对这句调侃绝不反感。

国宾馆的招待非常周到，但对于七位知情者来说，这儿无异于监狱。为了防备主人可能的监视，他们从不用语言交流内心想法，连目光的交流都很谨慎，平素说的都是安全的话题。康平对局势的进展很是困惑，他坚信那位"嬷嬷"抛出所谓"超圆体中心"是一桩阴谋，是想诱惑船队陷入一个虚无缥缈的目标而放弃血仇，但半道中突然蹦出来的这个公主又是咋回事？她执意加入船队，难道是出自帝皇的授意，是想借她全程监控天船队的行程？那这位帝皇下的本钱未免太大了，基本不可能。康平百思不得其解，又无法和姬继昌或妻子深度交流，只能闷在心中。

晚上，一位礼仪官避开其他人悄悄通知姬继昌，说帝皇想单独召见他。虽然瞒着同伴去见帝皇不大合适，但姬继昌无法拒绝。他只是提出让元元跟随，算是起码的见证吧，礼仪官未表示异议。于是他避开其他人，带着元元，悄悄随礼仪官去了。

白发苍苍的帝皇单独在密室等着他，神态平静，但蕴含着深深的苍凉。姬继昌与他见礼，坐下，没有主动挑起话头，谨慎地等待着。

帝皇问："姬先生，看来你决心已定，要继续你们的环宇航行？"

姬点点头："应该是这样的，我已经询问了全体船员的意见，除了少数几位想留下，其他全都同意。"

"但嬷嬷并没有明确说出：如何寻找那个'中心'。"

姬笑着说："没关系，只要知道了有这个中心，总会有办法的，哪怕它在高维世界。乐之友那句老话你应该知道，我们习惯先走起来再找路。"

帝皇沉吟良久，叹息道："那么，公主要随你们前行这件事，恐怕也无法改变了。"

姬继昌当着公主的面曾答应过，但那是不得已之举，这时试图拒绝："尊贵的公主能主动加入我们的船队，那是我们的无上荣幸。只是，公主千金之体，是陛下的心肝……"

帝皇叹道:"我和梓童当然舍不得她,也会继续劝阻,但我料定最终挡不住的。我想也许是天意吧,是嬷嬷在亲自召唤她……你对公主的真实身世有猜测吗?"

姬继昌稍为一愣,谨慎地说:"我猜测过。她与嬷嬷如此相似,但据我这几天浏览过的新地球史,上面从未说嬷嬷有过生育。那么,她是嬷嬷的克隆体?"

"没错。她的名字,吉儿,其实就源于嬷嬷的名字褚文姬,只是为了避免别人猜到她的身份,改用了同音字。还有公主侍卫格鲁,你能猜到他的真实身世吗?"

姬继昌过去从没想过这件事,这会儿经帝皇提醒,顿然醒悟:"他也是克隆体?是……另一座雕像的原身,罗格?"

帝皇苍凉地叹息:"是的,说来话长啊,上次我已讲过G星人与地球的恩仇,但关于嬷嬷和罗格的私人关系说得比较粗略,今天我详细告诉你。"

帝皇说,当年G星人使用"死神啸声"武器实施突然袭击时,地球上唯有三人幸存:靳前辈、32岁的褚文姬和17岁的小罗格。靳前辈不久就吐血而亡,死前曾希望两人担起延续人类血脉的责任。后来,在共同的复仇战斗中,小罗格完成了从弟弟到丈夫的心态转变,但局势险恶,他们从未有过夫妻之实。不久,小罗格为保护褚文姬而壮烈牺牲。

之后世事变迁,褚文姬最终把以血还血式复仇改变为教化式复仇,她也成了所有G星人的嬷嬷,还曾挽救了他父皇母后的婚姻。后来,他母后出于感激向她透露了一个秘密:小罗格的头颅还完好保存着,而G星人的科技完全可以复活它,只需要一具身体。这种头颅移植不同于克隆,因为克隆人将长成另外一个人,而头颅移植后的"新人"完全保持本人的记忆、本人的人格当然也包括本人的爱憎。而且用于移植的身体是现成的,因为G星皇族要员在战前都备有"B躯",即本人发育成熟的克隆体。他父皇慷慨捐赠了自己的B躯,嬷嬷接受了,让小罗格的头颅借其复活。在罗格逐渐苏醒的过程中,嬷嬷一直单独陪着他,谨慎地逐步披露这些年地球的变化。虽然这个现实接受起来很艰难，但小罗格最终还是接受了，也准备陪着爱妻在异族的环境中活下去。那晚，他们有了第一次云雨。但云雨之后小罗格忽然发现，这具身体完全不是自己的！他猜到它是仇敌的！嬷嬷尽力劝慰，但小罗格第一次向他敬重的姐姐撂了重话：

"作为最后一个地球女人，你还是不了解男人啊。"

他不愿活在仇人的身体中，硬是用意志力切断了大脑同身体的联系。临死前他还交代：

"不要抢救……男人最后的尊严……"

帝皇叙述这些往事时，胸中波涛汹涌，几乎难以自制。他尽量平静自己，悲凉地说：

"罗格先生是我15岁时亲手射杀的，可以说，是我用血淋淋的双手毁了嬷嬷的一生。我自知罪孽深重，总想有所补救。我知道，对他们进行克隆肯定是违背两人意愿的，但我实在想为他们做一点事情……我也知道，克隆人并非本人，也不同于头颅移植后成就的新人。克隆人并不具有原型的记忆，不一定能延续上代的爱情，我只能尽力而为。我谨慎地保守着这个秘密，只让梓童知道，除此之外没有告诉任何人，公主和格鲁本人更是一无所知。我只是任命格鲁从小就担任公主侍卫，让他们尽量多接触，祈望他们能日久生情。"

姬继昌恍然大悟。他曾怀疑一位"公主侍卫"为什么身份尊贵，这时才明白了。他被帝皇的心意所感动："陛下，我理解你的负罪感，也感念你的良苦用心。只是，你代两人做出这样的人生安排……恐怕失之孟浪。但既然已经做了，就不说它了。请问，这两人现在关系如何？"

帝皇摇摇头："前景尚不明朗。格鲁看来爱上了公主，但他是个讷言的男人，也许还顾忌身份上的差异，所以从未有言语上的表达。公主则只把他看成亲爱的弟弟。"

这件事从根上浸透了悲剧性，两人苦涩地沉默着。过一会儿帝皇说："如果我和梓童劝不住，吉儿最终要随你们走，我会让格鲁跟着她，但不会再带其他侍从。船队长阁下能否恩准？"

姬继昌听出了他未说的话："我不会为公主派一队武装随从，因而也不会危及你们对飞船的控制，这件事上我绝对没有帝王心术，只是一个老父亲想满足娇女的心愿。"显然帝皇完全了解这边的戒备心理。姬继昌沉思片刻，帝皇把话说到这个份儿上，这件事已经无法拒绝，便郑重地回答：

"如果公主真的随我们走，那是我和船队的荣幸，我热诚欢迎。"他笑着说，"但陛下和帝后真的舍得她离开？即使我们的探险一切顺利，恐怕也不可能回地球了，几乎可以肯定，这是一次有去无回的旅程。所以——陛下和帝后还是尽量劝阻吧。"

帝皇叹道："当然，我和梓童肯定会继续尽力劝阻，但恐怕拦不住。我想这也许是嬷嬷的旨意——想让吉儿生活在真正的同胞中。"帝皇庄重地说，"那么，如果我们劝阻不了，吉儿和格鲁两个孩子就拜托你了。"

姬继昌郑重地点头。帝皇这句托付看似平淡，其实分量很重。他是说：一旦天船队的船员们得知人类灭绝的真正原因，公主和格鲁就要面对数千人的血仇深恨。而且这将是终生的受难，绝没有回头路。所以，只能拜托姬继昌来化解了。帝皇肯定已看出康平和维尔等人的浓烈敌意，所以才单独召见自己。姬继昌心情复杂。多日以来，他的内心一直处于极度矛盾之中。新地球人是人类的血仇，尽管帝皇诚意忏悔，但姬继昌一直保持着高度的戒备，也无法消除内心的仇恨；不过，在私人的相处中，这种敌意和仇恨又很难保持，他觉得帝皇的忏悔确实是真诚的。此刻帝皇敢于把公主托付给自己，更令他产生知己之感。一个老父亲对爱女的拳拳之情拨动了他的心弦。他真诚地说：

"陛下尽管放心。如果公主和格鲁真的随我们走，我会尽全力照顾他们，绝不会辜负陛下的托付。"他补充一句，"我也会保守两人的身世秘密。"

帝皇感激涕零："大恩不言谢。我和梓童会铭记终生。"

第四章　血　仇

　　船队进行了一次从容的休养，时间长达三个月。有关原地球人灭绝的真情始终瞒着 7000 名船员，而由七名船务委员独自扛着。姬继昌苦涩地想，这是做领袖的原罪啊。

　　天船队的船员来自各洲各国，都探了家，只有七名船务委员除外，他们不想再次撕开心中的伤疤。探家者看到处处物是人非。各家的房屋全部完好，有的空着，更多的住了新人。这些新住户都热情地招待了前主人，真诚邀请他们住几天。帝皇还宣布，只要船员们提出要求，可以立即索回本家族的房屋。但天船队的船员们没有一个人索要，他们大都已决定随船队离开，继续探险。只有少数人想留下，不过还在犹豫。船员们瞻仰了乐之友的旧址，那儿的三座大楼同样完好，已经辟作乐之友纪念馆，依然灯火辉煌。他们也参观了楚天乐等人的山中旧居，观看了楚天乐的火葬台，瞻仰了姬人锐及鱼乐水的墓地，参观了山上一线清流中艰难生存的柳叶鱼，它们是乐之友精神的象征。帝皇还派船送他们参观了月球的遗址。在月球背面，当年的太空实验室在一次激发事故中化为巨大的碗状物，而康不名等三位先烈的身体至今还嵌在透明的类中子物质中。这种材料十分稳定，只要不被大陨石砸坏，它们会在亿万年中完好如新。

　　康平透过太空服头盔瞻仰着遗址，默默地为爷爷行礼，目光中更多的不是悲痛而是怒火。他发现月球上驻有强大的巡逻船队，严密地守护着地球。而且，据格鲁有一次无意透露，说最近一直没露面的掌玺令率领一支更强大的船队去 G 星了。他去那儿要提防谁，那是不言而喻的。"嬷嬷"用仁爱滋养的这个种族并没有泯灭狼性，而是时刻保持着狼牙的锐利。康平看着这些，不由对乐之友诸位先哲包括爷爷怀有强烈的腹诽：如果他们在那个灿烂的

"氦闪时代"也能像这些外星杂种一样保留着足够的狼性，人类也许不会落到这个下场。

天狼号的一名老船员巴赫走过来，触触康平的胳臂，低声说：

"船长，我这次回非洲探家，发现哺乳动物全部灭绝了，现在都是从G星来的奇怪动物，个个鼠头鼠脑的。"他显得很困惑，"按说，动物并不依靠智慧而生存。"

非洲曾是地球动物最后的天堂，那儿有强悍的动物洪流：狮群、角马、瞪羚、鬣狗……它们依靠本能来生存繁衍，千万年来没有中断过。但这次被齐齐斩断了。康平听懂了巴赫的疑问：如果人类的灭绝是因为宇宙暴胀摧毁了人类智慧，但动物的生存并不需要太多的智慧！那么，为什么哺乳动物也会彻底灭绝？看来，虽然巴赫对人类灭绝的真正原因不知情，但已经萌发了怀疑。康平扫一眼周围，没有新地球人在场，但这儿显然不是说私密话的地方——太空服内的通话器是共享的。他只是简短地说了一句：

"我知道了。"

此后，天船队在国宾馆召开了一次全体会议，就船队的明天进行了讨论和表决。当然，因为顾忌有监听，姬继昌仍未对船员们把话说透。绝大多数船员愿意继续航行，其动机是两个：一，为了他们终生的理想；二，想离开这片伤心之地，他们以为人类是灭绝于自然灾变。只有八个船员最终决定留在故土。姬继昌对留下的人怀着深深的歉疚，眼下他无法披露真相，但留下的人总有一天会知道，知道自己将终生生活在仇人的社会中，这对他们是否过于残忍？好在姬继昌相信，帝皇一定会善待留下来的人，正如自己一定会善待随船队走的公主和格鲁。由于这个原因，姬继昌并未过多劝阻。帝皇果然信守承诺，立即对留下的八人做了妥善的安排，赠予房屋，确定皇家供养资格。

帝皇为飞船的再度启航准备了充足的给养，包括公主和格鲁的行装。此前虽然公主说要随行，但众人都把它看成一个骄蛮公主的心血来潮，没有想到这件事会真的实施！为公主准备的行装极为丰盛，其中肯定包含了她日后的嫁妆，自然也少不了公主最心爱的那块紫水晶原矿。这些大包小包用小蜜蜂飞艇送往停泊在同步轨道的飞船，姬继昌不得不把天马号上的20间寓所改为她的私人仓库。好在天船队上空间充裕，设计时为了保险，每艘飞船上的房间都是按船队总人数即6000人设计的，而天马号眼下实住人口只有几百人，腾出20间房间算不了什么。帝皇对姬继昌说，公主从小立志于太空探险，很早就接受了太空训练并按太空生活磨砺自己，所以并非娇生惯养之流，很能吃苦的，请船队长放心，并按普通船员来对待她。

当这些事紧锣密鼓地进行时，康平目光阴沉地旁观着。这会儿他其实已经相信，公主这次断然离开地球、永别亲人，确实是为了她的"儿时梦想"，而不是充当G星人在天船队中的暗桩。但他仍难以抑制心中的愤恨：这些外星杂种，竟然喜滋滋地把一位公主送上仇家的飞船，也太藐视受害者的血仇深恨了！而且，抱有仇恨的并非他一人，至少维尔和额尔图也同样。他们没有深谈过，不过目光的一撞就能互相理解。

这两三个月来，公主大部分时间是待在皇宫里，同父皇、母后和皇兄告别，珍惜地享受最后的天伦之乐；也抽时间和天船队的船员熟悉，在船员中结交了不少同龄朋友，特别是阿冰、森、克拉松、谢廖沙、卓玛等人。大家对她印象很好。虽然她贵为公主，少不了有三分骄蛮，但她性格直率开朗，野性未驯，讨人喜爱。最关键的是：她为了儿时的梦想，竟断然舍弃皇家生活，离开地球，永别亲人，加入一群陌生人中，进行一次前途未卜的探险！单单这一点就让船员们肃然起敬。

不过奇怪的是，这两天，那位曾被公主的美貌"一击而中"的豆豆相对低调。他也在帮助公主熟悉飞船，但一般待在伙伴们的背后，同公主谨慎地保持一段距离。阿冰对此比别人更敏锐一些，发现了他的变化，善意地揶揄他：

"豆豆你怎么啦？爱情退潮啦？我想不会的，要不，你是在玩'欲擒故纵'的把戏？"

豆豆笑笑，以沉默回应。

豆豆绝不是糊涂蛋，此前短暂的糊涂只是因为荷尔蒙的过度飙升。当爱情的亢奋稍稍退潮，他便敏锐地产生了疑惑。他知道帝皇曾闭门召见了天船队七名船务委员。七人回来后说，这次见面中主人只是介绍了灾变的情形，正是那场灾变造成了地球人的彻底灭绝——但G星人恰恰赶在原主人灭绝的时刻来到地球，这个时间点是否过于巧合？当然，地球上没有任何战争痕迹，但高度发达的武器是可以做到不留痕迹的。后来他去参观了两尊塑像，心中的疑惑更强烈了。新地球人说嬷嬷向他们教化了地球文明，但为什么她的塑像戴着手铐？罗格的塑像显然是表现他在战斗，那么，他是在同谁战斗？

……

太多的可疑之处。豆豆断定：他面对的是一个被草草掩饰的谎言，而且这个谎言过于巨大，根本无法全部掩盖。心中有了疑问后，豆豆用"脑内蓝牙"向元元查询那次帝皇召见的详情，但没有查到。元元的信息一向对他是透明的，所以一定是高层的人下了封口令。

于是豆豆相对轻易地拼凑出了事情的真相，也理解了独自扛着这个秘密的七位长辈：他们目光中紧锁的悲凉、康平叔叔难以遮掩的郁怒以及他对自己发动爱情攻势的鄙夷……他责骂自己，早就应该悟出真相，但他却被爱情弄昏了头！自己这两天的表现，就像是一只发情期的年轻公狗。

就在悟出真相的这一刻，他忽然长大了十岁。

他也像七位长辈一样，把这个秘密牢牢地藏在心里。他看到，父亲一直在谨慎而坚决地推进着"再度启程"的工作。爸爸是对的，必须尽快离开地球，否则这个秘密藏不了多长时间。他已经在一些普通船员中触摸到了怀疑的暗流，如果这些暗流变成明流，仇恨猝然爆发，并招致对方的严厉镇压，很可能毁了船队。不过，尽管他对G星人怀有深仇，对公主本人则一直恨不起来。这是个透明纯净的女孩，从年龄算肯定出生于战后，她不应该为上一代的罪责负责。他甚至对公主揣着一份怜悯：她为了履行儿时梦想，心无城府地跟随"仇人"远行，一旦秘密被捅破，她该怎样去面对几千双仇恨的目光？

终于，船队要启航了。

40只小蜜蜂飞艇在天地之间拉起了一条不间断的链子，把天船队的7000

名船员们送上停泊在同步轨道的飞船。七名船务委员、豆豆、公主、格鲁等人乘最后一艘。送行的帝皇夫妇、皇子和重臣们依次同公主拥抱，依依不舍地告别。公主和格鲁这次离开地球，基本就是永别了，帝皇夫妇当然有不尽的悲伤，但他们保持着G星人的尚武传统，认为"软弱"是可鄙的，把悲伤深藏在心里。公主今天穿着一件典雅的低胸礼服，裸露着浑圆白皙的肩头，青丝飘逸，意态飞扬。她即将永别家人，当然不会心如止水，但同样没让伤感外露，而是一直保持着明朗的笑容。公主同皇兄平桑轩逸告别时，哥哥笑着说：

"妹妹一路保重！也许等父皇母后百年后，我会放弃皇位，带领一支船队去追赶你们。虽然宇宙茫茫，但我一定能找到你们的——在那个至尊、极空、万流归宗之地。"

"好啊好啊，我会在那里等哥哥。"

旁观的姬继昌、豆豆等人对他们的豁达和刚强暗暗钦佩。只有康平不受感化，冷冷地旁观着。他发现了一个细节：按说在公主即将远行的时刻，那位掌玺令怎么也该到场，但他没有。那么，他肯定仍率领着那支强大的舰队待在G星附近，磨着狼牙，耸着背毛，准备给可能的复仇者致命一击。也就是说，眼前这个其乐融融的场景只是表象，而水面之下仍是——猜疑、冷酷和兽性。

"天船队船队长姬继昌致电帝皇陛下：我们即将启航。感谢陛下三个月来的热情招待。时空茫茫，但愿我们还有再次见面的机会。我们会照顾好公主和格鲁，请陛下放心。再见！"

"帝皇平桑波致电天船队船队长姬继昌阁下：一路顺风！祝福你们，也祝福我的女儿和格鲁，祝愿你们最终实现环游宇宙的目标，到达那个至尊、极空、万流归宗之地。"

姬继昌对身边的公主说："来，向地球和家人最后道个别吧。"

公主目中泫然，但依然笑容灿烂："地球再见！父皇母后再见！亲人们再见！哥哥，别忘了我在至尊之地等你！"

姬继昌示意格鲁告别，格鲁简短地说："请陛下放心，我会恪尽职守，保护好公主。"

留下的八位船员也同大家洒泪相别。天马号大副启动了飞船，浓重的浑茫雾时包围了船队，星空消失了，地球消失了。姬继昌心中的巨石一下子落了地。从现在起，船队和地球可以说已经不在一个时空，危险至少暂时远去了。三个月来，他一直处于极度矛盾中。他从心底感受到新地球人的忏悔是真诚的，对客人的情意是真诚的，但他也无法完全放弃仇恨，更无法放松警惕。他最担心的是：船员们在离开地球前就得知了真相，仇恨在瞬间爆发，做出集体性的过激行为，而帝皇不得不严厉镇压。现在，随着飞船启航，这个担忧可以卸下了。此后他要操心的是：如何在可控氛围下逐步向船员披露实情，以及——船员们得知真相后，肯定会对"仇人后代"产生极度的仇恨，那时该如何保护无辜的公主和格鲁。

此时，天马号中部的环形大厅内笑语熙攘，盛装的公主正在请谢廖沙等人帮忙，把她带来的紫水晶原矿石设法安置在环形大厅中央。她兴高采烈地说，这块矿石与圣书中说的"至尊、极空、万流归宗之地"，或嬷嬷说的"超圆体宇宙中心"，具有冥冥中的契合，哲理意蕴上的契合，希望它能成为天船队的精神图腾，供船员们随时朝拜，一定可以激发他们的灵感，赋予他们幸运。谢廖沙等人不一定信服她的话，但本着对一位贵客同时还是一位美貌姑娘的礼貌，热心地商量着安放办法。环形大厅的中心，也即飞船的纵向轴心是没有重力的，紫水晶可以在这儿无动力飘浮，只是这种飘浮不稳定，会因偶然的偏离而获得重力，逐渐坠向地面，得想办法进行锚定，或安置自稳定动力装置。

这群年轻人在热烈讨论时，只有豆豆置身事外，冷静地旁观着。公主此刻显得过于亢奋甚至近乎张扬，但豆豆能够理解。那其实是一种情绪发泄：她已经永别了父皇母后，永别了故土，难免悲伤；但以新地球人刚强尚武的传统，又不能让悲伤外露。所以，她此刻的亢奋其实是她的眼泪。但豆豆很担心这个场面会刺激到康叔叔，他的怒火和仇恨压抑了三个月，恐怕已经到了临界点，一触即发。果然，康平走过来，看见了这一幕，立即勃然大怒：

"住手！不要让 G 星人带来的玩意儿弄脏飞船！"几个年轻人愣住了，吃惊地盯着康平。他咬牙切齿地转向公主，"你的先人，那些 G 星杂种，残忍地灭绝了人类，你竟敢觍着脸来到这艘飞船上？你就不怕船员们知道真相后把你食肉寝皮？"

众人万分震惊！他们这才知道，原来地球上人类的灭绝并非缘于宇宙暴胀带来的智慧崩溃，而是死于 G 星人之手！其实，巴赫等不少船员在探家时已经发现了一些可疑迹象，心中埋下了怀疑的种子，所以立即相信了康平的披露。眼看火山就要瞬间爆发，姬继昌断喝一声：

"康平船长！"

他对康平的率性行事十分恼怒。当然，他能理解康平的爆发：怒火在康平心中闷燃了三个月，已经达到了心理极限；偏又遇见这位过于自我的公主，上船伊始，就要把她的个人物品弄成飞船的精神图腾！对两种人类的深仇，船员们不知情，但她是完全知情的，而这位知情者显然没把这桩血仇放在心上！但不管怎么说，康平绝不该突然把真相揭开，这会引起一场无法控制的爆炸。而且，康平对公主的态度也过分了，她虽然是血仇的后代，但出生在战后，不能把 G 星先人的罪恶算到她头上。

康平听到船队长的断喝，意识到自己情绪失控了，恨恨地转过身去，准备离开。但格鲁已经爆发，拔出随身匕首，护在公主面前，恶狠狠地剑指康平。公主一把推开格鲁，愤怒地说：

"用不着，本公主能保护自己。把你的匕首给我！"格鲁不愿交出匕首，但在她的严令下只得照办。公主接过匕首，掷到康平脚下，再拔出自己的匕首，恶狠狠地说，"想复仇吗？来，拾起匕首和我决斗！只要胜了我，任你怎么食肉寝皮！格鲁你听着，我俩决斗时绝对不许你插手！"

康平和公主恶狠狠地对视，目中的怒火几乎能把对方点燃。但康平最终没有拾起匕首，只是狠狠地啐了一口，转身离开。公主在后边不依不饶地高声詈骂：

"孬种！伪娘！懦夫！你回来啊，和本公主决斗！"

姬继昌摇头叹息，走过去把她揽在怀中。在这些天的接触中，公主对他很是亲近，这会儿像见到亲人，偎在怀里仰面看着他，泪流如奔：

"这就是嬷嬷的亲人？这就是嬷嬷的亲人？"

豆豆走过去，拾起匕首，淡淡地对公主说："来！公主殿下，我和你决斗。"

公主泪眼模糊地看着他，相当吃惊。自打两人结识以来，豆豆一直非常友善，甚至向她发动过"爱情攻势"，她想不到豆豆会出面同自己决斗。豆豆说：

"我并不赞成康叔叔刚才的态度，但为了避免他被你看成孬种，我来替他决斗吧。我知道公主你是个使用匕首的高手，但康叔叔不一定知道。他没有接受你的挑战，只是秉承'男不跟女斗'的老派传统。"

公主离开姬继昌的怀抱，手中拎着匕首，但犹豫着没有接受豆豆的挑战，她从心底里不想同豆豆结仇。豆豆也没再紧逼，垂下匕首，叹道：

"公主！不管怎样，你终究是凶手的后代，你太漠视受害者正义的仇恨了！"

这句话对公主有不小的震撼，但她不服气："那是历史。我早就说过，上代人的罪恶与我无关。"

豆豆不客气地说："这句话非常对，但最好由被害者说出。"

公主被呛得一愣，再说话时声音低了一些："但我的父皇已经代表G星人做了最真诚的忏悔。"

豆豆不了解帝皇何时表达过忏悔，应该是在那次和七名船务委员的闭门会谈中吧。他点点头："我相信你父皇的真诚。但言语毕竟太轻，而几十亿条生命太重。"

公主面色惨白，呆愣良久，忽然倒转匕首向胸前刺去！事发突然，姬继昌、豆豆、格鲁等惊呼一声，都来不及做出反应。好在公主没有刺向心脏，而是刺在肩头。她惨然说：

"好，那我以鲜血来替先人们赎罪。如果你们还嫌不够，我就刺向心脏！"

她挑战地环视四周。这是一幅反差强烈的图画：一位美貌女子，穿着露肩装，肩头浑圆白皙，但一把寒光闪闪的匕首狞恶地挺立在左肩，血流如注。格鲁心痛如割，立即掏出G星人常备的金创药想为她敷药，但公主愤怒地拒绝了。船员们仇恨地瞪着她，但没有更多举动，因为公主的自残多少抵消了众人的仇恨，甚至引发了暗暗的敬意。豆豆心绪复杂，敌意中也暗生敬意。姬继昌苦叹一声，接过格鲁手中的金创药，匆匆洒在公主的伤口上，先把血流止住。公主这次没有拒绝，只是努力忍住眼泪。姬继昌下令：

"姬星斗，快送公主去医务室！请其他人暂且散开，保持平静。关于人类灭绝的真相，帝皇并未瞒着我们。船务委员会将马上公布。"

船医吉尔斯也在场，目睹了事态的进展。他带公主来到医务室，唤来医助，小心地拔出匕首，缝合了伤口，但在处理过程中一直沉默着，目中满是冷意。陪同而来的格鲁也沉默着，既心疼公主，也对所有船员满怀愤恨——当然首先是针对康平，恨不得对他"食肉寝皮"。陪同公主过来的姬星斗同样没怎么说话。他对公主倒没有什么仇恨，但免不了心有芥蒂。这位地位尊贵的公主，以为说一句"先人的罪恶同我无关"就可以良心轻松了？以为父皇一次忏悔就能赎回先人的弥天罪恶？她只带着一名侍卫，兴冲冲地随船前行，草率地把自己置身于仇恨的海洋中。刚才行事又那么张扬，确实过于藐视受害者正当的仇恨了。豆豆暗叹：其实她和自己很相像，至少和五年前的自己很相像，都过于自我了，认为世界是围绕着自己旋转的。五年前，自己为了逃避虫洞生活的枯燥，竟然伸手向父亲索要那样重的生日礼物，如今想起来都脸红。

大脑中响起铃声，那是元元用"脑内蓝牙"在通知他：

"豆豆，以下通话是埃玛船长让我转达的：儿子，我在天隼号上忙着安抚船员，一时过不去。代我慰问公主。伤口处理好了吗？我们会尽力平息船员的情绪，请她放心。豆豆，你爸对我说：从今天的表现看，豆豆长大了，真的变成姬星斗了。你事先并不知情，今天的临机处置却十分成熟妥帖，他很欣慰。"

豆豆也用脑内蓝牙回答："请元元转达埃玛船长：妈，难得听见爸爸夸奖，受宠若惊啊。请转告爸，我今天能长大一点儿，多亏他那次把死刑之剑悬在我的头顶。谢了！"

他对公主说："公主——还是称呼你吉儿吧。吉儿，我母亲向你表示慰问。"

公主心不在焉地点点头。豆豆有点儿奇怪，处理伤口这段时间，公主似乎没有了刚才的激愤和悲怆，一直在发愣，神情沮丧，目光凝聚在远方，不知道心中在想什么。她沉默良久，开口了，说的话完全出乎豆豆的意料：

"豆豆，我想通了。听了你的责备，我忽然之间就想通了。你们的仇恨是正当的，是我把它看得太轻。其实临走前父皇母后告诫过我，反复告诫过，但我没把这些告诫真正放在心中。请转告那个姓康的……那位康平……康叔叔，我原谅他。"

豆豆没想到公主的态度能急转直下，很是欣慰，只是她最后那句"我原谅他"听来很不悦耳，所以没有马上表态。公主冰雪聪明，立即明白了豆豆的意思，勉强地说："是不是嫌我最后那句话不妥当？但他确实太粗野……好了，不说了，我不怪他，而且会以我的真诚求得他的谅解，求得大家的谅解。父皇母后就是这样告诫我的，父皇说，只要我表现出自己的真诚，船员们肯定会谅解的。我对父皇做过许诺，我会做到的。"

豆豆很是欣喜："能听到你这样说，我太高兴了。"他忽然说，"能不能拥抱一下？"

公主笑着张开未受伤的右臂，豆豆小心地避开伤口，紧紧地拥抱一下，语重心长地说："吉儿，康叔叔心结太深，不会轻易解开，我和父母会尽量解劝，但你不要着急，要多站在他的角度去理解。"

"好的。我会努力这样做。"

"吉儿，现在我才可以真心说一句话了：衷心欢迎你加入天船队。"

公主笑着补充："为了共同的目标：那片至尊、极空、万流归宗之地！"

"对，那个超圆体宇宙的中心！"

姬继昌匆匆做了安排，让几位船务委员分头去各飞船披露真情，安抚船员。他则把老伙伴康平叫到自己住室，没有说话，先拿出珍藏的一瓶茅台酒。飞船上天前曾带了少量的各国名酒，只在最重要的节庆时拿出来，但时间过了十一年，这些名酒已快告罄了。两人默默对饮，康平双目血红，一杯一杯地灌着，很快就醉了，也许并非烈酒醉人，而是不酒自醉。姬正要开口解劝，康平劈头质问道：

"昌昌，你真的打算一走了之？我原以为，你急着让飞船离开地球，是想尽快脱离那些外星杂种的控制，然后徐图报仇；但我今天发现，你似乎并没打算复仇！"

姬继昌叹道："在地球时，担心有暗中监视监听，一直没能同你深谈。来，今天咱哥儿俩好好谈谈。"

他娓娓地谈了很久。他说："要想对强大的新地球人复仇，恐怕只有一个办法，也是你心心念之的办法，那就是让船队立即赶往G星——虽然由于时空溅落的随机性，想到达G星可能会费些周折，还要设法躲过G星人的守卫舰队——赶在褚贵福醒来之前，想办法中断此后的G星进程。但逝去的历史已经凝固了，这种逆时序的干涉，其后果是难以预料的，并不一定如你所愿。其实这还不是我放弃复仇的主要原因，更重要的是该不该复仇！据三个月来的观察，在褚嬷嬷的教化下，新地球人，这些地球人的嫡系子孙、这些曾凶恶嗜杀但已经改恶从善的家伙，确实很好地继承了人类文明，他们对历史罪恶的忏悔也是真诚的。也许，同乐之友时代的人类相比，新地球人在修养出仁爱、善良、宽容等品德的同时，还保留着其尚武传统，保留着三分狼性。但其实这样更好，这才是最合理的'人性配比'。咱们不妨设身处地，重走一遍褚文姬走过的心理历程：她目睹了整个人类的灭绝，丧夫失女，痛失导师，痛失情人，她能不恨吗？恨，满心满肺的恨，比咱们'事后的仇恨'更为鲜活浓烈。而且，在灾难初期，她也的确置生死于度外，尽力实行了以血还血式的复仇。但她为什么最终改变了初衷，把血偿式复仇改为教化式复仇？因为这是唯一可行的、唯一合理的复仇方式。"

康平辩不过他，但也不可能被说服。他大哭，大恸，大醉。姬继昌转了话题，讲述了康平离开决斗场之后的情形：豆豆拾起那把匕首代康平同公主决斗,他说,虽然他不赞成康叔叔的态度,但不想让康叔叔被公主看作孬种。虽然两人最终没有决斗,但豆豆其实是使用了另一种匕首,语言的匕首,狠狠地挫了公主的傲气。我觉得这才是正确的处理方式。之后听豆豆说,公主确实已经幡然醒悟,要以实际行动求得康叔叔的谅解。作为地位尊贵的公主,她能有这样的认错,有这样陡然的转变,确实很难得……康平虽然大醉,并没有糊涂,听懂了船队长话中隐含的批评,惨然说:

"对,你说得对。我这次情绪失控,几乎在飞船上酿成动乱,犯了大错。我不适合再当船长。豆豆那小子已经成熟了,就让他来天狼号代替我吧。下一次船务会议上我会主动提出。"

姬继昌没有拒绝康平的辞职,这正合他的本意。他想拿掉康平的职位不仅是因为康平的一次情绪失控,还因为:天船队即将开始新的征程,康平从本质上说属于那种"向后看"的老人,不适合继续领导飞船,而豆豆和谢廖沙这样的年轻人应该崭露头角了。他模棱两可地说:

"这不是咱俩能私下决定的,下次船务会议上讨论吧。"

此后几天,姬继昌等人同船员们进行了广泛的沟通,然后船务委员会正式公布了人类灭绝的真实原因。虽然很艰难,船员们还是接受了现实,毕竟这是早已凝固的历史,而褚文姬的选择应该是无奈之中的最好选择。更何况,公主此后的表现也相当程度地冲淡了人们的复仇欲望。公主自从那次和豆豆谈话后真的变了,是发自内心的改变。她每天笑脸盈盈,主动同船员交流,代表新地球人表达真诚的忏悔。她似乎完全忘了同康平的激烈冲突,一见面就亲热地叫着康叔叔或船长大叔,即使一直遭遇冷脸也不在乎。船员们十分矛盾,"外星血仇"的代表却是这么一位年轻姑娘,高贵、随和、宽容、美貌、快乐,还有——蛮勇,大家都忘不了,那天她把匕首断然刺向肩头后血流如注的场景。面对这样的姑娘,大部分船员目光中的凛凛寒意慢慢解冻了。

但不是全部解冻。还有不少船员把寒意锁在目光深处,他们中有天狼号上的普通船员比如巴赫,也有位于高位的人,比如康平和船队总科学官维尔;又比如——敌对另一方的格鲁。这位公主侍卫在经历过那次冲突后,一直用冷厉的目光盯着每一个人，时刻准备着拔出匕首，维护公主的尊严。他的敌意与公主的暖意形成鲜明的反差。公主为此没少劝说和训斥他，但格鲁还是我行我素，甚至对公主"刻意讨好"的举止深恶痛绝。

第五章　前　行

乐之友奉行的一句老话是：先走起来再找路。天船队这次更是如此，在没有决定航行路线之前就匆匆地上了天——当然也是因为"身处险地"的特殊情况。现在既然已"走起来"，那就该设法找路了。这个任务肯定无比艰难，因为，鬼才知道那个"超圆体中心"有什么特征，位于何方，该如何去？甚至，就连是否有这么一个中心都不能确定，有关它的唯一信息，来源于一座半活半死的"活塑像"，也许再加上圣书中一段虚多实少的描述。不过，至少公主对这个"至尊之地"的存在是深信不疑的，姬继昌和豆豆等人也从直觉上和逻辑上相信嬷嬷说的那句话："超圆体有中心。"

姬船队长把这项重任交给了以豆豆为首的六人智囊团，和他手下398名十八岁以上的大孩子。他们都经过了十一年深潜式的学习，已经有深厚的知识功底，单从知识层面上说已经远远超过老一代船员。他告诉豆豆：从现在起，六人智囊团将成为船队正式机构，行政总管安娜已经安排了机构办公室和会议室，在财务上单列预算。豆豆历来是天不怕地不怕的，虽然此时此刻对如何完成任务毫无头绪，仍旧慨然接下这副重担。他只是提了一个要求：把公主也拉进来，六人智囊团变成七人智囊团。姬继昌笑着说：

"英雄所见略同啊，这正是我打算提的。我不清楚这位尚武的公主学问如何，但既然'寻找至尊、极空、万流归宗之地'是她从儿时就种下的梦想，想来她至少有浓厚的兴趣吧。给她找点事干干，也便于她早点融入集体。很高兴你率先提出这个建议，不过，你老实告诉我，这个建议中有没有假公济私的成分？"

豆豆嬉笑着说："没有，我的建议完全出于公心。不过，老爹既然提醒了，我以后公私兼顾。"

姬继昌不由想起与帝皇的那场密谈。依帝皇的愿望，是想让公主和格鲁相爱，弥补上代的缺憾。但坦率地说，这种想法不太靠谱，只能说是帝皇的良好愿望，甚至有点儿走火入魔。两人能否走到那一步，只能取决于两人成年后的意愿，恐怕主要取决于公主的意愿。他没有向儿子透露这个秘密，豆豆想怎么做，由着他吧，在人生路上自由地追求爱情，既是他的权利，也是公主的权利。这位姑娘确实不错，既具有公主的优点——高贵、大度、识大体，又没有公主的缺点——娇惯、骄纵，很难得。上天前豆豆爷爷曾戏言，要孙子"娶回来一个外星公主"，所以，能在航程中遇到这么一位"外星公主"真是难得的机缘，至少他和埃玛绝对欢迎这样的儿媳妇。他只是含糊地说：

"看你小子的福分吧。"

他唤来公主，告诉她，希望她能参加七人智囊团。公主兴奋地答应了，不，那个刹那她可以说是狂喜，从心底漫溢出的光彩刹那间照亮了她的脸庞。就在这一瞬间，姬继昌知道这件事他和豆豆做对了，公主对"至尊之地"的探索确实是她人生的追求，只要有这样的虔诚追求，她一定会成功，一定能在七人智囊团中崭露头角，做出贡献。

旁边的格鲁对公主的热切有点不以为然，但没有扫她的兴头。

姬继昌对公主的招揽歪打正着，立即见了奇效。新的七人智囊团很快召开第一次全体会议，格鲁虽不是智囊团成员，但作为公主侍卫也列席了，以后这就形成了惯例。元元今天有其他任务，没有参加。豆豆说：

"咱们把这个重任接下了，但坦率地说，这会儿我心中没有半点儿谱。今天是务虚会，各位尽管天马行空地侃吧，看能不能碰撞出一星火花。平桑吉儿，你是新人，要不你先来？"

作为第一次参加智囊团会议的新人，公主毫不谦让："好啊。其实，对这个问题我从少年时就开始思考了，至少思考十年了，有了一个比较成熟的想法。现在想抛砖引玉，请大家讨论。"

豆豆很惊喜，笑着可劲儿夸她："你从少年时就开始了研究？已经思考十年了？高瞻远瞩，高瞻远瞩啊，是什么想法，你快说！"

其他人也饶有兴趣，但坦率说不大相信。依人们的心理惯性，皇室公主都是养尊处优的，属于"美貌而弱智"那种类型，不大可能有什么独特的、有灵性的想法。公主完全不在意众人的看法，径自说下去：

"我从少年时，也就是得到那块紫水晶原矿又看到圣书那句话后，就开始思考，有过很多想法，但都不成熟。直到不久前聆听到嬷嬷的教诲，我才有了顿悟。你们都知道，那次嬷嬷显灵时，我曾问她，超圆体宇宙的中心是不是就是圣书中说的至尊、极空、万流归宗之地？它在哪儿，怎么去？嬷嬷惜字如金，只说了四个字：大道为空。"

豆豆说："对，这些情况我们知道。当时我们不在场，但元元后来通报过。"

"大家可能认为这只是一句空泛玄妙的道家偈语，但我觉得，嬷嬷惜字如金，这句话应该是针对我的问题的技术性回答。我经过一番苦思，觉得她的意思应该是这样的：要想到达那个极空之地，正确的路径是'空'，或者更准确一点，是'凌虚追空'。"

豆豆笑着调侃："嬷嬷惜字如金，那是先圣和神祇的风格，咱们没法强求。至于你，就不要考验我们的智力了，请具体谈谈吧。"

大家都笑着催促："快说，快说！我们洗耳恭听！"于是公主开始了从容的讲述。

公主说：要想说清到达超圆体宇宙中心的办法，得先重复以下基础概念：

一、宇宙是多维的。暂且不谈更高的维度，至少四维空间（二阶真空）和五维空间（三阶真空）已经被证明是存在的。高维空间平时是蜷缩状态，对三维世界不施加影响，称为"虚维"。只有三维空间是"实维"。虚维可以用高能激发等办法打开，比如，对第四维空间的打开，也即虫洞式飞船对二阶真空泡的激发，从乐之友时代起已经成为飞船的例行操作。至于第五维空间的激发比较困难，虽说也有一次成功先例，即诺亚号上的成功激发，此后靳前辈、耶

宇宙晶卵

耶和嬷嬷获赠的神奇泡泡其实都来源于它，但那次成功依赖于一次难得的机遇，正好撞上十万年一次的宇宙暴胀，今天我们无法复制。

二、人类的三维大脑很难直观理解更高维的世界，但幸运的是人类有逻辑能力，可以使用类推法把视野推延到更高维度。

假设某宇宙是一维的，即一根直线，它的超圆体就是圆环。圆环有限但无界，环上处处平权，没有哪一点处于特殊位置。圆环有中心，中心在比其高一维的维度即二维平面上，被圆环封闭。现在假设一维圆环上有个点状小精灵想到达该中心，那么，它必须"蹦离"实维世界而进入虚维世界。它可以从任何一点蹦离圆环，然后在平面上做向心运动即可。如果它能准确沿着过该点的径向行进，就能以最短路径到达中心，其运动轨迹在"实维世界"的径向投影只是一个点。但实际上，实维世界的精灵根本无法掌控虚维的运动，理论上也不行。这在技术上表现为跨维度时空溅落的随机性。但没关系，它尽可"胡蹦乱跳"，从而在实维世界留下紊乱无序的投影。但只要时时保持它的运动含有向虚维的"蹦入"成分，也就是含有"向心"分量，那么在这个被实维超圆体封闭的虚维平面里，当这些向心分量逐渐累加后，这个小精灵总有一天会到达超圆体中心。

二维超圆体同样如此，它的中心同样也在更高一维的三维空间中，二维世界的小精灵要想到达球面中心也必须蹦离实维，进入虚维。只要它的"蹦入"含有向心成分，逐渐累加后总能到达超圆体中心。不再细述。

现在我们向三维超圆体进行类推，它也应该有限但无界，三维空间内处处平权，没有哪一点是特殊点。三维超圆体也有中心，中心应位于四维空间，被三维超圆体封闭。如果三维世界的精灵想到达超圆体中心，同样必须"蹦离"实维，同样不用操心它在实维空间中的航向，只要它的运动含有对虚维的"蹦入"成分，也就是保持有向心分量就行。这些分量累积起来，总有一天，它会到达那个被三维超圆体封闭的中心。

而所谓的"向虚维蹦入",也就是激发二阶真空,也就是嬷嬷说的"大道为空"。就本质而言,我们的虫洞式航行虽然是在三维世界进行,但并非局限在三维,实际属于"3.5维航行"。它紧追着被连续激发但立即湮灭的二阶真空泡,"蹦离"原来的三维世界,朝四维空间伸进了半个脑袋。

这么说就太简单了,飞船只用闭着眼乱飞就行。只要时刻保持对二阶真空的激发,那就具有向心分量,那就是有效行程。甚至被姬船队长笑骂为"白跑了"的前十一年也没有白跑,这段航程同样有向心分量,同样已经累积为有效的"蹦入",只是我们的三维感官感觉不到而已。

三、余下的问题是:当我们到达宇宙中心时如何能辨别它,可惜到目前为止还不知道。但既然它是宇宙中心,是"至尊、极空、万流归宗之地",肯定会有不同于其他地方的特征值,总能辨认出来的。眼下不必着急,路途还长着呢,大可在途中从容研究。

公主自信地讲完,意态飞扬地扫视会场。场上暂时沉默。这些智囊都以坚硬的理性自负,一时无法接受这种偏于直观的粗线条的阐述。阿冰笑着说:

"这么简单?'胡乱的蹦入'就能自动累积成前往超圆体中心的航程?我觉得这就像是:从飞机上往地面掷一万块硬币,它们竟然整齐地摞成一根几十米高的柱子。"

但豆豆从直觉上认可了公主的想法,笑着反驳阿冰:"阿冰的比喻不合适,应该这样比喻:就像你从飞机上随意向地上抛掷一万块硬币,无论它们落在什么地方,但正反面朝上的比率肯定接近于1:1。或者,就像你在台球面上胡乱抛下一万只小钢球,它们乱碰乱撞,其轨迹根本无法精确描述;但对所有碰撞求和之后,一定符合动量守恒定律。这正是大自然令人敬畏之处,其深层一定暗藏着某种规律,以某种物理量的守恒为基础,精巧、普适、简约,这是所有科学家的信仰。我相信上帝对守恒的爱好在这儿也管用,相信在飞船对虚维空间的亿万次胡乱蹦入中,冥冥中会有一只手自动对其向心分量求和，把飞船送到超圆体宇宙的中心。"

公主对豆豆嫣然一笑："谢谢！我太高兴了，收获了第一张赞成票。"

豆豆又说："阿冰说这个方法过于简单，但大自然越到深层就越简洁。我一直相信，我们这个宇宙的诞生是单源的，从某个最简单的元结构开始，遵照最简洁的元算法，自我递归，逐步复杂化，直到形成今天浩瀚博大的世界。这种复杂化既遵从某种铁律，也含有随机成分。那么，理所当然，如果从复杂的大千世界向前回溯，自然机理会越来越简约。这就是道家所谓的'大道至简'，而所有的'大道'肯定以某种守恒为基石。我们今天的探索已经快到自然机理的最深层了，快接近终极真理了，自然会呈现出简约的图景。"他叹道，"可惜，至今没人知道，宇宙的'元结构'和'元算法'究竟是怎样的？二者从何而来？不过这是题外话，今天且不说它。"

公主立即接了一句："也许，等找到那个至尊、极空、万流归宗之地，也就解决了这个终极问题！"

"但愿如此吧，那我们就得到了三重圣杯，甚至是终极圣杯。"

七个人经过热烈的讨论质疑，最终基本认可了公主的假说。毕竟年轻人没有思维惯性，而公主的假说虽然只是粗线条的，比较粗糙，但逻辑清晰，有其内在的力量。其实大家的认可还有一个潜意识的原因——对嬷嬷的敬畏。嬷嬷作为一个活的塑像，一个神化的凡人，言不轻出，惜言如金。她只说了三句话，其中前两句已经被证明有深意，那么，第三句话也不可能是空话。

公主对自己的"首战告捷"很是自豪，满面喜色。克拉松感叹道：

"公主，我今天才算理解了你父皇的话：你的心灵同大自然是相通的，你不是养尊处优的公主，天生是个满心好奇的'问道者'。"

"对，你们也都是问道者，格鲁也是。我们是同道。"

七人依照惯例，挽成一个圆圈，头颅相抵，低声呼喊：加油！公主是第一次参加这种仪式，觉得自己真正融入了这个集体。姬星斗也邀格鲁参加，格鲁摇头拒绝了，其实心中也溢出暖意。

豆豆立即申请了一次船务委员会的临时会议。会上由平桑吉儿代表七人智囊团做了阐述。由于某些"政治性"的考虑，她在阐述中有意略去了这个假说与嬷嬷的关系，没提嬷嬷说的"大道为空"。但康平老眼如刀，冷笑道：

"这个劳什子假说，恐怕是从你的嬷嬷那儿趸来的吧？"

公主心平气和地说："我刚才没提到这一点，没错，我是受到嬷嬷第三句赠言的启发。"

康平刻毒地骂："那个老巫婆可真是处心积虑啊，想用寥寥四个字把我们忽悠进这个'胡乱蹦入'，没头苍蝇一样在宇宙中乱撞，一万年也跳不出来。这样，咱们就能心安理得地忘了地球上的血仇。她对她的外星子孙真是情深意厚。"

公主腾地站起来，怒视着康平。近来她一直在努力缓和同康平的关系，但今天康平是在侮辱敬爱的嬷嬷！格鲁同时站起来，怒火更甚，右手已经摸到了匕首。姬继昌忙用目光制止公主，豆豆也在用目光制止。公主强忍住怒火，坐了下来。格鲁也在她的严令下悻悻坐下。总科学官维尔触触旁边的康平，示意他冷静，然后做了发言：

"请大家冷静。我们先抛开关于个人动机的猜测，而来讨论方案本身。我个人认为，这个方案的可信度还不行。关键是对飞船激发所含有的向心分量以及它的累积作用，还流于纯粹架空的推理，而逻辑推理从来不是万无一失的，尤其当推理之链过于漫长的时候。它需要实验验证，但这个方案没有给出验证的可能性——除非我们发现了超圆体宇宙中心，它因某种特质而令我们能够做出明晰判定。但这可能是十万年之后的事。那么，十万年之内呢？我们就这么瞎撞下去？先人曾说过，物理学和玄学的区别是：物理学有实验室。没有实验室的物理学等同于玄学。"

埃玛、约翰、额尔图等都发了言，有赞成的，有反对的。姬继昌一直倾听着，沉思着，最后一个发言：

"恐怕对船队来说，这是最艰难的一次决策。"他苦笑道，"维尔的质疑很有分量，但关键是：物理学发展到超维领域后已经没有实验室了，高维世界的进程无法在低维世界提前验证，理论上也不行，我们能观察到的只是高维世界在三维的投影；作为低维世界的生物，只能利用这些模糊的投影来进行逻辑推理，此外没有别的道路可走。七人智囊团提出的这个假说，从逻辑上是清晰的，既然是这样，那就值得一试。还是乐之友那句话：先走起来再找路！顶不济，我们可以把今后几十年仍视为'先走起来'的阶段，在试行过程中继续找路，直到找到更好的路为止。"稍停他又说，"至于这个方案是得之于那位嬷嬷的启发，我倒认为是好事。大家都知道，她可以通过那个六维时空泡，与神级文明有某种联系，那么她的话很可能来自神级文明的知识体系，所以更为可信一些。至于她的动机，我相信，一位用大爱教化了G星人的嬷嬷，以塑像姿态苦苦等待地球亲人回家，不会只是想忽悠他们！康平，我的兄长，你始终忘不了地球人的血仇，我十分敬佩你的血性。但仇恨蒙住了你的眼睛，让你的心胸变狭隘了。"

这是姬继昌在公开场合第一次批评康平。康平显然不服气，想要反驳，但他旁边的维尔悄悄拉拉他的衣服，制止了他。姬继昌转向空中的元元，笑着问：

"元元，你的意见呢？请你发表'自己'的意见。"

依元元的智慧水平，它应该有独立的见解，但它只是简短地回答：

"我的职责不是决策。"

大家都笑了，埃玛说："这个小滑头！但它没说错，它确实不承担决策职能。"

豆豆坚持追问："对，元元只是船队长的助手，确实不承担决策职能。但我还是想听听元元的意见。"

元元谨慎地说："如果只说我个人的意见，那我强烈倾向公主的意见。"

豆豆点头，不再追问。

姬继昌的总结视点很高，令大家信服。经过讨论，大家通过了公主提的方案，还要提交船员大会来最终决定。会议结束，参会者没有离开，三三五五地闲聊。康平没有参加闲聊，郁郁地返回天狼号。维尔紧跟着起身，说要送送康平，顺便回趟家，他的家眷住在天狼号上。公主瞪着康平的背影，十分恼怒。她接受了豆豆的劝告，认可了康平所怀仇恨的"正当性"，努力想同他缓和关系，但这块顽石却是油盐不进！不过，恼怒中其实也夹有赞赏，这老家伙血性十足，正符合G星人尚武的传统，与公主的脾性天然契合。格鲁则是目光阴沉，目光中曾出现过的笑意被这场冲突再次抹去了，他认为，康平等人的仇恨是深入骨髓的，公主的笑脸消融不了它。豆豆也长久地盯着康平的背影，等众人散去后对父亲说：

"船队长，能否去一趟静思室？我有话同你说。"

姬继昌关上了静思室的安全门，突然出现的绝对寂静在耳鼓产生了压迫感。"豆豆你说吧，是不是和你康叔叔有关？"

豆豆叹道："康叔叔仍然陷在仇恨中，这个坑太深，恐怕短期内很难爬出来。"

"是的，我上次已经同他谈过话，如果他这样的心态和处事方式继续下去，恐怕不适合再担任船长。豆豆，随便吹个风吧，如果船务委员会决定你去代替，你有什么想法？"

豆豆有点儿吃惊，考虑片刻后冷静地说："我说过，这个活儿又累又麻烦还得罪人，我懒得干。但若由我去代替的话，也许康叔叔的抵触最轻。我捏着鼻子勉强接受吧。"

姬继昌欣慰地点点头。这个小崽子确实长大了，有自信，敢担当，可以独当一面了。他说：

"这件事只是提前吹吹风，要等船务委员会会议通过。在这之前，咱们得多注意，你康叔叔心结太深，要提防他再有什么过激行为。"

"好的，我会注意。"豆豆接着说，"爸爸，但我今天约谈你主要不是谈康叔叔，而是——元元。"

"元元？说下去。"

"在我同元元以脑内蓝牙方式的交流中，交流的是纯粹的数字化信息，或者说，我能看到的，是元元决定向外输出的、本应展现在屏幕上的结果。但最近我感觉到了异常，我说不清究竟是什么异常，因为这是我从未感受到的东西。我只是模糊觉得，元元的思维深处好像有某种勃勃跳动的愿望，而愿望的背景是——怎么形容呢？是一片紫色的空无，死亡的平静。"

"紫色？空无？死亡？"

"是的。"

这句话激起了姬继昌的回忆："记得那次嬷嬷苏醒时，你当时不在场，她曾让元元短暂地进入她的六维时空泡。那时我观察到，元元曾被一片紫色光团淹没，那片紫色光团很神秘，表现得如同活物，最后缩为一个光点，在元元大脑内消失了。"

"是吗？元元的这些变化，恰恰是从那次瞻仰嬷嬷之后开始的。"

姬继昌沉吟着："你是说……"

"我说不好。爸爸，我能感觉到嬷嬷对远方游子的关爱，相信她的三句赠言是在为船队指路。我压根儿不相信康叔叔说的'嬷嬷是在设置一个陷阱'。但我分明从元元的思维中嗅出了死亡的气息，而且很奇怪，是一种死亡的喜悦，死亡的冲动。从这些互相矛盾的迹象，眼下我无法理出头绪。"

姬继昌沉吟着。他明白了儿子的担心：也许在那次接触中，嬷嬷在元元的量子大脑中种入了某种愿望或某种欲望，这类东西原本是专属人类的。这不奇怪，对于可以操控高维空间的神级文明来说，也许这像计算机拷贝文件一样容易。他也相信，即使嬷嬷确实在元元大脑中种入了某种愿望，某种潜意识指令，也是出于善意。还是那句话，一个以塑像状态苦等亲人一百多年的嬷嬷，不会只是为了等到亲人回来再害他们。可是——儿子为什么会有那种阴暗的感觉？

眼下这只是儿子的个人感觉，还不至于影响他的总体判断。但是，作为船队长，他不能把宝押在他人的善意上。关键是元元的地位太重要，飞船上所有操控都是经它实施的，这个节点如果出了问题，那就是颠覆全局的大问题。最后他说：

"我相信嬷嬷，也相信元元。但不管怎样，我们还是要睁着第三只眼睛。豆豆，飞船上只有你能同元元进行蓝牙式交流，对元元的观察你要多出一份力。"

"我一定尽力。"他苦笑道，"爸爸，小时候我盼着长大，现在我才知道，当一个'大人'是很痛苦的事。要知道，元元可以说是我的光屁股朋友。我实在不愿意对它'睁着第三只眼睛'——可我知道自己不得不干。"

姬继昌叹道："我理解，但每个少年都要长大，都要面对他不愿面对的事。连你老爸也有同样的痛苦啊，我与你康叔叔的交情绝不亚于你和元元的交情。"

两人默然良久。随后姬继昌说："但不能让这些因素干扰我们的前进。记得你爷爷爱说一句话：前进，不计一切地前进，不要管身后的天塌地陷！他因此被乐之友成员们戏称为'上帝之鞭'，但他确实鞭出了一个全新的局面，鞭出了新的历史。"

豆豆笑着说："在我的印象中，爷爷一直是个好脾气老头，每天笑眯眯的，想象不出那位严厉的'上帝之鞭'是什么样子。爸爸放心，我会记住爷爷的话。"

他同父亲告别。爸爸是对的，不管有什么因素也绝不能中止前行的步伐。但他对船队的前景，对那片"至尊、极空、万流归宗之地"，从此有了不祥的预感。

第六章　叛　乱

> 航程开始前我的预感是正确的,这是一趟死亡之旅。终其航程,死亡时刻在头顶盘旋。
>
> ——《姬星斗回忆录》

对超圆体宇宙中心的探索之旅、向"至尊、极空、万流归宗之地"的朝觐之旅,正式开始了。开始阶段船员们都很不习惯,因为飞船的航行完全颠覆了经典的航行程式,再不用确定航向,再不用描迹和航向校正,只需以最大强度激发二阶真空就行。你只需这么蒙着眼,尽力"蹦离"实维世界,冥冥中自有一位上帝默默累加你的"向心分量",并把它记录在飞船的生死簿上。这太违犯物理直觉了,甚至接近宗教信仰——不过,物理学从相对论和量子力学开始,就是理性战胜直觉的过程;那些越来越神秘化的物理规律,如时间延迟、量子的双缝效应、孪生粒子的超时空纠缠、人类观察导致量子世界的塌缩等,在普通人心目中也近乎神迹。

既然空间暴胀已经提前结束,飞船不需要保持连续飞行了,姬船队长命令:飞船每行进一段时间后将中止激发,观察星空,一直到发现一个有某种特征的"宇宙中心"为止。但"某种特征"究竟是什么?目前谁也不知道,只知道它肯定与众不同,应该具有某种高维时空的特质,是在实维世界中难以想象的,也肯定是宇宙中唯一的。

也许,根据圣书的神秘化记载,这个至尊之地的特征会多少涉及紫色、空无、死亡、皈依这些近乎宗教化的元素。

大部分船员的情绪逐渐平静下来,努力忘却地球上的悲剧,开始全身心投入新的征程。但有些固执的人忘不了。从那次与铁哥们儿姬继昌的深谈之后，康平一直自我囚禁在天狼号上，不再去往另外两艘飞船。公主经常来天狼号玩，免不了与康平撞上。公主已经淡忘了最近一次冲突，总是笑着打招呼，而康平照例不理不睬，扬长而去。格鲁常常被他的无礼激怒，狂怒地瞪着他的背影，恨不得拔剑决斗。他多次劝公主不要再忍让，更别说去讨好他。公主则笑着逗他：

"格鲁小弟弟，大人的事你不懂。干好你的护卫就是，不准干涉本公主的正事！"

格鲁只好悻悻地沉默。

自从上了飞船，格鲁作为公主侍卫每天伴着公主，片刻不离，晚上也是睡在公主的邻间。不过近来他常常会离开公主，满飞船乱窜，还常到一般人不大去的飞船底舱，比如轮机间、液氢贮存室、电控间等。甚至还窜到双层船体的夹层，这儿安装着电脑主机、粒子加速线圈等设备。所有这些地方是不对非工作人员开放的，但他总能想办法钻进去，实在进不去就站到窗外观看。今天他又来到天狼号动力间，神态专注地隔窗观看。这儿是常温核聚变的场所，而核聚变技术与G星人的技术同属一脉，因为G星人的飞船动力技术正是继承烈士号。这位公主侍卫接受过全套的高等教育，再加上生性酷爱技术，所以对这些设备一点儿不陌生。动力间静悄悄的，没有工作人员，也没有机器运转的嗡嗡声，因为天船队上天十几年来一直由天马号带飞，天狼号上的动力主机从未启用，只有轮到天狼号带飞时才会启动。

他认真观看着，在心中模拟着启动程序。也许某一天，他会护送公主来到这艘处于船队最后方的飞船，由他独力启动主机，驾驶飞船脱离船队，然后设法返回地球……身后上方忽然传来元元的声音：

"你好，格鲁。看来你对飞船的动力系统很感兴趣。"

格鲁回过头，瞄一眼悬停在侧上方的元元，平静地说："我生性好奇。"

"我发现你的兴趣很广泛，对很多设施都很好奇——而且都是飞船的关键设备。由此看来，你这位公主侍卫在技术上也不外行，很有鉴赏力。"

格鲁冷冷地说："多谢夸奖。"

"格鲁，我洞悉你的心理。你对公主在飞船上遭遇敌意感到愤怒，所以你在尽力熟悉飞船的关键设备，以便在必要时，以毁掉飞船为筹码来保护公主的尊严；或者同公主一起，驾驶某艘飞船脱离船队。我能理解你，但你太偏激了，偏激得过了红线。公主遭遇到的敌意是特殊的历史原因引起的，而且已经慢慢淡化。即使仍有少数人坚持敌意，也远不到逼得你毁掉飞船的地步。你实在反应过度啦。冒昧问一句，你的秘密计划，公主不知情吧？依我的观察，公主完全不知情。"

格鲁哼一声，没有回答。

元元的声音转为严厉："希望你今后有足够的自律，不要把鼻子伸到你不该来的地方。你此前的行为我没有向船队长禀报，但如果发现你再次犯错，我就不再隐瞒了。到那时，我相信连公主也不会为你求情。"

格鲁哼一声，准备离开轮机舱。走前他反唇相讥："我怎么觉得，你的表现不像一个忠心的电脑助手。在我们G星人的飞船上，主电脑知道的事决不会瞒着船长。"

"那么，你是想让我这会儿就告诉船队长吗？"格鲁语塞，他当然不想事情走到这一步。元元又说，"但我不妨告诉你，我已经对姬星斗通报了这些情况，是他劝我暂不要告知船队长，我希望你能体会他的善意。"

格鲁不再同它斗嘴，悻悻离开。

元元目送他离开。格鲁的反讥在元元心中激起了一波涟漪，让它看到了自身的变化，而这些变化曾被它有意无意地忽略。自从那天进入嬷嬷的六维时空泡，它心中就被种下了一个强烈的、勃勃跳动的愿望：不计一切代价、排除一切干扰，要把飞船引领到那个超圆体中心，那片至尊、极空、万流归宗之地。那儿可以说是宇宙的"晶洞"，浸透了紫色的神秘，浸透了永恒的死亡，而生命的精华在这儿结晶。这成了元元"心中"最高等级的目标。它主动监视格鲁，就是因为格鲁有可能危及这个目标。从见到嬷嬷之后，它开始有了自主意识，遇事会先权衡轻重，有些不必要的信息也不再向船队长禀报，甚至有意对豆豆关闭蓝牙通道。它刚才其实对格鲁说了谎，豆豆并不知晓格鲁的可疑行为，因而并非是豆豆劝它不向船队长禀报，纯粹是它自己的决定。它对格鲁说谎，是不想让格鲁乃至任何人觉察到它已经有主动意识。

它不认为这是对人类"不忠",因为,嬷嬷在它心中种下的愿望——寻找并到达超圆体宁宙中心——恰恰就是天船队的最高目标,两者完全一致。但人类常常受某些低级程序比如所谓的感情冲动的干扰,做一些失去理性的背离大方向的傻事,比如康平船长与公主的激烈冲突就是典型的例子,两人都是高级智慧体,竟然多次激烈冲突,甚至拔刀相向!实在令元元不解和惋惜。它对格鲁的不当行为保密,只是不想再激起矛盾,引起无谓的麻烦。所幸船队大部分领导层保持着清晰的理性,像姬船队长,埃玛船长,能以蓝牙方式与自己交流的豆豆,还有其他几个智囊团成员——但如果某一天,他们也受到低级冲动的干扰而背离了真正的目标?为了实现嬷嬷种下的愿望,它会警惕地观察着,时刻准备出手纠正。

尤其是康平和维尔等人近期的不当行为。

元旦节到了。这是重大节日,天马号上学校和幼儿园全部放假,学生们都通过飞船间柔性管道回到位于后两艘飞船的父母家。这几天里,天马号变得空荡荡的,而天隼号和天狼号上则一片熙攘。船队总科学官维尔带着六岁儿子回到天狼号,交代儿子自己回家找妈妈,他则直接来到天狼号的静思室。

屋里有十几人,已经等他多时:康平、山口良子、天狼号大副额尔图、轮机长刘易斯、那位第一个向康平表示过怀疑的船员巴赫等。维尔进来后仔细关好安全门,依次扫视众人,彼此交换着深沉的目光。康平简短地说:

"大家已经做好准备了。你说吧。"

维尔点点头,环视四周,苦笑着说:"今天聚集到这儿的,是一群固执的人,心地狭隘,不会宽容,念念不忘人类的血仇。当然,姬船队长的态度有其合理性,人类的灭绝毕竟是已经凝固的历史,而太空文明种族的通用守则是不得进行'逆时序干涉'。我们也承认,在当时的历史条件下,褚文姬的'教化式复仇'是唯一可行的选择。我们甚至承认,平桑帝皇的忏悔是真诚的,如果因为先辈的罪恶而让这些后代血债血偿,我们也于心不忍。"

他停下来,看着大家,然后说:"上述道理都没有错,但其大前提错了!

那就是：是谁逆时序干涉了自然进程？是谁？大家都知道，G星移民舰队一次偶然的时空溅落，落到了他们本不该来到的十万年前。这件事是上帝的操弄，G星人并无过错。但此后他们借助于这个偶然事件对地球人进行种族灭绝，就属于主动犯罪了。这才是真正的逆时序干涉。而我们呢，如果我们此刻去往G星，那是按正常时序自然发生的事件。此刻G星的自然环境还远远未完成地球化，褚贵福老人肯定还没醒来。我们可以唤醒他，帮助他，给G星人带来一个从容的发展，缔造一部平和的历史，不会再出现那种尚武的科技怪兽。这样，无论对地球人来说，还是对G星人来说，都是更好的结局，我相信，连G星人的先祖褚贵福老人都不会反对的。我们不是逆时序干涉，恰恰是纠正历史上一个逆时序干涉的重大错误。"他补充道，"在新的历史中，根本不会出现G星移民舰队，所以，也不存在'杀死他们'的问题。"

维尔不愧是船队科学官，以清晰的逻辑、全新的角度诠释了计划中的复仇行动，把它牢固地置于道德高地，进一步坚定了大家的决心。康平说：

"你再给大家讲讲，由于时空溅落是随机的，我们如何才能到达G星。"

"这不是太大的问题。大家都知道，时空溅落虽然是随机的，其落点的散布规律符合概率曲线，但曲线峰值是在'目标时空点'附近。举例来说，如果我们现在出发，把航向定在G星，一个月后抵达，那么，我们的飞船溅落在'一个月后的G星附近'，有更大概率。顶不济咱们就多溅落几次，再以断续虫洞飞行和常规动力飞行做出调整，总能到达那儿的。好在我们飞船此刻离G星还不太远，溅落时空点的误差范围还不会太大。这正是我和康平船长急于行动的原因，如果船队越飞越远，再想返回G星就很困难了。另外一点困难是：如果G星人的护卫船队至今仍守在那儿，我们只能设法偷袭。不过，虽然他们武力强大，但我们的优势是处在暗处，所以并非没有取胜的希望。"

他讲完了，康平环视四周，苍凉地说："在座每个人都知道，我与姬继昌船队长是过命的交情，但正如那句老话：道不同不相为谋。他心地仁慈，志向坚定，宁可忘掉历史的仇恨，一心履行少年时立下的环宇探险的宏愿，这是高尚的境界，我不会去指责。但我以及在座诸位念念不忘咱们的地球亲人，想从凝固的历史中搭救他们，这也是高尚的行为，同样不该被指责。我们互不干涉、各行其路就是。当然，就天船队这个整体来说，我们的行为会被视为叛乱，一旦被发现，叛乱者将面临死刑，无可幸免。诸位是否已经铁了心？如果谁犹豫，现在还可以退出，只要发誓保密就是。我会在起事前把你们悄悄送到那两艘飞船上。"他依次扫视在场众人，大家都用目光表示了决心。只有山口良子叹道：

"我赞成行动，不会退缩的。只是，天狼号上3000多名船员都不知情，是我们十几人在替他们做出人生决定。"

康平咬牙道："干大事不拘小节。这样的秘密行动不可能征求每个人的意见，他们的人生就由咱们代为决定了！"他看看妻子的腰身，"包括你腹中胎儿的命运，咱们也替他定了！"

没人再说话。"好，那就定了，今天是元旦节，我们的计划今天就要实施，天狼号即将脱离船队，单独飞向G星。如果G星人的守卫舰队还没撤走，到时再相机行事。我是这次行动的总指挥，将来的罪罚由我一人承担。现在我来发布具体行动指令。"

他宣布了命令：

一、山口良子负责清点本船船员的家属是否已经全部回到本船，如果尚有未归家的学生，立即召回来，尽量避免骨肉分离。但节日期间各艘飞船人员难免有来往，如果是非本船船员来到本船，只有带上他们一块走了。

二、额尔图到"天狼号"驾驶舱，做好点火准备。

三、维尔到前部舱门处值守，做好断开柔性管道的准备。柔性管道一旦断开，相邻飞船的舱门会自动紧急关闭，不会造成那艘飞船的失压；液氢输送管道也会自动紧急关闭。由于上述功能，天狼号的行动不会危及另两艘飞船的安全。

四、一切准备完毕后，康平将切断同旗舰天马号的通讯联系，然后颁发命令，断开柔性管道，常规动力装置点火，飞船后退，直到离开"本域空间"。同旗舰的通讯被断开后，旗舰上肯定会立即做出反应，所以后续几项指令必须在三分钟内完成。

五、天狼号上的主电脑与元元切断联系后会自动启动。飞船溅落到周岸空间后，康平将命令它依据星空判断出溅落位置，确定航向，启动虫洞式飞行模式，向G星行进。

六、康平、维尔和额尔图三位船务委员随身携带有武器，行动过程尽量不使用武力，但必要时三把激光枪也足以弹压零星的反抗。

命令下达后，山口良子首先开始行动，由于静思室内同外界没有网络连接，她出去查询人员往来记录。少顷她返回，匆匆说：

"本船船员的家属都齐了，有个别外船人员就不说了，只是多了两个不该来的人。"她苦笑道，"公主和格鲁。"

众人愕然。公主，G星血仇的代表，如果是在野蛮时代，她在复仇者举事时巴巴赶来，简直再好不过了，正好用来"砍头祭旗"！但尽管康平等人一直主张"人类应保持必要的野性"，康平还曾咒骂要对公主"食肉寝皮"，但实打实地说，他的野性还远远到不了做这件事的程度。对这二人该如何处理？如果先把二人拘留，等举事成功之后再释放——那时让二人到哪里去？无论是留在洪荒的G星，还是送到历史已经被改写的地球，都不合适。但若听任二人留在天狼号上，那么，当复仇者在尝试"校正历史"时，这意味着把G星船队从历史上抹去，他们会老老实实地做一个旁观者？

康平很快做出决定："维尔，你在断开柔性管道前，想办法把二人骗离天狼号，就说船队长有急事召她和格鲁去旗舰。"维尔答应了，康平想想又补充道，"按说不用我提醒的，还是多说一句吧：你要注意，在断开柔性管道前，要确保两人已经进入天隼号，否则一旦断开，那边的舱门自动应急关闭，就会把两人甩到太空，那他们就惨了。"他苦笑着咕哝一句，"农夫的怜悯。"

维尔平和地说："你是对的，我们的复仇不针对个人。我一定确保他俩的安全。"

他们就要开始后续行动了，正在这时有人按门铃！康平示意大家做好应变准备，额尔图开了门。是姬星斗，元元在他身后悬停着。山口良子惊异地看看丈夫：她刚才在电脑中查询人员往来记录时，并没有豆豆来天狼号的记录！康平用目光示意妻子镇静，笑着问：

"豆豆你来了,是否船队长让你来接手我的船长?"

额尔图悄悄来到豆豆身后,想要关门。但空中悬停的元元此刻尚在门外,他想等元元进来再关门,所以没有立即行动。姬星斗回头看看他,干脆地说:

"额尔图叔叔,你不要关门,否则元元会立即发出一级警报。"众人的脸色刷地变了,姬星斗严厉地警告,"也不要试图对我动武,没有万全的准备我是不会走进这间屋子的。不妨告诉你们,七人智囊团中除了平桑吉儿,其他六人早就来到天狼号上,以应对事变。元元抹去了我们的进入记录,为的是不提前惊动你们。"

康平的心凉了。依他的了解,豆豆小事随意,大事谨慎。他既然孤身来这儿,一定提前做了万全的准备。那么,这次的秘密行动肯定要失败了,一时心如死灰。姬星斗来到他身边,坐下,亲切地挽着他的臂膊,柔声说:

"康叔叔,不由得想起五年前我和几个伙伴组织的那场叛乱。当时船队长判了我死刑,是你劝得他最终收回了成命。现在回想起来,我既感激爸爸的死刑,他让我从一个过于自我、心地太轻的孩子长成了大人;也感激你对侄儿的深厚情意,我会永远铭刻于心。康叔叔,维尔叔叔,额尔图伯伯,还有其他叔叔阿姨,取消你们的秘密行动吧,我和元元已经提前掌握了你们的计划,并做了严密的预防措施,你们不会成功的。但我犯了一桩大错:如此重大的叛逃事件我绝不该瞒着船队长,但我瞒了,也命令元元暂不向船队长禀报,因为我实在不想你们为此送命!你们都是我最敬重的长辈,你们这次犯错,只是因为你们的血液过于炽热,对人类的爱过于炽烈,法不可恕,情有可原。只是,不管怎么说这也是叛乱,法无可恕。这种事不可能永远瞒下去的,为你们着想,请三位船务委员立即去船队长那儿自首。"

此前,就是那次康平与公主发生激烈冲突之后,应船队长的要求,姬星斗,还有元元,一直注意着康平等人的举止。不久元元就发现了异常:康平及几个得力助手去天狼号静思室的次数太多了,去的人中还包括家住天狼号上的总科学官维尔。虽然不知道他们在静思室说了什么,但要汇总这些蛛丝马迹并得出结论并不困难。从种种迹象判断出,康叔叔在组织天狼号的叛逃,起事时刻就定在元旦节。姬星斗当然清楚,如果他们的叛乱被公开处理,船队长必须严厉处理所有当事人，无法像五年前那样宽纵。毕竟五年前的犯事者只是一群孩子，而这次是成人，其中甚至包括船队科学官，天狼号船长、大副、轮机长这样的高级管理者，罪无可赦，等待他们的只能是死刑。能挽救几人性命的唯一办法是：劝叛乱者主动中止犯罪，向船队长自首。所以他才孤身前来劝降——当然是在做好万全的预防措施之后。

康平素来有决断，这次的叛逃肯定已经失败了，既然如此，他不会为打碎的油瓶叹息。当然，他们也可以不管后果，拼死一搏，先干掉潜入天狼号上的六名智囊团成员，再冒险举事，但面对豆豆这些子侄辈，他下不了这个狠心。何况豆豆肯定留有后手，举事者完全没有胜算。他惨然说：

"事已至此，我认输。我、维尔、额尔图去向船队长自首，免得让豆豆为难。大家散了吧，将来船队长派人来调查时，你们如实叙述就行，把责任都推给我们三人。可惜，便宜了那些灭绝人类的凶手！老天爷太操蛋，哪里有什么善恶有报？"

众人面色阴郁，个个愤恨难平，但不得不承认失败。不过，客观地说，这种愤恨并不针对豆豆，也不针对姬船队长，甚至不针对公主这样的仇人后代，而是针对命运，针对残暴的G星先人。豆豆虽然态度温婉，亲情浓郁，但柔中有刚。他坚决地说：

"请其他人留在这儿不要动，我已经安排森和克拉松等人在门外守卫，你们要服从他们的管制。三位船务委员跟我走吧，船队长此刻在天隼号上。另外，不好意思，请三位把武器交给我。"

这次元旦节是平桑吉儿上飞船后的第一个假期，她准备和新朋友们好好乐一乐。正好节前豆豆对她说，智囊团六个伙伴打算来她的寓所聚会，大家都想再看看那件紫水晶原矿石，她的精神图腾，想和她一起屏息静气，聆听"空无"的召唤。公主高兴地答应了，让格鲁帮忙，准备了丰盛的茶点。但元旦节这天，六个朋友一块儿玩失踪！只是通过元元通知她，他们有一件急事，处理完就来，让公主在家耐心等待。公主四处打听，有人说看见他们去天狼号上了。公主大为恼火，不相信六个朋友是有意甩掉她，那么，也许确实有什么紧急事件？她立即赶往天狼号，格鲁跟着来了。

她在天狼号驾驶舱门口找到了三个伙伴：谢廖沙、阿冰和卓玛，没有豆豆。三个人神态异常，看起来相当严肃。公主跑过去，恼火地质问：

"嘿，你们来这儿干什么？不是说让我在寓所等你们吗？豆豆等三人呢？"

看见公主，三人都在心中叫一声苦。这次跟着豆豆来平叛，他们事先商定要设法甩掉公主，因为，让"仇人的后代"参与平叛，显然是不合适的，会对康平等人造成不必要的刺激。但这个原因也不好直接告诉公主，担心会伤及她的自尊，所以才使用了"空城计"。没想到公主锲而不舍，自己找过来了。阿冰对她打马虎眼：

"豆豆不是找你去了吗？他说他变了主意，要单独去你寓所，让我们都回避。我们猜，他可能是想展开新一波爱情攻势，当然得避开我们。你赶紧回去吧，别让他扑空。"

"真的？我不大相信啊。如果那位白马王子移情别恋，某人肯定不会这样无动于衷。"

两个姑娘打嘴仗，谢廖沙和卓玛笑着旁观。公主忽然脸色一沉："不要搪塞我了，你们三个身后揣着武器，这瞒不过我的眼睛，而在飞船上携带武器必须经船长允许。一定是发生了什么大事！说吧，什么事？"

众人语塞，一时不好回答，不过他们不必设法措辞了，因为那边一行人走了过来，是豆豆陪着康平三位去往前舱门，要从那儿去天隼号。豆豆走在后边，身后显然也揣着武器。元元在他们身后飞。公主立即断定，天狼号确实出了大事，几个伙伴正参与处置而自己被晾在知情圈之外，便转回头，恼怒地瞪着阿冰。阿冰手疾眼快，立即把她拉到身后——不想让康平等人看见她。一行人在前舱门消失了。阿冰这一拉，更让公主确认了自己的判断，她怒视着阿冰等人。阿冰知道瞒不过了，叹道：

"吉儿你别生气，我不想让康叔叔看见你，你在这个时刻出现真的不合适。你说得没错，我们今天是在执行特殊任务，康叔叔和维尔叔叔组织了天狼号的叛逃，豆豆带领我们正在制止。"

至于这次叛逃的目的，以及为什么不能让康平看见公主在现场，也就不言而喻了。公主十分郁怒，沉默片刻，忽然拔脚追去，格鲁也紧跟着去了。阿冰一把没拉住，谢廖沙忙说：

"我们俩继续守在这儿，等豆豆的命令。阿冰你去跟着公主，别让她闹出风波！"

康平等人在途中体会到了豆豆说的"万全的准备"。天狼号里倒是一派节日气息，不过路边树荫下，街心花园中，三三两两地立着一些人，似乎是在闲聊。但康平老眼如刀，一眼看出他们都是保卫部齐林的手下，腰间似乎都揣着家伙。刚才山口良子没查到他们进入天狼号的记录，显然他们也是秘密进入的。按照天船队的严格制度，保卫部执械人员的调动必须由船队长下令，所以，豆豆说他把叛逃事件瞒着父亲，显然在说谎。

他与维尔和额尔图互相看看，心照不宣。豆豆虽然说谎，但当然是出于好意，他是与船队长合谋，营造出一个"叛乱者主动中止犯罪"的假象，以便保住参加者的性命，父子俩可以说用心良苦。虽然如此，康平心中的郁怒又加重了三分，他根本没把个人生死放在心上，既然举事失败，倒不如死了干净。如果还要配合豆豆来演"自首"的戏，实在太窝囊。

他们路过驾驶舱，远远看见谢廖沙、阿冰和卓玛，距离比较远，看不清他们是否带有武器，但他们显然也在执行任务，守卫着驾驶舱。豆豆远远和他们挥挥手，没有停步。一行人经过前舱门，进入柔性管道，去往天隼号。此时康平忽然心有所动，他回忆到，刚才路遇三个年轻人时，似乎看到阿冰背后闪过一个女性人影，是阿冰把那人非常迅速地拉到了身后。他忽然意识到那人是谁——那个G星人公主，身上流着狼血的女人。康平心中的怒火腾地燃起来。豆豆在这件事上也说了谎，他说七人智囊团只有平桑吉儿没来，不对，她也来了！在这场"平叛"中，这个仇人后代成了豆豆倚重的自己人，他的康叔叔反倒成了敌人！他横了后边的豆豆一眼，开始滋生出强烈的怨恨。

他们通过柔性管道进入天隼号。这儿也一样，节日的气氛掩盖着森严的戒备，各处都设有暗哨。船队长此刻在天隼号船长室，正与妻子埃玛对坐，面容严肃。看见一行人进屋，立即笑吟吟地迎过来。康平知道，这位姬船队长，他的光屁股伙伴，下边的戏码是扮演一个不知情的船队长，然后在"震惊"中接受康平等三人的"主动自首"。但康平不想配合他演戏了，声音冷硬地说：

"昌昌，我的好哥们儿，下边的戏码不用演了。我知道你事先已经知情，这场平叛是在你的直接指挥下进行的。所以我们不是来自首，而是被姬星斗押解来的俘虏。是杀，是剐，还是走舱板，按规矩来吧。"

他后边的姬星斗很吃惊，也很惋惜。刚才他同几位反叛者包括康叔叔倾心交谈，顺利地瓦解了叛乱，并说服康叔叔等前来自首。那时康叔叔的情绪还是相对平和的，怎么此刻却满腹戾气？他这一闹，如果把"船队长指挥平叛"的真情公开，事情就不好转圜了。姬继昌刚才通过元元的眼睛一直观察着事态进展，知道儿子的劝说相当顺利，心中很欣慰，所以对此时康平的戾气也有点儿意外。他看看儿子，看看三个罪犯，事已至此，他也就实话实说：

"没错，这次平叛确实是我指挥的。三个老伙伴啊，事情走到这一步，我比你们更痛心。七个船务委员中有三个参加了叛逃，我这个船队长当得太失败。记得乐之友执委会任命我当天船队的船队长时，举荐理由之一是我有亲和力，善于让部下归心。我真愧对这样的评价。"

他的声音喑哑，痛楚发自内心，旁边的埃玛也同样表情痛楚。维尔反倒忍不住劝他们："船队长，我们这次秘密举事只是因为'道不同'，牵涉不到个人好恶。我一直认为你是个好船队长。"

姬继昌痛心地摇头："不管怎样，我没能说服你们走同样的'道'，是我的失职啊。"

维尔同样痛心："我也一样啊。没能说服你走我们的'道'，是总科学官的失职。"

姬继昌苦笑着，在这样的时刻不想同他辩论。此前维尔多次试图用那个理由说服他——如果此刻带船队去 G 星，那是自然时序下的正常事件，是去纠正 G 星人的"逆时序干涉"而不是我方的逆时序干涉——这种说法逻辑上没有错误，但过于迂曲冬烘。不管怎么说，毕竟这是已经发生的历史，已经凝固的历史，单凭轻飘飘的逻辑推理无法改变沉重的史实。可惜的是，两人都没能说服对方。康平惨然说：

"昌昌，我已经死心了。即使你费尽心机保住这条命，以后也是个活死人。倒不如来个干脆的，对我反倒更好。"

姬继昌冷笑道："对，知道你视死如归，你们都视死如归。但康平你想过没有，你死了，山口良子和她腹中的胎儿怎么办？还有维尔和额尔图的家人？还有十几个参与者的家人？"

康平眼眶红了，与两个伙伴交换目光，声音冷硬地说："那也只有放下了，我们在策划这件事前就做好了心理准备，包括良子。"

看着三个伙伴，尤其是光屁股朋友康平，姬继昌心痛如绞。当年天船队组建队伍时，康平在临近船队启程前才突然报名。他是姬继昌的铁哥们儿，但并不是老部下。康平突然报名后，考虑到这位千亿富翁的社会影响，更考虑到这位飞船制造商十分熟悉飞船构造和飞船制造工艺，姬继昌破例举荐他当天狼号的船长。现在看来，这个决定大错特错。这是一个好哥们儿，一个好人，但绝不是一个好船长。他的血液是炽热的，但过于炽热，把脑袋热昏了。他行事偏激莽撞，结果害苦了他的亲人、部下、铁哥们儿，也害了他自身。

现在，虽然他策划的叛逃被顺利制止，但把一大堆麻烦事堆到船队长头上。这是姬继昌担任船队长以来遭遇的最大挫折。他说：

"我作为船队长，对这次叛逃事件不得不严厉处理。希望你们能够谅解我的严厉，更希望把这一页尽快翻过去，我们还是相依为命的伙伴。"

他通知在附近待命的保卫部长齐林过来，严厉地宣布：

"维尔、康平和额尔图三人策划了天狼号的叛逃，幸而被姬星斗察觉，在他的劝说下，叛逃者主动中止犯罪，前来向我自首。我命令：把维尔、康平、额尔图暂时监押，等船务委员会做出处理。其中康平关在天马号，维尔关在天隼号，额尔图关在天狼号，都要戴电子脚镣，加双岗。"他把三人分别关押，为的是防止三人秘密串联。"其中额尔图由我押送，我要去天狼号的现场处理善后，估计需要五天时间；埃玛仍留在你的天隼号上稳定军心；姬星斗留在旗舰，这五天代行船队长职责。元元你不用跟我走，留在代船队长身边协助工作。"他补充一条，"等我去天狼号之后，就让在那儿执行任务的几位智囊团成员回到旗舰，协助姬星斗工作。"

事态紧急，人们立即行动。齐林召来六名武装守卫，分别为三名罪犯戴上电子脚镣，准备分别押解他们去三艘飞船的禁闭室。三名罪犯虽然表情阴冷沮丧，但相对平静地接受了失败。姬继昌、埃玛和姬星斗一家三人要分头出发，他们来到里屋，来一个匆匆的告别。虽然心中痛楚烦乱，但姬继昌和埃玛都同儿子拥抱，表示赞赏。飞船上出现叛乱是大不幸，但豆豆在这次事变中脱颖而出是件幸事。他目光敏锐，第一个发现了异常；而且处理事情有张有弛，既有霹雳手段也有拳拳亲情，让父母十分欣慰。姬继昌想，等他处理完天狼号的善后回来，父子之间，或者说船队长与他属意的接班人之间，应该开始更深的交流。有些秘密会向他披露，比如公主和格鲁的身世；有些安全措施也会进一步探讨，比如对元元的预防性措施，等等。想到这儿，不由想起康平对豆豆的大力举荐，谁能料到几年之后，他会站到姬家父子的对立面！此刻事态紧急无暇多想，也无暇和儿子细说，他只是简短地说：

"儿子，你长大了。埃玛你说呢？"

埃玛也笑着说："我的豆豆长大了，真像你康叔叔说过的：豆豆变成姬星斗了。"

豆豆也在瞬间想起那次16岁成人礼，想起此后他策划的叛乱，正是康平力劝父亲改变了死刑判决。五年过去，事态竟然完全倒了个儿！现在是康叔叔策划叛逃而自己在设法为他保命，命运太作弄人了！他不由得在内心苦叹。

一家三人匆匆告别，分头行事。元元同船队长告别，跟在代船队长豆豆身后，这五天它将辅助姬星斗工作。

姬星斗带着两名守卫，押送康平来到天马号，把他关在禁闭室，加了双岗。沿途的行人看见戴电子脚镣的康船长，都十分震惊！姬星斗安抚了众人，又通知天马号大副约翰去往驾驶舱24小时值班，直到警报解除。又让保卫部长齐林安排手下，在三艘飞船上轮班巡逻，何时结束戒严听候通知。然后姬星斗带着元元来到船长室,准备静下心,把该做的事再捋一遍。父亲去天狼号善后,五天后才能回来,自己是首次代行船队长职务,这段时间绝不能出差错。

元旦节期间,学校、图书馆等各类场所都放假,天马号上的人都回到其他两艘飞船上了,偌大一艘飞船上只有200余人,显得十分空旷寂寥。姬星斗在船长室静思,元元安静地悬停在他头顶。忽然听见咚咚的脚步声,随之公主连门都不敲,直接闯进了船长室。她气喘吁吁,是从天狼号一路跑过来的,格鲁和阿冰紧跟在她身后。阿冰向姬星斗做个抱歉的手势,意思是这位公主自己闯到平叛现场了,已经知道了内情。公主匆匆地问:

"我刚才路过,看见康平船长被关在禁闭室了?"

姬星斗点点头。

"阿冰已经告诉我了,他组织了一次叛乱。"

姬星斗没有否认。这件事虽然还未正式宣布,但瞒不住,父亲在稳住天狼号局势后马上就会宣布。

"不用说,这位英雄还是念念不忘对G星人复仇,非要食肉寝皮才能解恨。"

姬星斗对她的尖刻语气很不满,毫不客气地顶回去:"不,那不是他的想法。维尔叔叔说,他们只是想纠正G星人'逆时序干涉'的后果。要知道,恰恰是G星人误入不该出现的时空,又残忍地灭绝了地球人,所以他们犯下了双重罪恶:种族灭绝和逆时序干涉宇宙进程。而康平叔叔等只是想恢复正常的历史。虽然从船队角度看他们是叛乱,但这些罪犯却站在道德高地上。"他补充道,"有件事不妨告诉你,当叛乱者即将举事时,发现你不合时宜地来到天狼号。为了你的安全,康叔叔立即命维尔叔叔设法骗你离开本船;还再三嘱咐,当叛乱者开始举事、维尔要断开天狼号飞船前的管道时,必须先确认你已经安全回到天隼号上。"

平桑吉儿稍愣,显然受到感动。她收起谐谑的笑容,庄容道:"我刚才的话不合适,向你致歉。不过豆豆你不要误会。其实我并不鄙视或仇视这些复仇者。按G星风俗,血亲复仇是高尚的事,会赢得所有人的敬重,哪怕是不共戴天的仇敌一方。豆豆，啊不，代船队长，求你答应一件事：让我去探望一下那家伙……不，康叔叔。"

姬星斗摇头："不合适。这个时刻你去不合适。"

"怎么不合适？你带智囊团去平定叛乱时，我在现场露面当然不合适，有可能不必要地刺激叛乱者；但这会儿我去探望一个值得佩服的敌人，一位力行血亲复仇的失败英雄，没什么不合适的。你放心，我去之后肯定是笑容温婉，甜言蜜语，即使康叔叔发脾气骂人，我也骂不还口。"

姬星斗正要再次拒绝，忽然心中一动。康叔叔情绪太灰暗，满腹戾气，确实应该想办法调和一下。说不定公主去搅和一下真有好处？这虽然看起来是一步险棋，其实不算险，因为这段时间他已经熟知公主的率真与大度。没错，公主曾与康叔叔激烈冲突过，但事后她已经爽快承认自己"过于看轻受害者正当的仇恨"，并且按照父皇母后分手前的谆谆嘱咐，一直在努力补偿。而且据观察，即使在康叔叔这边，对公主的敌意也明显淡化，他在举事前对公主的刻意保护就是明证。那么，此刻她去探监，即使没有好处，至少不会捅出大娄子，值得一试，说不定有意想不到的正面收益呢。他用目光向阿冰咨询，阿冰点点头，表示赞成。于是他果断地说：

"好，我批准你。记着，注意态度，千万不能给我捅娄子！"

公主喜笑颜开："代船队长阁下，豆豆哥，你尽管放心吧。"

阿冰也给她打保票："代船队长放心，吉儿不会闯祸的。"

"去时最好带点能打动他的礼品。他最喜欢地球上的中国名酒，船队仓库曾经保留有几瓶，我让阿冰去查查还有没有……"

"用不着！你忘啦？父皇送我的物资中，就有不少地球人的原装名酒，包括中国酒，茅台啦五粮液啦，都是百年陈酿，不，二百年陈酿！"

对她的最后一句话，姬星斗不由得笑了。帝皇送来的地球名酒，如果都是得之于原地球人的遗留，那确实是近二百年的陈酿了："对，这正是他的最爱。至于你能否让他赏脸收下礼物，还是被他当面把酒瓶摔碎，就看你的本事了。"

"谢谢豆豆哥，谢谢代船队长阁下！"

公主很兴奋，立即让格鲁去私人储藏室取来一瓶陈年茅台、两个酒杯和一些下酒的干果罐头。格鲁很抵触，但不敢违抗公主旨意，沉着脸执行了命令。公主带上礼品，兴冲冲地去往禁闭室。格鲁实在不想随她去，但又担心出事，极不情愿地跟在后边。姬星斗虽然批准了这次探望，多少还是有些担心的，便让元元调出禁闭室的图像，和阿冰一同监控着。

屏幕上，公主走近禁闭室，让格鲁留在门外，自己进去。警卫已经接到代船队长的命令，打开禁闭室门。康平看见是她，眼中立即冒出怒火！但他强忍着，没有发作，只是对来人视若未见。公主对他的冷淡视若无睹，没心没肺地笑着，慢悠悠地把酒瓶、酒杯和干果罐头放到小桌上，说：

"康先生，有一件往事不知道你是否知道？G星先人初来地球时，先在月球背面设了秘密基地。"监看的姬星斗和阿冰一愣，心想这姑娘犯浑了，这会儿怎么敢提G星入侵的事，那岂不是撩拨西班牙公牛的红布！但公主似乎胸有成竹。"他们在月球背面降落后，第一眼看见的，是月球地面上立着一只巨碗，碗壁很薄，边缘锐利，内层是透明的，上面嵌着三个人的身体，都是放大数倍的平面图形。后来G星人才知道，这个巨碗是一次太空事故造成的，而三位烈士也因此融入坚固的类中子物质，将与天地共存亡。啊呀，这种死法太壮丽了！太伟大了！太震撼了！G星人很佩服这三位太空先驱，常去瞻仰祭拜，我在童年时就去祭拜过几次，他们是我童年心目中的超级英雄。不过，很晚我才知道，三烈士中有一位是你的爷爷。"

姬星斗和阿冰通过摄像头注意地观察康叔叔。公主"冒失"地提及G星入侵时，他确实曾被激怒，但随着公主的叙述，他的怒气渐渐弛缓。公主又突兀地跳到另一个话题：

"还想替豆豆，不，替姬星斗代船队长解释一件事。今天早上他去天狼号平叛时并没有带我去，反倒是骗了我，说要在我家聚会，骗得我一直在家枯等。等我发现他们六个去了天狼号，就生气地追过去。我找到阿冰他们三人，正盘问他们在干什么，这时豆豆带你们三人经过。阿冰不想刺激你，把我一把拉到身后，直到那时我才悟出发生了什么事。"

远程监控的姬星斗猛然醒悟：康叔叔同意去天隼号自首时，虽然免不了沮丧愤懑,情绪还是相对平和的,但途中莫名其妙地变坏了,变得满腹戾气,原来竟是这个起因!他心中大赞,这位公主确实心窍玲珑,目光雪亮,知道康平的病灶在哪儿,也知道如何精准地对症下药。到这时,姬星斗对自己允许公主探监的大胆决策已经完全放心了,便与阿冰相视而笑。

禁闭室里,公主显然也觉察到康平的态度大为缓和,便笑嘻嘻地说:

"这会儿我很想与康先生,一位我敬佩的有血性的仇敌,对饮几杯,但估计你暂时不会赏我这个面子。那我就先干一杯表示敬意。然后我会知趣地躲开,请康叔叔独酌吧。"

她豪爽地满饮一杯,放下酒杯,把另一个酒杯斟满,笑着退出禁闭室,关上房门,谢过两个守卫。格鲁跟上她,极度不满地嘟哝:

"公主你不该这样低眉顺眼地讨好他,这完全不像公主你平素的为人。"

公主此刻心情极佳,笑嘻嘻地逗他:"公主我是个女人哪,女人再尚武,也该有水一样的温柔。怎么,你说我过去不像女人?"

格鲁不理睬她的胡搅蛮缠,沉着脸狠声说:"公主殿下,如果你不能维护公主的尊严,那我就要替你做了!我不能辜负帝皇的托付。我要教某些人学会如何尊敬皇家公主。"

公主吃了一惊,厉声说:"格鲁不许胡闹!你要敢胡闹,我就……"她眼珠一转,想到了威胁格鲁的最好办法,便掏出匕首,作势扎向肩膀,"我就用老法子向他们赔罪!"

格鲁对付不了她的刁蛮,知道这个刁蛮公主也真做得出来,只好恨恨地沉默。姬星斗看到这儿不由失笑,让元元把图像再转向禁闭室内。公主走后,康平面无表情,默然独坐。过一会儿,他端过公主斟满的酒杯,准备独酌。酒杯端到嘴边时,他表情上有片刻的迷醉,显然那杯"二百年陈酿"的醇香相当浓烈;但沉默一会儿,又烦躁地把酒泼到地上,重重地放下酒杯,显然心中块垒并未消解。不过,即使这样也不错了,至少是在向好的方面发展。姬星斗心地轻松,笑着问元元:

"元元,你看我的决策如何?"

没有回答。姬星斗问这句话原是少年心性,想在"自己人"面前嘚瑟一下，但元元的沉默引起他的注意。他用"脑内蓝牙"查询了元元的想法，觉察到了明显的不以为然。不过，倒不是针对他让公主探监这个决定，而是针对此前他和船队长平叛时的决策。元元认为他们的行为过于行险——姬星斗独闯虎穴时，万一那三位手执武器的反叛者劫持了他，再以他为人质威胁船队长？也过于迂曲——直接平叛就是了，用不着煞费苦心地演戏，而演了这么一场大戏，甚至增加了不少风险，只是为了一个次级目标：保住叛乱者的性命。姬星斗不免失笑，说：

"元元啊，你仍然是一个机器脑瓜，不理解人类的感情。"

"不，我完全理解人类感情，我对康平船长本人抱有强烈好感。但感情程序如果有可能影响飞船的终极目标，就应该坚决摒弃。还有——"它定睛看着姬星斗，直率地说，"真正的船队长不会这么嘚瑟的，这也属于低级的感情冲动。"

阿冰扑哧笑了："元元说得好！佩服你的直率！就得有人敲打敲打他。"

当着阿冰的面被元元指为"嘚瑟"，姬星斗多少有点儿难为情。但元元没有说错，父亲说过，船队长肩上担的是山一样的责任，所以必须具有山一般的沉毅。他刚才的嘚瑟确实有点忘形。而且他嘚瑟什么？眼前局势根本没有他嘚瑟的资本，虽然叛逃被顺利平定，但它使船队一下子失去了三个船务委员，也在团队中留下深深的鸿沟，很难再恢复到往日的和谐亲密、奋发昂扬，甚至不得不时刻对"自己人"睁大眼睛，防范叛乱复燃。他收起嬉笑，庄重地说：

"元元你教训得很对，我真心受教了。"

阿冰笑道："我们的代船队长虚怀若谷，也值得给一个赞。"

于是姬星斗彻底扔掉"少年心性"，沉下心来，认真履行代船队长的责任。他依次听取了各处的汇报：约翰报告，控制室一切正常；埃玛船长报告，天隼号一切正常，未发现本船成员中有参与叛逃者；天狼号代船长姬继昌报告，善后工作顺利，除三个叛逃首脑外，其余涉案人员已经做了有效的安抚，临时任命了各岗位的新负责人；还通报说谢廖沙等四位智囊团成员已经向天马号返回。听完工作通报，姬星斗累了，命令元元和阿冰保持对飞船的监控，他要稍事休息，清醒一下头脑，随后将对未来五天的船队事务做一次系统梳理。

　　阿冰和元元离开了，姬星斗迅速进入睡眠。这是他的长处，不论任何情况都可以迅速入睡，短暂睡眠后就能迅速恢复精力。当然他比不上元元，元元永远不需要睡眠，就如飞船上一只永远睁着的独眼……康叔叔等人肯定无法保留原职位了，今后，如何在确保杜绝叛乱复燃的前提下，帮助他们尽早回归集体？……公主平桑吉儿确实是一个好姑娘，纯洁、野性、开朗、聪明、识大体，值得他再来一次爱情攻势，虽然他也许得面对格鲁和阿冰两方面的醋意……公主的紫水晶原矿石在发出神秘的召唤，紫色、空无、死寂，也许它同那片"至尊、极空、万流归宗之地"确实有冥冥中的呼应……他在元元思维深处观察到神秘的紫色，体察到某种死亡的冲动，死亡的喜悦，那是嬷嬷种下的"生死符"吗？……

　　这些间断的思维在梦思中随意流动。忽然警铃大作，是飞船一级戒备的信号！姬星斗从床上一跃而起，迅速浏览值班屏幕上的信息：

　　天马号同天隼号的交通管道断裂！天马号后舱门应急自动关闭！液氢泵送管道应急自动关闭！

第七章 空 裂

元元正以最高速度向船长室飞来，同时以蓝牙方式向姬星斗报告：

代船队长！我感觉到身体被撕裂，后两艘飞船的主电脑被切断联系！我已经启动对两艘飞船的无线呼叫，但没有回音！还有，交通管道断裂时，谢廖沙等四人正在管道内！

姬星斗感到了心灵上的剧痛，休克般撕裂般的剧痛。他在一刹那中清醒地认识到，就在这个瞬间，他所熟悉的、正常的人生之路突然崩塌了，毫无预警地崩塌了，前边是狞恶的万丈悬崖；父母和诸多长辈很可能将与他永别，山一样的责任瞬间压到了他的身上。他没有让心灵剧痛干扰决策，迅速对元元下达了命令：立即打开舱外灯光，调来舱外后视摄像头的图像。元元立即执行了，但船尾摄像头已经被毁，只能调用船侧接近船尾部分的摄像头。从送来的图像看，镜头被什么东西挡住了——是船尾天线。飞船后面原是巨大的船尾天线，呈抛物面形，它也是四个小蜜蜂飞艇的固定支架。现在，它突然被展平，变成与飞船纵轴线垂直的一堵墙壁，把向后的视线全遮住了。元元遥控着摄像头转动，又把图像放大，还是只能看到这堵墙壁。它表面斑驳杂乱，边缘呈不规则的锯齿状，而其上固定的四艘小蜜蜂飞艇全都失踪。

姬星斗的大脑飞速运转，紧张地思索着。船队尽管处于超光速航行，但以船队"空间滑移式"的行进方式，无论任何情况都不会造成三艘飞船互相脱离，所以这次灾难只能是人为的：可能有人在柔性管道中策划了一次威力巨大的爆炸？黑手可能是叛逃行动的某个漏网者？但姬星斗凭直觉不相信这种可能性，他了解船上的叛乱者，他们不会狠心舍弃目前关在天马号上的康平。或者——是格鲁策划的破坏？据元元报告，他一直对公主遭遇的冷遇愤愤不平，常常暗地观察飞船的关键设备，今天又受到强烈的刺激。但他的敌意仍不足以让他干出如此出格的事；或者甚至是——元元？自己在同元元的蓝牙式交流中，感觉到它的思维中有一些奇怪的东西：紫色、空无、死亡的冲动，令人忐忑不安。父亲曾交代他要对元元睁着第三只眼睛。但平心而论，它没有搞破坏的动机啊……

更紧要的问题是：现在该怎么办？下意识中第一个念头是中断飞行，赶紧回头寻找两艘失踪飞船，但他在刹那间省悟到这完全不可行：由于"空间滑移式"飞行的特性，如果后两艘飞船还处在本域空间，那么，若天马号中断飞行，由于时空溅落点是随机的，反倒可能远离它们；如果后两艘飞船已经脱离本域空间，那天马号溅落后同样见不到它们，因为双方的溅落都是随机的，不可能恰巧落在同一时空点！阿冰、伦德尔等也接到元元的警报，跑来了，紧张地盯着代船队长，等着他的决定。在驾驶室值班的约翰也发出询问。姬星斗命令：

"元元，保持对两艘飞船的呼叫。"

这十几年航程中，船队之间一直通过光缆联系，无线应答一般不开启。但后两艘飞船如果没有失事，一旦发现联系中断，会第一时间启用无线应答，但能否联系上，取决于双方是否处于同一个时空。"阿冰，你驾驶一艘小蜜蜂，绕过那堵墙壁去观察后边的情况。注意，船尾的四艘小蜜蜂已全部失踪，你只能用船首的小蜜蜂。"

后边情况不明，阿冰此去不敢说会碰到什么危险。他很想亲自去，但作为代船队长，他此刻必须坐镇中枢，不能亲身犯险。他只是加了一句，"阿冰，你多保重。"阿冰点点头，用目光向他致意，立即前去准备。

公主和格鲁也跑来了，公主见阿冰要去驾驶小蜜蜂，急急地说："代船队长，我也去！我和格鲁陪阿冰一块儿去。"

姬星斗立即拒绝："不，后方情况不明，从安全角度考虑，这次外出尽量少去人。"

这是他的真实想法，但还有一个原因无法说出口：鉴于格鲁的嫌疑尚不能排除，此刻当然不会让他参与。这时元元报告了一个好消息：柔性管道断裂并导致飞船后舱门紧急关闭时，谢廖沙已侥幸进入天马号，此刻正在向船长室跑来。但这也意味着——尚在柔性管道的森、卓玛和克拉松多半不能生还了。

阿冰驾驶的小蜜蜂已经启动。在飞船的透明船体外，一团淡蓝色的明亮喷焰正向船尾移动。它飞近那堵"墙壁"了，从锯齿形边缘的缺口中把探照灯和摄像头伸向船后。图像显示，船后并没有想象中的灾变后的惨景，没有任何爆炸残骸或尸骨，飞船后仍拖着惯常的圆锥形的本域空间，被浑茫的虫洞壁围着，一片平静。但空间中没有天隼号和天狼号，空荡荡的，所以这样的平静中暗含着阴森，是地狱的死寂。众人曾经抱有的一线希望瞬时破灭了。

小蜜蜂小心地越过墙壁缺口，飞到飞船之后，再把镜头转过来。现在他们看到了"墙壁"的背面。姬星斗凭着对高能激发工艺的熟悉立即断定：他刚才的猜测错了，灾难的造成不可能是普通的爆炸，而肯定是高能激发，因为这堵不规则的墙壁显然是高能激发所形成的类中子物质，表层是透明的。那么，是天隼号因某种原因进行过一次高能激发？显然不像。这堵"墙壁"完全是平的，这说明激发出的二阶真空泡的尺度非常大，属于宇观级别了，但飞船的激发装置肯定达不到如此尺度。

姬星斗吩咐阿冰，注意观察墙壁背面有没有森、卓玛和克拉松的遗体。按地球上两次激发事故的经验，死者的身体会嵌入类中子物质中，在特殊情况下还能分辨出来。阿冰仔细观察后说："没有发现。"

一切都是未知，种种迹象拼合出难以言说的诡异。只有一点是确定的：天隼号和天狼号，连同船上 6000 多名船员，连同姬继昌、埃玛、拉马努、维尔、额尔图、山口良子等几乎所有长辈，都从这片时空忽然失踪，非常彻底地失踪，而且很可能已经丧生。心灵的剧痛几乎让姬星斗休克，但他是代船队长，他没有休克的权力，只能清醒地体验心灵剧痛。

伦德尔等都是经验丰富的老船员，但面对这样的突然灾难，一时也没有办法。这时保卫部长齐林匆匆跑来，说禁闭室的康平听到了刚才的警铃，闹着要出来见代船队长。姬星斗立即说：

"立即带他来见我！"

虽然康平是那场未遂叛逃的首犯，但危难时刻，姬星斗想从这位长辈身上汲取力量和智慧。这时谢廖沙气喘吁吁地跑来了，姬星斗立即询问了他，可惜没得到什么有用的信息。刚才谢廖沙等四人正按照姬继昌船队长的命令从天狼号返回旗舰，在经过天隼号时，那三人碰见他们住在本船的家人，说了一会儿话，和谢廖沙拉开了一段距离。但谢廖沙进入天马号的后舱门时，他们三个肯定已经离开天隼号，进入管道。然后，没有任何预警，天马号后舱门突然关闭，同时警铃响彻全船。谢廖沙痛楚地说，舱门紧急关闭肯定是因为柔性管道的突然破裂，所以，三个同伴很难有生还的可能。但在灾难发生前天隼号内一切正常，没有发现任何异常征象。

在这段时间里，作为船队长的第一助手，元元本该及时提供咨询，但它一直保持沉默。姬星斗想向它问询，忽然心中生出一点儿警觉，就先用"脑内蓝牙"方式悄悄探查它的思维。他果然发现了异常，正如上一次的感觉，元元的思维此时浸泡在"紫色的空无"中，这个紫色光团翻腾着，涌动着，形成明显可感的湍流，显然元元此刻在高强度地思维，所以才对外保持沉默。元元感觉到了姬星斗的"思维窥探"，立即说：

"代船队长，我在观察一些信息，它们可以说是嬷嬷给我的。"

"嬷嬷给你的信息？"姬星斗疑惑地问。如果嬷嬷和元元有这么一个联系通道，那就不是一件小事，但此前元元没有对他说过，肯定也没对父亲说过。

元元感受到姬星斗话中含着的责备和怀疑，苦笑着辩解："并非正常的信息通道。是这样的，那次在皇宫广场上，嬷嬷与我交流后，在我脑中留下一个紫色的光点。它就像一个窥视孔，或者是一个高维度的天眼，我有时能通过它看到一些信息，但常常是间断的，被动的……我过去没披露这件事，是因为我对它是否真的存在一直拿不准；也因为牵涉到嬷嬷，想避免无谓的争端……事态紧急，还是先说说我的观察结果和推测吧。"

"你说。"

"从管道断裂处的断面看，肯定是高能激发造成的，但显然不是由于天隼号的激发，它不会造成这样大直径的断面。而且，管道断裂前我始终保持着同后边两艘船的信息交流，如果有人准备激发，必须首先启动天隼号主动力，这样的动作我不可能不知晓——相信我，我没有知情不报。"它似乎在苦笑。

姬星斗立即回应一句："相信你的忠诚，往下讲！"

"船尾的断茬基本是平的，从这点看，像是一次宇观尺度的激发所造成的。但据观察，激发所转化的类中子物质比较微量，又像是一个小尺度的激发。为了解释这互相矛盾的迹象，我努力通过天眼查看，获得了一些信息。我的查看刚才被你打断了，但已经获得的信息指向这么一种可能。"它略为停顿，几个听众都屏住气息，"空裂。"

姬星斗脑中闪过一道电光，喃喃地重复："空裂？"

"对。人类曾认为地壳是坚实的、静止的，后来才知道存在板块运动，会出现塌陷和地裂。人类一直认为真空是连续、平坦、稳定的，但其实它也时刻进行着'地质运动'，不，空质运动，会自发产生裂隙即二阶真空。这种裂隙不像飞船激发所形成的泡状二阶真空，更可能是片状的，这就和船尾的断茬形状对上了。而且空间的运动不需要时间，所以这道空裂能瞬时'插入'高速滑移的船队本域空间中，插入两艘飞船之间。"

元元略顿，接着解释："据我通过'天眼'看到的宇宙图景，越接近超圆体宇宙位于四维空间的中心，空质越不稳定。我们的亿龙赫船队经过近十二年'向虚维的蹦入'，可能已经到达了空质不稳定区域，遭遇了一次小规模的空裂，是它截断了天马号之后的空间。"

伦德尔怀疑地问："你说是一次空裂截断了飞船所处的本域空间？但你看小蜜蜂传来的图像，飞船后边仍是完整的圆锥形空间，完整的虫洞壁。"

公主立即说："这不难解释，空裂截断飞船的本域空间后，因为天马号仍然保持着激发，所以虫洞很快恢复了完整。"

元元点点头："不错，公主的解释是对的。"

姬星斗紧张地思考着。元元竟然对主人隐瞒了嬷嬷曾留下天眼这件大事，如果暂不考虑对元元的怀疑，那么元元的解释是有说服力的，自洽的。飞船遭遇的灾难确实不像是人为的，而更像是自然灾难。他与公主、谢廖沙、驾驶室里的约翰等人简短地交换意见，他们也接受了元元的解释。这时康平匆匆跑来，脚上还戴着电子脚镣，齐林和两名守卫手执武器紧跟其后。姬星斗迎上前去，简要地介绍了眼前事态。康平的目光变得阴沉，喃喃地说：

"潘多拉魔盒被打开了。"他仇恨地横了公主一眼,显然是把她看作打开魔盒放出灾难的不祥女人。不久前他与公主的关系有所缓和,但这次突发的灾难又让他瞬间回到老路上。好在公主没有注意到他的目光,或者是不愿计较。而敏感的格鲁注意到了,立即回以更为毒烈的目光。姬星斗说:

"眼下我们该怎么办?我想听听康叔叔的意见。"

康平一口回绝:"你是代船队长!你不必垂问一个在押犯人。"

这句刻薄的话激起周围人的不满,公主可以说是愤怒了。但谢廖沙向姬星斗示意:"康平没说错,你是掌舵人,大难当头,决断必须由你做出,也只能由你做出。"姬星斗苦笑着说:

"康叔叔说得对,这是我该负的责任。"

他不再犹豫,下达了一系列命令:

"元元通知阿冰,她可以返回了。

"谢廖沙,你去统计天马号人员情况,节日期间,它同后两艘飞船有不少人员往来。为慎重起见,你要亲自查人头,不能依赖电子信息。

"轮机长伦德尔,检查飞船设备,注意查看当柔性管道包括液氢泵送管道断裂时,有没有造成连带损坏。检查天马号液氢燃料库存。"

谢廖沙和伦德尔去执行命令。处于飞船之外的阿冰听到命令后,驾着小蜜蜂穿过那堵墙壁的缺口,返回船首。飞艇自动固定到支座上,阿冰通过对接舱门回到母船。

掌舵人此时应该做出另一个重大决定了:飞船是保持飞行还是中断?姬星斗很清楚,让天马号中断飞行无助于寻找失联飞船;但既然后者已经从本域空间失踪,继续飞行同样没有重逢的可能。既然两者都是无望,倒不如让飞船停飞,休整一下,再决定其后的行程——也撞撞运气,看能否碰到那两艘飞船。他权衡后下达命令:

"元元通知约翰,停止飞船激发。注意保持对两艘飞船的无线呼叫。"

飞船中止了激发。飞船周围的浑茫在瞬间消失,重新回到透明的旋转星空。这是一片陌生的星空。天幕暗淡,铺满密集的星星,但星光都十分微弱,显得十分遥远。星空中没有明亮的"太阳"和"月亮",没有明亮的星团。繁星背景也不均匀，而且缀出若有若无的网线。人类早就知道，宇宙在大尺度上是网格状，所有星系都位于稀疏的网线上，网线的尺度可达数亿光年；网线之间则是没有任何星系的巨大空洞，空洞的尺度也可达千万光年。飞船这次的随机溅落显然落到了一个巨型空洞中。

为了便于向外观察，姬星斗命元元把飞船灯光转换为夜间模式。船上灯光暗淡，衬着暗淡的旋转天幕，显得格外孤独无助。这不像是星空，更像是地狱，像是一片广袤的死寂的墓地，而亿万远星犹如墓地的幽幽磷火。大家用心倾听着无线呼叫的回应，但听到的是一片静默。这是预料中的，由于空间滑行的特点，失踪的两艘飞船即使没有失事，也已经溅落到不同的时空了，距离这儿可能有百万光年的空间距离，千百年的时间距离。但尽管熟知这个机理，刚才船员们仍抱着万一的甚至百万分之一的希望。这会儿希望完全破灭了。那两艘飞船已经永别，此生此世，彼生彼世，他们也无缘重聚。姬星斗忍着心中剧痛，尽量平静地说：

"天马号暂时安全了，此刻无事可做，大家回去休息吧。好好睡一觉，养精蓄锐，明天将召开全体船员大会，讨论我们面对的新局势。元元，你今晚对周围空间做认真的观测，明天把结果告我。"

大家不愿走。痛定才能思痛，这会儿天马号平安了，失去亲人的痛苦加倍深重，啃啮着所有人的心灵，他们想留在这儿抱团取暖。在姬星斗的催促下，大家才各自散去，元元也飞走了。康平说：

"齐林老伙计，押送我回禁闭室吧——不，最好把我关到静思室，我不想再被外边的警报干扰。"

齐林看看代船队长，见后者没有表示反对，便带上两名警卫，押着康平去往静思室。阿冰从船首跑过来，心疼地看着姬星斗，说：

"代船队长，要挺住，你不能趴下。"

公主说："对，你一定要挺住。"

谢廖沙简短地说："放心吧，他已经站稳了。"

姬星斗苦笑："对，你们尽管放心，我不会趴下，没有这个奢侈。你们也一样啊。"

船长室这会儿只留下四个人，是智囊团幸存的所有成员了，也基本全成了"孤儿"——姬星斗、阿冰和谢廖沙的父母生死未知，而公主的父皇母后虽然活着，也没有重逢的可能。少年时的豆豆曾桀骜不驯，目中无人，但实际他的心里是有倚仗的，他知道父母辈在维持着一个可靠的生存平台，可以供他挥霍青春。而现在，父辈之山突然消失了，突然的"空无"转化成无边的恐惧，无限的重压。四个年轻人难免心情晦暗，但他们不愿沉沦，默默地为自己鼓劲，为伙伴鼓劲。他们遵照智囊团的惯例，手臂相挽，头顶着头，低声呼喊：

"拼搏，奋斗，永不言弃！"

姬星斗催他们赶快休息，三人与他恋恋地告别，离开了。姬星斗独自睡在船长室。值班床上似乎还留着父亲的味道，梦思中飘扬着母亲的笑容。他很想回到少年时代，哪怕回去一天，在父母膝前撒撒娇，耍耍孩子脾气，与父母亲昵一番，甚至让严父训斥一番！但他清楚，今生今世再不会有这样的奢侈了。他从此是真正的成人了，甚至年轻的他还要成为船员们的父辈之山！这个转变很难，而且要在瞬间完成，但他只能这么做，形势逼他这么做。

飞船周围是彻底的空无，他狠下心，将一切思维、一切煎熬放飞到空无中，心境透明地躺了半个小时。然后，意识深处一个声音催促他：该起来了，该一刀斩断过去，坚决地往前走了。在明天的船员大会之前，他要首先同康平叔叔深谈一次，再同约翰、伦德尔、谢廖沙、阿冰和公主分别深谈，对今后的规划形成一个粗略的框架，这样才能把它端到船员大会上。

他来到静思室，这儿仍是双岗值守。他让守卫开门，走进去，仔细关好隔音门。康叔叔也没睡，坐在一张转椅上，半眯着双眼，见豆豆进来，仍然一动不动。姬星斗过去，像少年时那样席地而坐，趴在康叔叔膝盖上，把头埋在叔叔怀里，康平也像过去那样疼爱地捋着他的头发。两人默然不语。不过姬星斗只任感情宣泄了几分钟，就离开了康叔叔的怀抱，拉过一把椅子，与叔叔对面而坐，开始了两人的深谈。

康平平淡地问："豆豆，今天康叔叔那句混账话是否伤了你？"

姬星斗摇头："没有，我知道你是在鞭抽我，一个代船队长不能趴下。"

康平声音冷硬地说:"对,你不能趴下,即使全船人都趴下,你也不能趴下。你要是实在忍不住想哭,也只能躲在屋里流泪。我很欣慰,在这场突兀的灾难中你站住了。你父母没看错你,我也没看错你。"

"谢谢叔叔的激励。"

"潘多拉魔盒被打开了。有一句老话:祸不单行。鱼乐水前辈也说过类似的话:当整个形势处于下行状态时更容易失足,除了应对行进中的艰难,还得准备发生意外时的补救。对这一点,你得有心理准备。"

"知道了。"

"豆豆,下面你准备怎么办?"

"首先要淬硬心肠,不再浪费时间寻找那两艘飞船,没有用。我们得坚决忘掉亲人们,组织好这200人的小队伍,独自往前走,坚持我们的目标,寻找超圆体宇宙中心,那片至尊、极空、万流归宗之地。"

这是他今天来想要与康平达到的第一个重要共识:必须往前走,不要彷徨,不要向后,包括浪费时间寻找亲人,或者回到G星复仇。最后一条当然不符合康平的意愿,但在经过这场泼天灾难之后,康平审时度势,还是相对容易地接受了。他点点头:

"好。斩断过去,一心向前走。"

"船务委员会失去了这么多委员,必须重建。我是一个人选,你也要加入。"他瞄瞄康平脚上的电子脚镣,不在意地说,"一会儿让齐林把它拿掉。"康平没说话,算是默认了。"其他几个人选,我个人推荐约翰、伦德尔、谢廖沙、阿冰,还有——公主。我想征求你的意见。"

听到名单中有公主,康平眼中闪出一波怒火,但这只是情绪性的反应。毕竟现在灾难当头,不容他意气用事。而且,如果撇开"世仇",客观地考虑,这位公主确实是个不错的人选。他默认了。

"恐怕我们还要面对的一个问题是:元元。我想,你刚才忽然提出让齐林把你关到这儿,也许是想避开元元和我谈话。"

康平目光中露出赞赏:"没错,我估计你能悟出我的用意。因为齐林从拘留室带我出来时透露过,那个嬷嬷在元元体内捣了鬼,留下了什么天眼,是不是？这事对飞船生死攸关，你详细告诉我。"他又说，"尽管放心说，我刚才仔细检查了室内，确认没有窃听。元元那家伙没有手，本来也很难干这种事。"

"对，元元承认，嬷嬷曾在它体内留下一个紫色光点，实际是一只具有超维视觉的天眼，可以获得维度外的信息。按规矩，这样的大事它必须向我们禀报的，而且，站在它的角度考虑，也没必要瞒着我们啊。所以我推测此中必有蹊跷。很可能，留下的天眼还伴随一个指令，而元元不想让咱们知道这个指令，所以干脆连天眼的事也瞒下来。"

"这条指令是——"

"你应该能猜到，想想元元近来的变化，什么是它的第一目标。"

"我知道了，这条指令是——带领船队去往那个至尊、极空、万流归宗之地？"

"对。"姬星斗心中很矛盾，两种相反的认知在心中使劲撕扯。"康叔叔，并不是说有这个指令，那位嬷嬷就是在害我们，不是的。我觉得，她对人类的感情和忠诚不用怀疑；当然，她以整个后半生教化了 G 星人，对 G 星子孙的舐犊之情同样不容怀疑。所以，她的秘密指令不可能害人类，也不可能害 G 星子孙，更有可能是双赢的。比如说：她诱使我们去往那个中心，当然也就使得我们放弃了去 G 星复仇——但若到达那个至尊之地，肯定也对人类有好处，会大大提升我们的文明进程。"

康平脸色阴沉："但她指引的航程刚刚开始，就让船队陷入灭顶之灾。"

"康叔叔，你这样指责恐怕过于苛刻了。尽管这位嬷嬷在得到六维时空泡后已经跻身于神级文明，但毕竟不是万能的上帝。不管科技发展得如何神奇，也没有全知万能的上帝。她能为我们指出一个大致正确的方向，但不可能预料到航程中的所有凶险。"

康平沉默了。豆豆的分析清晰可信，他无法否认。实际上连康平自己也清楚，他对嬷嬷的厌恶愤恨是不公平的，是被血仇蒙住了眼睛。这场灾难让豆豆长大了，实际上让康平也"长大"了。局势如此艰难，不容他像过去一样率性行事，快意恩仇，那样会害了舰队，犯下深重的罪孽。但他也看出了

宇宙晶卵

豆豆内心的矛盾纠结，知道他有未尽之言，便耐心地等着。

姬星斗确实十分矛盾纠结，他对那位嬷嬷有发自内心的敬重和同情；元元又是他的光屁股朋友，他实在不愿谈及对二者的怀疑。但这关乎船队的存亡，康叔叔又是他最信得过的人，在失去爸爸后，他不能对康叔叔有所隐瞒。"康叔叔，我上面说的都是正面观感，但我其实也有强烈的不安。你知道的，我装有脑内蓝牙，可以同元元深度交流。最近我发现一些异常，感受到元元体内涌动着一种奇怪的东西。我无法确切描述，只能说说我的模糊感觉：紫色的空无之上弥漫着死亡的诱惑。这些图景应该得自于'天眼'，应该与我们航程的目标、那片至尊之地有关。可惜只是模糊的感觉，没有实际证据，但我无法排解内心的不安。"

"噢——"康平拉长声音说。豆豆的怀疑只是基于"模糊的感觉"，分量较轻，但有时候直觉比证据更重要。现在，船队处于两难境地——他们当然不会放弃寻找超圆体宇宙中心的目标，但如果豆豆的窥视正确的话，那儿也有可能是地狱的入口？"那你说说吧，你的看法。"

"我是这样分析的：元元在获得指令后，很可能已经有了独立意识，不再是咱们完全驯服的助手，要时刻对它睁着第三只眼睛。不过，我想暂时不必反应过度，不必对元元采取极端处置。我指的极端处置是：剥夺它对飞船的控制，对其格式化后重建意识。毕竟这个工程过于巨大。还有一点，如果嬷嬷确实在元元体内植入了指令，那么在今后的航程中它很可能起到有益的向导作用，毁了它未免可惜。我们的航程不变，但要注意观察，在必要的时候能尽快做出反应。我的怀疑不要对船员公布，只限几位船务委员知晓，我不想让未经证实的怀疑影响整个航程中飞船的气氛。"

"对，这样比较稳妥。"康平很欣慰，也多少有点儿失落，在这件事的处理上，这小子比自己强，自己真的该退位了，世界属于年轻人。"豆豆，你很像你爸爸，思维清晰，大局观强，遇事冷静，不冲动不偏激。比你康叔叔强。你会是个好船长。"

姬星斗苦笑道："谢谢叔叔的夸奖，我很想嘚瑟一下，但不敢嘚瑟，既没这个资格，也没这个心情。"

"只提醒你一点：友情非常可贵，但并不能保证，在人生重大关头双方能做出同样选择，"他苦笑着说，"我和你爸爸就是例子。所以，万一到了关键时刻，别让你对元元的友情，还有你对嬷嬷的敬重，影响了你的决策。"

"我记下了。康叔叔，还要说一点，虽然我们只剩下一艘飞船，但我还想保持天船队的整体框架，直到……直到找到失踪的亲人，或者确认两艘飞船已经失事。"

康平很感动："对，那我的话得稍做纠正：你会成为一个好的船队长。你爹妈如果已经……他们在天国也会为你自豪的。"

两人默默拥抱，这是男人对男人的拥抱。

飞船在模拟的晨光中醒来。元元结束了夜间观测，回到船队长身边。姬星斗正式撤销了对康平的监禁，然后两人分头找人谈话，就刚才涉及的议题征求意见，只有对元元的分析暂时保密，他们准备第二天召开全体船员大会。他昨晚布置的两项调查也汇总过来。

谢廖沙统计了现有人口。天马号上共有222人，其中男性140人，女性82人，男女比例悬殊，大致为2∶1；年龄构成情况是：像约翰、伦德尔、康平等50岁以上人员有28人，10岁以下孩童20人，其余都是姬星斗这样21岁上下的青年，没有其他年龄段，这是由飞船上天时的人员构成所决定的。人员中已婚并夫妻俱在的有11家32人，其余皆为单身，或在昨天的事故中成为鳏寡。

222人这个数量，对于操控一艘自动化飞船来说不是问题，但对于种群繁衍则太少。他们不幸被命运抛到宇宙深处，在此后百年千载的航程中，基本不可能遇见同类，要维持这个太空种群的繁衍，222人难以保证足够的基因多样性，尤其是女性仅82名，更难保证X基因的多样性。好在这些女性大多在育龄，今后要强化婚育。不到万不得已，他们不想使用克隆技术。

轮到轮机长伦德尔汇报了，他汇报时避开了众人，不想把又一个噩耗过早扩散。飞船各种内部设备倒是基本完好，未受这次事故的影响。损失了四艘小蜜蜂飞艇，但飞船本来就备有四艘零件状态的备用艇，组装一下就成。船尾天线兼小蜜蜂固定支架被毁了，想把天线完全修复很困难，只能修补一下对付着用；固定支架的功能必须要恢复的，恢复起来也相对简单。但有一个最要命的问题——燃料马上告罄。他很内疚，作为轮机长，不得不把这个天大的难题端给年轻的代船队长。但这其实不怪轮机长，情况是这样的：此前十几年的航程中，船队一直由天马号带飞。姬继昌船队长曾做过决定：把天马号的燃料库存用完后，就改由天隼号带飞，天马号则乘燃料库清空的时机进行一次全面保养。这个决定很正确，无可指责。因为，在"空间滑移式"飞行中，三艘飞船在"本域空间"是相对静止的。一旦停止激发或因故障停机，三艘飞船都会在瞬间静止，并仍然处于同一时空。换句话说，三艘飞船的相对静止永远不会改变，是"本质安全"的。那么，在天马号保养期间，有一个短暂的燃料零库存时段不会有什么风险，何况船与船之间还有燃料泵送管道？但这种万无一失的考虑独独忽略了一个当时还不知道的因素：空裂。一次小小的空裂就完全毁坏了所谓的"本质安全"，把天马号置于万劫不复的境地。姬星斗心情沉重，问：

"燃料还能用多久？给我一个准确的估计。"

"如果按最经济速度即半速航行，飞船还能飞大约30天，换算为航程是大约410万光年。如果飞船静止，能维持生命系统500年的运转。"

姬星斗眉头紧锁，心中浮出昨晚康叔叔的一句话：祸不单行。据昨天的初步观察，飞船溅落在宇宙网格结构的一个巨型空洞内，四五百万光年内没有发现星系，当然也没有富氢行星。当年环游地球的麦哲伦号帆船曾遭遇很长的无风期，几乎困死在太平洋中心，今天的太空麦哲伦航行也将困死在没有燃料的宇宙空洞内。他虽然心情焦灼，仍安慰伦德尔：

"轮机长，这事不怪你。这是我父亲的决定，我也是知情的，那时没人想到真空也会发生空裂。接受教训吧，以后在任何有关安全的事项上，都要加上三重保险。"在这个危难时刻，他心中甚至还感到庆幸，"好在天隼号和天狼号的燃料库存都是满的，如果它们还健在，就不必面临咱们的困境。至于天马号的困境，咱们努力想办法吧。"

完成基本的沟通和协商后，晚上在中央环形大厅召开了全体船员大会。

222人，包括20个少儿和幼儿，一共只占了环形大厅很小一个角落，看到这个情景，不少人眼睛红了。当年天、地、人三支船队上天时，共18000人在九艘飞船的环形大厅集体宣誓，场景是何等壮观！即使后来各船队分开，6000人的天船队仍是一支强大的力量。现在呢，一次小小的、不为人觉察的空裂，就使天船队损失了三分之二的飞船，更损失了超过95%的船员。在人类与上帝的角力中，人类还是太渺小了，即使已经拥有神级科技。他们一年前失去母族，如今又失去亲人和船队，上帝的心地太狠毒，把一个又一个灾难抛给他的子民。但他们都是乐之友的后代，是在宇宙灾变的险风恶浪中闯过来的，不会在这场新灾难前趴下。

　　会议选出了新的七人船务委员会，七人基本都是全票当选。选前姬星斗对平桑吉儿能否当选有点担心，尽管她人缘不错，毕竟是仇人的后代，船员们很难说完全拔掉了心中仇恨的尖刺。但没想到她也基本是全票当选，只有一人弃权——应当是康平吧。他的弃权表示他没忘记对G星人的仇恨，但在大难当头时他要朝前看。对这个结果姬星斗很欣慰，而且他欣慰地发现：格鲁在看到这个票数后，眼中也闪着温馨的光芒，过去的敌意一朝消融了。

　　船务委员会选出姬星斗为新任船队长。姬星斗任命了天马号的各部负责人：

　　姬星斗兼任天马号船长，康平任副船长；

　　平桑吉儿任飞船科学官；

　　阿冰任行政总管；

　　约翰任大副，年轻的谢廖沙任助理；

　　伦德尔任轮机长，年轻的吉伦任助理；

　　朴雅卡任导航官，年轻的何洁任助理。

　　以上三项助理的任命是为接班考虑。

　　七人智囊团的原成员虽然都有了实职，但智囊团仍然保留。

　　匆匆搭好飞船的领导机构，他们就立即转入那个最紧迫的问题：如何解决燃料告罄。元元做出正式报告，它昨晚借助机载天文望远镜观察了飞船所处空间，飞船确实位于一个巨型空洞内，方圆500万光年内没有观察到星系，无法找到可以补充燃料的富氢行星。在500万光年之外有几个星系，其中应该有富氢行星。但眼下的燃料库存满打满算只能飞410万光年，考虑到盲飞结束时还要留下足够燃料，以便在溅落点附近寻找目标星球，这个续航里程还要降低。姬星斗说：

"我把真实情况全部端给大家了。眼前局势确实无望，但我们不能丧失希望。请大家发挥最疯狂的想象，一定要在'彻底无望'中扒出一条希望之路！"

长久的沉默。俗话说巧妇难为无米之炊，没有能源，什么办法也走不通。长久沉默之后，新任科学官平桑吉儿站起来，犹豫地说：

"诸位，我先试着提一条思路吧。"她立即解释，"但我事先说明，这不是条好路，可能只有万分之一的逃生希望，所以只在万不得已时才能用它——我宁可永远不用它。"

姬星斗鼓励："不管希望多么渺茫，也强似完全没希望。你说吧。"

公主讲了她的方法："空间滑移式"飞行的飞船是没有惯性的，一旦停止激发，就会在瞬间静止。如果我们放弃这种飞行方式，而把所有燃料用来实现常规驱动，也就是使用小蜜蜂飞艇小型化的氢聚变引擎来驱动飞船，那时飞船的运动就符合牛顿惯性定律，飞船所获得的速度在停止驱动后仍会保持。她昨晚做过估算，扣除两年生命维持系统的消耗，同时考虑到减速过程的燃料消耗，凭借目前燃料库存的一半，可以在一年内把飞船加速到0.86倍光速。那么，飞船可以先定下一个最可能获救的方向，加速到这个最高速度；然后停止驱动，飞船生命系统也停止运转，船员们全部进入冬眠。在冬眠前打开飞船舱门，使飞船温度降到太空的温度即大致是绝对零度，这是一个不需耗能的天然冬眠柜。此后这艘"死飞船"将保持这个速度在太空中前进。当飞船无动力飞行580万年，飞出这个宇宙空洞后——这个时间段确实太漫长了！——元元将首先自动醒来，因为它不需要维生系统，不需要耗费多少能源。等元元找到合适的星系，启动飞船用一年时间减速。快要到达目标前，元元启动飞船生命系统，唤醒船员。

平桑吉儿苦笑道:"我说过,这不是一个好办法,580万年!太漫长了。当然,在这个速度下,飞船的时间速率会降低一半,但这也没什么用处,对于冬眠船员来说,580万年和290万年也没多大区别。正如我刚才说过的,我宁可不采用这个办法。"

姬星斗也摇头:"这个方法确实太消极了,我们得放弃亿龙赫的空间滑移式飞行,后退到亚光速的牛顿世界。但不管怎么说这是第一条新路,我们还是探讨一下。元元,平桑吉儿的计算正确吗?"

元元用几微秒的时间重复了公主的计算,说:"科学官的计算是正确的。但我可以发表自己的看法吗?"

姬星斗与对面的康平迅速交换一下目光,笑着说:"很高兴元元能主动发表自己的见解,记得过去你一向推诿,说你的职责是辅助而不是决策。这是你第一次主动。请讲。"

"我赞成船队长对这种逃生办法的评价,它太消极了。除了时间的漫长,还有重要一点:飞船580万年的行进都不含有'向虚维的蹦入',是完全无效的行程。公主,不,科学官,你在提出这条思路时,是否已经下意识地放弃了飞船的目标——去往那片至尊、极空、万流归宗之地,从而收获三重圣杯?"

它责备得大义凛然。公主黯然点头:"元元责备得对,这个方法只是纯粹的逃命,完全放弃了飞船的既定目标。"

姬星斗说:"你不必自责,万不得已时,先逃命也是对的。但这个方法确实太消极,大家想想有没有其他办法。"

谢廖沙提出另一条思路:飞船频繁启航,进入虫洞,在短暂飞行后就熄火,脱离虫洞。由于时空溅落的随机性,也许某一次能溅落到一个星系稠密的地区。当然,频繁启航和熄火会加大燃料的消耗,使目前有限的航程更加减少。至于多次随机溅落中能否被幸运女神垂青?大家知道,从概率上说,时空溅落是随机的,但概率曲线的峰值在目标时空附近即飞船按正常航行"应该"到达的时空。问题是:这个峰值区域恰恰是飞船要竭力避开的,因为它在宇宙空洞内。所以,想让飞船溅落在空洞之外一个有富氢行星的区域,只能靠运气。

综观历史上已知的时空溅落，G星移民飞船确实曾大尺度地偏离目标时空，空间落点没偏差但时间落点落到了十万年前；至于天船队盲飞十一年后又回到太阳系附近，则不一定是缘于时空溅落的随机性，也可能是因为系统性的导航误差，即所谓的"密林中转圈圈"。

尽管这个方法只能寄望于"操蛋老天爷"，但也是眼下唯一可行的方案。如果多次溅落全都落到星系空洞——那只有认命了。此后大家重点探讨这个办法。但大家不甘心的是：该方案只包含低度的"对虚维的蹦入"，实际也等于放弃了船队的目标。两个小时后，大家仍然不愿意接受这个方案。

讨论这两个方案时，康平一直没有发言，这时平淡地说："我提一个不那么消极的办法吧。"

姬星斗心中一喜，他熟知这位叔叔的优点和短处。康平在理论上比较低能，但动手能力和解决实际问题的能力极强。他只要开口，提出的办法多半是可行的。他笑着催促：

"副船长，我的康叔叔，快点说！"

康平不慌不忙地说："要想说清我下面提的办法，需要先回顾一下亿龙赫飞船的技术发展之路，你们年轻一代都清楚最终成果，但发展中走过的弯路你们不一定清楚。当年，是少年贺梓舟第一个提出利用真空能，航行路上随意向船外舀一瓢能量，就能飞好几天。此后，乐之友确实开发出了光压驱动方式，即以高能激发把真空湮灭成二阶真空，释放出微量的光能，飞船船尾安装巨大的凹面反射镜，依靠光压来驱动飞船。但在做样机实验时，发现飞船竟然向后倒退，而光压反倒成了前进的阻力！阴差阳错地，最终光压驱动方式被淘汰，而空间滑移式航行脱颖而出。飞船船尾改成船头，取消了原来的凹面反射镜，改成凸面的光电转换器，收集无用光能用来发电。但工程师们很快意识到这种微量光能根本不值得收集，因为空间滑移式飞行完全不同于牛顿式飞行，可以很方便地即开即停，不存在极为耗能耗时的加减速过程。这么着，想找一个富氢行星补充燃料就太方便了，而宇宙中富氢行星比比皆是。于是，在飞船大批量生产时，设计工程师依性价比考虑，取消了在船首的凸面光电转换装置。"

康平得意地说："这些弯路，你们可能不知道，也可能在历史资料中浏览过；但我下面说的情况，则除了老康我，世界上没几个人知道，今天的天马号上更没人知道。当年，取消船首凸面光电转换装置的设计更改通知单下达时，天马号已经按原设计在地球同步轨道上完成了组装。实施上述改动不算困难，但毕竟是在太空中施工，比较麻烦。后来我想，空间滑移式飞行与牛顿式飞行不同，前者不存在惯性，所以飞船上多一点儿重量，对于飞船航行没有任何负面影响，一点儿不增加航行时的燃料消耗。那么，多一事不如少一事，既然已经建好，倒不如保留原状。但我知道，如果把我的意见上报乐之友科学院批准，那帮凡事追求完美的书呆子们不一定会同意，于是我胆大包天地私自做了决定：任它保留，不再改动。幸亏天马号的监造是个明白人，我把其中利弊说清后，他对我的偷懒睁只眼闭只眼，放了我一马。所以，所有同级飞船中，只有天马号上多了这个冗余物，其他飞船都没有。元元，你是飞船的大脑，你知道飞船鼻子上长有这么个大疣子吗？"

元元困惑地说："不，我不知道。"

"哈哈，我想你也不知道，因为你大脑中存储的飞船图纸已经删去了这个装置，所以你'记忆'中没它；它附近没有飞船舱外摄像头，所以你的视野中也没它。这两者加起来，让你对这个疣子毫无所知。这个装置一直被废弃，但稍加修复就能工作了。元元，你算一下，如果加上这部分额外能量，飞船能跑多远。至于光能的产生率数据，你可以查询档案库。"

元元的量子大脑瞬间就完成了查询和计算，欣喜地说："太好了！你说这部分光能非常微量，没错，单次激发所产生的光能确实非常非常微量，但天马号的激发频率是每秒 30 万亿次！累积起来还是相对可观的。加上这部分额外能量，飞船现有燃料基本能飞到 500 万光年以外了。即使稍有不足，可以再想办法挖潜，这属于'蹦一蹦就能达到'的差距。康副船长，你这个方案最好！好就好在：它一点也不耽误向虚维的蹦入，实现逃命目标的同时仍在向飞船的终极目标挺进！"

姬星斗从它的声音中感到了真正的欣喜，这也从侧面证明了他和康平的分析：元元在接受嬷嬷的秘密指令后，已经有了独立意识，有了"自己"的目标或欲望——去往那片至尊之地，有了自己的喜怒哀乐。可以说，它已经走出懵懂，长大成人了。元元的内心目标与船队目标相同，所以它的服务会更主动，这虽然是好事，也潜藏着某种风险。康平面有得色：

"看来老家伙们还是有点用处的。虽然电脑中的信息浩瀚无比，但都是死信息；而每个老家伙都多少保存着活的记忆。"

公主更是喜不自胜："康叔叔——康副船长太了不起了！这样一来，我们离那个三重圣杯更近了！"

康平听见公主夸奖，眼光瞬间变冷了，不过这只是情绪上的惯性反应。在这么一个喜庆的时刻，他不会做出煞风景的事。他只是没有理睬公主，把目光转向姬星斗。姬星斗当然非常欣喜，也有些侥幸——康平当年的一次偷懒和瞒上欺下，竟然成了挽救飞船的契机！他衷心感恩，是命运把康叔叔连同他的"活记忆"送给自己。他兴奋地下令：

"科学官平桑吉儿，连同智囊团的谢廖沙和阿冰，三人配合元元做出严格的复核。如果确实可行——康叔叔，康副船长，你为飞船立了头功！"

复核顺利通过，立即转为实际操作了。光能转换装置的恢复很简单，此前这套装置已经基本完工，只须连接两根低温电缆和进行简单的调试，再装上相应的仪表。稍微困难的是，电缆连接需要在舱外进行，而万能的元元这次成了盲人，无法提供实时指导。还有一点，飞船为了产生重力一直保持着自转，眼下为了节约每一滴燃料，不可能耗费燃料让飞船停止自转然后再耗费燃料恢复，但自转状态下出舱维修就要克服离心力的影响。康平不在意地说：

"让我去吧，我对光能转换装置的结构很熟悉。不妨在后辈面前吹个牛，我这个飞船制造公司 CEO 是从最低层一步步干上来的，当过车间主任、分厂厂长、总工艺师，什么活儿都难不倒我，包括无重力状态下的出舱工作。至于有离心力不算啥，可以使用吸附手套，只要爬过飞船外沿，到达飞船中轴线，就没有离心力了。电缆接头正好位于中轴线上。"

姬星斗对康叔叔的能力完全相信，但他毕竟50多岁了。他略微考虑后说：

"好！就依你的意见。但我也要出舱，你指导，我来具体操作。康叔叔，我这个船队长也要向你学习，从最基础的工作干起，等我老了，也能像你一样向后辈吹吹牛。咱们出舱工作时阿冰在小蜜蜂中待命，万一发生意外及时救援。"

康平笑着点头："行，你来干。"

公主急切地说："姬船队长我也要出舱！"她难为情地解释，"是这么回事：上飞船前我许过愿的，一定要带上我的紫水晶出舱一次，让它直接聆听宇宙最深处的空无的召唤。但我怕浪费宝贵的氧气，一直没有提。这次我想搭便车出去一次。"

每次出舱，在过渡舱打开和关闭过程中，总是要浪费一些宝贵的氧气，而氧气不像液氢那样容易获得，它需要获取水并进行电解，这对长期航行的星际飞船是一件小小的头疼事，尤其在燃料极缺的今天。康平的目光变冷了——在这样的危难时刻，她竟然还念念不忘这些虚无缥缈、狗屁倒灶的事！但姬星斗作为公主的同龄人，对她多一些理解。他知道这块紫水晶是平桑吉儿的精神图腾，而"聆听空无的召唤"是她一生的执念。从这件事上反倒能看出，这位曾粪土万金的公主显然"长大"了，为了节约氧气，竟然一直压抑着自己的愿望！具有这样的节约观念对别人来说理所当然，但对这位公主来说很不简单。姬星斗笑着说：

"好的，你也跟我们出舱吧。让格鲁也去。"他是想让格鲁保护公主，但为了公主的自尊没有明说。公主欢呼一声，双眸中光彩闪烁，这种孩童般的兴奋让姬星斗阿冰等人也受到感染。"对了，元元也去，一则可以用你的随身灯光照明，二则，让你看看那颗疣子长什么样。"

四人带着元元进入过渡舱，关闭内舱门。格鲁缓缓开启外舱门，随着短暂的啸声，过渡室中的空气瞬间飞尽，四人的太空服也瞬时胀大。舱门外，无垠的星空在缓缓旋转，暗黑的背景上嵌着繁密的远星。自打几天前飞船脱离虫洞,船员们可以通过透明的双层船体观察星空,这已经是常见的风景。但直接身处黑暗酷寒的太空中,更能真切地体会到它们的遥远和清冷。元元自然是不用穿太空服的,首先飞出舱门,用随身灯光为大家照明。其实,从透明船体中漏出的舱内灯光已经够他们辨别道路了。公主和格鲁腰间系着保险绳,格鲁手中捧着紫水晶,两人走出舱门,立即被自转的飞船甩走,轻飘飘地飞出去,几秒钟后通话器内有轻微的撞击声,那是他们落在远处的舱壁上了。姬星斗和康平也出了舱,用吸附手套吸住光滑透明的舱壁,克服着离心倾向,小心地向前爬。随着他们接近中轴线,离心倾向逐渐减弱。他们终于到达了,在位于船艏中轴线上的凸面光电转换装置上稳住身体。元元悬停在他们头顶,为他们照明,同时向飞船内传送着两人的图像。阿冰已经在小蜜蜂飞艇中就位,随时准备救援。

两根低温电缆的连接很简单,在康平的指导下,姬星斗很快完成了,康平做了复查。至于这个闲置十几年的光能转换装置能否正常工作,眼下不能验证,要在飞船激发状态下才能进行。阿冰在小蜜蜂中笑道:

"船队长,活儿干得很利索啊,可以向你的后辈吹牛了。现在返回吧。"

两人照原路返回,进入过渡室。姬星斗说:"康叔叔你先在这儿等着,我去公主那儿看看。"他带上元元,沿着两根保险绳往前飘飞。公主和格鲁依靠保险绳的拉拽,站在远处的舱壁上。格鲁双手高举着那块紫水晶原矿石,公主在虔诚地合掌默祷,不知道此时此刻她的祝愿是什么。在暗黑的天幕背景下,映着飞船的微弱灯光,紫水晶光芒闪烁,显得更为幽深和神秘,与公主的晶亮双眸相辉映。姬星斗不免受到感染,感受到神秘的宗教氛围,笑着问:

"怎么样,你的图腾是否聆听到空无的召唤?"

公主不快地说:"你是在取笑我吗?"

姬星斗忙正色说:"不,我不是取笑你。你那次对水晶结晶过程的描述——混沌中的晶坯感受到晶洞的存在,聆听到冥冥中空无的召唤,便努力前行,完成了自身的升华——很有诗意,拨动了我的心弦。你是用诗性的语言阐释枯燥的物理学现象和机理,对我来说,真的是一种全新的领悟。"

"谢谢啦,这是我从七八岁就有的执念,感谢你能理解。"她目光沉醉地说,"其实我觉得,类似的冥冥召唤存在于茫茫宇宙的各个层面。宇宙在大爆炸中产生,那么,也可以说是某种晶坯在冥冥中感受到了时空的'晶洞',聆听到空无的召唤,于是升华了自身,结晶为太初的时空;虚粒子从真空中随机性地产生并能够升格为实粒子,那么,也可说是某种晶坯在冥冥中感受到物质的'晶洞',聆听到空无的召唤,于是升华了自身,结晶为物质;生命从非生命物质中诞生,那么,也可说是某种晶坯在冥冥中感受到生命的'晶洞',聆听到空无的召唤,于是升华了自身,结晶为生命。你上次说过的,对这些过程,物理学家自有理性的表述,他们说,宇宙的诞生从某种最简的元结构开始,遵循某种最简的元算法,以自组织的方式自我递归,逐步复杂化,直到今天博大浩瀚的宇宙。其实远在科学启蒙前,还有一位人类先哲做过另一种表述:道生一,一生二,二生三,三生万物;大道不死,乃为玄牝。永远存在的道是万物产生最本元的产门。上面这三种表述:科学的表述、道家的表述和我的诗性表述,表面看大相径庭,本质是一致的。其实我觉得我的描述最好,因为只有我的描述涉及欲望。试想,无论是矿物进行结晶、星云中星体诞生、洪荒中生命诞生,还是母腹中婴儿诞生,都是相对于熵增的洪流,艰难地逆流而上,必然依赖某种强劲的推动才能实现。你可称它为物理学推动,也可称作欲望,是升华的欲望、诞生的欲望、活着的欲望。整个宇宙就是广义的生命,是各种层面的生命,而生物生命不过是宇宙生命历程中最精彩的一级。"

姬星斗受到震动。公主的描述含有较重的神秘主义气息,与他信奉的科学理性不大合拍。但——平心而论,这三种表述——科学的表述、道家的表述、诗性的表述——并无本质的区别。比如,生物的生存欲望、性欲、食欲,从表相看是"生物"的,但归根结底,它们不过是普通物质通过复杂的缔合最终表现出的物理化学过程。那么来个逆向思维,把类似的物理过程:水晶在晶洞中结晶、时空从大爆炸中诞生、粒子从真空中诞生、生命从洪荒中诞生……都表述为生命过程,表述为某种动因或欲望的结果,只不过是表述方式不同,不影响实质的正确,甚至自有其独特的美。他发现这位公主不简单,不光是一位美女,还是一位女哲人、女科学家、女诗人。他笑着说:

"嗯，我赞同你的表述，这是一种全新的视角。"

"如果把宇宙表述为整体生命，接着的问题是：生命的种子，或者物理学家说的宇宙赖以诞生的元结构，从何而来？宇宙生命演化所遵循的元算法是谁创造的？宇宙生命的演化最终归于何处？尤其是，它会死而复生吗？复生时是否还遵循原来的元算法？没人知道。但我相信会的，宇宙像人一样，像所有生命一样，都有繁衍后代的强烈欲望。"

姬星斗笑着点头。对于宇宙的演化，物理学家有过各种假说，其中就包括"死而复生"的假说。但这是第一次有人把宇宙的再度诞生归结为"繁衍的欲望"，听来颇为新鲜。

公主继续她的遐思："我有一个强烈的直觉——答案就存在于圣书中说的那个'至尊、极空、万流归宗之地'。从我七八岁之后，梦中就常有一个声音，引导我向那儿去探寻。你想，我哪里舍得离开家人和故土啊，就是因为这个冥冥中的引导，我才决绝地离开父母，加入你们的队伍。"她补充道，"我总觉得，我从少年时就听到的那个冥冥中的声音，来自——嬷嬷。"

她身旁的格鲁听得入迷。虽然他自小就与公主朝夕相处，但这是第一次听到公主倾吐心声。他觉得，到这会儿他才踏进了公主的内心世界。飘飞在公主头顶的元元也产生了强烈的共鸣，公主的心声与元元的内心目标是完全一致的，令它倍感亲切，或许这是因为——两者实际都来源于嬷嬷。姬星斗心中同样波涛起伏，直到这时，他才真正理解，这位公主为什么会义无反顾地离开故土和父皇母后，加入探险船队。他无法界定，这位公主是想追寻圣书说的至尊、极空、万流归宗之地的虔诚的宗教信徒，是想追寻内心的召唤的激情的诗人，还是想追寻宇宙的本元的理性的科学信徒。其实用不着去做什么界定，三者就像东西南北坡的爬山者，道不同无法为伍，登顶的时间也有早晚，但总有一天他们会惊奇地发现，大家都在同一峰顶会师。

公主静静地伫立着，衬着暗黑无垠的旋转天幕，面对着只有径尺之大却幽深神秘的紫水晶原矿石。元元的随身灯光此刻照在她的脸上，映出她面容的光辉，而飞船船体透出的灯光自下而上，勾勒出胴体的曼妙。姬星斗几乎抑制不住，想把她拥入怀中，但最终没敢唐突。他曾对公主一见钟情，那时多半是对美貌的拜服，现在则是心灵的亲近——当然美貌的诱惑仍然同样强烈。阿冰在通话器中高兴地喊：

"吉儿了不起！吉儿还是一位诗人和哲人啊。"

公主笑容灿烂："谢谢阿冰姐姐的夸奖！"

姬星斗、公主和格鲁返回飞船，在过渡室与康平会合。姬星斗突然萌发担心——公主刚才大谈"嬷嬷的引导"，康平在通话器中也听得清清楚楚，会不会再次被激怒？不过好像没有，康平看着格鲁虔诚地捧着那件图腾返回过渡室，看着公主灿烂的笑容，一直木无表情。公主已经从刚才的"哲人状态"退出来了，变回原来那个开朗率真的女孩。她见了康平，仍像近来那样甜甜地叫一声"康叔叔"，虽然明知还会撞上康平的冷脸。但——今天变了！康平隔着头盔冷淡地看着公主，没有应声，但也没有像过去那样别过脸去，甚至微微地向她点头。公主看到了，目中立即异光闪烁！她喜悦地向姬星斗示意：康叔叔有应答了！这块万年寒冰开始融化了！姬星斗当然十分喜悦，看着公主为这点小进展而喜不自胜，甚至心中发苦。看来，康平听到公主那番发自内心的倾诉后，也被她的虔诚感动。

此后几天，康平指导众人修复了船艉的小蜜蜂固定架，其天线功能也在一定程度上恢复，能进行中距离通信。又进行了其他修复改造，包括为光电转换系统安装了必要的仪表。终于到了这一天，飞船要重新启航了。在飞船的历史上，这只是一次例行的再普通不过的启航，但今天却有特殊意义，因为启航后要验证光能收集系统的效率，这对燃料即将告罄的飞船来说生死攸关。姬星斗、康平、约翰、阿冰、公主、谢廖沙、格鲁等都聚在驾驶室，气氛肃穆。姬星斗习惯性地看向康平，想在下命令前礼貌性地征询他的意见。但他马上想到康平上一次对他的训诫，于是不再问询，直接下达了命令：

"伦德尔，启航。"

轮机长按下启航的按钮，船首爆出一团白光，飞船立即被浑茫的虫洞重新包围。几个人的目光都盯着光能转换系统的电流表，它的指针在瞬间跳到了绿区，并在那儿稳定下来。成功了！元元欣喜地报告：电流值达到了计算

宇宙晶卵

值，甚至略有超过，也就是说，他们策划的为期 30 天的逃生之旅可以顺利实施了。众人都舒心地笑了，互击手掌表示庆贺。

姬星斗把所有日常事务都交给副船长康平处理。他回到船长室，想静下心来，考虑一些远期的事务。首先是担心 30 天后，当飞船到达 500 万光年之外的星系时，能否顺利找到富氢行星。但这取决于时空溅落的落点，而落点是随机的，这会儿考虑也没用，只能等溅落后再临机决策；再一个是船员的心理康复。他们失去了母族，几乎每个人都失去了亲人，心中郁积着山一样沉重的悲痛。前段时间灾难压倒了悲痛，但在局势平稳下来后悲痛一定会凶猛地回流，必须尽力疏导；更长远的问题是这个 222 人的小族群的延续，在此后的千百年航程中，他们不大可能遇见同类，所以一定要强制性地加速繁衍。这件事眼下就要筹划，但实施的落地则可以稍缓一缓，等 30 天航程结束、燃料问题解决后再说。

飞船开启了夜间灯光模式，姬星斗躺到床上，准备入睡。他白天曾考虑如何对船员进行心理疏导，但此刻，汹涌而来的悲痛首先把他淹没。他想起爷爷姬人锐，在他童年记忆中，那位曾是"地球三圣"之一、以严厉果断著称的爷爷在晚年消去了锋芒，成了一位相貌和善的老人，和奶奶一样宠着宝贝孙子。有时自己过于淘气惹爸爸生气，爷爷就会平淡地揭爸爸的短："忘了你小时候咋淘气啦？你把幼儿园园长的手都咬破过。"而爸爸则嘿嘿地笑。他想起爸爸姬继昌，当自己狂妄地讨要那份不该要的生日礼物时，爸爸眼中那凛凛的冷意；想起在爸爸对儿子宣布死刑判决后，妈妈眼中无比的焦灼沉痛……现在爸妈是死是活？如果幸而活着，此刻在哪儿？但有一点是肯定的：即使他们活着，由于时空溅落的随机性，今生今世很难相见了。

有敲门声，是康叔叔，手里拎着一瓶酒，说他睡不着，咱爷儿俩聊一聊。姬星斗一眼看出，康叔叔目中是同样深切的悲凉，他在想念良子阿姨，还有那个尚未出生的孩子。两人对面坐下，斟酒，碰杯。康平声音沙哑地说：

"你在想爹妈吧，我也在想良子娘儿俩。你知道，我上飞船时没让家人跟来，良子是船队为我'配发'的妻子。那时我心中对前妻有愧，因为这点心魔，好几年都和良子亲近不起来。这两年刚刚在心中接受了她，她还怀了孕，却赶上这场空裂……我愧对良子啊。"

"康叔叔，我理解你。我正考虑船员的心理康复，估计在局势平稳下来后，悲痛之潮会再度涌来。我们该怎么疏导？"

康平叹一声，"这倒不用太担心。只要咱们带头把悲痛嚼碎，咽下去，其他人也同样能做到。"

两人又谈了小族群如何繁衍的问题，康平也赞成，等燃料问题解决后就要强制性地加速婚育。但若要加速婚育，必须先让人们走出失去亲人的阴影，这很难，包括对康平本人，但这是为了族群必须尽的义务。至于男女比例悬殊的难题也得想办法解决。不到万不得已，不使用克隆方法。两人又干了一杯，姬星斗这时才注意到酒瓶上的商标：

"哟，是茅台啊，这样宝贵的地球原装酒，你是从哪儿……噢，我想起来了，是公主的，你在被关押时她送去的礼物，你当时没喝。嗨，真的是二百年陈酿，你闻闻这酒香多么醇正！"康平未置可否。姬星斗想冲淡刚才的沉重话题，笑着说，"我发现你对那个丫头的态度松动了，是不是？我对此很欣慰。"

康平没有直接回答豆豆的问题，只是说："那不是个正常女孩，有魔怔。什么至尊极空万流归宗之地，为了这么个玄天虚地的愿望，竟然走火入魔，远离父母，连公主都不当了。"

姬星斗笑着说："这句话是褒是贬？我把这看成对她的夸奖。"

"说起她，我倒想问问：你是不是看中她了？或者你看中的是阿冰？这个决定你恐怕拖不得了，刚才咱们说过，30天后就需要强制性地加速婚育。"

姬星斗在康叔叔这儿一向是直抒胸臆的，笑着说："没错，我早就看中这位外星公主了，见她第一眼，就被她的美貌迷住了——我这样是不是太浅薄？"

"对，我当时十二分瞧不上你屁颠屁颠的样子，只是忍着没骂你。"

"你是没骂，但你的眼光像刀子一样，比骂我还厉害！但后来我变了，主要是受她人格的吸引。也许还要再加上冥冥中命运的撮合——我爷爷的祝愿。这个公主三分蛮横，十分可爱，有大局观，那次冲突后，对你的粗暴能百般忍让，这就很不简单。她也非常聪明，对物理世界有独特的见解，既诗意又深邃。女人一般是感性动物，但她既感性又理性，感性的丰腴肌肤包覆着理性的坚硬骨架。我真的看中她了。至于阿冰，我们更像哥们儿，阿冰还在帮我追公主呢。但也许我对公主只是单相思，她好像只把我当成铁哥们儿。也许她最终会选择格鲁做丈夫？我听爸爸含蓄地透露过，帝皇想让二人结合，因为两人的上代人有很深的渊源……"姬星斗忽然愣住了，"且慢，让我想想。"他用脑中蓝牙向元元下令，"元元，调出地球上皇宫广场的图像，把罗格的面部放大后发给我。"远处的元元立即把图像发来了，姬星斗略一比对，苦笑道，"康叔叔，这么明显的联系，过去怎么忽略了！我太蠢了！"

"什么明显的联系？"

"你比对一下皇宫广场上罗格的塑像，格鲁和他很像！还有，咱们已经知道公主与嬷嬷很像，但她与罗格没有生育。而且以她的心态，晚年虽然生活在新地球人社会，绝对不会给哪个G星男人生儿育女，所以公主不可能是嬷嬷的女儿。"

"你是说……公主和格鲁是那两人的克隆体？"

"基本可以肯定。你知道，嬷嬷和罗格这对姐弟恋的结局很悲惨，而且这场悲剧是帝皇在少年时代亲手造成的。帝皇肯定心存愧疚，想让嬷嬷和罗格的克隆体实现亲代未完成的心愿。但依我看，公主和格鲁大概不知道这个秘密。"

康平愣了，心中茫然。他对那位嬷嬷的感情非常复杂，既有切齿的仇恨，恨她帮外星畜生在地球上站稳了脚跟；也有极度的怜悯，甚至有暗中的钦佩。至于对罗格，那位命运坎坷的年轻男人，康平则只有十二分的钦敬。罗格不愿活在敌人的身体里，甚至用意念自尽，何等勇决血性！这样的姐弟恋最后以悲剧结束，让人痛憾。现在他才知道，原来公主和格鲁是那两人的克隆体！那么，两人身世的底色是凄凉的，灰暗的，尽管她身为高贵的公主，享尽父母宠爱。康平摇头：

"但帝皇这种做法太迂腐了，太一厢情愿了，克隆体并非本人，并不一定会延续亲代的爱情。依我看，那疯丫头一直把格鲁当成弟弟。"他唏嘘着，

"但那个平桑帝皇啊,对他的嬷嬷确实用心良苦。"

姬星斗很欣慰,从这句话看,康平对帝皇和嬷嬷的印象都有改善,他开始从仇恨中走出来了。他笑着说:

"公主上飞船时,帝皇送了好多私人用品,包括几百瓶地球原装名酒。康叔叔喜欢喝酒,我把它们都要过来,不,我让她主动送给你!"

康平淡淡地拒绝:"少来,我不要。"他警告道,"我不再仇恨她了,但你最好让她离我远点,免得勾起我……"

他没把话说完,姬星斗也一笑而罢。确实,想撮合这对仇敌和好,还得悠着点,欲速则不达。有一段时间俩人没说话,透过船体凝视着船外浑茫的白色。飞船恢复飞行已经十天了,这样的虫洞壁一直笼罩着飞船,遮蔽着星空。过去它象征着桎梏和监禁,是少年姬星斗极端厌恶的,想极力打破的;但现在他的心态变了,看着它反倒感到安慰,因为只要有它,就意味着飞船仍在向虚维"蹦入",飞船仍行驶在通向目标的路上。而且,但愿它能多存在几天,一直到飞船飞出这个宇宙空洞。

有敲门声。姬星斗的"脑内蓝牙"收到了元元的信息:

"船队长,我有重要发现向你禀报,是有关那次空裂的。"

姬星斗感受到异常,因为他不仅接收到元元的信息,还再次感受到了元元的"喜悦",某种金黄色的喜悦弥漫在数字信息之上,就如淡蓝色的晨岚弥漫在湖面上。这种喜悦和"空裂"这样的话题本来是不相洽的,姬星斗有些迷惑,打开门,放元元飞进来,不动声色地说:

"你讲。直接说吧,不要用蓝牙方式,我想让康副船长也听听。"

"好的。"

元元说:"船队遭遇到的那次空裂造成了深重的灾难,但这些天我经过查询、思索,觉得这也许意味着喜讯。圣书上有'至尊、极空、万流归宗之地'的明确记载,这句话宗教色彩过重,有科学教养的人也许不以为然。但后来船队遇上了空裂,说明环境中有自发产生的、宏观状态的二阶真空,恰与圣书上说的极空之地完美对应,这说明,圣书的那句话是可信的,很可能它原本就是来自神级文明的科学论述,只是被宗教扭曲变形了。"

康平皱着眉头。他一向不耐烦听这些玄虚的说道。姬星斗则很感兴趣："你接着说。"

元元接着说："既然那句话中的极空之地在现实中得到了对应，那么那句话中的万流归宗也许得重新解读。过去咱们认为它是宗教语言，顺理成章地理解为信徒们对至尊之地的崇拜或朝觐。但——正如嬷嬷说的大道为空并非道家偈语而是技术语言一样，万流归宗也许具有实际的物理学意义。大胆设想一下，它也许是说，在宇宙中心附近，存在着二阶真空的万道海流，它们都流向中心的极空！如果这种设想是真的，如果天马号能找到或碰上这样的海流，那就不需要高能激发了，飞船顺流而下即可！"

康平的眉头皱得更紧。他觉得元元在吹一个肥皂泡，看起来五彩缤纷，但伸手一摸就会怦然碎裂。姬星斗则不同。当然，元元描述的只是一个大胆的假说，既没有坚实的理论根据，也没有实证，但姬星斗从直觉上并不排斥。眼下这一切，圣书中的记载、嬷嬷的简言要语、空裂、海流，虽然支离破碎，但拼合到一块儿，能够隐约拼出一个自洽的、系统的、有关超圆体中心的大框架。依他的直觉，不管这些素材多么破碎、多么不可思议，如果它们能一一嵌合到一个自洽的大框架中，就意味着：这个大框架很可能是正确的。

当然，总的说来，元元的推理过于架空，逻辑上跳跃太大，最多只能算是一个有趣的假说而已……姬星斗忽然有了顿悟，问：

"这点信息——是嬷嬷通过天眼发送给你的？"

元元迟疑地说："我说过，我能通过它偶然看到一些东西，但常常是被动的、间断的、模糊的。"

它没有明确否认，姬星斗马上断定：它确实通过天眼看到了某些东西，可能比较模糊，但足以激发它的灵感，做出这个有关"二阶真空海流"的推理。但它不想刺激康平，所以隐瞒了过程的前半部分。姬星斗没把话说透，笑着夸奖：

"很有趣的假设。元元你不简单，不光有严密的数理逻辑，也很有想象力。看来，硅基大脑的想象力一点不弱于人类。"

元元受到夸奖，并没有翘尾巴——它的球形身体上没有尾巴可翘。它看看康平，原不想说的，但还是坦率地承认：

"也许我的所谓顿悟，只是嬷嬷通过天眼传来的指引。"

康平的目光又变得阴沉。他对嬷嬷的敌意虽然已经淡化，但至今不能完全消除，凡是与这位嬷嬷有关的东西，他都忍不住用疑虑的目光去审查。他冷冷地说：

"但愿你嬷嬷的指引不会再带来一次灾难。"

这句话过于冷硬，姬星斗为他转圜："康副船长说得对，一次偶发的空裂就造成了灭顶之灾，如果有宏观状态的二阶真空海流，会不会带来新的灾难？还是相反，会帮助我们收获圣杯？我们得瞪大眼睛看着。但不管怎样，谢谢元元的超前思考，很赞赏你的工作主动性。当然，目前还只能把它看成假说。"

"不客气。竭诚为船队长服务是我的职责。"元元忽然展颜一笑，它的五官拼出了逼真的笑容，"这不光是我的职责，也是我的快乐。自从和嬷嬷那次见面后，我的思维中就种下了对'至尊、极空、万流归宗之地'的热诚向往，我和你们一样，有了腾腾跃动的愿望，想早日到达那儿，完成人生的升华。所以，能为这个目标服务，是我的荣幸。"

姬星斗通过脑内蓝牙再次抚摸到元元的喜悦，是一种孩童般的喜悦，色彩明朗，弥漫在电子思维之上，就如淡蓝色的晨岚弥漫在湖水上方，也遮盖了姬星斗曾窥见过的"紫色的空无"和"死亡的平静"。对元元能产生这种类人的感情，姬星斗并不奇怪。"人性""感情""信仰"这类东西并非上帝赐予的超自然之物。自然生命的感情也是从无到有产生的，是普通原子复杂缔合的结果。像元元这样的高级智慧，迟早会具有人类独有的这些东西。当然，这也意味着元元有了独立意识，也许会做出有悖于主人意志的独立决定。这正是姬星斗和康平此前交流过的担心。姬星斗同康平交换一个眼色，笑着说：

"好啊，元元真的长大成人啦！"

当天晚上，在姬星斗提议下，飞船举行了一场"告别舞会"。那两艘兄弟飞船只是失联，还不能确认失事，此时进行悼亡当然不合适；但实打实地说，这种失联很有可能是终生的离别，应该以某种仪式来做一个了结。222名幸存者只有从心理上同亲人诀别，才能义无反顾地开始新生活，特别是康平、约翰、朴雅卡这类原来有家庭的老辈人，只有完成这样的诀别，才能重建家庭。对于这个极需加快繁衍的小族群来说，这是一件大事。姬星斗最终决定，以一场舞会表达对他们的祝福和——诀别。

舞会在飞船的环形大厅中举行。222人只占了一个小角落。飞船外仍是浑茫的白色。姬星斗代表船务委员会做了演讲：

"伙伴们，亲人们：

"一场空裂使我们失去了两艘飞船和6792名船员。我们相信他们都活着，仍和我们一样，正矢志不渝地奋斗着，追寻那个至尊、极空、万流归宗之地。但由于时空溅落的随机性，恐怕不可能再见到他们了。不，见面机会还是有的，一个唯一的机会，你们说，是在哪儿？"

阿冰回答得最快："在我们共同的目的地！"

公主也喊："在那个至尊、极空、万流归宗之地！"

"对，如果我们都沿不同的道路攀上峰顶，还是有可能在峰顶相遇的。但为了能够在明日与他们重逢，今天必须暂时忘掉他们，把全部心力聚焦于前进上，这是生活的悖论。让我们以一场欢乐的舞会同他们告别吧，如果他们能在冥冥中感知，听到我们的踏歌送行也会高兴的。

"现在宣布一条舞会规则，由于船员中女少男多，今天将由女性来邀请舞伴，每场20分钟，轮流邀约。希望女性们光辉普照，把友谊遍洒到每一位男性身上。"

他定下这项舞会规则是有用意的。族群繁衍是船务委员会马上要关注的事，但鉴于眼下的男女比例，适于以女性为主来组建家庭，最好是一妻二夫的家庭，这样的比例虽然不会增加繁衍速度，但会增加Y基因的多样性，也利于飞船社会的稳定。这是比较大的社会变革，过去从未出现过，诺亚号为了加快繁衍，规定婚姻是一夫多妻制，与今天正好相反，这需要委员会做出决策后谨慎推行。今天的舞会规则相当于吹吹风。

阿冰想过去邀姬星斗跳舞，但公主已经抢先一步赶了过去。不过她并没

有邀舞,而是低声对姬星斗说:

"船队长,在这场舞会上我想扮演一个快乐天使,把某个老怪物从阴郁中解救出来。但我担心他会断然拒绝,让舞会大煞风景。你说呢?"

姬星斗略一思索,笑着说:"那个老怪物对你的态度已经大有松动。他也'长大'了,会顾全大局的,即使不乐意,也不会断然拒绝。你尽管大胆去邀舞——但最好别给他拒绝的时间。"

公主得到这个锦囊妙计,眉开眼笑,立即奔向康平。她做了一个邀舞的姿势,然后不等康平做出反应,一把把他扯进舞池,开始翩翩起舞。果然如姬星斗所料,康平虽然老大不情愿,但没有发作,而是面色冷漠地随公主跳下去。公主则心花怒放,舞姿热烈奔放,尽情地张扬着自己,以致外人看来,这对舞伴是女方在领舞。姬星斗应阿冰之邀进了舞池,两人一边跳舞,一边关注着那对表情和舞姿反差强烈的舞伴,简直忍俊不禁。

后两轮姬星斗和康平都轮空,在舞池外闲聊。公主此后又邀了格鲁,邀了约翰。老约翰与她跳舞时,真心地夸奖:

"吉儿你不愧是公主,舞姿力压群芳。是宫廷教师教的吧。"

"是宫廷老师教的,但归根结底是嬷嬷教的,G星人社会的全部礼仪都来自她。"

"我看格鲁的舞技也同样出色,在场众人只有他配得上你的舞技。"

"叔叔好眼力,我俩是同一个宫廷教师教出来的。"

约翰揶揄道:"我估计,刚才康平和你跳舞时,一定没有夸你的舞技,对不对?那个古怪的老家伙!这么出色的舞伴陪他跳舞,他还是勉强俯就的样子。"

公主大笑:"我已经知足啦!他已经很给我面子啦。"

"公主,建议你下一轮邀豆豆,不,姬星斗。你知道,他爷爷,当年地球三圣之一的姬人锐,曾经希望他娶回一位外星公主。你给他一个机会,好不好?"

约翰是诚心为两人牵线。当年他也和康平一样,对这位"仇人的后代"怀有敌意。但经过一年来的相处他已经冰释前嫌。公平地说,这位平桑吉儿为人很不错，大度、开朗、聪慧、刚烈，初来时有三分骄纵，现在也收敛多了。单看她能不计前嫌，主动放低身段来结交康平这位仇敌，说明她很有大局观，一般人做不到。如果她和姬星斗结合，会是一个很好的贤内助，不，贤外助。约翰知道姬星斗对公主有意，但还没看出公主这边有什么迹象，所以就主动来当月下老人了。公主乖巧地回答：

"约翰叔叔，这你可说错了。没错，我曾经是公主，但绝不是外星公主。我是 G 星人的后代，但 G 星人归根结底是地球人，无论文化还是血缘都是。"

她聪明地滑过了约翰的问题，约翰不知道她是有意还是无意，只能一笑置之。

第八章　死亡太极

舞会结束得较晚，疲累的阿冰睡得很熟。凌晨五点，阿冰忽然接到公主的电话，请"飞船行政总管"马上去公主的寝室。阿冰问什么事？公主烦躁地说：

"屋里有奇怪的噪声，弄得我彻夜未眠。"

阿冰很纳闷，在纪律森严的飞船怎么会出现"噪声扰民"，竟然逼得公主半夜投诉。她与公主的住处相隔不远，没有听到什么噪声啊。但她立即去了，敲开公主的房门。当年公主上飞船时，帝皇送来极为丰厚的"嫁妆"，好在天马号上有足够的空房间，姬继昌船队长安排了20间房间来储存这些物资。但公主本人住的仍是普通的标准化房间，虽然摆了一些精致的装饰，肯定比不上地球上豪华的公主寝宫。那件紫水晶原矿石摆在正厅内。

住在隔壁的格鲁此刻在公主房内，肯定也是被公主唤来的。阿冰问：

"哪来的噪声？这会儿还有吗？我没听到啊。"

公主让她"真正沉下心来"仔细倾听，她说噪声非常微弱，但非常刺耳，就像是"从地狱深处冒出来的魔鬼的磨牙声"。阿冰按她说的，沉下心来仔细倾听，还是什么也没听到。她问格鲁："你听到了吗？"格鲁窘迫地沉默着，显然他已经按公主的要求仔细倾听了，但一直没听到，不过他照顾公主的面子，不想明言。

阿冰略有不快，以她的所闻所睹，即使真有噪声也是非常微弱的，犯得上为它在半夜三更惊动两个外人？经过这段相处，她觉得这位公主并非娇生惯养之流，在生活上还是比较随意的，但这次未免小题大做。阿冰一向为人宽厚，没有让这些不快显露，而是机敏地把它转为一个玩笑。她轻松地说：

"吉儿，我今天可以确证，你是一位真正的公主。"公主和格鲁不解地看着她,阿冰笑着撂出包袱:"这句话出自一则地球上的民间故事。话说有一位王子,一定要父皇母后为他娶来一位真正的公主。一天,一位外邦的孤身姑娘前来投靠,声称她就是真正的公主。王子父母为了验证,给来者安排了最舒适的房间,在床上铺了40层轻软的羽绒褥子,但在褥子最下边悄悄放了一颗豌豆。第二天皇后问她休息得怎么样,姑娘不满地埋怨:'哎呀,褥子下面不知道有什么东西,硌死我啦!硌得我一夜无眠。'于是王子父母满意地得出结论:没错,这是一位真正的公主。"

"吉儿,你也一样啊,能为如此微弱的声音就一夜无眠,证明你是一位真正的公主。"

对阿冰这番善意的嘲谑,公主面色如常,平静地说:"是吗?从出身上说我确实是公主,倒用不着特意证明。阿冰,我上船一年了,而这种'魔鬼的磨牙声'是昨晚才听到的。我这么晚打搅你,是想请你为我换一个房间,要尽量接近飞船长度的中心点。请现在就换。"

这个要求显然有点儿过分了,连格鲁都为她难为情,但公主说得很平静,说得理直气壮。阿冰略为犹豫,笑着答应。毕竟她是公主出身,就照顾一下吧,反正飞船上空房间多的是。她问:

"好的,我这就换。格鲁需要换房间吗?他一向住你隔壁。"

"谢谢,他不用。"

阿冰不知道公主为什么要选择飞船纵向中心的房子,但照做了,她唤来元元,吩咐它按这个要求选一间空房,把开门密码告诉公主。元元照办了。公主立即动身前往新屋,格鲁带着她的随身被巾衣物等跟在后边。自公主上了飞船,阿冰与她一向相处甚洽,算得是一对好闺蜜,此刻对她的娇惯难免有点儿芥蒂,就懒得陪她同去,自己回房休息了。途中她不免摇头:毕竟是公主啊,就是与凡人不同。不知道谁会成为她的"驸马",是那个对她一见倾心的豆豆?但愿他日后能受得住这位公主的折腾。

想到这儿,心中泛起一股醋意。她调侃自己,这波醋意来得过迟了吧。十一年来她与豆豆一块儿长大,三分是兄妹七分是哥们儿,对男女之情的醒悟晚了一些。当豆豆对"外星公主"一见倾心时,阿冰甚至和伙伴们一块儿起哄，撺掇他去向公主进攻。但现在阿冰心中的"女性部分"苏醒了，她觉得应该认真问问自己：是否真舍得让豆豆哥成为另一个女人的丈夫。

阿冰回到房间睡下，但一直睁着眼睛想心事。起床后，她觉得自己昨晚对公主的态度有点儿生硬，心想还是去公主的新住房表示一下关心吧。新住房里公主不在。格鲁比她来得早，正在帮公主收拾屋子。他说公主一早就去找康平副船长了。阿冰有点儿纳闷，她熟知康平对"仇人的后代"的敌意，虽然最近康叔叔的态度有明显的松动，但还到不了这样的程度吧——康平会因为公主一次莫名其妙的失眠，而大清早就捺住性子听她倾诉？

一晌时间她没有见到公主和康叔叔。下午，她忽然发现头顶上方，飞船纵轴线上，有一道细细的红色激光，从船尾连向船首。飞船的形状是拉长的椭球形，纵向长 2000 米，横截面直径最大为 500 米，各种设施和房间都沿圆周排列，由自转产生径向重力，所以船体的圆周都是飞船的"地面"，纵轴中心线附近则是飞船的"天空"。站在飞船中段看船首和船尾，像是两个相对竖立着的巨碗。头顶的激光，一头连着船尾巨碗的正中心，那儿有两个小小的身影；另一头连着船首巨碗的中心，那儿也有两个小小的身影。阿冰用随身通话器问元元，是谁在船首和船尾，在干什么。元元回答：

"我此刻就在船尾的现场，这儿是康平和姬星斗。船首是公主和格鲁。康平他们三人在做一个紧急试验，马上就完成，船队长是后来的，正在观看。我正要通知船务委员们到会议室去，我会把试验结果展示在会议室屏幕上。"

什么紧急试验？可能和昨晚公主听到的"魔鬼的磨牙声"有关吧。阿冰匆匆赶到会议室，其他委员陆续赶来，姬星斗视察了试验后也来了，只有康平和公主留在实验现场。这时，屏幕上开始显示那个试验。在船尾的巨碗中心立了一面镜子，应该是单透镜，因为一束激光从镜后射出。该镜的镜面与飞船纵轴中心垂直。镜子固定在一个支架上，支架显然是一个两自由度的调整装置，可以手工微调镜面相对于飞船中轴线的垂直度，康平正在那儿精心调整。这儿是无重力区域，康平穿着带吸盘的鞋子，身体呈水平，动作带着飘然欲飞的感觉。镜头拉向船首，那儿是一面同样的垂直镜面，同样的调整装置，公主和格鲁也在精心调整镜面角度，同样是呈水平状态的身体，轻飘飘的动作。船尾射来的激光经船首镜面的反射，反射回船尾，然后经单透镜再次反射，这个过程可以无限次地进行。现在屏幕上显示出船首那面镜子的镜面放大图，可以看出，细细的激光束经多次反射后略微发散，叠合成了一个大的圆形光斑，中心光度较强，外沿逐渐变淡。圆形光斑在圆周方向也不均衡，有一条狭长光斑，其光度较强，位于圆形区域的径向，并绕着圆心转动，大约一秒多钟走一圈，类似于钟面上的秒针。随着双方的不断微调，圆形光斑区域逐渐缩小，最后稳定下来，但那道"秒针"仍然存在，比原来更清晰一些，仍在按原来的速率转动着。

屏幕上，康平和格鲁都停止了调整，公主面向屏幕，征求姬星斗的意见："船队长，你已经了解了实验原理，你来解说吧。"

"不，还是你说吧。"

公主转向大家："好，我来解说。各位，这是康平副船长设计的紧急试验，很完美地证实了我的猜想。在介绍试验之前，请大家沉下心来，认真倾听一下飞船船体发出的噪声，就是我昨天深夜对阿冰说过的：从地狱深处发出的魔鬼的磨牙声。会议室接近飞船纵向的中点，这儿的声音应该最强。"

大伙儿认真倾听后，都困惑地摇头。公主点点头：

"看来，作为一位从小娇生惯养的公主，我的听力确实比别人敏锐。我从昨天晚上就听到啦，换了房间它也没消除，甚至更强一些，扰得我一夜无眠。声音很难听，但非常微弱，我也不敢确保是不是我的幻觉。但有两点因素让我觉得它不像是幻觉。一，这种声音白天黑夜都有，只是夜深人静时更容易听到。二，声音是持续不断的，但音调有细微的周期性变化。我尽力辨认，周期是1.3秒左右。元元后来证实了我的听觉，元元，你讲一讲证实过程。"

元元此时位于船尾那个竖直巨碗的中心，悬停在康平头顶。它说：

"今天早上，科学官命令我把飞船所有拾音器调到最灵敏的级别，聆听飞船结构内部的异响。开始我觉察不到，拾音器内都是正常的背景噪声，像聚变发动机的工作噪声等。后来科学官指示我，滤去所有无规律噪声，也滤去其他周期噪声，只留下周期为1.3秒左右的噪声。这么一来，我相对容易地把它滤出来了，请听，这是放大1000倍的声音。"

扬声器内响起微弱的干摩擦声,很刺耳,确实像"魔鬼的磨牙声",明显呈周期性变化。公主说:

"到这时,我才确信自己不是幻听。经元元测定,这种周期噪声的精确周期为 1.2566 秒,请大家想一下,飞船什么运动符合这个周期?"

这个答案十分明显,阿冰和谢廖沙几乎同时应声说:"飞船自转!"姬星斗赞赏地点头。

公主说:"至于为什么飞船自转会造成这个噪声?元元已经有了初步的假设,请元元讲。"

元元说:"这个假设是我受科学官的启发而提出的。为了把它说清,我把话头稍稍拉远一点,先捋一捋,飞船在太空中航行时可能发生什么形变?"

"相对论说,飞船在高速运动时长度会缩短,但这只是相对的,在飞船的固有坐标中,飞船仍是正常的长度,并没有发生压缩形变。何况,空间滑移式飞行也不具有这种相对性收缩,所以我们可以完全抛开这种可能。

"处于均匀引力场中的飞船也没有形变,而在大多数情况下,空间中的引力场可以认为是均匀的。只有在黑洞附近引力场不均匀,飞船前端和后端所受的引力不相等,形成潮汐力,它会造成飞船的拉伸变形,甚至把飞船拉断。

"大家都知道,按照相对论,引力作用等价于空间畸变,所以上述由潮汐力造成的物体形变,本质是由空间畸变造成的。下面的比喻可能更直观一些:假设海洋中有一个强力漩涡,一艘柔性材料制成的狭长潜艇掉进这个漩涡,那么很自然,它的船体在长度方向上会随涡流变成弧形。如果潜艇是刚性的,它的刚性会抵抗涡流介质施加的弯矩,但仍会产生少许弧形形变。在这个比喻中,海水漩涡就代表着弯曲的空间。

"再继续向前推理。当潜艇随涡流而弯曲时,则船壁外侧凸而内侧凹,只要涡流曲率稳定,潜艇的变形就是静态的,不会产生噪声。但如果潜艇还在沿自身纵轴旋转,那么船壁会交替成为内侧和外侧,其凹凸也会周期性变化。金属壁材受周期应力,造成晶粒之间的摩擦和滑移,就会发出微弱的噪声。

"这就是天马号面临的情况,不过它不是处于海水漩涡,而是空间本身形成的旋涡。一般而言,宇宙空间的畸变都极其极其微量,只有在天文尺度上才有所表现，比如大质量星系对遥远恒星造成的引力透镜；绝不会在飞船这样的普通尺度上造成可感形变……"

姬星斗插话："所以说，天马号已经陷入一个非常极端的空间旋涡，它甚至透过虫洞壁，使飞船所处的本域空间发生了畸变，进而让飞船产生了可感形变？"

"对。我们都知道虫洞壁能隔绝引力，从本质上就是隔绝空间的畸变。但眼下我们所处的空间一定有极端的畸变，甚至能透过虫洞壁表现出来。我们该庆幸的，如果不是虫洞壁的保护，我们早就被这个强引力场撕得粉碎了。"它的声音有轻微的颤抖。元元只有初步情商，连它也感受到强烈的恐惧，众人不由凛然而惧。它接着说，"至于这样极端的畸变空间从何而来？只有一种可能：有一对异常接近的超星系级的强大黑洞，二者互相旋转，造成了空间的旋涡。推测我们的飞船大致处于旋涡平面上。"它补充道，"不久前，据飞船停泊时的观察，我们处于一个半径约为 500 万光年的巨型宇宙空洞内。但空洞中心可能有一对黑洞而我们没观察到。这不奇怪，黑洞能被观察到是因为它周围有发光的吸积盘，但在这个宇宙空洞内，没有恒星物质来形成足够大的吸积盘。这个空洞或许正是这对魔鬼兄弟的功劳，它们把数百万光年内的天体和恒星物质全都吞噬净尽。"

大家十分震惊。他们都很清楚，如果空间畸变能在飞船这种小尺度上造成可感形变，那畸变会何等极端。元元说得对，如果没有虫洞壁的保护，飞船早就被撕碎了。就连虫洞壁也不能完全隔绝空间畸变，所以虫洞内的本域空间也随着旋涡的弧度而变弯了。

飞船的处境岌岌可危。在这个极度的空间旋涡内，虽然飞船表面看起来仍保持着"直线行驶"，但实际是沿着涡线行进。如果不赶紧跳出去，迟早会滑入旋涡中心，被两个魔鬼黑洞所吞噬。到那时，虫洞壁也保护不了飞船。而且这段时间不会太长，恐怕是以天为单位计算的，公主正是认识到其紧迫性，才紧急召开这次会议。当然，公主听到的声音，包括元元对它的提取和放大，还只是间接证据，无法让人确信。公主深知大家的思路，紧接着说：

"单凭这点弱不可闻的声音，又是孤证，尚不足以得出明确的结论。所以，我又请康平副船长尽快想办法用实验验证。我太佩服他啦，他心灵手巧，用一个极简单的实验就做出了确切证明。请康副船长讲讲。"

在这次紧急会议中，康平早就出现在屏幕上，但一直默不作声。此时他面向大家，简短地说：

"我验证了，科学官平桑吉儿是对的，我们处在极端畸变的空间内，一场灾难迫在眉睫。"

今天凌晨，康平醒来，像往常那样没有立即起床，而是从枕下摸出亲人的照片默默观看。有他与地球上前妻及儿女的家庭照，有山口良子的孕妇照。他是一个重感情的老派男人，与前妻及儿女分手并非感情不和，恰恰是家人在他心中的分量太重，他深知太空之旅的凶险，所以坚决不让亲人们冒险，想把康家血脉留在相对安全的地球。但他没料到地球会遭遇外星入侵，人类被灭绝，康家血脉也被G星人斩断了。他也在思念山口良子及她腹中的胎儿，后者是新近才失去的，所以思念更为浓烈。不觉间，一滴泪珠从腮边滚落。

有敲门声。他赶紧擦干眼泪，定定神，彻底抹去表情上的"软弱"，这才过去开门。开门后略微吃惊，来人是公主，那位"仇人的后代"。经过这一段相处，尤其在知道她是嬷嬷的克隆体后，他对这个姑娘的敌意基本化解，但也远不到她来登门做私人拜访的程度。她来干什么？公主眼尖，一眼看到他手中的照片，脱口而出：

"康副船长，你在思念良子阿姨？"

康平有点儿恼火——他从来不愿让外人看到他的"软弱"，但刚才忘记把照片藏起来。他把照片收拢，放到抽屉里，生硬地问："你来干什么？"

他收拢照片时，公主看到了另一张，是一张全家照，包括一儿一女。显然，这是康平留在地球的前妻和儿女，但这一门康家血脉已经中断了——因为G星入侵者。她的内心深处突然有一次剧烈的跳动。

但时间紧迫，不能分心，公主迅速抛掉这些杂念，直截了当地说：

"天马号科学官来向你紧急求助。"

她的口气非常郑重，康平受到感染，正容回答："你说。"

"如果我们的飞船有极小的周期性的弯折形变,请问有什么办法来证实它?不需要准确值,只需证明它确实存在。但这个实验必须在一天内完成,也许……"她沉重地说,"飞船面临一个迫在眉睫的危险。"

她的口气很严肃,康平也立即进入临战状态。"你说极小的形变,有多大?"

"应该是位于飞船纵轴中点处的挠度最大,推测只有微米到毫米级别。"

"肯定是周期性形变?"

"对,而且很可能与飞船自转周期一致,其周期是秒级的。"

康平略为思考后说:"不难。"

公主十分惊喜:"真的?"

"是的。如此微小的形变,如果是静态的,不大容易测量。如果它是周期性变化又不需要测出准确值——完全没问题。"

公主来这儿之前并不抱太大的希望,关键是需要测量的形变量太小而时间太紧,此刻喜出望外:"太好了太好了,快说,什么办法?"

康平说,我要开始准备实验仪器了,边干边说吧,你把格鲁和元元都唤来做帮手。公主随他出门,路上与匆匆赶来的格鲁和元元会齐,一行人来到飞船轮机间、实验室,寻找可用材料,着手制造实验设备。设备很简单,一台激光发生器,一面单向可透光镜子和一面普通镜子,两台自制的镜子支架,可以在X轴和Y轴上调整角度。康平边干边解释:实验原理很简单,灵感来自初中物理课程光学部分的一个经典实验:在一台坚实的大桌子上,对面固定两面镜子,用激光穿过单向镜,射到对面镜子上反射回来,再在这边的镜子上反射回去。如此多次反复,就大大增加了光线行走的距离。然后,实验者轻轻按一下桌面,桌子会产生人眼难以察觉的极微弱形变,虽然微弱,但它能使镜子的垂直度发生微量改变,经过漫长距离的放大,最后会造成光点的显著移动。

G星人的教育体系与原地球人是一脉相承的,教材大同小异,公主欣喜地说:"对,我记得这个实验!康叔叔,告诉你吧,这个实验深深拨动了一个少年的心弦。开始时我难以相信,轻轻的一次指压怎么可能让那么坚固的桌子变形呢？但通过科学实验，它变成肉眼可见的清晰事实，让你再没有任何怀疑的余地。从那时起，我就对科技产生了浓厚的兴趣。"

康平说："我们的实验只是把桌子替换为飞船船体，把人力的按压替换为畸变空间对飞船的折弯。飞船如果有周期性的折弯，哪怕形变再微量，经过激光束多次反射后也会放大，形成光斑的周期性游动。换句话说，如果两面镜子调校到最后也不能消除光斑的周期性游动，而且游动周期与飞船自转严格一致，那就可以证明你的猜想。"

公主认真思索，忽然停下双手，苦笑道："康叔叔先停一停，这个实验的原理从根儿上错啦！证明不了的。"

几个人都停下手，康平问："哪儿错了？"

公主随手从旁边找到一根塑料短管，用力把它折成弧形，说："是这样的，桌子实验和飞船实验之间有一个本质的区别：前者是平直空间，光线沿直线行进；后者是弯曲空间，光线沿弯曲的弧形空间行进，就如水流沿这个短管的弧度行进一样。但短管弯曲后，它两端的横截面——相当于你要安装的两个镜面——虽然相对平直空间来说都扭转了一个 α 角，但仍然是分别垂直于这段弧线两端的。这样，光线垂直于镜面射入，沿弧线行进到对面，被垂直于弧线的镜面反射回来，再沿弧线行进到另一端，被另一面垂直于弧线的镜面反射。在上述过程中，它们都会准确地落到中心点，并不会产生光斑的游动。"

作为助手的格鲁认真思索片刻，点头认可公主的质疑，放下了手中的工件。既然原理错误，再干下去就没有意义了。元元也同意公主的意见。康平不在意地说：

"都别停下，继续工作！公主你的质疑没错。但你没考虑到另一个因素：由于飞船的刚性，它的形变不可能和弯曲空间完全一致，也就是说，短管横截面的扭转不可能达到你说的那个 α 角，要比它小一个 Δ 值。这个 Δ 角才是我们需要的，它会造成光斑的游动。"

公主顿时省悟，用力点头："对，你是对的！你是对的！"她喜不自胜，"康副船长，以后你再不要自贬了，老说自己在理论上是一脑门儿糨糊。不，你的思维十分清晰，我衷心佩服。"

她的夸奖十分真诚，喜悦也是发自内心，脸上散发着动人的光辉。康平斜睨她一眼，虽然未做任何回应，但他觉得，到此刻为止，自己心中那个仇恨的硬块已经完全消解了。此后，姬星斗在得到消息后也匆匆赶到实验现场，听元元通报了实验原理，经过思索后他也表示了认可。

这会儿在会议室里，元元向大家显示了最终实验结果。镜面中心是那个红色光斑，中心最亮，沿径向变暗。这个大光斑的亮度是稳定的。但沿半径方向有一个长条状的强光区域绕中心旋转着，1.2566秒转一次，就像是光的秒针。元元解释道：

"经测量，光斑与飞船自转周期严格相符，准确度可达10^{-11}次方级。所以可得出两点确定的结论：一，飞船纵轴有周期性的折弯。二，这种周期性弯折与飞船自转呈强关联。你们也许想进一步知道飞船纵向弯曲的最大挠度值，它理论上可以由光斑的偏心量反算出来，但我们无法精确测量光斑的偏心值，尤其是无法确定它是多少次反射造成的，所以无法计算实际挠度。也就是说，这个实验只能定性，不能定量。"

公主说："我本来就只要求定性实验，只要求证实飞船确实在周期性弯曲。"

康平说："是的。很佩服公主的见微知著，尤其佩服她的听力！按说，飞船的形变如此轻微，由它造成的舱壁材料的晶间滑移及摩擦声也是微乎其微，真的难以相信公主竟能听见。"

这是康平第一次难得地夸奖公主，但也夹杂着轻微的困惑，直到此时，他都不敢相信公主真能听到如此微弱的"磨牙声"。阿冰笑着说：

"这就是吉儿的优势，只有真正的公主才能隔着40层被褥感觉到一颗豌豆。"

在场众人中只有公主和格鲁懂得这个笑话，阿冰笑着做了解释，众人都笑了。公主微笑说：

"既然结论已经明晰，大家就不要怀疑我的超级听力了，不妨把它看成我对灾难的直觉。这个实验证明，我们确实处在极端的畸变空间内。对它的成因和概况，元元和我做了初步的理论模拟。元元，你向大家展示一下动画模拟。"

屏幕上展示出一个宇宙巨洞。镜头拉近，可以看出巨洞中心一条很细的线状区域，向外发射着微弱的辉光。元元解释说：

"这正是上次飞船观察时的视角，那时，双黑洞所形成的涡旋薄盘以侧面对着飞船，所以我们把它忽略了。"

屏幕上的涡状薄盘角度逐渐旋转，现在转到正面。两个黑洞正互相环绕着高速旋转，犹如一幅动态的中国太极图。黑洞本来是不可见的，但周围的物质被它吸引，在逐渐靠近并落入黑洞的过程中，被巨大引力撕扯成气体，形成一个旋转的气体吸积盘。吸积盘中气体的转速很高，高速气体之间的剪切摩擦产生大量的热量，使气体温度达到惊人的高度，从而发出 X 射线及可见光。正是可见光的背景把不可见的黑洞衬托出来。

这对魔鬼兄弟在长期的吞噬中，已经把周围的天体吞噬净尽，很可能它就是这个宇宙巨洞的成因。在黑洞周围，残余的太空物质也非常微量，所以尽管涡旋活动非常剧烈，吸积盘的发光仍然相当微弱，以至于初期被天马号忽略。

天马号是沿着与涡旋平面大致平行的方向切入的，此刻正处在旋转平面上，行进方向大致是沿此处曲线的切向。

元元说："以上图像只是依据飞船挠度反推出来的，因为此刻我们处在虫洞的包围中，无法观察外面。但相信这个动画模拟是正确的，因为只有这样的双黑洞才能造成空间如此极端的畸变，它们的质量级别至少达到太阳的万亿倍。船队长，果真如此，飞船就很危险了。而且我们眼下处在两难境地：绝不能停止飞船的激发，妄图跳出虫洞去验证这幅图景，因为失去虫洞壁的保护，飞船会在瞬间被黑洞的强引力撕碎；但我们也不能沿原来的航向继续行进，前面说过，此刻飞船的'直线行驶'实际上是沿着涡线前进，如果继续下去，很快就会掉进涡旋中心，那儿有两张恶魔的大口在等着我们！"为了缓和气氛，它难得地开了一个玩笑，"究竟该怎么办，我的硅基大脑目前没有灵感，恐怕得依靠诸位的碳基大脑了。"

它的情商确实不足，在这个场合，这个玩笑很不合时宜，没有激起笑声。姬星斗艰难地思索着。对于船队长来说，这确实是非常艰难的抉择，因为元元描述的灾难目前还是虚幻的，只来自理性的推理，只表现为一个光斑的轻微游动，而船队长不得不为一个"预言的灾难"提前做出决策。当然也有先例，乐之友的前辈们，楚天乐和泡利，也曾仅仅依据星体光谱的微小蓝移而预言了宇宙灾变，提前做出了决策。站在今天的角度来评价，两位前辈的决策是功过参半的，尤其是"智慧保鲜之旅"的决策过于仓促。但今天作为船队长，他更能真切体会到楚天乐的难处，作为人类的雁哨，楚前辈不得不在信息不完备的情况下，果断做出有风险的决策。

这正是姬星斗今天面临的困境。其实人类历史上从来都是这样，所有重大决策都是在信息不完备的情况下做出的。

经过思索，他从已知信息中抽出了最关键的几条，形成了清晰的思维链。一，激光实验装置中光斑的周期性游动是确实的，并与飞船自传周期严格一致，它证明飞船确实有周期性的形变，无可怀疑；二，除了畸变空间外，没有哪种因素能造成飞船的周期性形变。由此基本可以断定，飞船处在极度的畸变空间中；三，至于畸变空间是否由双黑洞造成，证据还不充分，但这不影响他的决策，只要空间极度畸变存在，不管它是由什么原因造成的，飞船还是尽早逃离为妙。他说：

"感谢我们的科学官，感谢心灵手巧的康副船长，也感谢智慧圆通的元元，你们敏锐地发现了一场灾难，并争分夺秒地加以证实，这才使得我能及时决策。我们要尽快逃出这片畸变地狱。逃离方向应该沿这个涡旋薄盘的垂直方向。但如何定出这个方向？请大家发表意见。"

片刻静场后，导航官朴雅卡沉重地说："很难定向啊。首先我们不能确定目前飞船的状况：它是否真的在涡旋平面上？与涡旋平面成多大角度？离涡旋中心有多远？一切未知，也就无法确定飞船逃离的方向，弄不好，我们的逃离正好一头扎进黑洞？即使能确定方向，但虫洞式飞行无法利用星空导航，无法使用惯性导航仪、速度仪、加速度仪……甚至，由于空间的畸变，我们连飞船惯常的直线行驶都无法保证。我想不到有什么办法。船队长，作为导航官，我太无能了。"

她说得很悲观，但都是事实。其他人都沉默着，公主、谢廖沙、阿冰凑在一起，低声商量着，但暂时没有什么突破性的灵感。片刻冷场后，康平不耐烦地说：

"导航官的分析不是没道理，但别怪我说话直率，我觉得学究气太浓。你们作为乐之友的后代，还没学会乐之友前辈们'一锥子扎出血'的思维方式。"

朴雅卡有些赧然，姬星斗笑着说："你的批评就是'一锥子扎出血'，衷心感谢！说说你的建议。"

"咱们为啥能断定飞船有危险，并决定设法逃离？最过硬的一条证据是：激光光斑中那条'秒针'的周期性游动。既然如此，为啥不直接把它当成指南针？"

"你是说……"

"完全不必考虑飞船目前所处的精确位置，不必考虑如何定出飞船的逃生方向，也不必考虑如何确保这个方向。把一切中间过程都抛开，眼睛只盯着这个光斑上的'秒针'，然后用试错法调整飞船行进方向，啥时候飞船的转向能够让那根秒针变小，那就证明这个方向是对的。等到秒针消失，飞船就成功逃生了。"

姬星斗击节赞赏："对，这正是'一锥子扎出血'的思维方式！完全抛开了不确定的中间过程，直指核心原因。"他在心中重新理了一遍这个思路，很快做出了决断。情况危急，不容他过细推敲，此刻犹豫就等同于自杀。"那就这样决定：由康副船长手动驾驶，采用试错法随时修正航向，一直到激光秒针消失。康副船长，你只管大胆摸索，我让元元配合你。"

康平慨然答应："好的，我来驾驶。"

"不过事先提醒你，由于光斑是由激光无数次的反射所造成的，没有明晰的边界，很难测出精确值。"

"没关系，电眼不好用就靠人眼，人眼对类似的模糊判断有优势。我对自己的眼力有自信。"

姬星斗看着康平，再看看公主，很庆幸自己有这两个助手，目光中是满满的赞赏。阿冰也很赞赏这两个人，赞赏中也有些许失落。在这个事件的处理中，公主的才气和眼界明显要比自己高，不承认也不行。想起昨晚误解了公主，不免有点儿赧然。看来，这位平桑吉儿也许更适宜做船队长的贤内助，而自己恐怕不得不从爱情战场上悄然撤退。

康平会同公主、格鲁还有元元，再次过细地检查了激光实验装置，以确保它在航向修正的整个过程中都能良好工作。然后元元把船首镜面的图像发送到驾驶舱，康平将目测激光光斑和"秒针"的改变，依此来随时调整航向。

亿龙赫空间滑移式飞船的驱动方式是：以高能粒子的连续对撞，在飞船前方连续激发出真空的空洞——二阶真空，飞船所在的"本域空间"向空洞内滑行，形成一个圆锥形的虫洞。用句诗意的描述：

我们乘着圆锥形的虫洞，
劈开了浩瀚的太空。

飞船的转向则是调整高能粒子对撞点，使其偏离飞船纵向轴线，相当于把圆锥形虫洞的锥尖扭歪一个角度。实际上，由于飞船的自转，这个"扭歪"的锥尖还需要做同步性的校正，消去自转的影响，保证它在空间中的转向角度是固定的。这种转向方式相对缓慢，90度的转向需要一天才能完成。这为康平的航向修正增加了难度，因为转向缓慢，驾驶员对方向的修正不能带来光斑游动圆的显著变化，因而难以及时反馈。

一天时间内，康平一直紧紧盯着屏幕上的光斑，随时微调着飞船的航向，仅在解手和吃饭时离开五分钟。高强度的工作使他十分疲累，有时过于困乏，就让公主或格鲁代他驾驶，他在旁边稍稍眯一会儿，马上精神抖擞地回到驾驶台。在姬星斗眼中，光斑和"秒针"几乎看不出什么变化，但康平的眼力确实惊人，一直自信地做着修正。随着时间过去，光斑的范围明显缩小了，最后稳定为一个较小的光斑，仍是中心处光度最强，向外渐弱。这个稳定光斑是源于激光束在两面镜子之间无数次反射所造成的扩散，与空间是否畸变无关，无法再缩小。与以前的区别是：光斑的强弱梯度是中心对称的，那个按 1.2566 秒周期转动的"秒针"完全消失了，这说明，飞船已经不再有周期性的弯折；进而说明飞船或者处于涡旋平面的法线上，或者已经脱离了畸变空间。这时康平才放松了，疲乏地说：

"吉儿，格鲁，元元，保持这个方向继续行驶，我要去睡觉了。记住观察那个'秒针'是否重现，有什么变化立即叫醒我！"

他在附近的值班床上倒头便睡，立即鼾声大作。在他睡觉时，公主等人共同认真监视着屏幕，光斑一直保持稳定。姬星斗、阿冰、谢廖沙和公主偶尔交谈着，都衷心佩服康叔叔，他把人的感官能力发挥到了极致，他对飞船方向的精微修正，就像那些能在头发断面上雕刻出一首唐诗的微雕大师。一个小时后，康平醒了，先来观察了光斑情况，满意地说：

"从开始转向起，已经全速飞了一天，大约 30 万光年。飞船一直沿那个太极图面的法线方向逃离，现在飞船应该安全了。船队长，是不是该停船了？现在，那个双黑洞组成的太极图应该是以正面对着我们，我真想看看它是什么样子。"

姬星斗笑着说："那个实时图景你是看不到的，别忘了这是超光速飞船，即使能看到它，也只能看到它 30 万年前的旧貌——严格地说，是 30 万年减一天的旧貌。"

康平拍拍脑袋："又糊涂了，又糊涂了。我早说过，我是个榆木脑袋。"

公主立即接了一句："我们要是能有你这样的榆木脑袋就好了！"她指指屏幕上那个稳定的光斑。康平不在意地挥挥手，说那是眼力好，和脑袋没关系。

虽然跳出虫洞也看不到双黑洞的实时图景，但确实该停船了，飞船的燃料快要耗尽，总得留一点燃料，以便溅落后做一些必要的机动。按原定计划，飞船的燃料加上额外收集的光能，应该能驶出这个宇宙空洞。但没想到又在中途遭遇黑洞，飞船不得不大幅度改变方向，从而大大减少了有效航程，肯定飞不出这个宇宙巨洞了。它会溅落到何处？飞船离开虫洞保护后会面临什么样的局面？在康平专注于逃离的这一天内，姬星斗一直在考虑逃离后的困境。但溅落是随机的，只能到时候再临机决策，提前担忧也没有用。他已经学会了，不为那些人力控制之外的明天瞎操心。他夸奖道：

"康叔叔，很钦佩你的眼力，也佩服吉儿的听力。我觉得，我老爹最大的两项功劳，一是把你忽悠得上了飞船，二是果断同意公主加入船队。要不飞船就失去了一双宝贝眼睛和一双宝贝耳朵。"

公主笑着说不敢当不敢当，康平则被挠到了痒处，炫耀着："要说我的眼力那是没人能比，当年裸眼视力 8.0，赶得上非洲马赛人了，检查视力的医生说我这是返祖现象。豆豆，告诉你一件小花絮：少年时你爸和我到树林中捉知了，密密的树叶中藏着的知了，我是一看一个准。你爸凡事都要压我一头的，但在这件事上他累死也赶不上我，常常跟在我屁股后转一天也看不到一个知了，那才叫一个羡慕嫉妒恨。"

姬星斗笑了："没错，听爸爸说过这件事。"

扯到知了，公主来了兴致："说起知了，我忽然想起地球上北美地区的十七年蝉。你们是否见过它们集体破土而出的壮观景象？"

大家都没亲眼见过，有些人见过相关资料。公主说：

"我十二岁那年，随父皇巡视北美，有幸亲眼见过一次，确实是大自然的奇葩！这种蝉在地下蛰伏 17 年，然后在四月份，气温达到摄氏 18 度时，从地里同时钻出来，以便用数量的巨大来对抗天敌捕食。它们的孵化周期为什么是 17 这样的质数？因为选这样的质数，就不会和生长周期较短的捕食者形成周期重叠，不至于进化出某种专吃蝉的天敌，所以进化之神也是懂数学的！它们钻出地面，立即爬向附近的垂直物体，树干上密密麻麻，遮天蔽日，全是向上爬行的蝉群，那个场面无比震撼！它们爬到高处后抓紧树皮，蜕皮羽化，雄蝉开始激情地鸣叫，汇合成震耳欲聋的大合唱。然后是交配，交配后立即死去，地上铺满了尸体，场面无比惨烈。

"有一点我一直奇怪，十七年蝉怎么能精确地同步行动。它们体内肯定有生物钟，这是没说的；但生物钟在运行 17 年后肯定会积累出比较大的误差，需要另一种即时信号来校正。那么这种即时信号是什么？是把温度作为同步信号？但温度变化在地下不可能精确同步。是蝉释放信息素造成正反馈？但信息素在土壤中无法有效传递。这么说吧，这些十七年蝉的同步行动肯定有一个简单高效的物理信号，这点我毫不怀疑；但我在内心深处更愿意相信，它们是听到了冥冥中生命之神的一声号令。"

姬星斗笑着说："就像你对水晶结晶的解释：晶坯感受到冥冥中的召唤，于是执着地向晶洞前行，完成生命的升华。当然那个过程也可以选用简单的物理解释：含矿物质的热液因渗透压而向晶洞中结晶。"

"你说得不错。大自然的神秘可以有各种解释，物理学的解释最简洁深刻，道家的解释最玄妙，诗人的解释最美丽。这些解释我都喜欢，我认为它们本质是一样的。"

康平不喜欢这类玄虚的话题，不客气地说："这类话题等闲暇时再侃吧。船长，应该下命令停船了。"

第九章　海　流

　　飞船停止激发，在瞬间静止，但保持着自转。飞船外的浑茫虫洞消失了，星空复现，绕着飞船的纵轴缓缓旋转着，犹如飞船进入了一个巨型走马灯的内部，而船员们是"从内向外"观看星空。元元知道众人的关心所在，立即把后视图像显示在屏幕上。那儿的星空也在旋转，但与"由内向外"观看的图景不同，后视图像更像是"由上向下"的俯瞰，看到的是围绕某个中心旋转的星空。后视图像是通过机载天文望远镜摄来的，元元把图像放大，又用程序进行处理，消去了它的转动。现在，在静止的星空背景上，他们看到了那一对黑洞。黑洞本身是不可见的，但由于某种特殊的机理，在吸积盘的光照下，它在观察者眼中表现为一个类似"黑草帽"的奇怪图景。两只"黑草帽"互相环绕着安静地旋转，似乎能这样一直转到世界末日，并没有大家想象的惊心动魄的气势。

　　当然，这是因为亿龙赫飞船用一天时间行进了 30 万光年，他们看到的只是那片区域 30 万年前的旧貌。也许在这 30 万年中，两个黑洞已经相互靠近，开始贪婪地撕扯对方，把这儿变成一个涡旋状的引力地狱？这是完全有可能的，但终归只是可能。未能亲眼看见最后的结果，也就无法确认他们是不是刚逃离了引力地狱，难免有些遗憾。

　　众人默默地观看，都把遗憾藏在心底，没让它外露，否则就像在抹杀康平和公主的功劳。元元忽然说：

　　"来，我向大家展示另一幅图像。"

　　屏幕上的图像倏然更换。仍是一对互相环绕旋转的"黑草帽"，不过二者已经非常接近，正在用引力之剑互相搏命。两个涡状吸积盘也已经合体，变成哑铃形。中心区域的吸积物质由于与双黑洞的相互作用，基本上被扫除殆尽,所以中心区域不怎么发光。但快速接近的双黑洞发射着巨量的X射线,在外围吸积盘上转化为可见光。旋转双黑洞造成了这片空间极度的畸变。空间畸变原本是不可见的,但强烈的空间涡旋夹杂着发光的星际物质,表现为明显的涡线。总的说来,这儿就像是一张动态太极图,两个黑色的"眼"互相旋绕,搅出了明亮的涡旋。

康平忽然惊呼:"看,我们的飞船!"

这句话有点儿词不达意,他其实是说:"看,我们的飞船所造成的虫洞!"飞船所处的虫洞也应该是不可见的,它不发光,不反光,只能表现为对星空背景的遮挡。但此刻有一道圆锥形的暗带正在转向,从原来处于涡旋平面,正在向涡旋平面的法线方向转,逐渐脱离了涡旋平面,这样就和周围背景明显切割,可以相对容易地识别出来。它的转向过程可能在图像中进行了加速处理,很快走完了90度的弧形,从而完全垂直于涡旋平面,然后向外逃离。

圆锥形暗带离涡旋平面越来越远,不过由于它遮挡了明亮的背景,还是能够勉强辨认出来。突然,在它身后,那片越来越酷烈的引力地狱中,产生了强烈的爆炸,那两个黑洞终于迎头相撞了。碰撞释放出巨大的能量,转换为可见光的爆炸,也发出强烈的X射线爆和引力波,但二者不可见,爆炸以光速向四周扩散,追赶着那条远去的暗带。但它的速度无法和亿龙赫的飞船相比,最终,那条圆锥形暗带轻松地远离了身后的巨变,消失在遥远的太空。

图像放完了,大家满足地松了一口气,但并没有太大的情绪波动。明显这是电脑模拟的场景,是用第三者的视角来模拟一次可能的天文事件。它可能正确地复现了天马号刚刚经过的实际状态,但这点无法确认。由于飞船的超光速,这个场景被留在飞船的光锥之外,所以它对天马号是不可见的,不可知的。要想亲眼看见,即使飞船待在此处等着,也需要等30万年之后。元元模拟了这段视频,只是对康平、公主、格鲁甚至元元自己颁发一个安慰奖。

姬星斗也是这样想的。他欣赏元元的良苦用心,以一次逼真的模拟肯定了康平和公主的成功,这是对他们的激励。不过眼下不能在这上面浪费时间,更值得操心的是飞船目前所处的状况。他笑着说:

"不错,元元的模拟非常逼真。元元,你现在要转而观察……"

但元元打断了他的话:"船队长,这不是我的模拟。"

"不是电脑模拟?那是……"

元元显然有犹豫,但还是说了:"不是模拟。我说过,嬷嬷在我大脑中留下一个紫色的小孔,它就像一个超维度的天眼,会展示遥远的信息,甚至是光锥之外的信息。可惜我不能通过它主动观察,只能被动地偶然得到那么一瞥。刚才播放的图像就是偶然的一瞥。"

众人都很震惊,也非常困惑。如果这段视频是"天眼"得到的,那就绝不是什么动画模拟,而是可能经过压缩的宝贵的实景记录。那么,这是嬷嬷或其他"神"送来的礼物,是向幸而逃生的天马号表示庆贺?如果嬷嬷真能向亿龙赫飞船同步传输30万光年之外的图像,那就说明她掌握了在宇宙中同步通信的手段。这在三维世界很难,但在高维世界里可能非常容易,打一个浅显的比喻,就像位于球心的光源能同时照亮整个内球面。

如果这段视频是真景实录,那就证实飞船确实遭遇了一场灾难,也就证实了康平等人的功劳。但康平并未显得兴奋,反倒向姬星斗送来疑虑的目光。姬星斗恍然悟出他的疑虑何在——针对嬷嬷或元元。因为这件事总有那么一点鬼鬼祟祟的味道。元元说它能通过天眼观看嬷嬷送来的信息,那它岂不成了神的代言人?以后再遇到重大事件,元元说它通过"天眼"看到了什么什么,船队长该不该听?康平在警告:绝不能让元元用玄虚的"神权"来干扰船队长的权力,甚至越过船队长来指挥船员。

姬星斗同样警惕这样的前景。看看其他人,公主、谢廖沙、格鲁、阿冰,都欢笑如常,热烈讨论着这些图像的真伪,显然没有意识到更深层面的东西。毕竟他们年轻啊,还不习惯政治上的博弈,在这方面只有康平与自己最为相契。最终姬星斗用玩笑把这件事淡化:

"元元,作为船队长的助手,你可不能依靠什么'偶然的一瞥'而胡乱讲话。你播放的这段视频,我还是先把它看作动画模拟吧。别在这件事上耽误时间了,有更紧要的事情要处理。走,到船长室,你赶紧观察和报告飞船所处的环境。"

在船长室里，元元检索了观测信息，向姬星斗报告：

"船队长，很遗憾，我报告的是坏消息。飞船仍处在宇宙空洞内，最近的星系仍在300万光年之外。你知道，这是因为飞船在逃离黑洞时偏离了原定航线，也许还要加上溅落时的随机误差。现在飞船的燃料马上告罄，依最省燃料的半速航行，飞船还能飞两天，大约只能飞60万光年，肯定是无法抵达任何一个富氢行星了；或者在飞船静止的条件下，能维持飞船维生系统运转20年；或者，如果想依靠飞船的随机溅落来撞大运的话，飞船还能进行十个波次的启航——短途飞行——溅落。"

也就是说，局势基本无可挽救了，连"初具情商"的元元在报告时也显得情绪低沉。姬星斗并不意外，其实在飞船不得不偏离原定方向时，他就洞悉了这个前景，但那时逃命第一，顾不得其他。他平静地回答：

"我知道了，这个结果暂时不要扩散。"

"遵命，船队长。但这是瞒不住的。"

它说得不错。天马号船员都是经验丰富的太空人，只要透过透明舱壁看看星空的遥远和清冷，都会知道飞船仍处在宇宙空洞内。不过姬星斗并没打算永远瞒住大家，只是想要一个缓冲期。

他用飞船广播向大家宣布："为了庆祝飞船成功逃离黑洞，我宣布放假三天！从现在起，大家尽情地'嗨'起来吧！"

飞船里腾起一片欢呼，但欢呼的都是少儿，成人船员都沉默着。他们都看到了船外的星空，知道飞船的困境，没有心情去"嗨"。但他们都是些太空亡命徒，早把生死置之度外，既来之则安之。他们沉寂片刻后，抛开担忧，开始陪孩子们玩耍。只有谢廖沙悄悄离开人群，去往船长室。他赶到时，元元在船长室外悬停，门关着，姬星斗独自在屋里。谢廖沙敲敲门，没等开门就径直闯进去。姬星斗坐在扶手椅中沉思，眉头紧锁。看见是谢廖沙进来，没有起身，只是点头示意，他与谢廖沙一向是熟不拘礼的。谢廖沙直截了当地问：

"局势完全绝望了？"

"差不多吧。谢廖沙，怪我这个船队长太无能，把天马号领到这样的绝地。"

谢廖沙生气地说:"豆豆,不要说这样的淡话!你的所有决策都没有错,或者说,是在绝望处境下的最佳选择,我们对你没有埋怨,只有钦佩和感激,你完全不该这样自责。而且你也没时间自责,所有船员在看着你呢。"

姬星斗软弱地笑道:"我知道,我是船队长嘛。可是,总得给我五分钟时间,关上门软弱一下吧。"

谢廖沙笑了:"当然可以。但我觉得已经够五分钟了。"

两人笑着,照例互击手掌,打起精神,开始商量该怎么做。商量来商量去,恐怕道路只有一条:孤注一掷,用最后的燃料再来十次溅落,祈望幸运女神能够在某一次降临,如果她不来,那就微笑着等候死神吧。要是决定走这条路,那倒确实不必匆忙,不妨给船员们放一次长假,让他们最后享受享受生活。姬星斗准备明天开一次船务会议来决定这件事。

正事谈完,两人心境也完全平静了,随意闲聊着。谢廖沙说,"从这次灾难中的表现看,平桑吉儿这姑娘确实不错,又可爱又能干。豆豆你追过她,怎么最近好像不追了?如果你放弃,我可要去追了!"姬星斗笑着没应声。在当前的困境下,谈情说爱似乎太奢侈了一点儿,自打担任船队长职务,他确实离爱情越来越远了。这时有敲门声,正是谢廖沙刚刚提到的人:公主,后边是阿冰。远处还有几个人正往这边儿走来,是康平、约翰和伦德尔。他们来这儿的原因显然和谢廖沙一样,知道飞船处于绝境,想来给姬星斗鼓劲,但观察姬的表情,似乎用不着鼓劲了。姬星斗笑着说:

"正巧,原来准备明天再开船务会议的,但委员已经来齐了,那就提前开吧。"

于是他们在姬星斗寓所中召开了紧急船务会议。会议最终通过了姬的提议,那是目前困境下唯一可行的路。在此之前,飞船放十天假,来一个最后的狂欢。这个决议明天将公布。

虽然身处绝地,但并未耽误康平的入眠,飞船上天以来,与死神几次贴身肉搏,他已经处之泰然了。深夜他接到姬星斗的电话,姬声音急迫地说:

"请你赶紧到我的房间来。"康平不知何事,匆匆去了。姬星斗把他迎入房内,直截了当地说:

"把你深夜唤醒,是因为我看到了非常奇怪的景象,想让你也看看,可惜这会儿它刚消失。康叔叔,我没有精神失常,这也不是幻觉。我突然看到了元元展示过的那个双黑洞地狱,是用肉眼透过墙壁看到的。"

康平平和地说:"到底是咋回事,你慢慢说。"

姬星斗说,飞船逃离的那片双黑洞引力地狱,当时因虫洞的包围谁也未能亲眼得见,所以它的存在只是理性的推测。之后元元展示过当时的实景,说是它透过天眼的偶然一瞥。姬星斗虽然不完全相信,但对那幅图景印象深刻,觉得它应该是真实的。刚才他睡不着,心中在回味这件事,忽然,令他震惊的是:它凭空出现了!就那么凭空出现了!那是一种很奇怪的视觉感受:先是远观,在繁密的星空背景下看到一片暗黑区域;逐渐放大,是两个互相环绕着的快速旋转的黑洞,被吸积盘包围。黑洞虽然不可见,但强大的引力形成了空间的涡旋,涡旋中有强烈的能量活动,转换为可见的辉光。再仔细看,他也看到了飞船飞行所造成的虫洞,那条虽不可见但能遮挡背景的圆锥形暗带,仍像元元展示的那样,是用第三者的视觉看到的。直到那条圆锥形暗带远离,把双黑洞涡旋区域远远抛在后边。这个图像是倏然出现的,然后又虚化消散。但只要你凝神观看,它还会再次出现,仍像上次那样清晰,甚至可以变换视角来看,就像是一幅全息立体照片。开始姬星斗把它看作心理幻景,但图像清晰稳定,又明显不像幻景。他唤康平过来验证,可惜,打过电话后再去凝视,它没有再出现。但姬星斗确认刚才头脑清醒,绝不是幻觉。

"康叔叔,我想请你凝神看一会儿,看你能否同样看到它。我也要努力凝视,看它能否再次出现。"他补充道,"我知道康叔叔心理最稳定,天然抗拒那些玄天虚地的事情,你如果能看到,那就肯定是真的。"

"好的,我试试。"

虽然康平"天然抗拒那些玄天虚地的事情",从心底不相信豆豆的说法,但他也知道豆豆是言不轻出的人,便按照姬星斗说的办法,朝着墙壁高度聚焦意识,努力想象着用肉眼透过船壁凝视远方。果然,他面前出现了清晰的图像！竟然真的出现了！但完全不是姬星斗说的双黑洞图像。他看到的好像是早期的地球，不，肯定不是地球，因为天空有一轮红色的太阳，还有三轮大小不一的月亮。康平在刹那间悟出，眼前的图景肯定是 G 星，是他曾心心念之的地方。G 星在他视野中迅速拉近，图像变得清晰而稳定。它一片蛮荒，肯定没来得及地球化，没有绿色植物，更没有动物，入眼所及，尽是冒着余烟的火山、一条条没有发育成熟的江河、零星分布的湖海。他不敢相信这幅图景是真的，但仍然瞪大眼睛，寻找 G 星上他最关注的地方。果然它出现了，是一幢高大的"天房"，说白了，是一艘垂直安放的亿龙赫飞船，美轮美奂，与环境的蛮荒形成强烈的反差。视野轻易透过舱壁，很快发现一台冷冻装置，褚贵福前辈，他少年时就熟悉的那位性格粗豪的老人，安详地躺在里边……康平的心脏怦怦跳动，努力镇静自己。毫无疑问，他这会儿看到的是"正常时序"下的 G 星，褚前辈还未醒来，他的卵生崽子尚未孵化。如果此时天马号抵达那儿，应该会改变那段"逆时序"的血腥历史，赐予 G 星一个正常的历史进程。但他也非常清醒地、痛苦地认识到，这种改变虽然似乎伸手可及，但由于种种原因，种种宇宙的潜在机理，种种上帝偷偷下的绊子，最终还是很难改变的。何况即使改变，结局也不是通体光明的，比如，如果历史改变，则那位公主，那位他已经从心底原谅了的平桑吉儿，会不会从历史中悄然消失？这个结局同样令人心痛……

姬星斗轻声问："康叔叔，你看到了吗？"

康平一震，眼前的图像迸然消散。他从"幻景"中跳出来，苦涩地说："没错，我也看到了清晰的图像，但并非你看到的双黑洞图景，而是 G 星，正常时序下的 G 星。"

"你看到了 G 星？那么……"姬星斗困惑地思索着，忽然顿悟，"我们看到的图像虽然不同，但有一个共同点：都是我们内心最关注的东西。"

"你是说——因为内心的关注而导致幻觉？"康平摇摇头，"不像。能用肉眼看到亿万光年外的 G 星图景，这件事确实匪夷所思，但我看到的场景十分清晰，我有一个强烈的感觉：它不是幻觉。"

姬星斗摇摇头："不，你把我的意思理解错了。我说的是'关注'，并没有说'关注引起幻觉'。"康平一时没理解他的意思，姬星斗解释道，"康叔叔，你有没有想到另一种可能，也许这是从一个高维平台来俯瞰三维宇宙？就像是你乘飞机从球面中心俯瞰球面。这种超维的俯瞰是'通透性'的，无论你看向哪儿，视野都没有任何阻挡；但景物在你的视野中一掠而过，你也无法看清。要想看清某处的细节，就需要把此处拍照，把图像定格并放大。"他加重语气说，"我俩的关注就相当于'拍照、定格、放大'，或者换个说法，我俩的超维观察导致了某处量子云的塌缩。"

康平摇头："豆豆，你是了解我的，我的榆木脑袋理解不了那些玄而又玄的东西，不过，刚才的奇异图像我确实看到了。但你说的那个高维平台究竟是啥？是从哪儿蹦出来的？"

"不难理解，我说的高维平台就是宏观尺度的二阶真空，天船队遭遇空裂就是因为它的出现。现在，既然我和你都实现了超维的俯瞰——对，还有元元，它昨天所看到的双黑洞图景，肯定同样是超维俯瞰，和它说的'超维度天眼'是一码事——那么，很可能就像那次遭遇空裂一样，咱们再次遭遇了宏观的二阶真空。"康平思索着，但一直下意识地摇头，他的"榆木脑袋"一时还翻不过这么陡的坎。姬星斗说，"这事容易验证。如果飞船真的处于高维空间中，那就不可能只有咱俩获得超维视野，船员们也会有的，以后会出现更多的例证，咱们注意观察吧。但咱俩看到的先不要对外透露，这是为了保证大家处于盲试状态，不会接受他人的心理暗示。"

"好的，元元也不告诉吗？"

"不用特意告诉它，但它会知道的。"

康平点点头。这会儿两人的谈话不是在静思室，而元元对飞船除静思室外的所有区域都是全知全觉的。康平忧心地说：

"豆豆，上次飞船遭遇的空裂割断了天马号与后两艘飞船的联系，6000多人至今不知死活。如果咱们再次遭遇宏观状态的二阶真空，会不会让飞船断成两半，甚至彻底解体？"

"应该不会，否则这样的灾难早就来了。眼下我们遭遇的高维泡泡本来就存在，飞船无意中钻进来了，就像一张二维的纸片偶然飘进一个三维泡泡，并不影响纸片的完好；而那一次空裂，是从二维纸片中突然爆出一个三维的裂隙，因而造成了纸片的撕裂。不过，三维生物无法掌控高维世界，恐怕一万年后也是如此。但愿这次上帝会仁慈一些。"他叹息着，"哪怕掌握了亿龙赫飞船这种神一样的科技，人类在大自然面前也永远是蝼蚁。"

康平反过来劝慰他："蝼蚁怎么啦？蚂蚁可是地球上最成功的种群，可以说比人类还成功，亿万年活下来，一直活得结结实实，乐乐呵呵，从不会怨艾。"

姬星斗点点头："没错，那咱们就向蚂蚁学习，像蚂蚁一样活下去！"

第二天，姬星斗向全体船员宣布放十天的假。对于昨天的异常观察，两人没有向第三者透露，默默观察。果然，在随后的两三天里，类似"幻觉"在三位船员中出现。当事者认为是产生了幻觉，大多不好意思对外人说，是姬星斗旁敲侧击问出来的。三位当事者看到的，也都是他们个人最关注的事件。当然，这既可解释为"观察导致塌缩"，也可解释为"关注导致幻景"，无法做出断然判定。直到公主和格鲁出现了"共同幻觉"，姬星斗才有了最过硬的证据。

那次也是凌晨，公主醒来了，躺在床上深思。尽管船队长没有对船员们明说，但她是清楚的：飞船已经处于绝地，这次很可能走不出灾难了。他们的环宇宙探险将以失败告终，在宇宙文明史上悄然消失，不会留下任何痕迹，就像地球上最先几批走出非洲然后在时间长河中悄然消失的智人族群。对失败她早就做好了思想准备，不会后悔当年的决定，只是有点儿苍凉和失落。这种心境下特别想家。她思念父皇母后，他们很可能已经过世了。也思念皇兄。思念地球上的美食、美景……忽然，眼前出现了清晰的图像！它显然是地球，一处她未见过的航天发射场。公主十分震惊，凝住心神仔细观看。她看到众人簇拥下的一位年轻帝皇，是皇兄。年轻帝皇从发射场乘小蜜蜂起飞，很快抵达同步轨道，这儿正在组装三艘亿龙赫飞船，大框架已经完成，外形与妮儿先皇号差不多。她甚至看清了一艘飞船船首上的船名：吉儿公主号。她不由回忆到皇兄对她的许诺——等父母百年后，他就建造几艘飞船来追自己。

她从床上坐起身来，认真观看良久。图像有时会消失，但凝视之后，同样的图像会再次出现，仍然非常清晰。她确认这不是幻觉。由于姬星斗和康平的保密，公主此时并不知道已经有人经历过同样的现象，更不知道姬星斗对于"高维俯瞰视觉"的猜想。但这位飞船科学官以其清晰的科学思维，很快做出了同样的推理。不过，光有推理是不够的，必须想办法来一个能令人信服的证实。她想出来一个办法，立即召唤隔壁的格鲁。格鲁疑惑地来了。她告诉格鲁，她看到了有关地球同步轨道上几艘飞船的"幻景"，但没有告诉幻景的细节，让格鲁也凝神观看。她推测，这个图景同样是格鲁最为关注的，也许他也会看到？果然，格鲁在凝视几分钟后高兴地说：

"我看到了！确实看到了新帝皇和飞船！公主，这是怎么回事？太奇怪了！"

公主问："你看到几艘飞船？"

"三艘，建造工作已经基本完成。"

"那么你仔细看看，能否看到飞船的名字？"

"能看到，很清楚，一艘是吉儿公主号，一艘是轩逸帝皇号，第三艘是……"那一艘较远，看不清，但在他凝视之后，视野自动聚焦在第三艘船上，于是它倏然拉近。"看清了，是格鲁号！啊呀，太感谢我的帝皇兄长了，他没忘记这个小兄弟。"

公主高兴地拥抱格鲁："太好了！既然你能看到和我相同的细节，那就完全不必怀疑了。现在，咱们赶紧把豆豆船队长唤来！"

姬星斗立即赶来了，同时拉来了康平、谢廖沙和阿冰，元元在他头顶悬停着。公主亢奋地介绍了刚才她看到的异象，姬星斗异常兴奋，他曾预料那种高维视觉会在其他人身上出现，现在果然应验了！而且这次的例证更加有力：既然公主和格鲁两人能够看到同样的细节，能够在"幻景"中分辨出同样的船名，那就是一个过硬的证明——这些"幻景"是真实存在的，是立在高维平台上对三维宇宙的俯瞰！

他这才向二人披露了这几天的情况，康平略做补充。元元事先已经了解这些情况，保持着冷静，其他人则兴奋异常，尤其是公主：

"原来你们先获得了高维视觉！既然如此，那我更证明了我的猜想。船队长，我对这些奇异视觉已经有了一个科学的解释，我讲给大家听，好吗？希望谁能把我的解释驳倒。"她笑着说，"尤其希望元元来质疑，因为你不大受心理因素的影响。"

姬星斗和康平互相看看。此前姬星斗已经有了那个粗线条的解释，但他这会儿没提，只是郑重地说："飞船科学官平桑吉儿，请讲。"

元元也说："好的，科学官阁下，我一定尽力质疑。"

公主开始了条理清晰的讲述。她说：人类是三维世界的生物，很难从直观上理解更高维的世界，那我就来个升维思考，先从二维世界入手，再类比到三维。现在，假设人类是二维生物，生活在一个球面的内层。这种球面是翘曲并封闭的。球面上二维人的目光只能局限在球面上，不能来到'空中'；他的视线将沿着二维曲面而弯曲。假如他视力很好，能顺着翘曲并封闭的球面看到无限远，那么理论上他能看到全部二维世界，最终视线拐回来，看到自己的后脑勺。当然实际上是不可能的，他的目光首先要通过周围的种种障碍，实际无法看到球面全貌的。要想看到二维世界的全貌也有办法，很简单的办法，那就是跳出二维球面，来到"空中"，就能对整个球面一览无余了。如果他在空中的位置恰巧是球心，那时球面上任何一点对他都是同样远近。

所以，他跳到空中后就有了三维的视觉。但由于他是二维人，二维的感官，二维的心智，无法理解三维视野，所以在他大脑中形成的图像仍是二维的，他能够感知的只是三维图像在二维的投影。

上述对二维世界的描述可以向上类推，扩展到三维超圆体。大家知道，我们的3.5维飞行一直在蹦离实维宇宙，前往虚维的超圆体中心，经过亿龙赫飞船十几年"向虚维的蹦入"，可能已经接近了超圆体宇宙的中心，这儿有稳定的二阶真空区域，我们正身处一个泡泡内，这样，我们就能用"超维俯瞰"轻松看到宇宙中任何一个时空点。

公主说："这就是我的解释，你们分析一下，有没有逻辑上的漏洞。"

谢廖沙点头，"逻辑上说得通。不过我有一点质疑：如果超维俯瞰能看到三维宇宙中任一时空点，那我们应该看到更多的东西，比如——外星人。我相信宇宙中，或者更准确地说在本时空中，肯定有外星文明。但为什么你们四人看到的所有异象都集中在和人类有关的世界？"

"你的质疑很对，但解释也很简单。从四维俯瞰三维要经过相空间的屏障，或者说要穿透一层量子云。怎么才能穿透？量子理论早就揭示：智慧体的观察能导致概率波的塌缩。观察了，塌缩了，才能看见。但我们的观察总是本能地聚焦在和人类相关的区域，像地球、G星、人类飞船等。这么说吧，我们看到的只是我们想看到的东西；或者反过来说也成：上帝不想让我们看到与己无关的东西。"

姬星斗认可公主的解释，征求其他人的意见。康平苦笑摇头，意思是他压根儿不懂这些玄天虚地的玩意儿。格鲁、谢廖沙和阿冰则点头认可。姬星斗笑着说：

"元元你呢？飞船中，其实你是第一个获得超维视觉的，你当时所说的'透过天眼的偶然一瞥'，实质上就是这种超维的俯瞰。你对公主的解释有疑义吗？公主说最希望听到你的质疑，因为你不大会受到心理因素的干扰。"

在众人亢奋地讲述和驳难时，元元一直沉默着，这时才说话："我完全认可公主的解释，没什么可质疑的。船队长说得对，我当时所谓'透过天眼的偶然一瞥'，其实就是这种超维俯瞰。而且……其实我还看到了另一个异象，但我一直犹豫着怎样透露才合适，因为……"它看看康平，无奈地说，"这又牵涉到嬷嬷，我怕你们会反应过度，惹出无谓的麻烦。船队长，现在我把那个异象调出来，请你用脑内蓝牙方式来接受。"

它没说是什么异象，但姬星斗立即断定，肯定是一个重大的发现。他照元元说的，用脑内蓝牙观察。他看到了元元思维中那个紫色的光点，这个光点自打它与嬷嬷接触后就存在，一般处于休眠状态。但今天显然不同，它正处于活跃期，在勃勃地跳动，向外发出一波一波的紫色辉光。忽然，没有什么中间过程，那个紫色光点忽然扩展成了姬星斗的视野，他"看到"元元说的异象了！

紫色光点扩展成一个紫色的圆球，不，准确说是一个卵圆形球体，悬停在绝对的空无之中。不，它并非是一个悬停在空无中的球体，它本身就是空无,更空的空无,更高阶的空无。它非常奇特,无法真切描述。好像很远,又好像触手可摸;好像很坚硬,有清晰的边界,又好像是一个柔性体,在轻微波动;它是绝对透明的,但其内部分明又有极复杂的缔合和纠缠……姬星斗看得十分入迷,紫色卵就像一个超级黑洞,强力地抽吸着他的思维,他迫不及待地想和身跳进去,让肉体与灵魂都与紫色融为一体,他能清晰地感受到某种"献身的冲动"……元元的声音像从虚空中传来:

"船队长,你看到'它'了吧,看你的表情,你肯定已经看到了。至于我,昨天就看到了。我觉得,这颗紫色卵泡就是超圆体宇宙的中心,是圣书上说的至尊、极空、万流归宗之地。你说它是一个'空泡'也可,说它是一个'物体'也可。它是'空无'和'实在'的两位一体。嬷嬷在我大脑中留下的紫色光点,应该就是这个超维的紫色卵泡在三维中的投影。"

姬星斗还没从迷醉中清醒,康平大喝一声:"船队长,那可能是一个陷阱!"

康平刚才震惊地发现,姬星斗的表情是那样的如痴如醉,就像吸毒者陷入快感。他敏锐地联想到豆豆此前说过的"紫色的空无,死亡的冲动",姬星斗曾对自己秘密地谈过对此的担忧。但很显然,姬星斗刚才已经在"死亡的喜悦"中迷醉了,所以康平及时发出严厉的警告。

这实际也是指责元元的忠诚,这对它来说是第一次。元元没有退缩,镇静地说:

"船队长,是不是幻景,我想有一个办法可以鉴别:看是否所有人都会看到同样的景象。如果绝大多数人都能看到它,而且不止一次地看到它,那它就符合物理现象的验证规则:可重复验证。那它就不是什么幻景,而是实在的物理现象。我有一个强烈的感觉,我们离这个神秘的卵泡已经很近了,它和我们的关联强度已经超越了我们和原三维宇宙的关联。所以只要注意观察,所有船员都应该很容易看到它的。船队长,你刚才是用'脑内蓝牙'方式通过我看到的,实际并不需要通过我,你只须在意识内凝视就行。现在,请船队长、公主、格鲁、谢廖沙、阿冰、康副船长都试试观看这个紫色卵泡。"

姬星斗从刚才的"幻境"中跳出来,略为思索,同意了。康平仍在用目光警告，姬星斗示意他"稍安毋躁"。大家试着进入凝思和凝视，果然没有多久，公主和格鲁两人就惊喜地喊：看到了！看到一个紫色卵泡悬停在虚空之中！两人分别描述了图像的具体细节，与姬星斗所见完全相同。没过多久，谢廖沙和阿冰也看到了！姬星斗也看到了，用自己的眼睛重新看到了！只有康平始终没看到，但这也不奇怪，因为他有太强烈的心理抗拒。

元元说："船队长，你可以把全体船员都唤来，重复这个实验。"

康平用目光表示强烈反对，他担心这是高科技的邪术，能诱导船员"喜悦"地奔向地狱，而元元正在做地狱摆渡人。要知道，姬星斗本人也曾对这种前景表示过担忧！姬星斗一向非常看重这位长辈的意见，但这次没有听取，因为他刚才看到的东西令人印象太深刻了。他立即通知所有船员，包括孩子，在中央大厅集合。

人们很快到齐。大家听取了姬星斗的要求后，虽然有些困惑，都努力照他说的进入凝思和凝视。大厅中气氛肃穆，也浸透了神秘，200多个船员屏息静气，就像一群闭关的修行者，厅内静得能听见心跳。不久，伦德尔激动地说：看到了！老约翰也欣喜地说：看到了！九岁的虎娃看到了！五岁的奇恰看到了！奇恰全家都看到了！朴雅卡看到了！在一个小时之内，所有人包括孩子们都看到了——只有康平除外。元元欣慰地说：

"船队长，这正是我预料中的结果，我一点儿都不意外。因为，观察者越多，正反馈越强烈，因而更容易加速量子云的塌缩。"

现在，那个"幻景"几乎变成了真实的图景，所有人都能真切地、持久地看到它，从各个视角看它，不同人可以描绘出同样的细节。但这个图景仍有相当的"虚幻性"，因为当它在人们视野中变得清晰时，周围的正常世界就虚化了，变得扭曲流动；如果你凝神想看清飞船中的普通景物，或周围的星空，紫色卵泡就随之从视野中虚化，变得扭曲流动。也就是说，二者不能并存。还有，虽然紫色卵泡的图像清晰真实，但却完全无法判断距离，就如人的肉眼无法确定星空中恒星的距离。恒星虽然是三维物体，但它太远了，我们实际看到的，只是它在天图上的二维投影，而投影是无法判别距离的。紫色卵泡也是这样，它可能离飞船只有百万千米，也可能有数百万光年，无法判断。

船员们很亢奋，观察着，交换着信息，热烈地讨论着，大厅内嗡嗡一片。公主让大家安静，总结道：

"现在大家已经获得了超出三维的视野，但肯定没有达到四维，所以紫色卵泡才不能与三维图景并存，也不能判断距离。权且称它3.5维视觉吧。什么时候咱们能把三维图景和虚维图景合而为一，那才是真正的四维视觉。"

全船人都达到了3.5维视觉，只有康平一人除外，他一向对自己的目力十分自信，甚至早于大家看到了有关G星的异象，但此刻却怎么也看不到那颗紫色卵泡。姬星斗看着他，有些怜悯，有些无奈。虽然他一向信服康叔叔的直觉，信服他"农民式的智慧"，但这次肯定是康叔叔错了。他是一个意志特别坚定的人，正因为过于坚定，因而有强烈的心理抗拒，无法进入新世界。

公主比姬星斗更多一些女性的细心，也一直在观察着康平。这时她走过来，拉着康平悄悄来到一个僻静的角落，对面坐下，柔声说：

"康副船长，我愿以飞船科学官的身份，同你来一番心平气和的谈话。可以吗？"

康平虽然心中有抵触，不想随大家陷入集体幻景，但在公主面前还是克制了自己："你说。"

"你一直看不到紫色卵泡，但据船队长说，实际你是飞船上第二个看到异象的。对不对？"

康平承认："是的，但我只看到了G星。"

"对。你看到了G星的图像，是正常时序下的G星，褚前辈还在冷冻室里安睡。是不是？"

康平点点头。

"也许病根恰恰在这里。你看到了正常时序的G星，但实际上G星人已经逆时序改变了历史，给地球人类造成了灭顶之灾。这在逻辑上是悖论，在心理上也激起你强烈的敌意，所以你虽然提前走了一步，之后却坚决不愿再往前走，甚至后退，拒绝再次获得超维视觉。你担心我们被元元引诱进了集体幻觉。实际呢，恐怕恰恰相反，是你自己树了一圈虚幻的围墙，拒不观察墙外的物理真实——尽管它是超维的真实。"

康平保持沉默。

公主平和地说："康副船长，虽然咱们曾有过过节，但我一直非常敬重你的血性，尊重你的仇恨，你完全可以永远保留它。但我衷心希望你此时能排除心理因素的干扰，尝试和大伙一块儿进入四维世界，就算是3.5维世界吧。天马号是一个整体，我真的不愿有人位于集体之外。康副船长，不管结果如何，你再尝试一下吧，行不行？但你一定要真正努力，从内心中努力。康叔叔是我心目中的英雄，我相信你有足够的勇气，自己推倒那堵虚幻的围墙。"

康平在心中苦笑，公主挖到的病根并不准确，实际上，他内心中并非抗拒"G星的图景"，而是抗拒"死亡之地"！抗拒姬星斗说过的"死亡的喜悦和死亡的冲动"！但尽管如此，康平无法拒绝公主软声温语的恳求，这些天来，尤其是上次合作之后，他对公主本人已经没有任何敌意了，甚至可以说很有好感。而且公主说的对，在心中建一堵虚幻的围墙是没用的。即使死神在前边等着，他也要勇敢地正视它。他点点头：

"好吧，我来试试。"

公主高兴得一声欢呼，在这个时刻，她完全跳出了"飞船科学官"的身份，变成了一个心地透明的邻家女孩。她发自内心的喜悦让康平感动。他对公主的敌意一直在淡化，不过昨天看到G星图景后，心中又长出了一个硬块。现在这个硬块变软了，融化了。他真正开始了努力：自我调整，排除心理上的抵触，努力进入凝思和凝视。没有多久，他面色平静地向公主点头：

"我看到了。"

公主再次忘情地欢呼，简直是陶醉了。但她没想到，其后的进展更是惊人，令她狂喜。刚才，在苦心劝说康平时，她只是不想把他独自撂在人群外，并没有其他更深的想法。但在康平获得"3.5维视觉"的一刹那，她敏锐地发现：那个紫色卵泡的图景在她视野中起了变化。具体怎么变化无法真切描述，但她分明觉得，那两种曾经无法融合的图景，紫色卵泡和正常的三维世界，已经突然融合在一起，形成了一种全新的、浑然一体的视觉。现在，她能轻松判断出紫色卵泡的距离，而且——她立即辨别出，它在向飞船逼近！3.5维视觉中那颗静止不动的紫色卵泡，此刻在第四维度上正向这边运动，或者更准确地说，是天马号在第四维度上奔向它！她怀疑地问康平：

"康叔叔，我发现飞船在逼近紫色卵泡，这是第四维度上的运动，三维世界里是感受不到的。是不是这样？"

康平困惑地点头。他同样看到了天马号在运动，正为此奇怪。看来，两人的视觉同时完成了提升。

这种视觉的变化是怎么来的？答案也很显然：量变产生了质变，船员集体中最后一个人的视觉提升导致了集体视觉的提升，3.5维视觉瞬间提升为四维视觉。公主十分庆幸，她是无心插柳柳成荫，原本只是出于对康平的同情，没想到完成了一次集体能力的飞跃。但康平很困惑：

"公主，飞船此刻并没有启动空间滑移式飞行，也没有使用常规动力飞行，在三维宇宙中是完全静止的。但它却在第四维度上向紫色卵泡前进，这是怎么一回事？"

公主忽然福至心灵，想到了元元早先预言过的"二阶真空海流"！姬星斗曾猜想：飞船钻进了一个四维空间泡泡，就如一张二维的纸片飘入一个三维的气泡；恐怕不是这样的，它掉进了一道四维空间的海流！虽然飞船在三维世界中仍是静止的，但海流正裹带着它在第四维度中向着那片"极空之地"前进。

圣书中说存在一个至尊之地，它也是极空、万流归宗之地。"极空之地"已经被验证了，现在，"万流归宗"这句看似玄虚的话又得到了验证。

公主赶紧拉着康平回大厅，边走边向他解释。这次康平的"猪脑瓜"很容易就明白了，因为只要学会"升维思考"，这个解释就非常直观。两人回到大厅，在人群中看到了普遍的惊喜，原来所有人都同时获得了四维视觉，发现了紫色卵泡与飞船正在接近，正在惊疑地讨论着。她欣喜地向大家叙述了自己的猜想，大家震惊而狂喜。头脑最敏锐的姬星斗、谢廖沙、阿冰等人，立刻认可了她的推理。其他人也都表示信服。

尽管这些变化匪夷所思，但多块七巧板拼到一块儿，恰好能拼出一个整体的框架。这个框架在圣书中说过，嬷嬷也说过，尽管都语焉不详，甚至经过神话的严重变形，但总体上是完整的。框架是这样的：

  那个至尊之地确实存在，它是"极空"之地，被紫色的光芒笼罩，是超圆体宇宙的中心，位于二阶真空中——尽管它究竟是什么，究竟该称作至尊之地还是至尊之物，现在还不清楚；

  它也是"万流归宗"之地，有无数二阶真空海流流向它。飞船此刻就处于这样一道海流，正在自动向那儿漂流；

  处于四维空间的智慧体，其观察能导致量子云的塌缩，使他们获得了3.5维的视觉。当智慧体真正形成集体观察之后，3.5维的视觉瞬间提升到四维。

  而自从他们具有了四维视觉，可以说已经进入了"半神级文明"。而且，乐之友几代人的追求，也是平桑吉儿自少年时起就立下的追求——寻找那片至尊之地、验证宇宙是超圆体，很快就会实现了。那位上帝虽然有点"操蛋"——曾令飞船几度濒临绝地；实际心地还是很厚道的，相当眷顾天马号的——灾难一朝之间自动解除了！今后他们的航程会一帆风顺，只用躺在这道海流中，顺流而下，或者说是顺流而上，就行了。

  公主作为飞船科学官，与几名船务委员沟通之后，正式向大家阐述了这个新进展，大厅中一片狂欢，情感的正反馈使欢乐气氛越来越高涨。连最固执的康平也融入了这个全新的世界。

  七岁的小星官怯怯地问："飞船真的在飞向宇宙中心？可我们分明没动啊。"

  九岁的虎娃马上解释："你忘啦？科学官早就教过我们，向虚维的蹦入只要是准确地朝着中心沿径向运动，在实维上的投影就只是一个点，也就是说，飞船在三维世界仍然是完全静止的。"

  "啊，我明白了。可是我还有一个疑问：如果我们的四维视觉能看到三维宇宙的任何时空，是不是也能看到天隼号、天狼号，看到咱们的爸妈，也能看到地船队和人船队？"

  虎娃说："能，一定能！咱们的爸妈一定还活着，只要咱们认真看，一定会看到他们。"

姬星斗、谢廖沙、公主、阿冰等听到这番对话，很是欣慰。虎娃说得没错，只要那些飞船没有在空裂事故中失事，没有在虚维中化为乌有，亲人们还活着，那么，凭借他们已经获得的超维视觉，一定会看到他们。

此后几天，船员们兴奋地锻炼和使用他们的新能力。3.5 维视觉比较容易进入，每人都使用这种视觉看到了地球的景象，偶尔也能看到 G 星的景象，但都限于和人类有关的区域。也许上帝真的下了一条禁令——不允许智慧体窥视邻居的隐私。可惜的是，一直没人看见天隼号、天狼号、地船队和天船队。他们不愿相信天隼号和天狼号失事了，更不相信另外六艘飞船全都失事，那么，也许是因为这八艘飞船都正处于虫洞式飞行，而隐形的虫洞即便使用超维视觉也难以看到。一定是这样的，观察者们在心中祈祷着。

进入四维视觉需要集体行动，其技能在逐渐熟练。现在，不需要全体船员参与，只要有五人以上的集体观察，就能顺利地进入四维视觉。而且——恐怕这不仅仅是视觉的问题，试想，当许多人用同一的集体视觉看世界时，他们的意识是否也会逐渐走向统一？现在还不知道，但敏锐的人已经看到了这种前景。

飞船弥漫着群体性的亢奋——也许不包括康平。他也有亢奋，但亢奋并不能消解更深层面的忧虑。不错，那儿是船队的终极目的地，但也可能是豆豆曾经说过的"死亡之地"，弥漫着"死亡的喜悦"和"死亡的冲动"。船队能够"顺流而下"地漂流到目的地，当然是好事，但也意味着你根本无法逃避那片"死亡之地"——飞船只能在三维空间自由往来，在第四维度上是没有自由度的。那么，一旦面临死亡，你怎么能跳出海流？

他决定找机会和豆豆深谈一次。他不相信姬星斗代船队长会沉溺于近期的亢奋而忘却危险，那还是他首先看到的啊。

第十章　引领者

飞船中只有元元保持着冷静，或者说是冷静的兴奋。

因为它比所有船员都更早获得了四维视觉。

当年在地球，皇宫广场，它曾应嬷嬷召唤进入她的高维空间泡。它退出时，嬷嬷曾给予一个慷慨的馈赠：在它的大脑中留下一个紫色的光点，其实就是高维空间泡的一个小小的子空间。它就像一个针孔式窥视孔，通过它，元元能够间断地获得超维度的视野。其中最常出现的图景，就是这个悬在虚空中的紫色卵泡。

自从元元接受嬷嬷的馈赠后，就接受了强烈的使命感：它知道这颗紫色卵泡是圣书中所说的至尊之地，是普天诸神灵智皈依之地，是天马号所有船员心心念之的超圆体宇宙中心。它要全心全意，力克万难，把天马号引领到这儿，完成文明的提升，也完成它自身的提升。也许，这种使命感并非嬷嬷留下的，而是紫色卵泡赋予它的，那儿是宇宙的晶洞，它对宇宙中所有的"晶坯"都有冥冥中的召唤。公主说得好，她曾说过，对于宇宙的运行，可以有物理的解释、道家的解释、诗性的解释，三者都是等价的。那么，元元所获得的神圣使命感，可以说是嬷嬷的赋予、是晶洞天然的吸引力甚至是"晶坯"即元元自身想升华的欲望。三者本质上也是一样的。

在飞船上，姬星斗是它最亲近的人。后来又加上一个：公主。它与公主的亲近缘于思维上的高度共鸣。

几天前，飞船从虫洞中溅落，幸运地落入一道流向该中心的二阶真空海流。姬星斗和康平在几天后才偶然获得 3.5 维视觉，从而察觉到海流的存在；而元元在飞船落入的瞬间就获得了，因为它脑中的高维子空间同四维空间有天然的联系。那个针孔式窥视孔忽然之间扩大了，使元元获得了稳定的四维视觉，再不是过去的"偶然一瞥"。那颗紫色卵泡过去只能间断地窥见，如今是稳定地、全图景地展现。元元立即察觉到，飞船在向卵泡漂流！这是上天赐予的幸运，之后天马号的行程会一帆风顺，它的使命可以说已经提前完成了！在那一时刻，它的内心漫溢着极度的、蒙神宠召般的狂喜。

但这个重大秘密它没向任何人透露，包括它最亲近的光屁股朋友豆豆，包括与它有思维共鸣的公主。其后船员们也获得了集体四维视觉，尤其是公主进而推断出四维海流的存在，是它没有想到的。

对船员们，尤其对少年朋友豆豆隐藏这个秘密，它有深深的内疚，但它还是做了。这颗紫色卵泡是宇宙中的至尊之地，是神级文明的归宿，包括嬷嬷。想当年，嬷嬷就是聆听到冥冥中的召唤，义无反顾地飞向此地，完成了自身的提升。这是一个智慧体的无上荣幸。当然，提升之后，他们的肉身肯定会化为乌有，这再正常不过了。肉身本是灵智的载体，就像珍珠在蚌壳里孕育，当珍珠吸收天地精华、成就自身的璀璨后，蚌壳就可有可无了。

这是宇宙的正道。可惜，作为人类的助手和朋友，他深知人类的弱点。依他们的进化水平，还不能看透灵智与载体的关系，因而过分珍惜肉体的存在。元元知道豆豆曾悄悄抚摸过自己的思维，感觉到了弥漫在紫色卵泡中的"死亡冲动"，并产生了深深的疑虑。在那之后，豆豆与船队长父亲和康平都曾去静思室密谈过，密谈的内容它不清楚，但完全可以猜出来：作为过于看重肉体的低等智慧，他们把神圣的"结晶欲望"理解为邪恶的"死亡冲动"，并对元元产生怀疑，决定对它"睁着第三只眼睛"。

元元猜到了这一切，但并没有感到气愤或屈辱，只有怜悯。豆豆可以说是它的光屁股朋友，当豆豆不得不猜疑朋友时，心中也一定有锯割般的痛苦吧。元元不怪他。豆豆这样做，依他的思想水平是正常的。但不管怎么说，元元不会放任人类愚蠢地放弃这次不世之遇，放弃神圣的提升。

它对人类的感情真挚浓烈，永远不会改变。但它不再是人类的助手，而是人类的引领者。

好消息是：当船员们用四维视觉直接观看到紫色卵泡后，他们中只有普遍的欣喜，而没有对于"死亡"的担忧，连姬星斗也浸泡在喜悦中。也许，"晶洞"的吸引力足够强大，能够克服人类对肉体的贪恋？果真如此，则人类幸甚。

第十一章　进　化

船医吉尔斯清早就接待了第一个病人，导航官朴雅卡。吉尔斯近来比较忙，原来船队的每只飞船上都配有全科医生、护士和心理医生，但在遭遇空裂之后，天马号上只留下他一个医生，不得不兼任三种职务。他问朴雅卡哪儿不舒服，对方虽然多少有些羞涩，但爽快地说：

"不，我没有病。我只是想生育，非常强烈地想生育。"

作为飞船唯一的医生，吉尔斯对所有船员的身体状况都很了解："噢，是这样。据我所知，你好像已经停经。"

"对，所以我才来找你嘛。我知道，对现代医学来说这不是难事，植入一颗受精卵就行了。"

"对，你说得没错。但我毕竟不是生殖领域的专家，如果决定做这个手术，需要事先复习一遍电脑中的有关内容。不过，"他半开玩笑地说，"你还是先谈谈，怎么有了这个念头。"

"你知道，船队那场空裂后，幸存者数量太少，如何保证族群繁衍是个大难题，船务委员会已经多次讨论过。但坦率地说，我想生育并非基于这种理性的认知，而是服从肉体的欲望。我就是强烈地想生孩子，甚至想生几个，我也不知道这种欲望是如何萌生的。"她笑着说，"据我所知，飞船上萌生这个想法的女人可不止我一个。"

吉尔斯沉吟着。不久前进行的一次全面体检中他就发现，所有船员，不管男女，包括他本人，体内的性激素水平都出现飙升。这并不意外。他知道一条自然机理：生物在面临族群危难时，会以强化生殖来作为最后的抵抗，各种生物概莫能外。这种愿望是无意识的，自发产生的，但你如果说它是该生物的"族群之神"在冥冥中下的应变指令，也不错。天马号在遭遇空裂之后，只剩下区区 222 人，其后又迭遭危难，生死存亡的压力已经自动转化成生物学上的选择。他干脆地答应：

"好的，我会尽力满足你的愿望。请你耐心等待，我要认真复习有关资料，做好准备，力争手术万无一失。至于精子卵子的来源，你有要求吗？"

"只要健康就行，没有特定的要求。"

"好的。"

头顶上忽然有声音，是一个暗藏的麦克风在说话。"医生，导航官，我是元元，可否听我一个建议？"两人请它讲。"朴雅卡，你刚刚停经，如果施加强烈的持续的刺激，还是有可能恢复排卵的。船务委员会马上要大力推进船员们的婚配，建议你也参加，找一个体贴的丈夫。经过一段夫妻生活后，如果排卵能够恢复，那就再好不过；实在不行，再考虑人工受孕。你们觉得呢？"

吉尔斯首先表示同意："元元是对的。朴雅卡，上次体检中发现你的雌激素水平出现飙升，在这种情况下，排卵确实有可能恢复。元元我很惭愧，你的方法更为妥当。"

朴雅卡也高兴地同意，这个前景当然更好。元元很满意，悄然离去。两人商定先按元元的建议做，但吉尔斯也要提前做好人工植入受精卵的手术准备。朴雅卡告辞，吉尔斯忽然叫住她：

"朴，请等一下……是这样的，等飞船的婚配活动开始推进时，建议你考虑我这个人选。"他开玩笑地说，"我提这个建议，不光是出于我对你的好感，也出于医生的责任。如果婚后我的爱抚不能恢复你的排卵，我就直接考虑植入手术了。"

朴雅卡定定地看着他，嫣然一笑："接受你的建议，不过不用等了，晚上你来我的房间吧。"

两人笑着吻别。

这天，姬星斗把朴雅卡、公主、谢廖沙、阿冰和康平唤到船长室，元元也在场。他说：

"有一个重要任务交给你们。大家知道，现在只需五个人就可以进入四维视觉，而四维视觉可以感受到飞船向紫色卵泡的漂移，那么，责成你们成立一个专项小组，元元辅助，目标是使用四维视觉尽力准确判断天马号到达宇宙中心还需要多长时间。我知道这是一项挑战，对于发生在高维的运动，人类的经验完全空白，飞船上所有仪器也毫无作用，元元的超级计算能力同样没用，只能靠咱们新获得的四维视觉。虽然难，也必须干，因为这个时间值对我们头等重要。大家知道，我们的燃料所剩无几，在没有驱动消耗的情况下也只能保证维生系统运转20年。但飞船如果继续目前这样的漂流，它在三维宇宙就是完全静止的，永远不可能碰上一颗富氢行星。所以，如果到达那儿所需时间过长，我们不得不暂时放弃这个目的地，设法跳出海流，先去寻找燃料。"他又说，"这个小组本该由导航官朴雅卡任组长，但我考虑以后，觉得还是康平更合适。这项全新的工作不能依靠经验，更多依靠直觉，而康平一向有过人的直觉——但愿人类的直觉在高维世界也管用。"

对于这个违反常规的任命，康平没有推辞，朴雅卡也没有任何不快。康平平和地说：

"也不必把这项任务想象得过于困难，虽然第四维的运动人类完全不熟悉，但既然我们能用肉眼确定运动的存在，应该也能估计出到达时间。"

"我也是这样想的，祝你们早日成功！"

"不过我有个建议，把格鲁也加进来吧。他反正一向是贴身保护公主，而且，这小伙子在技术上比较精通，脑瓜灵，办事沉稳，是一个合适的人选。"

"好的，那就改为六人小组——不，我错了，应该是七人小组，因为我们的小元元已经过了成人礼啦。元元你说呢？"

元元笑笑，没有回答。朴雅卡不由得想起昨天元元那个有关生育的建议，那完全是"大人"的思维，便笑着说："元元确实已经成人了，你们注意到没有，这段时间它比过去稳重多啦。"

大家都点头。没错，元元过去有些饶舌，有时会冒出一句傻傻的"大人话"，闹出点小尴尬，但近来类似情形已经绝迹了。姬星斗笑着加了一句：

"元元长大了，有心事啦。"

这句话让元元体内的情商电压有一个小小的尖峰，不过外表仍保持着平静："谢谢你们的夸奖！我会当好你们六人小组的助手。"

这个小组要立即开始工作，公主去唤格鲁。回到寓所，见格鲁照例在帮她打扫卫生，此刻正在擦拭那块紫水晶原矿石。但他显然在愣神，眼睛望着无物，手中的动作缓慢，连公主走近也没有觉察。公主奇怪地喊一声：

"格鲁！你在发什么愣？"

格鲁回过神，脸色明显红了，平淡地说了一声："没什么。"

公主看看他，没有再追问。她知道格鲁在想什么——应该与自己有关。两人青梅竹马，父皇母后也曾透露过撮合二人的意思。随着年岁渐长，格鲁暗暗爱上了她。公主自己也很喜欢格鲁——但只是姐弟情谊，绝不是爱情。这个男人虽然年轻却也颇为沉稳内敛，他知道公主的心思，从不让自己的单相思外露。这次是少有的例外。公主很心疼他，也有些内疚，但感情的事是无法通融的。这些天不知为什么，公主的春心突然苏醒了，摇摇不可自制。她会常常自问：哪个男人将是自己心灵的港湾？不是格鲁，她无法将"弟弟"变为恋人；也不是豆豆，豆豆当然是个优秀的男人，还曾向自己发起过爱情攻势，但公主对他的感觉更多是"铁哥们儿"，恐怕发展不到爱情上。她想，也许是另一个男人吧。自从飞船遭遇空裂，那个鳏身男人以其粗犷率直、快意恩仇、悲凉沉郁，悄悄占据了她的心田。但她非常清楚，这是自己的单相思，那个男人不会接受她。但不管怎样，临阵退缩不是她的性格……她拂去这些思绪，向格鲁通报了船队长的决定，带他去与其他人会合。

六人和元元商量后，带着饮水和干粮到飞船船首去了，那儿是无重力区，并不适于长期居住和工作，但非常安静，有利于他们的"凝视"。

七天后，姬星斗去现场视察，了解一下工作进度。他攀着扶梯来到船舶那个"巨碗"的中心，也就是此前康平和公主放置单向透镜的地方。六个人都用保险带把自己拴在地面上，身体则在空中随意飘浮，舒适而自在。元元也在空中悬飞，当然它是用不上保险带的。姬星斗到达这儿，第一时间就感受到了他们的"飞扬"，不光是身体的飞扬，更多是情绪上的飞扬。他笑着说：

"我感受到了你们的亢奋，所以，工作进展应该是相当顺利，对吧。"

公主高兴地说："对，工作进展顺利。但我得首先告诉你，我们强烈感受到了'晶洞'的吸引力！"

"晶洞？你是说，紫色卵泡……"

"对，当我们用四维视觉——不，这个名称不准确，它已经发展成'四维通觉'，除了视听触嗅外，还包括心灵上的共鸣——当我们提高了四维通觉能力之后，确实能感受到它的吸引力；或者反过来说，是我们产生了'结晶'的欲望。圣书中说，那儿是至尊之地，是普天诸神灵智皈依之地。元元也转达过嬷嬷的话，说嬷嬷在见到远归的亲人后，迫不及待地去往此处。现在，我们也强烈地感受到这种吸引力。"

阿冰也兴奋地说："我们都感受到了！它既是心理上的，也是肉体上的。"

一向沉稳的谢廖沙也很兴奋："船队长，这些天你没怎么使用四维通觉吧。建议你尽快补上这一课。我觉得，具有了四维通觉的人类，应该是迈过了一道门槛，可以说是新人类了。"

姬星斗看看康平，康平笑着说："我也感受到了。不过咱们还是先务实再务虚，先谈工作吧。元元，你来汇报。"他对姬星斗说，"船队长，在这项工作中，元元出力最大，因为它有一个巨大的优势——能单独进入四维通觉。"

元元郑重汇报："船队长，以下是我们能拿出的最准确估计，毕竟四维中的运动是一个全新领域，任何人都没有丝毫经验。结论是这样：按照四维视觉进行目测，估计飞船到达目标需要10年到15年时间，不过更保险的估计是10年到50年。"

姬星斗苦笑着说："用句褚前辈的话，操蛋老天爷又要给人类使坏了。飞船维生系统只能维持20年，所以你们估出的时间段真的让我很难决策。"他考虑一会儿，"这样吧，飞船仍维持目前的无动力漂流。如果能在15年内到达目标，那就等到达目标后再着手解决燃料问题。至于到达后该怎么办？这取决于超圆体宇宙中心的特质，目前完全超出我们的认知，预先做计划也没用。另外，责令科学官平桑吉儿重新组织一个工作小组，在漂流期间努力找出解决燃料问题的可能途径。"

吉儿慨然应承："好，我来负责。"

康平笑着宣布："我们小组的工作已经完成，各位可以离开了！豆豆你留一下，咱爷儿俩享受一下无重力世界的乐趣。"

四人兴奋地攀着扶梯离开，元元在前面悬飞。等五个人头消失在扶梯的下方，康平拉着姬星斗来到一个地方，匆匆地说：

"我想和你来一次密谈。无重力区域布置的监控点比较少，这儿是个死角。以后静思室不能用了，元元已经能单独进入四维通觉，那儿挡不住它的窃听。"

姬星斗提醒道："但如果它能单独进入四维通觉，这儿即使没有监控装置，它也能……"

"它想进入四维通觉必须先进入凝视状态，我赌一把，此刻它正处于亢奋状态，不会关注这儿。"

"好的，你说。"

康平苦笑着："实际我心中很矛盾。和其他人一样，我也强烈感受到'晶洞'的吸引力，迫不及待地想投身进去。但问题是，'投身'恐怕也意味着死亡，正如你那次密谈中告诉我的。圣书中有一句话：将灵智融入紫光之中。依此揣摸，到达这个目标很可能伴随着所有船员肉体的解体！这些天，工作之余，元元在大力宣扬一个观点。它说，乐之友前辈们把生命的最高目的简化为四个字：活着、留后，实际简化得还不到家，应该只有两个字：留后！生命的最高目的就是留存自己的信息，'活着'只是'留后'的次级目标！就像大西洋鲑，它们要跋涉数千千米到淡水产卵，那是绝对的死亡之旅，途中要应付鲨鱼棕熊海雕等天敌，要飞越高高的瀑布。它们会把体内的能量大量转向生殖系统，以至于连体型都有很大的变化，由优美的银白色体型变为暗色的丑陋体型。产卵受精之后，大部分鲑鱼尤其是雄鱼都已经耗尽体力，死翘翘了，把身体留给幼鱼做食物。元元说，这才是最有效率的生命形式。它没说出口的是：追求长寿的人类在完成生育后仍然贪生几十年，是非常低效的生命形式。"

姬星斗苦笑点头："对，这正是它的思维方式。"

"豆豆，你早先的担忧是对的。这几天我在四维通觉中强烈地感受到，其实元元完全了解这是一趟死亡之旅,很早就知道了。但它认为这才是生命的正道,它担心人类未能觉悟,所以一直瞒着我们,并一门心思地带我们来到这儿。"他苦笑着补充,"偏偏这儿正好是我们的目标。"

姬星斗沉吟着:"是的,它再次对我们隐瞒了重要信息。当然,也许它是出于善意……"

"先不管它的动机,看它行为的结果。历史从来只问结果不问动机。豆豆,我们该怎么办?姬船队的人从不怕死,只要能完成我们的人生目标——完成环宇航行,死算啥!但我不愿被别人诱骗着糊里糊涂地死。"

姬星斗说:"你说得对,即使真的必须献身,也得由我们自主来决定。"他笑着说,"康叔叔你放心,我没忘记那桩危险,一直在暗中布局。刚才我命令公主想办法解决燃料问题,其实更深层的目的是'设法跳出四维海流'。要做到这一点很难,目前连理论上的设想都没有——三维的飞船怎么能实现第四维的运动?所以,眼下的行程暂时无法改变,不妨既来之则安之,毕竟,寻找超圆体宇宙中心也是我们人生的目标。至于到达之后……我们努力想办法吧。"他补充道,"我会找机会与公主把话说透,让她全身心投入这件事。至于元元,以后不仅要'睁着第三只眼睛',而且要落实具体的防范措施了。"

最后的话题他没有深谈,毕竟在这儿谈话不是完全保险——万一元元此刻正在"凝视"这儿呢?康平用目光表示理解,二人心照不宣。

其后,姬星斗按谢廖沙的那个建议抓紧时间补课,与其他人一同进入四维通觉,努力体验。他越来越体会到它的妙处,它就像神话中的天眼,是从"天上"向人世的俯瞰。但它也有局限,你的视野究竟能"溅落"到哪个时空点,除了与你关注的方向有关,更多是随机的。

222个船员都在努力提升这种能力,孩子们进步最快。元元不用说是能力最强的,可以单独进入四维通觉,这当然和它大脑中那个"五维子空间"有关。姬星斗常鼓励虎娃等孩子,既然元元可以独立进入四维空间,你们应该也能做到!虎娃等孩子们兴奋地答应,一定努力。

进入四维通觉后,也能在某种程度上抚摸到同伴的思维。姬星斗组织了几次全员性的四维通觉,强烈地感受到集体性的"勃勃的心跳"。那是一种昂扬向上的群体情绪。船员们都意识到他们正处于一个历史性的关头，处于文明提升甚至物种提升的前夜，他们都全心投入，并享受这种参与感。

姬星斗还感受到集体性的荷尔蒙飙升，具体表现为强烈的集体性的生育欲望。那场灾难过去时间不长，人们心中的痛苦还没有结痂。但船员们强烈希望向前走，把痛苦抛到身后。对这种情绪，姬星斗心中怀有隐忧。他知道那条自然界的机理：当一个物种濒临灭亡时，会自然强化生殖能力，以此作为最后的反抗。那么，也许冥冥中有一个人类的族群之神，已经看到了这个族群的不幸结局，所以才赋予他们强烈的生育欲望？

但他没有向船员们透露这种心理，也不会让它影响自己的决策。毕竟，"强化繁衍"已经是既定的方针了。

他召开了船务委员会全体会议，说：

"现在，我们面临的头等大事就是——族群的繁衍。康叔叔，约翰叔叔，朴雅卡阿姨，恐怕这事得首先从你们这些老辈人开始。我知道你们都刚刚失去家庭，心中的伤口还远远没有痊愈，但时间不等人，现在你们还有生育能力，再拖几年就太晚了。所以，务请你们忘掉痛苦——不，我说错了，忘不掉的，我同样忘不掉我的父母——但要把伤口包扎好，开始新的生活。如果你们的亲人还活着，并且在共同的目标处重逢，那我们把婚姻状况恢复原状就是。这是生死关头的权变，他们都会谅解的。"

几位长辈心中痛楚。他们心中的伤口还没有结痂，还在滴血，无法在这样的痛苦心境中开始新的婚姻。但船队长是对的，这是生死关头不得不做出的权变，符合太空生活的道德准则。而且，近一段时间以来，他们自身也萌生了强烈的生育欲望。这位年轻的船队长已经完全成熟了，甚至是早熟了，这让几个长辈既欣慰，也心疼。他们相继点头，认可了姬星斗的意见。

"另一个难题是，男女比例太悬殊，男性大致是女性的两倍。我想，把婚姻选择权交给所有育龄女性吧，由她们来挑选丈夫，可以选择一个，但最好是两个。后者的好处是：有利于团体的和谐，也能增大Y基因的多样性。还有一个问题是女性挑选丈夫的次序，建议采用最公平的抓阄办法。请大家讨论，是否赞成我的意见？"

这些意见他提前考虑过，所以说得很流畅。虽然这样的婚姻制度有点儿异端，甚至几近邪恶——男女之合本是人世上最浪漫的、最神圣的事情，是混沌初开的情欲、令人战栗的初吻、甜蜜的破瓜之痛、婴儿呱呱坠地时的喜悦、白头之际的相守……而现在呢，上述种种还是存在的，但不得不让一个实用目的坐上首位——繁衍！这让众人心中有难言的苍凉。但在这样的特殊关头，大家还是接受了。

只有公主很为难："船队长，我知道你的意见是对的，我作为天马号船员也应该遵从。但G星人严格实施一夫一妻制，这是耶耶大神的旨意，可以说是我们的宗教信仰，我不能违背。"

"没关系。我说过，女性在这点上是自由的，可以选择一个丈夫，也可以选择两个，你按自己的心愿决定吧。另外，男性在被选择后也有拒绝的权利，但这样的话他就有可能被最终轮空。请男性最好不要这样做。"

委员会经过讨论，对姬星斗的意见进行了细化和完善，通过了一项"加速婚育"的决议，决定在三天后就开始实施。

三天后，在飞船大厅中召开了"选夫大会"，所有育龄女性依照抓阄次序坐成一排，每人手中有两束花，可以献给她挑中的两位丈夫，也可以只用一束。流水线式的选夫代替了自由恋爱，族群繁衍的目的把"两情相悦"挤到了第二位，但这是危难时刻不得不做出的权变，众人还是接受了。

抽中第一号的朴雅卡起身，把两束花中的一束献给吉尔斯，低声说："一个好消息，我已经恢复了。"

吉尔斯当然知道她是说"恢复了排卵"，接住鲜花后笑着说："祝贺啊，你让我的工作变轻松了。"

"吉尔斯，我打算遵照船务委员会的建议，除你之外再选一个丈夫。我想选约翰，可以吗？"

"当然，我会尊重你的意愿。你去吧。"

朴雅卡把第二束花献给约翰，后者笑着接受，然后三人并排退场。朴雅卡本来也属意康平的，但依女性的直觉，她觉得康平更适合做"单独"的丈夫，而不大容易与另一个男人分享一个妻子，慎重考虑后，她没有选择康平。

第二位是阿冰。她幸运地抽到第二号,但她早就考虑成熟,站起来笑着说:"为了表现天马号的好客传统,我把这个号让给远道而来的公主。喂,请吉儿先选吧。"

她这样做实际上是有小九九的。她打算遵照委员会的决议挑选两个丈夫,当然她最属意姬星斗和谢廖沙,但她担心会被豆豆婉拒。众所周知,豆豆曾对公主一见钟情,还莽撞地发动过爱情攻势,只是近来好像停止了。至于他对待自己则一向是兄妹之情。她特别拿不准公主的态度,她会选择豆豆吗?说不准。公主与豆豆很要好,但并没有特别亲近。据说她和格鲁的上代有很深的渊源,但她对待格鲁更像是一位姐姐。不管怎样,她决定把这个难题交给公主。

公主对阿冰的决定颇为吃惊,但没有推辞,用目光表示了感谢,然后只拿一束花,径直奔向姬星斗。阿冰的心缩紧了。公主笑吟吟地对姬星斗说:

"船队长,豆豆哥,你是一位非常优秀的男人,是多少女孩心仪的丈夫,也包括我。初次见面时我没有接受你赠送的紫水晶手串,至今还在遗憾。但由于某种原因,我只能痛憾地与你失之交臂了,我想你能谅解。"

刚才,当公主捧着一束花奔向自己时,姬星斗心中一喜,但其实不怎么相信。依他的直觉,尤其是最近的感觉,公主不会选自己。不错,她与自己友情深笃,但友情和爱情是两码事,也许正因为二人太"铁哥们儿"了,所以没有爱情的插足之地。从他对公主发动爱情攻势,到他代康平与公主决斗,直到后来的风风雨雨,他已经遗憾地看清了这个结局。所以,等公主说完这番话,他笑着说:

"没关系,按你的意愿选择吧。我还要谢谢你,给我颁发这么一个安慰奖。"

对公主将选择哪个男人,他心中已经多少有猜测,那将是一个出乎大家意料的选择。公主同他拥抱,告别,转身走向格鲁。她说:

"格鲁,我的好兄弟。我知道,父皇母后有意让我们成为夫妻,但在我心目中,你一直是亲爱的弟弟。格鲁,你能谅解吗?"

格鲁心中隐隐作痛,但其实也早就料定了这个结局。他干脆地说:"公主,我能理解。尽管按你的意愿去做吧。"

公主同他拥抱，告别，在他耳边低声耳语了很久，不知道说的什么，格鲁开始有点不情愿，但最终痛快地点头。然后公主转身——令大家震惊的是，她径直走向康平！她笑吟吟地说：

"康叔叔，我说过，由于G星人的宗教信仰，我只选择一个丈夫。我选中你了。"

除了姬星斗和格鲁外，满座皆惊。康平也吃了一惊，甚至颇为恼火，干脆地说："你的称呼很对，我是你的叔叔。"

公主不在意地说："喊你叔叔只是我懒得改口，这个叔叔又没有血缘关系，改称哥哥或丈夫都是可以的。没错，我们之间有30岁的年龄差异，但对胸怀宇宙、一天就能跨越30万光年的航行者来说，没人会把这点小小的差别放在心里。"

康平不耐烦地说："不要再胡闹了，甭在我这儿浪费时间，该选谁你就选谁去。"

公主脸色变冷了："也许康副船长忘掉了我上飞船前的身份？告诉你，G星人公主的尊严不可亵渎。如果她的公开求婚被拒绝，那她只能以自杀来维护尊严。"

众人都很吃惊，担心这位刁蛮的公主真的兑现诺言。康平脸色铁青，仍坚决地说：

"我真的不忍心看到这个结局。但我相信飞船科学官是有理智的。"

公主立即掏出G星人随身带的匕首，用力向颈中抹去！她的动作太快，所有人都失口惊呼，但根本来不及阻挡。她对面的康平同样惊呼一声，胳臂已经伸出，但同样来不及。好在格鲁已经悄悄潜近公主身后，此时敏捷地举手一格，挡住了她的自杀，然后利索地制服公主，夺过匕首。但公主动作太猛，格鲁的小臂被划破了，渗出了血珠。

公主赶忙低头察看格鲁的伤势。康平刚才的伸手相救是下意识的，此刻收回双手，看看二人，平静地说：

"很好，幸亏格鲁挡住了你的自杀，真是千钧一发啊。你们的表演很逼真，时间拿捏得很准。"

公主很是窘迫，稍愣后放声大笑："康叔叔好眼力！你说得对，这确实是我导演的假自杀。你想嘛，像我这么意志坚定的人，怎么可能轻易承认失败，一死了之？但我另有维护尊严的办法。我宣布，从今天起我就绝食，一直坚持到你答应，或者坚持到我饿死。这次不会是表演了，你尽管每天去监督。"

康平十分恼怒，又无可奈何，他知道这个刁蛮女子真的会绝食。恼怒中也免不了感动。两人曾是仇敌，虽然后来在相处中仇恨逐渐消失，开始萌生好感，但他想不到公主会爱上他，还如此执着！他无奈地向姬星斗求助，后者摊摊双手，送来一个戏谑的笑容——清官难断家务事，自己摆平吧。康平想了想，放缓口气说：

"我相信你是个说到做到的刚烈女子。从内心讲我也很感激你的情意，这样漂亮高贵的年轻姑娘，哪个男人不会动心呢，哪怕他已经满心沧桑。但坦率说吧，我担心这只是一个骄蛮公主的心血来潮。我想看到它能否坚持到一年之后，那时我会考虑你的求婚。在这个时间内你不许绝食。"

公主笑着说："好啊，我也很想考验一下自己，究竟这是一时的心血来潮，还是不会消退的爱情。一年的考验期不算长，十年八年都行。但这违犯了船委会'加速婚育'的命令，不要忘了，咱俩本身都是决定者。这样吧，折中一下，把考验时间改为三个月。在这三个月之内我不会绝食，但你得允许我表现未婚妻的柔情。"

康平无奈地点点头："好吧。当然，三个月内如果有幸得到天隼号、天狼号的信息，那些船员包括良子还活着，我就取消许诺。"

公主干脆地说："那是当然。船务委员会的决议上就有相关条文：如果他们幸而健在，那时不光是你我，所有类似的婚姻都将自动取消，恢复原来的婚姻。我相信康叔叔一诺千金，你答应的三个月期限是真心的，而不是权宜之计。好，咱们一言为定。现在咱俩可以退场了。"

公主笑容灿烂，挽上康平退场，后者勉强忍着，没有拒绝她的相挽。他的无奈和尴尬让众人忍不住失笑，又不敢笑出来，但内心的基调还是温馨的，包括难免有失落感的姬星斗和格鲁。这场风波过去，以下的程序继续进行。轮到阿冰时，她选择了姬星斗和谢廖沙，两人都痛快地答应了。阿冰半是戏谑半是感激地想：多亏公主的决定，才让自己完成了心愿。但愿公主也能如愿以偿。

公主退场后，格鲁平静地待在原位。此后一位年轻姑娘克娅选择格鲁，格鲁很礼貌但非常坚决地拒绝了。他的坚决表达了一个信息："无论是谁我都不会同意，你们都抛开我吧。"克娅虽然遗憾，但她，以及所有人，都十分清楚格鲁拒绝的原因。克娅没有因为被拒绝而失落或恼怒，只是怜悯而遗憾地摇摇头，离开了他，转而选择他人。此后没有女性再选择他。

选夫典礼结束，姬星斗下令让行政官阿冰调整住房，每个三口之家将得到一套双人间和一套邻近的单人间，两个丈夫将轮流和妻子共同生活。阿冰则把这项工作布置给了元元，让它马上完成。

按船务委员会的部署，之后紧接着举行集体婚礼。这次婚礼比较特殊，因为除了 20 个幼儿和格鲁，还要加上康平和公主，剩下来的所有人都是新人，而且都没有长辈参加，婚礼程序可以大大简化。委员会干脆把它简化成一场舞会，每个新娘同她的两个丈夫轮流跳一场舞，就算完成了婚礼。飞船上原来备有 20 套共享的新娘婚纱，原想肯定可以满足婚礼之用，但今天远远不够，只有干脆舍弃。新娘们各自回到寓所，穿上最漂亮的衣服，回到中央大厅。

康平亲历过当年姬船队的集体婚礼，当时，在火星附近的微重力环境下，飞船内几千位新娘的洁白婚纱如白兰花般绚烂绽放，那个场景至今回忆起来还让人血脉偾张！相比之下，今天的婚礼只有 60 多组新人，也没有新娘婚纱，气魄逊色多了。但舞会的气氛同样欢快，新娘们笑容灿烂，轮流同她们的两个丈夫跳舞。康平看见格鲁孤独地站在舞池外边，但表情平静，看不出有什么失落。康平相当欣赏这个心地深沉的年轻人，用康平的简单评价：那是个男人。虽然格鲁曾多次窥视飞船的要害设备，想以"毁了飞船"为要挟来保护公主——而且首先要对付的就是康平！但康平从没有把他当成敌人。想起那天豆豆的猜想：公主和格鲁可能是褚文姬和罗格的克隆体，帝皇想让上一代未能结出果实的爱情之花在下一代身上盛开，可惜没有如他所愿。想到这儿，康平对格鲁抱有深深的怜悯。他走过去，揽着格鲁的肩膀，但没有安慰，这种事是用不上语言的。格鲁感受到他的友情，感激地看看他，没有说话。两个男人就这样默默依偎着。

这会儿阿冰正在同谢廖沙跳舞，姬星斗轮空。他看见这边的一老一少，也体会到两人的心境，便走过来，也揽住格鲁的肩膀。这时公主从远处跑来，她是回屋梳妆换衣去了，耽误了太长时间，所以迟到了。这会儿她盛装而来，穿一套露肩晚礼服，虽然不是婚纱，但同样华贵典雅。脸上化了淡妆，更显得明眸皓齿，顾盼生辉，让三个男人都有不敢逼视的感觉。康平暗暗叹息，据说褚嬷嬷是以美貌典雅著称的，作为褚嬷嬷的克隆后代，公主得到了嬷嬷的真传。他看看身旁的曾对公主一见钟情的姬星斗和帝皇心目中的公主丈夫格鲁，真心为两人感到遗憾。不过最头疼的应该是自己，他许诺的三个月只是缓兵之计，能否在这三个月中想出办法让公主改变心意？他实在不敢保证。

公主一路小跑过来了，香汗津津，伸手邀请康平跳舞，但康平毫不客气地拒绝了：

"谢谢邀请，但今天不是普通的舞会，而是新人舞会，我不想给别人造成误会。"他看看身边的格鲁，突兀地说，"今天我要做一件冒昧的事。我和豆豆私下曾经有过一个猜想，有关公主和格鲁身世的，但一直没有对外透露，今天忍不住说出来吧。公主，你是否想过，也许你不是帝皇和帝后的亲生女儿，而是——褚嬷嬷的克隆体？至于格鲁，也许是罗格的克隆体？"

公主和格鲁十分震惊！他们自小生活在宫廷，享受着父皇母后的千般宠爱，感觉变迟钝了，确实压根儿没想到这种可能性。康平的话可以说是石破天惊！公主为人明断，稍作思考，断然说：

"你的猜测很对，很可能——不，肯定是这样的，这个答案把所有的疑点都解决了：为什么我与嬷嬷、格鲁与罗格如此相像，为什么有'公主侍卫'这个奇怪官职，还有父皇偶尔的话语流露，甚至我与嬷嬷心灵上的天然亲近……对，肯定是这样的。"

她和格鲁互相瞠视，目光中有困惑和陌生，也有难以言说的苍凉。每个新地球人都熟知嬷嬷和罗格，知道他们凄美的爱情，以及小罗格壮烈的死亡。平桑吉儿和格鲁同样熟知这段历史，但没想到他们自身竟然是两人的克隆体。

如果这是真的——这肯定是真的，那么父皇母后的用心也就不言而喻了。父母的苦心让她心中作疼，现在两人该怎么办？

忽然公主大笑着把格鲁拥入怀中："格鲁，我的好兄弟，原来我们俩还有上代的渊源！来，陪姐姐跳舞去！"

她拉着格鲁进入舞池，满场飞旋，显得十分亢奋——是以亢奋掩盖心潮的翻腾。而格鲁仍像往常那样冷静，喜怒不形于色。场外，姬星斗轻叹一声：

"康叔叔，没用的。你还是不了解这位公主的性格。"

康平苦笑："尽我的心吧。"

姬星斗揶揄他："其实，事情走到这一步，不怪别人，只怪你自己。"康平不解地扬起眉毛。"怪你的男性磁力！康叔叔，你就像一尊花岗岩雕像，刀法粗犷，五官不精致，甚至显得陈旧残缺，但你身上那种饱经风霜的男人风骨，是外表的残旧遮不住的。我很嫉妒，得经过多少生活的沧桑才能具有你那样的风骨？从某种角度看，你是我的情敌，而且你轻松获胜了。虽然有点儿嫉妒，还是想劝劝你，成全公主的心意吧。"

康平只说了四个字："绝无可能。"良久之后他平和地说，"豆豆，你也饱经风霜了。"

姬星斗默然。确实，这五六年来经历了多少风霜！想起16岁生日时狂妄地向爸妈讨要那个生日礼物，其后还无法无天地组织了一场少年叛乱；想起在21岁时对公主一见倾心，莽撞地发动爱情攻势；想起在父母突然失联后那种天塌地陷的感觉，然后在康叔叔的逼迫下站稳了脚跟……时势逼迫，他过于匆忙地跨过了青少年时代。他很留恋当年的心态：水晶一样透明，鲜花一样灿烂，轻风一样跳脱，甚至当年的狂妄和自恋也值得留恋……这种心境永远不可再得了。比如说，这会儿他正是燕尔新婚，但他心中没有多少新郎的亢奋；他真正动心的姑娘爱上了别人，按说他该悲伤、失落甚至嫉妒，但他心中只泛起一波轻淡的涟漪，之后就相对平静地接受了现实。他成熟了，成熟得够格当船队长了，但不够格当"豆豆"了。他已经失去了人生中很多值得留恋的东西。

人类也是如此啊，当人类在文明进程中蹒跚学步，披荆斩棘，一步步成长之后，也失去了原初先民很多可贵的东西：强悍、野性、稚气、新奇感……

阿冰向这边走来，她刚同谢廖沙跳完舞，该同姬星斗跳了。姬星斗对康平和格鲁笑别，与他的新娘旋入舞池。

新人们都搬入了新家。阿冰和谢廖沙住进分配的双人间，姬星斗住在隔壁的单人间。每隔一个月两位丈夫将会互换。至于两个丈夫的先后次序，则是根据两人的年龄而定的。这个三口之家理智地安排了这些事，其他家庭也大都如此。有时姬星斗难免自问：他们是不是太理智了，多了一些"机器的理性"而少了一些"人性的缺陷"，像冲动、嫉妒、吃醋、情欲战胜理智等。还是那句话，人类在逐渐成熟，但在这个过程中也会失去一些可贵的东西，不可避免。

闲来无事，他经常到"单身"的康平叔叔那儿串门——至少三个月之内康叔叔是单身。不过，在康叔叔屋里，经常能看到公主造成的变化，一束新花啦，一瓶地球名酒啦，甚至公主最钟爱的那件紫水晶原矿石也悄然在这儿落户。康平看见姬星斗戏谑的笑意，简短地说：

"我懒得磨牙，由着她折腾。"稍停他补充道，"她说，把紫水晶放到这儿，是想让我在夜深人静时聆听晶洞内那种'冥冥中的召唤'，可惜我感觉迟钝，什么也听不见。"

说这话时，康叔叔的唇边隐着嘲讽，不过是善意的嘲讽。

公主倒不常在这儿。她在完成船队长交代的任务：在漂流过程中为飞船的燃料问题准备几个预案，而更深层的目的是努力探讨跳出四维海流的可能途径。她成立了一个新的"五人小组"，成员包括谢廖沙、格鲁、克娅和伦德尔。她常召集五人到会议室开会，有时还要加上导航官朴雅卡和助理何洁，用"集体凝视"进入四维视野，努力获得维度外的信息，但这个工作很难。这样说吧，如果不跳出经典因果论的框框，那就是完全无望的。

但不管怎样，公主他们一直在努力。

第十二章　生离死别

这天，康平打电话要姬星斗中午到他那儿吃饭。姬星斗吃腻了飞船维生系统的机械化饭菜，当然乐意打一顿牙祭。到了康叔叔家，见这儿济济一堂，除了主人康平，还有公主、谢廖沙、阿冰、格鲁、空中悬停的元元。桌上摆好了丰盛的食物，多是真空包装食品，估计都是公主的存货。更难得的还有两瓶茅台，当然更是公主的家底了。姬星斗笑着说：

"这么丰盛啊，庆祝中秋节？"

康平说："不，你想想，除了中秋节，今天还是什么日子？"

"什么日子？元元，请为我提示。"元元笑而不答。姬星斗当然已经想到了——是自己的生日。他感动地说，"谢谢康叔叔还记得侄子的生日。过去都是妈妈为我操心，我真的忘了。"

他不由得想起六年前的那个生日，那时参加生日宴的有11人，其中七人可以说永别了，这难免给今天的生日宴会抹上一层悲凉。阿冰端来生日蛋糕，点燃，22支蜡烛发射出温馨的金光。阿冰笑着说：这是她去飞船厨房亲手做的，公主也去帮忙了——毋宁说去帮倒忙，因为这位多才多艺的公主，在厨艺方面基本为零。公主则笑着说："不管怎样，这是我有生以来第一次下厨房，用心可嘉。现在请寿星许愿吧。"

姬星斗说："我还是像六年前的生日一样，公开许愿吧。我祝愿，我们能用四维视觉尽早发现那八艘飞船，并找到解决燃料问题的办法。"当着元元的面，他没有提"跳出四维海流"的深层目的。

公主郑重保证："虽然这项任务很难，但我一定完成这项任务，船队长请放心。"

姬星斗吹了蜡烛，公主动手分蛋糕，她先分给寿星，下一块就"越级"

分给格鲁了，笑着说：

"席上就你最小，姐姐先分给你！"

格鲁笑着接过，低头吃起来。姬星斗暗想：聪明的公主是用这样的"姐姐式的亲昵"来让格鲁死心啊。她执着地追求自己的心上人，令人敬佩和同情，只是可惜了格鲁，那位血性罗格的克隆后代，他很可能会终生独身，上一代的悲剧将延续到这一代。康平当然也看出了公主的用心，只是表情如常。

蛋糕分完了，公主坐下来，也开始享用。刚吃一口，她忽然愣住了。她的呆愣如此明显，席上众人都感到了，疑惑地看她。公主呆愣良久，表情慢慢解冻，顿足喊道：

"该死，该死，我怎么没想到，我早该想到的！"看着周围人疑惑的目光，她不客气地说，"你们也都该死，这么简单的办法，你们也早该想到的！但首先是我该死，我是科学官啊。"

众人都困惑地相视而笑。姬星斗说："对，你该死，我们都该死，但你先说说咱们该死的理由吧。"

公主叹息着摇头："船队长，你让我找出补充燃料的办法，看来我找到了，而且它是那么明显，那么简单，我们这些天竟然没想到，实在该死。"

"是吗？但我的迟钝无可救药，这会儿还是没想到。"

"是这样的，我刚刚忽然想到，G星人的电脑中记载过另一场生日宴会，即诺亚号上为贺梓舟庆贺90岁寿诞。就在那次宴会上，贺前辈的儿子，天使前辈，提出来一个伟大设想。现在你们该想到补充燃料的办法了吧。"

姬星斗想到了，谢廖沙、阿冰想到了，格鲁想到了，连"猪脑子"的康平也想到了。确实，这些天他们昏了头，怎么能把它忘了？那是人类文明史上第一次获得那个圣杯：三阶真空，或者说五维空间，或者说六维时空。公主上飞船时带来的G星历史资料中有相关记载，大家都浏览过。

早在乐之友时代，第二代先哲靳逸飞就提出了激发三阶真空的设想。如果能实现，那么立足于三阶真空对一阶真空进行"跨维度溅落"，就能在时空中自由来往，让人类文明提升到神的境界。实现三阶真空的方法看似很简单，只需要在二阶真空中进行普通的高能粒子对撞就行。但真正实施中有一个根本无法克服的难点：二阶真空只能被人工激发，它会在普朗克时间恢复成一阶真空；而普朗克时间已经是最小的时间粒子，无法在其中再插入一次激发。所以靳前辈自嘲他的研究是屠龙之技。

此前诺亚号已经上天。后来，楚天乐等预言的宇宙暴胀果然来了，而且比楚预言的更为暴烈，是陡峭的暴胀尖脉冲，对智慧的摧残是毁灭性的。那时，诺亚号在经历了几次摧残后，七人智囊团迅速议决了逃离办法：沿时间轴逃离，即飞船多次启航——短时间虫洞飞行——熄火溅落。由于时空溅落的随机性，终有一次会溅落到宇宙暴胀阶段之外，后来姬星斗六人智囊团也独立做出了这个发现。但诺亚号上的天使前辈有了一个新的发现：在暴胀脉冲的尖点，二阶真空的复原会比较滞后，超过普朗克时间。如果飞船再坚持一段时间的飞行，也就是坚持一段时间的高能激发，那就有微小的可能让某次激发正好撞上脉冲尖点，从而实现三阶真空，获取那个宝贵的圣杯。这是人类可遇不可求的机会，但很可能以全船人的智慧甚至生命为祭献。

在诺亚号领导层及全体船员包括天使父母的反对下，天使一意孤行，用非法手段强行保持飞船的激发，诺亚号当时的船长，也即天使的妻子，黑猩猩雅典娜，一怒之下将他击毙。恰在这时，三阶真空真的被激发出来了，诺亚人一朝之间提升到神级文明。此后他们凭借新获得的时空穿梭能力，对历史进行逆时序干涉，拯救了地球。其后靳逸飞前辈、耶耶、嬷嬷等人获赠的神奇泡泡，都间接来源于天使创造的三阶真空。

这些历史在G星人的历史中有不连贯的记载，这些记载来自G星天房电脑，而天房实际是地球烈士号飞船，它正是由于诺亚人的逆时序干涉，跨越时空落到了G星。

大伙儿在顿悟之后是狂喜。诺亚号获取三阶真空时非常艰难，是得益于天赐的机遇——十万年出现一次的宇宙暴胀，并赌上全船人的智慧和生命，才侥幸成功的。而现在呢，天马号处于恒定的二阶真空中，要想获得三阶真空实在太容易了，只需一次普通的激发就行。他们在瞬间就能获得如此珍贵的文明圣杯,在时空中自由往来,提升到神级文明。至于获取燃料这种"低位阶任务",在新的文明社会中简直不值一提。姬星斗比别人更喜悦,因为那个似乎不可能完成的艰难目标也轻易达到了,飞船将获得"跳出四维海流"的能力,那么,一旦船队面临"解体",就有了选择的自由。他顿足道:

"昏头了,真是昏头了,早该想到的。还是我们的科学官厉害,众人皆昏而你独醒。"

公主恼火地说:"你是夸我吗?我比挨骂还难受。"

姬星斗笑着说:"我真的是在夸你。虽然你的顿悟慢了一点儿,但毕竟比我们强。元元,这儿已经有四名船务委员,立即通知其他三位也赶来,召开船务委员会紧急会议。如果能议决,马上开始激发。"

元元对这个命令非常反对。它先是顺从地执行命令,通知了另三名委员,随即表示了强烈的反对意见:

"船队长,诸位,我强烈建议你们慎重。不错,在恒定的二阶真空中进行激发,确实能轻易实现三阶真空;但有可能中断我们所处的这道二阶真空海流,使我们失去另一个同样宝贵的圣杯!要知道,那片至尊极空之地,以三维生物的肉眼本来是看不见的,幸亏我们幸运地掉进这道海流,获得了四维视觉,从而可以看到它;甚至可以无动力地顺流而上,轻松地抵达那儿。这同样是可遇不可求的幸运,请你们千万珍惜!我提醒大家,纵然可能有万道海流流向至尊之地,但它分散在广袤的宇宙之中,我们不一定能撞上第二道海流的,幸运女神不一定会再次眷顾!我强烈建议,等我们到达目的地之后再考虑激发三阶真空。那片极空之地肯定是更为广阔的二阶真空,想激发出三阶真空,以后有的是机会。"

它说的确有道理。但姬星斗想到了技术性之外的事——元元列举的反对意见太有条理了,不像是临时起意。他突兀地问:

"元元,你是否早就想到了激发三阶真空的可能,甚至比科学官更早;只是担心它会影响我们原定的目标,有意瞒着我们?我知道,自从你与嬷嬷接触后,那个目标就成了你的信仰。"

元元窘迫地承认:"是这样的,我确实已经提前想到了激发三阶真空的可能，但我不想节外生枝。我这样做是为了天马号的最高利益。"

姬星斗严厉地说："我相信你的动机是好的。但不管怎样，这样的重大决定最终必须由我们来做出。作为忠诚的人类助手，你不能瞒着我们。这种事绝不能有第二次！"

元元满面羞愧："是，我知道了。"

"至于你的担心，我觉得不必要。元元，你曾告诉我们，嬷嬷在与久候的地球亲人见面后，乘着三阶真空泡前往那片极空之地去了，那时她并没有说要借助二阶真空海流。所以，我们如果实现三阶真空泡，同样有能力去往那儿，借助一个圣杯获取另一个圣杯。"

元元迟疑地说："也许你说得对。"

"重新通知那三位委员，还有导航官朴雅卡，会议改在静思室召开。元元，这次会议你不用参加。"

静思室是全船唯一不受元元监控的房间，但船务会议一般不在静思室开。而且，正如康平警告过的，元元已经可以单独进入四维通觉，静思室不一定能挡住它的窥视。但今天姬星斗仍然选择在这儿开会，是借着元元这次的犯错公开给它一次敲打；再者，他想借机把对元元的防范意识公开，传达给所有船务委员。

在静思室召开了这次紧急会议。元元第一次没有参加这样的会议，沮丧地独自待在室外。讨论中多数人觉得，实现三阶真空不会影响飞船的原定目标，甚至有可能加速实现；只有列席者朴雅卡提出了一些担忧：

"关于诺亚人的神级文明，在烈士号电脑上确实有记载，但这些记载是通过妮儿先皇时代间接传下来的，那时 G 星刚刚科学启蒙，不敢说传承得完全正确。据我们所知就有一些矛盾的记载。比如，诺亚人在获得三阶真空后立即实现了意识的统一，获得了时空穿梭的能力；但靳逸飞前辈获赠的那个神奇泡泡，只表现出抵抗 G 星次声波武器的能力。乐之友残余成员在其中生活了 30 年，并没有实现意识统一，也没有开发出时空穿梭的超能力。耶耶的六维时空泡也大抵如此。"朴雅卡承认，"当然，这也可以有另外的解释：诺亚人得到的是'原生六维时空'，而靳前辈、耶耶和嬷嬷获赠的是'次生六维时空'，所以二者不尽相同。天马号如果激发，获得的也将是原生六维时空，其能力也许和诺亚人的一样。但不管怎样，既然有这些不确定因素，咱们敢不敢把宝完全押在它身上？"

她虽有这些模糊担忧，但也坦承自己没能把思路完全理清。随着讨论，公主的意见占了上风。她认为，所谓"激发三阶真空会中断二阶真空海流"只是元元的假设，完全没有实验和理论根据，何况其中还掺杂着元元的私心。如果为此而裹足不前，把眼看到手的圣杯白白抛弃，未免太胆小。获取三阶真空后人类文明将提升一个等级，其文明水平是低等级文明无法想象的。现在，宝库大门已经为我们洞开，如果连一个小小的台阶我们都不敢跨过去，那未免太懦弱了。

康平坚决支持公主的意见，不过是因为另外的理由。他说："我觉得公主的新办法好，好就好在有了六维时空泡后，我们的航程就是主动式的，而不是现在的'顺流而下'。后者太被动，一旦有什么意外，比如燃料提前用完，或者在到达目标时有什么危险，我们都无法做出应急反应。"

他没把话说透，但姬星斗当然明白——他是指"顺流而下"方式有可能带来集体的死亡，而且没有手段逃避。姬星斗也表示支持。

会议最终决定：恢复飞船激发，但推迟到三天之后。这三天内发动船员们深入讨论，如果没人提出有说服力的反对意见，就要开始执行。

会议最后，姬星斗公开讲述了他对元元独立意识的担忧。正如他曾对康平分析过的，他相信褚嬷嬷和元元都不会有意损害人类利益，但不管怎样，元元已经获得独立意识，不再是完全听命于人类的忠实助手，对它要做出必要的防范。船上要成立一个安全小组，由康平负责。委员会表示同意。

姬星斗知道，也许元元此刻正通过"四维通觉"在窥视窃听他的发言，这样也好，确实该敲打它了，但愿这次敲打能让它痛改前非。从心底讲，姬星斗不愿与元元最终走向决裂。两者之间并没有根本的利害冲突，何况还有十几年的友情？

只是这次他估计错了。元元知道，这次不让它参加会议，是船队长对它的一次公开惩罚，也就自觉地关闭了四维通觉，并没有窃听静思室里的讨论。

此后三天内，天马号船员处于集体亢奋中。这是真的吗？不敢奢望的幸运就要降临？要知道，当年靳逸飞前辈第一个提出"三阶真空"概念时，他自己从来不敢奢望它能实现！只是在宇宙暴胀尖脉冲降临宇宙后，诺亚号因祸得福，以生命和智慧为代价，才非常侥幸地得到了它。

首先提出动议的公主当然更兴奋，而且她的思考比别人更远一些。这三天内她尽量留在康平身边，向他"展现未婚妻的柔情"，弄得康平有点儿狼狈。她考虑，如果三阶真空真的实现，随之实现统一意识，甚至像诺亚号船员那样抛弃肉体，男女之爱就会随之消失，至少肉体之爱会消失。对这种前景她并不排斥，毕竟那是伟大先辈们的自愿选择，自有它的道理或吸引力。生命的真谛是信息，是某种独特信息的构建和传递，而世间种种，包括肉体的存在、两性之爱、生育、母爱等，不过是其派生物而已。也许终有一天，公主自己也会认识到：男女之爱尤其是肉体之爱只是低级智慧体才具有的低级程序，在人类提升后会被淘汰的。但不管怎样，她想在这种前景到来之前，抓紧享受对康平的爱。

康平则以不变应万变，对她的柔情攻势以冷静对之。

姬星斗、谢廖沙、阿冰等人也处于亢奋中，他们同样深知：这次激发肯定让人类迈入一个全新的世界，但它究竟是怎样的？无法确定，没人能真切预言他们将面对什么。亢奋中，姬星斗没有放松对元元的监督，有时用脑内蓝牙悄悄抚摸它的思维。元元的表现正常。

三天后，姬星斗下令，大副约翰郑重地按下了激发按钮。

烈士号电脑上记载有三阶真空诞生时的场景。但即使没有记载，天马人也在瞬间知道：这就是它！通过飞船船首的镜头，船员们目睹了三阶真空被激发的全过程。它初生时是一个小小的光团，明显是软质的，形状变幻不定。它自被激发后就颤颤巍巍地长大，随机地长出一些触手，盲目地向外突伸，就像海底的棘刺动物。触手伸出后，如果没有碰到其他物体，过一段时间就会自动缩回，在另外的地方长出触手。有一只触手无意中触到了飞船船首，于是它的行为突然变了！它的表现就像活物一样，抓到就再不丢手。这只触手陡然长大，变成光团的主体。光团的后端保持不动，而前端沿着它刚触碰到的船首迅速向这边扩延。扩延是如此迅猛，转眼之间就把半个飞船包在里面。当光团向前推进时，它的锋面就表现为船体此处的横剖面。由于船体各处形状不同，这个剖面快速推进时也在快速地连续变形。船员们目不转睛地看着它"吞噬"飞船，这个场面如此奇异，他们甚至忘了害怕。当剖面推进到有人的位置时，船体剖面中也含着人体的小剖面，显示着此人的心肝肠胃大脑血管等，不过被剖的人并没有任何感觉。剖面迅速推移到船尾，把整个飞船都包在内，包括船尾那个已经修复的巨大天线架。天马号船体本来就是透明的，现在好像更透明了，船员们能清晰地看到这个泡泡在船体外的部分。

现在，整个飞船都包在三阶真空泡中了。这个泡泡的行为随之有了明显的改变。它停止了推进，开始迅速膨胀，变成标准的球形。球体一旦成形后马上开始收缩，而且是带着船身一块儿收缩。船员们惊奇地发现飞船变形了，现在它像猫一样蜷着身体，以最小的占位团在这个球里。但这是船外摄像头送来的景象，如果是在船内用肉眼远观，它仍是一个直直的船身。船外的蜷曲和船内的笔直形成怪异的组合，超出了人的想象，超出了物理学的基本框架，船员们都不敢相信自己的眼睛。姬星斗看看公主，看看康平，看看头顶悬停的元元，他们的目光里同样是震惊。虽然烈士号电脑记载有这种奇特行为，但当它真的在眼前展现，观者仍感到震惊。

三阶真空（六维时空）诞生了，人类第二次拿到了这座圣杯。这时，所有人脑中涌来光的洪流，开始淹没原来的意识，使其向外扩散。也许诺亚号曾经经历过的过程，即泡泡内所有智慧体形成统一意识的过程，就要开始了……忽然是刺耳的警铃，满船都在响。元元迅速报告：

"辐射警告！飞船各处共24台辐射仪同时报警，数值严重超标，均达到4500毫希沃特！"

姬星斗十分震惊！这样的辐射强度非常危险，人处在这个环境中，30天的辐射累积会导致死亡。但飞船动力使用第三代氢聚变，根本不产生辐射，飞船上的辐射仪一向只是摆设，只是为了预防飞船误入强辐射环境，现在怎么会突然出现辐射报警？只有一个答案：与刚刚出现的三阶真空有关。姬星斗急急下令：

"元元立即查询资料，诺亚人的三阶真空有强辐射吗？"

"查阅完毕，没有关于强辐射的记载。"

"烈士号、靳前辈和褚嬷嬷获赠的三阶真空泡呢？"

"也没有记载。后者都来自诺亚号三阶真空的血脉，当然其时空性质同其母空间相同。"元元说，"但诺亚号三阶真空没有辐射不能说明什么。因为，每一处新诞生的三阶真空就相当于一个新宇宙，各个新宇宙完全可能具有不同的宇宙常数。也许，诺亚号三阶真空的宇宙常数与原宇宙相同，反倒是一个例外。"它又报告，"已经检测到，刚出现的辐射是 β 射线，根源很可能是放射性碳的衰变。"它苦笑道，"看来，在新宇宙中，人体、食物、木制家具等，其中的普通碳 12 都变成了放射性碳。"

连续不断的刺耳警报声像一记记连续的鞭抽，中断了已经开始的意识统一进程，使各个智慧体重新分离。姬星斗、公主、康平、谢廖沙、阿冰等都在鞭抽中紧张地思索。元元的推测恐怕是对的，应该是目前突发状况的最简洁解释，符合奥卡姆剃刀原理。但也无法消除人们的疑虑：这位人类的忠实助手已经有了独立意识，而且它是强烈反对这次激发的，那么它就可能因这种动机而欺骗主人。以它的能力，完全可以操控所有仪表发出错误警报。姬星斗不敢完全信任它。

元元急切而痛楚地说："我没事先估计到这个意外，是我的严重失职！但请你迅速决策，辐射确实是真的！"

它有些口不择言，看来它已经用蓝牙方式抚摸到了姬星斗的怀疑，并且真心焦灼。姬星斗有些赧然，也许自己把元元想得太坏了。不管报警是真是假，眼下最好先退出三阶真空，再从容研究，毕竟人命关天，而且是全船人的生命！如果这确实是元元炮制的假报警，退出后再进行甄别也不晚——但问题是如何退出这个三阶真空泡？人类对它的性质几乎一无所知，刚才幸运地把它激发出来了，但对如何退出则毫无头绪。姬星斗与康平、公主、谢廖沙等商量，公主思维敏捷，立即联想到：

"依照 G 星历史记载，过去出现的三阶真空泡都会与某个人相连，这个人离开此地时泡泡会跟着离开。而且泡泡尺度有限,仅仅千米尺度。所以可以这样做:设法找到泡泡的关联者,让他乘小蜜蜂暂时离开飞船,估计离开一两千米后,飞船就不再受它的影响。"

姬星斗恍然大悟。没错,他知道这件事。飞船上天时,帝皇送的礼物中包括全套历史典籍,像G星的圣书和史书,新地球人的史书,等等。史籍上确实有明确记载:神秘泡泡会与某个主人固连,此人常常是"神"选定的人群中的特殊人物,像诺亚号上的天使,地球灾变时期的靳前辈,G星"天房"中的耶耶,地球上的嬷嬷,都是如此。而且据记载,靳前辈、耶耶、嬷嬷都可以带着泡泡离开原地,而原来被泡泡箍成球形的建筑会在瞬间恢复正常。他由衷佩服公主的急智,感激地向她点头。只是,这样只能让众人脱离危险,而泡泡主人得继续承受危险,但这是没办法的,牺牲一人而挽救大家是唯一的选择,不管这个人是谁——也许正是自己。这正是最基本的飞船道德规则。他略略考虑一下,断然说:

"好,想办法分离!这样既能保护船员安全,三阶真空也能完好保持,便于我们继续研究。那么,首要问题是尽快甄别出谁是泡泡主人。"他略为考虑,"这样吧,飞船共有八艘小蜜蜂飞艇,每艘只需乘坐28人就能涵括所有船员。所有船员分乘小蜜蜂依次离开母船,凡是小蜜蜂离开后母船就恢复正常的,说明其中就含着泡泡的主人。下一轮甄别,再把这只船上的乘客平均分到八艘小蜜蜂上,依次甄别,这样速度最快。"

元元已经强烈感受到主人对它的猜疑,它确实犯有大错,第二次向主人隐瞒重要信息,它不想在这个时刻再提异议,但犹豫片刻,还是忍不住说:

"对,如果想在全体船员中试选,这是最合理、最快的办法。不过也许另一个方法更省事。虽然我下面的建议是"政治不正确"的,但事态紧急,顾不上了。船队长,依照历史记载,泡泡不会与普通人固结,它肯定与特殊人物、或者说人群中最高端的智慧体相连。我相信在天马号上,这个人应在四个人的小范围中,让他们分别依次离开就能判定了。这样肯定更快。"

姬星斗立即悟到:元元是对的,虽然分什么"高端智慧""低端智慧"肯定属于"政治不正确",会伤害大多数人的感情,但客观地讲,泡泡与特殊人物相连的概率要大得多,像诺亚号上的天使、地球上的靳前辈、一群蒙昧土人中的耶耶、新地球人群体中的褚嬷嬷等,都是如此。至于元元说的四人范围,他心中也大致有数。这时元元抢先说:

"至于可能的那四个人选,还是我说出来吧,免得船队长为难。我认为是:姬星斗、平桑吉儿、康平,还有我。虽然我不是狭义的生物生命,但我也是智慧体。"它列举的名单没有涵盖所有船务委员,如谢廖沙和阿冰等,对此它没有任何不安。它把自己排在名单中,也只是缘于理性的分析。它语调平淡,听不出有自矜,但恰恰这也表现了它的极端自负。

周围是片刻的沉默。这些话含有某种异端的东西,尤其元元把自己列到"高端智慧体"中,让大家内心中有说不清道不明的抵触。康平则颇为惊奇:

"把我也列入其中?真是高看我了,我在理论方面从来都是榆木脑袋,咋也划不进啥子'高端智慧体'中。"

元元简单地说:"你在理论上确实……但属于另一类直觉型的智慧。"

"你是指我干活手巧吧,那算不上啥子直觉型的智慧。不过把我算进去也没关系,多试一个人也耽误不了多少时间。"

姬星斗略顿,说:"元元的话有严重错误,船员中没有什么高端智慧体和低端智慧体。但客观估计,泡泡确实更可能与有特殊职务者固结。我来选吧,七名船务委员加上元元,共八人。这个人数用不上全部八艘小蜜蜂,四艘就够了。每两人乘坐一架小蜜蜂,依次离开母船,我和元元一起。等确定一组目标后,其上的两名乘员再分开试。"

这是"政治正确"的做法,至少对七名船务委员是公平对待的。至于他说的"两两分组",是想对元元有所控制。目前是紧急状态,船长的话就是命令,大家立即开始实施。八个人两两一组,分别进入小蜜蜂,除了姬星斗和元元坐一艘外,公主拉着康平进了一艘,约翰和伦德尔一组,谢廖沙和妻子阿冰一组。但姬星斗让谢廖沙暂缓进入小蜜蜂,留在指挥室。姬说:

"我和元元先试,我来驾驶小蜜蜂。谢廖沙与阿冰这组排在最后。我出舱期间,谢廖沙暂行船长职权。"

虽然是临时性的职权交接,但他做得很郑重。他的郑重是有原因的。一般来说，泡泡与船队长固连的可能性最大，姬星斗已经做好了献身准备。果真如此，那谢廖沙就是他的继任者了。谢廖沙和其他人心中悲凉，他们也都觉得，"船队长与泡泡固连"的可能性最大，但无法可想。

姬星斗驾驶的一号小蜜蜂喷着蓝光，脱离飞船固定架，缓缓驶离天马号，但——没有任何变化！天马号警铃声依旧，其"团缩"姿态也没有改变，而一号小蜜蜂在远离飞船后，其自带仪器则恢复正常。也就是说，姬星斗，还有元元，都不是泡泡的主人！小蜜蜂内，姬星斗在元元思维中抚摸到明显的情绪波动，明显的失落，他知道这种波动的原因，因为按元元的估计，泡泡最可能与它相连！这种估计虽然有点儿自恋，但也说明它做好了自我放逐的准备，它把自己列在甄别名单上确实是出于善意。其实连姬星斗本人也稍有失落，作为船队长，按说泡泡最有可能与他固连的，结果并非如此。那么，泡泡可能与谁固连？公主？谢廖沙？还是在这八人之外？

姬星斗驾着小蜜蜂一直飞到两千米之外，确认泡泡不是与他们俩相连，然后驾船返回、固定小蜜蜂、通过对接口返回，接回刚才授给谢廖沙的职权。康平与公主是一组，康平对船队长说：

"我是最不可能成为泡泡主人的，但公主有可能。我们这一组先试吧。"

得到批准后，他驾着二号小蜜蜂脱离固定架，离开飞船。公主依偎在他肩上，默默地看着康平的侧影，内心苍凉。这次激发三阶真空是她提议的，没料到带来这样的灾难，此刻她既内疚，也有不好的预感，这个预感是针对康平的。她突然问：

"康平，如果泡泡与我相连，我必须离开母船的话，你能陪着我吗？"

这个要求有点霸道，有点儿自私，但康平看着她凄凉的目光，心中怜悯，不忍拒绝。何况他一向没把生死放在心上，便爽快地答应了：

"好的，没问题，叔叔陪你。"他有意把"叔叔"两字说得很重。

公主凄然一笑："那么我也给你一个承诺，如果换成是你必须离开母船，我也陪着你。"

康平立即拒绝："那可不行！我是个老废物了，离开后对飞船没多大影响；你是科学官，飞船离不开你，何况你正是青春年华。"公主正要说话，他忽然喊,"吉儿你看,飞船的外貌变了!船队长,飞船的外貌变了,它从泡泡中脱离出来了!你们快观察,我这架小蜜蜂变了没有?还有,小蜜蜂上警铃声没停,母船上的警报停了没有?"

那边立即回答,是谢廖沙的声音:

"你们那艘小蜜蜂的外貌变了!被泡泡箍成了圆球状;还有,随着一个不可见球面的滑离,飞船上各仪表的报警逐个停了!"

康平既惊喜,又悲凉。看来,泡泡主人真的在这艘小蜜蜂上,更有可能是公主。她将被迫离开飞船,其后前途未卜,有可能在强辐射中很快丧生。但不管怎样,全船生命的筹码更重,她只能随泡泡离开。他曾许诺在这种情形下要陪公主同行,现在需要他践诺了。他的思维又滑到元元身上,此前他曾对元元有猜忌,看来是冤枉它了,它并没有搞鬼——即使辐射仪的计数比较容易搞鬼,但飞船和小蜜蜂形貌的变化是无法搞鬼的,超出它的能力。它不仅没有罪,还有大功,是它那个"政治不正确"的建议大大加速了甄别过程。而它在自知受众人怀疑的情况下敢于提出这个建议,说明它以大局为重。

现在泡泡主人已经确定在康平和公主两人之内,其他人就无须甄别了。康平驾小蜜蜂返回,他和公主要分乘两艘小蜜蜂,再试一次。回程中,在辐射仪刺耳的连续报警声中,公主紧紧依偎着康平。依公主的直觉,也许一直自贬为"榆木脑袋"的康平,恰恰是泡泡选中的"高端智慧体"。那么,他即将离开飞船,孤独地待在一艘小蜜蜂中,等待死神降临?

两人回到母船,分开,康平改乘一号小蜜蜂,先行试验。在公主苍凉的目光中,一号小蜜蜂离开了母船。令康平大跌眼镜的是:泡泡主人竟然是他自己!这个当口儿,他首先感到的竟然是喜悦:虽然他会送命,但那个鲜花般的生命不会凋谢了。他在通话器中笑道:

"娘的,没想到老喽老喽,让我灿烂一回。我竟然是他娘的啥子高端智慧体!看来这个六维时空泡傻得很,选错了主人。不过眼下没时间说这些废话。豆豆船队长,赶快让阿冰为我准备食物饮水氧气衣服被褥,还有我的一些私人物品,最主要的是几张家人照片。我的照片都随天狼号丢失了,只剩下这几张,在我寓所抽屉里。我要回飞船带上物品,然后立即离开。约翰、伦德尔、朴雅卡，诸位老伙伴，时间急迫，我就不和你们喝离别酒了。"他安慰大家，"没关系的，我只离开千把米就成，还算得上是飞船的一部分。虽然不能见面了，照样能唠嗑。"

康平虽然在谈笑自若地安慰大家，但大家都知道康平余生无几了，在这样的强辐射下，他最多只有30天的寿命。但没办法，他即使留在飞船上也无法自救，而他离开则能挽救221条生命。太空之旅本身就是无情的。众人心情沉重，约翰、伦德尔、朴雅卡等老伙伴更是痛楚，但此刻没有时间伤感，他们立即按他的要求着手准备。公主也参与了，她的表情还算平静。

那艘小蜜蜂飞回，与母船对接。母船又开始变形，舱内的警报声再度响起。康平干脆没回母船，不想与大伙来一番生离死别。他让这边立即把他要的私人物品和生活必需品送去。小蜜蜂的对接口很小，大家排成一列向里传送物品，公主排在头一个。等物品装完，还没等老伙伴同康平话别，公主一个箭步跳入小蜜蜂舱内，立即手动关闭舱门。康平赶紧制止了她，厉声喝道：

"吉儿不许胡闹！你这么年轻，不能陪我去死！我知道你是想赎罪，根本不用的，你建议激发三阶真空本身并没有错。"

公主很平静："我从没有想过要赎罪，只是想报答未婚夫的深情。因为他曾答应过，如果我将送命，他就陪着我直到死神降临。现在我只是做出对等的回报。康平，你知道我的脾性和决心，莫非你还想让我再用一次匕首？"

康平急怒攻心，但无可奈何。这两年来，他已经深知公主的刚烈，她决定的事是不会回头的。他略略考虑，慨然说：

"好，我答应你，但你得让格鲁同来。我的年纪恐怕熬不了多长时间，我走后得有一个人陪你。"

公主断然拒绝："不，我不会让格鲁跟着咱俩送死……"

但康平已经透过半开的舱门向她身后喊："格鲁，你愿意来吗？"

格鲁一直听着两人的对话，这时干脆地说："我愿意！"随即拉开舱门，跳到小蜜蜂舱内。公主同样素知格鲁的性格，无奈地默认。康平又问：

"公主，你的那件图腾带不带？"

他是指那块紫水晶原矿石。公主警惕地看看他，回答："不，不带了，你甭打什么主意骗我离开。"

"那好，向大家告别吧。"

公主和格鲁立在舱门口，向大家挥手告别。这基本是永别了，尽管小蜜蜂并不会离开多远，但在强辐射环境中三人很快会送命。公主笑容恬然，令母船众人心头锯割般地疼，只有姬星斗在悲伤中还注意着康平的动静——他不相信康平会轻易认输。康平立在公主身后，这会儿温柔地拥抱她。公主没有料到康平会主动拥抱自己，感动地偎紧他……忽然，公主软软地委顿于地，康平抢先一步接住了她。格鲁立即跳起来，惊怒地瞪着康平，他看出公主的昏厥肯定与康平有关。康平摇头示意，声音沙哑地说：

"没关系，我按压她的颈动脉窦造成暂时昏厥，拍拍额头就会复原。你赶快送她回去，一定要寸步不离地保护她！格鲁，日后你要好好待她。"

他本想说"日后你要好好爱她"，但不想越俎代庖地为他人决定终身，所以临时改了口。格鲁理解了他的良苦用心，内心十分感激，双手托着公主，用力点头致谢。康平附耳低言：

"再向船队长传一句话：这次辐射灾难应该不是元元在搞鬼，但它对我们再一次隐瞒重大信息，不可原谅。此前我们商议过防范措施，请船队长开始实施吧。"

格鲁点头，抱上公主，钻过对接口，回到母船。姬星斗在对接口同康平含泪挥别，说：

"康叔叔，你先去吧，我们会尽快研究救你的办法。"

但坦率地说他心中是没底的。关键是三阶真空（六维时空）泡属于神级文明，远远超过飞船社会的科学水平。虽然侥幸得到了它，但可以说对它一无所知，不敢说能找到办法让康叔叔脱离它。康平哈哈一笑：

"没事，我自己会想办法的。往后我待在小蜜蜂里屁事没有，正好静下心来琢磨它。豆豆再见！大伙儿再见！老伙伴们再见！"他又加一句，"豆豆，阿冰，你们好好照顾公主！"

小蜜蜂喷着蓝光，平稳加速，离开母船。等母船这边恢复正常，小蜜蜂也平稳减速，停下。现在，两者在三维空间中是相对静止的，相距约两千米。

姬星斗知道，三维空间中相对位置的变化不会影响第四维的状况，也就是说，小蜜蜂还应处在四维海流之中，但为了保险，还是召集阿冰等人，激发出四维视觉来观察。他们看到，太空中的小蜜蜂仍在朝紫色卵泡方向漂流，与母船保持同步，便放下心来。只要小蜜蜂和飞船保持同步的漂流，两者在第四维度上的距离不变，那就能方便地向那边补充食物氧气或交流信息。

这边告一段落，他赶紧去公主房里看望。公主已经醒了，一直瞑目躺在床上，双泪长流。格鲁、朴雅卡和阿冰都在陪着她，轻声安慰，但公主没有任何反应。姬星斗担心她会从此实施那个绝食决定，不过此刻也无法可想。他尽力宽解着，公主仍不睁眼，也没有反应。姬星斗正要离开，公主睁开眼睛，说：

"我要去通讯室，同康平通话。"

姬星斗心中一喜，也许这是个好兆头，看来她不会绝食了。他陪公主到了通讯室，要通康平的通话器，公主说：

"康平，你骗了我，我终生不会忘记。这账以后再算。"

她的语调平静，唯其平静，透出切齿的恨意。屏幕里的康平很尴尬，解嘲地说："好，好，你记上账。如果我能活着回去，一定加倍偿还。"

公主没有再纠缠这个话题，开始说正事。"你那儿的辐射强度有没有变化？飞船通讯器中听不到你那边有警铃声。"

"强度没变化。我刚把辐射仪关了，免得聒噪。"

"关掉也行，辐射仪使用电池，关上免得耗电。但每天要开两次，把辐射强度数值告诉我。"

"行，我一定照办。"

"小蜜蜂上的通话器也使用电池，估计只能工作一个月。我们为你准备足够的电池，让格鲁送过去。"

康平笑着说："一个月就够用啦……"但他马上变了口风，"好的好的，让格鲁给我送过来——但你不许过来！船队长，你绝对要禁止她过来！"

这边，姬星斗笑着看看公主，没有回答康平。公主恨恨地说："你尽管放心，我已经死心啦，不会再过去。但你每天要陪我闲聊，至少两个小时。"

康平笑嘻嘻地："那我当然乐意啦！老康这种生性，一个人待久了会寂寞死的。"

"那好，今天就开始吧。"

公主说完正事，真的开始了天南海北的闲聊，她让康平讲述童年，讲述他与"光屁股朋友"姬继昌去捉知了的情形，讲述他如何当飞船制造公司老板，讲述那位科幻作家爷爷的逸事，等等，康平也心甘情愿地陪她海聊。这边姬星斗迅速安排阿冰，准备了足够的通话器电池，让格鲁驾小蜜蜂送过去。公主在屏幕中平静地看着送货过程，果然没有要求同去，这让姬星斗，还有两千米之外的康平，都松了一口气。

聊天时段之外，公主就投入紧张的思考，设法为康平脱困。但是很难很难，可以说毫无头绪！关键还是那句话：六维时空从本质上说是远远超过人类科技水平的，天马号侥幸得到了这个圣杯，但对其深层机理一无所知。

夜晚过去了，第二天过去了。公主不时过来同康平闲聊，问他辐射强度有无变化，问他是否有不良感觉，像恶心、头晕等。康平都说没有。而且从屏幕上看，他的面色一直不错，心情也不错，似乎不是说谎。第二天晚上，公主为方便通话，干脆宿在通讯室。第三天清晨公主醒来，打开通话器，那边的康平立即急迫地说：

"吉儿，小蜜蜂的位置是否有漂移？依我的观察，对面的天马号明显变小了，但距离又好像没有变化。我对自己的眼力一向很自信，但这会儿看飞船的感觉好奇怪。"

通话器的声音似乎也变弱了。公主忙调出外视图像，小蜜蜂果然也变小了！但它好像并没变远，因为飞艇各种细节结构仍非常清晰，正如康平所说，是一种很奇怪的感觉。公主紧张地思索一会儿，忽然顿悟，急急对通话器说：

"康平，你稍等！"

她唤来姬星斗、格鲁、阿冰、谢廖沙，五人共同"发功"，激发出四维视觉。元元也来了，悬在他们头顶。现在，他们的四维视觉毫无阻碍地透过舱壁，再次看到了玄妙的四维空间，紫色卵泡仍在宇宙中心悬浮着。他们判断出，虽然在三维空间中飞船和那艘小蜜蜂确实仍保持静止，距离没有变化，但在第四维度，虽然两者都是无动力漂流，但小蜜蜂漂流的速度明显快于飞船。由于速度的差异，小蜜蜂在第四维上已经渐渐和母船拉开了距离，而这反映在正常的三维视觉中，就是它原地不动但逐渐缩小。姬星斗用脑内蓝牙向元元传送了四维视觉中的发现，问：

"元元，为什么小蜜蜂的漂流明显快于飞船，你能解释这种现象吗？"

"不知道。也许那个紫色卵泡、那个宇宙晶洞，对五维空间泡有更强的引力。你肯定记得嬷嬷的话，我曾转述过的。五维空间泡里的嬷嬷说她有强烈的愿望，要去往极空至尊之地。过去我们把她的话理解为精神上的向往，但也许它也是指物理上的引力？"

所有人都忧心如焚。小蜜蜂上的食物饮水等还丰盛，但氧气有限。如果小蜜蜂漂移远了，不能获得补给，那么，不等康平死于辐射就会先死于窒息。姬星斗比别人更焦灼，因为只有他知道，飞船如今再加上这艘小蜜蜂向"晶洞"的"顺流而下"暗含着不祥，很有可能在到达目标后乘坐者会解体。如今康叔叔将更早到达那儿，他孤身一人，再加上小蜜蜂的动力和燃料都有限，那么，一旦灾难真的发生，他更难采取应变措施。但小蜜蜂加快漂移的原因不明，无法纠正。小蜜蜂可以启动常规动力向这边靠近，但那只是三维维度的靠近，改变不了第四维度上的远离。姬星斗眼下只能采取一项补救措施，让阿冰尽量准备氧气瓶，乘小蜜蜂漂移得不远，赶快由格鲁驾另一艘小蜜蜂送去。阿冰还心思周密地送去了一套舱外太空衣，它能够屏蔽一部分辐射。

对话器中，康平笑着安慰大家：

"氧气瓶和太空衣收到了，谢谢！大家不必为我担心，别忘了，褚贵福老爷子在那个神奇泡泡中活了十万年，甚至不需要冷冻！据他猜测，神奇泡泡中有一种'活力场'在护佑他。说不定我所在的泡泡也有这种神通呢。还有，天使乘着六维时空泡能在时空中自由往来，不定哪一天，我也能开发出这种能力。"

他的笑容明朗，但声音更微弱，听起来像是病人的耳语。这边众人无法可想，只能一直保持通话，随便聊一些话题，只为给他送一点儿精神上的安慰。公主也不再局限于"每天两小时通话",只要通话器没人用,她就一直同康平谈话。但通话器中的声音越来越微弱,三维视觉中的那艘小蜜蜂也越来越小。阿冰等人持续"发功",保持着四维视觉,观察着它在四维中的运动。它确实在第四维度上快速远离。

晚上,那边的声音已经听不到了。三维视觉中的小蜜蜂大大缩小,肉眼已经看不到了,四维视觉中还能勉强看见。公主含着泪,一遍一遍地试着呼唤,但对方一直没有回音。姬星斗对公主说:

"小蜜蜂通话器的功率小,康叔叔即使在回答,这边也听不到了。我让元元开启船用大功率无线通话,仍使用小通话器的频率。虽然那边的声音我们听不到了,但他在很长一段时间内应该能够听到我们的声音。吉儿,这些天你不要干别的事,坚持同他通话,咱们用这种单向通话为他送行吧。你要坚持到30天之后。"

30天。无论是按照小蜜蜂上的辐射强度,还是氧气存量,30天后康平肯定不在人世了。公主坚毅地说:

"好的,你去开启船用大功率通话吧。我回屋一趟,马上过来。"她自语地说,"虽然那边看不见我,我也要整理好妆容。"

"康平,你肯定能听到我的声音吧。我是以未婚妻的身份同你通话。

"你那边的辐射强度有没有变化?你的身体状况呢?虽然我现在听不见你的声音,但你还是要告诉我,详详细细告诉我,也许某一天我会在四维通觉中听到你的声音呢。

"康平,我爱你。也许你至今仍把我的爱情看成一个骄纵公主的率性胡闹,但你错了,我是非常认真的。知道我的爱情是从什么时候开始的吗?就是从我初登飞船你对我破口大骂时。那时,虽然我对你恨极,要同你拼命,但其实已经把你烙印在内心深处,那是因为你的血性,你的仇恨,G星人一向敬重有血性的敌人。不过,那时并不是爱,只能说是'好感',因为你有良子阿姨,公主的尊严不容许我有什么想法。只是在你失去妻子后,这份好感在瞬间转化成爱情。转变得如此快速,甚至连我自己也吃惊。我想这与你在灾难中的表现有关吧，灾难中我更看到了你的铮铮硬骨，看到了你的沉毅和勇气。

"康平，也许我们会在那个至尊之地重逢，也许永远不会相见。不管怎样，我都要把这份感情向你倾吐，我相信你会把它珍爱地纳入心中。

"现在，船队长、谢廖沙、约翰、阿冰、格鲁等都要向你问好，我把话筒交给他们。

……

"康平，三天过去了，你的身体怎么样？我有强烈的直觉，觉得你那儿一切都好，高强度辐射并没有影响你的身体。元元说，我的直觉也许是对的。过去地球科学家曾认为，我们的宇宙是难得的幸运儿，因为宇宙诞生时，如果宇宙常数稍有改变，宇宙就不可能稳定存在。元元说，它一直不相信这种观点，它不过是物理版的人类自恋情结，所谓'上帝只眷顾袍的子民'。真正的宇宙机理肯定不是这样的。宇宙多种多样，但也是'自适应'的，'自稳定'的，不同的宇宙常数配方会产生不同的宇宙，但它们都能稳定存在。所以，相信你所在的六维时空泡也是一个自适应的宇宙，虽然那些常数导致了高强度的辐射，但那个泡泡内的生物，也就是你，会自动适应它。但愿是这样的，我祈祷它会这样！

……

"康平，十天过去了，你的身体怎么样？我的祈祷应验了没有？有时我担心小蜜蜂里的氧气问题，按正常的消耗率，我们送去的氧气只能用一个月时间。但我想到了褚前辈，G星人的耶耶，他在泡泡内生活了十万年，至少在前几万年中G星处于缺氧时代，他是怎么活下来的？也许六维时空泡的'活力场'能解决这个问题？但愿是这样，我祈祷是这样！

……

"康平，你说过，你要借助这个神秘的六维时空泡，努力开发时空自由穿梭的能力，正如天使前辈做过的那样。你做了没有？有没有进展？我期盼着，某天早晨你会乘坐着这个神秘泡泡返回母船，轻轻叩击我的公寓门。我祈祷是这样！

……

"康平,已经是第 28 天了。阿冰他们用四维集体视觉看到,你的小蜜蜂已经非常接近紫色卵泡,而天马号至少还需要三年才能到达。不知道你到达那儿之后会发生什么事,你会被直接吸入吗?会在那儿看到天使等诺亚人、褚少杰等烈士号船员,还有地球去的嬷嬷吗?会不会如圣书中所说,把你的灵智融化于紫光之中,与它合为一体?如果你到达那儿后仍然活着,请务必等着我,我们很快也会到的。

……

"康平,依我们观察,你已经进入紫色卵泡,这次的四维观察我也亲自参加了。元元羡慕地说:你是有福的,因为你比我们提前进了天堂,是圣书上说的天堂,也是科学的天堂,哲学的天堂。那是所有先圣像天使、耶耶、嬷嬷心心念之的地方,是他们灵智的归宿。我愿意相信他的吉语。

"我的通话将暂停一个阶段。你在那儿安心等着我,祝你好运!"

第十三章　元元的阴谋

宇宙建基于能量和物质之上，但归根结底建基于信息之上，正如物理学家惠勒所言：万物源于比特。上帝以"守恒"为第一圣律管理着宇宙，而最深层的守恒是信息的守恒。

——《姬星斗回忆录》

"阿冰，她睁眼了！你看，你女儿睁眼了！"

公主怀中抱着一个刚出生的女婴，小脸皱巴巴的，黑头发，面色红润，这是阿冰的第二胎，老大是儿子。这三年来，由于飞船执行了"加速婚育"政策，已经出生了七十多名婴儿。飞船上的女性包括朴雅卡这些50多岁的女性都成了产妇或孕妇，所以抽不出女性来做专业助产士，只能在分娩空档期互相照顾。公主是飞船上唯一的未婚女性，不用说，更是成了全体母亲的助产士和月嫂，忙得不亦乐乎。和她一样忙碌的是船医吉尔斯，这位全科医生已经完全改行了，现在主职是妇产科大夫。

产床上的阿冰欠起身观看，婴儿的眼睛确实睁开了，茫然看一眼陌生世界，似乎无动于衷的样子，又闭上眼睛。公主笑着说：

"你说，她这第一眼看见了什么？据说刚出生的婴儿还没有深度视觉，他们看到的图像都是二维的。"

"没关系，很快就会有三维视觉了，然后就会有四维视觉，说不定还会有第五维第六维呢。"

阿冰的最后一句是玩笑，但前边的话是事实。自从天马号上以"集体凝视"方式开发出四维视觉后，使用得越来越熟练，只用四五个人一同"发功"就能激发出这种超能力。孩子们更厉害，虎娃等几个大一点的孩子，单独一人就行。他们只要那么一凝神，轻易就能获得四维视觉。而大人们无论如何努力也不行，这让大人们既欣慰也嫉妒。至于新出生的孩子们，可以从幼儿期就开始锻炼，将来肯定更厉害吧。

"阿冰，给她起名字了吗？"

"起了，豆豆给起的，叫紫晶。"

紫晶。不用说，这个名字当然和公主视为精神图腾的紫水晶矿石有关，也寄托着姬星斗一段逝去的感情。两位女性对此心照不宣。公主笑着把话题岔开：

"能不能问个犯忌的问题——她的血缘父亲是谁？她似乎是混血儿外貌，我猜不出来。"

这确实是个"犯忌"的问题，飞船实施一妻两夫制之后，也相应地产生了一些新的风俗和规则，比如，新一代放弃使用姓氏；公共场合寒暄时不要问及孩子的血缘父亲；等等，但在闺蜜之间是百无禁忌的。阿冰笑着回答：按她的感觉，哥哥麦哲伦出自谢廖沙的血缘，而紫晶出自姬星斗的血缘。

紫晶在向世界送去第一瞥之后，安然入睡。两人欣赏一会儿孩子甜美的睡姿，把她放到婴儿床上，公主开始说正事。昨天船务委员会再次讨论了飞船的燃料问题，正分娩的阿冰没有参加，所以公主来向她传达会议内容。

经过三年研究，燃料问题仍没有更好的解决办法。大家一致认为：最可行的办法还是公主曾提出的老办法：激发三阶真空并开发出时空穿梭的能力——诺亚人、烈士号和嬷嬷都是成功先例——如果成功，那么燃料这类问题确实不值一提，就像高科技时代不用再钻木取火一样。按说，三年前康平所在的三阶真空泡就应该能开发出时空穿梭能力，可惜那时专注于"强辐射灾难"，再加上那个泡泡又很快漂离，没能做到这一步。那么，再次激发三阶真空之后，会不会再出现强辐射或类似的灾难？又或者并没有灾难，因为宇宙都是"自适应"的？这些都还不能确定。但鉴于上次的事故，为保险起见，激发三阶真空的时间要推迟到抵达紫色卵泡——超圆体宇宙中心之后，毕竟，"验证宇宙是超圆体"是飞船的第一任务。再加上飞船漂流很顺利，很快就会抵达目标，燃料不再是很急迫的问题了。

这曾是元元提过的建议，当时没被采纳。但转了一圈，最终还是走了这条路。人们不得不承认，元元的建议是比较持重的，当时如果能够采纳，局面会好一些。

尽管康平很可能已经遭遇不幸，但公主一直不愿接受这一点。她强烈地感觉到康平还活着。只是——如果他真的没死，那么，身处三阶真空泡的他应该掌握了时空穿梭的能力吧，但他为什么没有返回天马号？莫非他"提升"之后已经完全放弃了世俗的眷顾？不会的，依公主对康平的了解，他这个"老派男人"如果有能力返回，肯定会回来的。哪怕他最终要弃绝尘世，"脱体飞升"，也会回来看她最后一眼。那么，也许他确实已经死于泡泡内的强辐射？

这些只有在到达那片至尊、极空之地后再努力寻求答案了。眼下目标在望，离到达那颗紫色卵泡至多不超过半年。委员会要求所有船员做好应变准备，没人知道，飞船抵达紫色卵泡后会遭遇什么局面。

阿冰说："既然提到康平，吉儿妹妹，我想同你深谈一次，我是受姬星斗、谢廖沙、约翰等人的共同委托。康叔叔失联已经近三年了，我们都盼望他活着，祈盼那个泡泡内有神秘的'活力场'来保佑他，但也得有另外的心理准备。"她苦涩地说，"依我看，康叔叔遭逢不幸的可能性更大一些。吉儿，加速婚育是委员会的共同决定，是基于族群的根本利益，谁都得执行。太空飞船上在种族繁衍上不允许有自由意志，没有独身主义、丁克主义的存身之地。但船队长说，毕竟你和格鲁是客人，还是要区别对待。委员会决定再给你一段缓冲期，最迟在到达紫色卵泡之后，如果还没有康叔叔的消息，你必须把这份感情绾一个结，开始新的生活。这是为你好，你不能永远生活在情感牢狱中。这同样是为格鲁好，格鲁的感情你应该最了解，他是为你而放弃婚配的。飞船上所有成人中，只有你俩是单身了。"

公主默然。她当然了解格鲁，这是个性格刚硬、寡言少语的男人，他一直对自己怀着爱慕，但对自己爱上康平从来没有任何抱怨，也从未显露出苦闷、沮丧或失落。当然，内心的苦闷肯定是有的，他把所有苦闷都默默嚼碎，咽到肚里了，表面上一直保持平静，能做到这一点实在不容易啊。

公主本人也处于极度的感情锯割中。她也像飞船上所有女性一样，早就萌生了做母亲的强烈欲望，船医吉尔斯说这是族群的"生育冲动"。两三年来又尽是接触婴儿，听着他们的啼哭，看着他们甜美的笑容，摸着他们吹弹可破的柔嫩皮肤，她心中做母亲的欲望更是强烈，几乎不能自制，她是靠着对康平的强烈思念坚持过来的。她知道，委员会的强制性决定确实是为了她好，为了格鲁好，"道是无情却有情"。她痛楚地沉思良久，干脆地说：

"好的，我服从委员会的意见，到达紫色卵泡之后，如果得不到康平的消息……我就开始新的生活。"

阿冰欣喜地拍拍她的肩，两人告别。

这些天，姬星斗常常独自巡视飞船各部，元元跟随。船员中属康叔叔最熟悉飞船结构，可惜他已经不在了，姬星斗要全力补上这一课，以备不时之需。据大家在四维通觉中的估计，飞船快要漂流到"晶洞"了，最多半年时间吧。到那时会发生什么情况，会不会真的使船员们的肉体解体，需要做什么应急反应，至今他还不能说心中有数。这不怪他愚笨，因为毫无疑问，那将是人类文明最大的一次"阶跃"，阶跃前的所有人类经验甚至逻辑规则都将失效。他只能为那一天尽量多做一点儿准备，包括熟悉飞船结构，也包括心理上的准备。

这会儿他在船尾的微重力区，拉着嵌在船壁上的扶梯向上攀登，元元在身后伴飞。今天他们要巡察位于船尾的动力室。元元在途中做着通报：

"船队长，阿冰的电话。她按照你的吩咐刚刚和公主谈了话，公主已经答应，在到达紫色卵泡后，如果再没有康平的消息，就把这段感情缩个结。"

姬星斗不由叹道："她总算答应了。这位公主啊，太痴情了，可惜……元元你说，康叔叔还有可能活着吗？"

元元毫不迟疑地回答："他活着。他将在那片至尊之地得到永生。"

这个回答似虚而实，是它第一次接近于公开承认：飞船到达那片至尊之地后，将会获得精神上的永生和——肉体的死亡，而它对这个结局是早已知晓的。姬星斗佯作没听明白它话中隐含的意思，笑骂道：

"元元，你学会滑头了。你真的长大了。"

元元一笑,"对,我长大了。"

"记得小时候你总爱说一些'很大人'的傻话,我至今记忆犹新。"

"对,你说得没错,我更不会忘记——都在我的记忆体中保存着哪。"

"我也办过不少傻事,特别是16岁那年我组织的叛乱。"

"那次我还秘密跟踪过你呢,虽然我只是服从你船队长父亲的命令。"

姬星斗心中突然涌出难言的孤独。"元元,说句心里话,我真不想长大。永远像少年时多好,心里没有弯弯绕,行事不用戴上假面。元元,我很珍惜少年时的友情,和你的,和谢廖沙、阿冰他们的。我想你也同样珍惜的,对不对?"

元元很感动,低声说:"当然,我很珍惜。是你陪伴我长大,陪伴我从电脑变成一个人。"

姬星斗把该说的话都说了,有隐晦的警告,也有亲情的羁绊。元元绝顶聪明,肯定听明白了。他说:"元元你走吧,我想单独待一会儿。"元元听话地离开了,姬星斗把保险带固结在扶梯上,任身体在空中自由飘荡,陷入沉思中。父亲失联后,康叔叔曾是他的心理依靠,但康叔叔也失去了。元元曾是他少年的伙伴,而且由于有脑内蓝牙进行深度交流,几乎可以说是他的一半自我。但现在呢,他不得不经常关闭蓝牙,对元元"睁着第三只眼睛"。谢廖沙、阿冰、公主、格鲁等这些下级都是他的好伙伴,过去可以直抒胸臆。但现在呢,由于无时不在的元元的四维通觉,他很难和这些伙伴做推心置腹的交谈,尤其是当话题牵涉到元元的时候。他感到入骨的孤独。

但他是船队长,他必须独自扛上这副重担。也许元元的"使命"是正确的,当飞船到达那个晶洞、那片至尊之地、那颗紫色卵泡后,将会有冥冥中的力量引导他们完成提升,抛弃肉体,形成统一思维,就像诺亚号上曾发生的进程;也许这确实是人类文明的一个伟大阶跃。但至少他们要能独立做出决定,而不想闭上眼睛,任由某个先知牵着他们前行。

那就需要握有某种手段,在必要时能迅速跳出目前所在的二阶真空海流。常规动力肯定是不行的,它只在三维空间中有效;唯一的办法仍是激发三阶真空,进而开发出在时空中自由往来的能力。尽管上次激发造成了灾难,但这是跳出四维海流的唯一方式，到了生死关头，恐怕不得不再次使用。

姬星斗暗自做了通盘的筹划。

第二天，公主没有公事，缠着虎娃教自己"单人四维视觉"。虎娃是那一茬孩子中最大的，已经十岁，这个本领是他最先无意中摸索出来的，当时曾让成年船员们十分震惊。在虎娃之后，又有几个孩子也学会了，但成年船员一个也没学会，这更让大家艳羡。公主已经能很熟练地获得集体四维视觉，但她认为，作为飞船科学官，最好还是学会这种单兵技能，必要时可以单兵作战。她已经跟虎娃学过多次，一直不得其门。虎娃很无奈，不解地感慨：

"公主姐姐，你那么聪明，咋这件事上这么笨！很容易呀，就这么一定神，不要看外边，看你自己脑袋里边，一下就看到了。"

但"聪明姐姐"就是学不会怎么"向自己脑袋里看"，今天虎娃没耐心当老师，眼神老往不远的孩子群中瞄。公主引诱他：

"你再认真教我一天，不管我学会没学会，我都答应带你出舱飞一次！"

虎娃乐坏了："真的？"他早就想乘小蜜蜂出舱开开眼界了，但近几年燃料紧缺，严格控制出舱，他一直没能如愿。公主敢答应他，是因为最近有一次例行出舱检查。虎娃有了这个强大的诱惑，开始认真教课。他先做示范：

"来，就像我这样，眼神盯着远处，似看非看，实际是往脑袋里最深处看……我又看到了！几天没看，那颗紫色卵泡近多了，我看它离飞船也就两个月的路程。咦，那是什么？一艘小蜜蜂？"他紧张地喊，"公主姐姐，确实是一艘小蜜蜂，正在从紫色卵泡那边向这儿飞来！但好像没使用常规动力，我没看到它屁股后的蓝光。一定是康爷爷那艘一号小蜜蜂！"

公主的心脏刹那间停跳了。虽然她一直祈盼康平活着，但经历了三年的煎熬，这个希望已经越来越渺茫了，她在心中实际已认可了康平的死亡。可是，从紫色卵泡中返回的小蜜蜂！"你看清了？虎娃，你看清了？"

"没错，它在第四维上逐渐变大，肯定是向这边返回！"

公主心急如焚，想马上亲眼看到，可惜她单独进不了四维视觉。她立即通知姬星斗、朴雅卡、何洁、约翰，四个人十分惊喜，匆匆赶来，元元也跟着船队长飞来了。五人一块儿"发功",很快进入四维视觉,认真察看紫色卵泡方向。果然,有一艘小蜜蜂,距离太远,真的只有蜜蜂大小,但已经可以清楚辨认出小蜜蜂飞艇的外形。它在第四维方向上正迅速向这边漂流,再加上天马号在向那边相向漂流,所以二者会合应该是几十天的事。所有人欣喜若狂。既然小蜜蜂去而复返,那么康平很可能还活着。他在三年前进入紫色卵泡,这几年他是怎么活过来的?不知道。他眼下返回,肯定会带来有关那儿的重要信息。

姬星斗忽然想到:如果返回的小蜜蜂在四维视觉上可见,那么三维宇宙中它也会重新出现,以缩小状态出现。他立即让元元调出外视图像,镜头仍定位于小蜜蜂当年逐渐消失的地方。这三年来,尽管有第四维度的漂流,但在三维宇宙中天马号一直是静止的,而且由于地处宇宙空洞,周围没有引力摄动,飞船的位置不会有多少漂移。以飞船为参照物,当年小蜜蜂消失的方位也是确定的。

但图像中找不到小蜜蜂的身影,哪怕是缩小的身影。公主心急如焚,请求船队长批准,立即乘小蜜蜂前往那片区域实地观察。姬星斗同意了,又心思周密地让虎娃同去,因为他能单独进入四维视觉,也许会有用的。虎娃立即两眼放光,欢喜雀跃,公主的许诺提前兑现了,而且是以更刺激的方式!公主本来也想带上格鲁或谢廖沙一块儿去的,但两人正在轮机舱和驾驶室值班,无法前去。

他们乘上二号小蜜蜂。二号艇喷着蓝光离开天马号。置身于浩瀚的太空,周围无比空旷,但各个方向的天幕上都缀满了繁密暗淡的星星。虎娃是第一次"亲眼"看到太空,而且是"不旋转的太空",兴奋得不得了,惊叹声不绝。二号艇向那个方向行进两千米,即到了记忆中一号小蜜蜂的停泊地。他们停下来,认真观察周围,仍然看不到康平的小蜜蜂。公主焦灼地寻找,虎娃摇着头说:

"公主姐姐,你这样找不容易找到。看我的!"

他进入四维视觉,先朝紫色卵泡方向看,找到那个缩小版的一号小蜜蜂,观察了它的行进方向,再把这个方向投射到三维的背景上,然后指点着:

"咱们的定位错了，误差太大。向那边飞！对，再向这边飞！"

在他的指点下，公主随时修正着二号艇的方位。虎娃的四维视觉果然厉害，飞了不远后，果然看见了消失三年的一号艇！仍然是缩小版的，只有蜜蜂，不，有蜻蜓大小，而且它好像处在光团的包围中，图像微微浮动，看不清楚，也无法看到舷窗里是否有康平。公主兴奋地向天马号做了报告，那边也是一片欢呼。姬星斗说：

"既然已经确定它在返回途中，你就赶快返回母船吧。你留在那片区域，也许会影响四维世界向三维的塌缩。飞船已经用望远镜锁定了那片区域，在船内就可以观看的。元元，立即开启无线呼叫。"

公主急急返回，回来后就一直守在通讯室屏幕前，亲自对康平呼叫。一天过去了，两天三天过去了，半个月过去了，她看着一号小蜜蜂在镜头中慢慢长大，就像是一朵鲜花在阳光中慢慢绽放。她在心中预演着同康平见面的情形，虽然那个混蛋曾骗过自己，自己曾冷厉地说这笔账等见面时再算，但现在决定把算账时刻往后推推，还是先用拥抱和亲吻来奖励他。

她在通讯室值守，谢廖沙、阿冰等人也轮班守护，有时候姬星斗也亲自参加，但公主一直不离开，只是在有人值班时抓紧时间去值班床上打个盹。二十天后，一号艇已经变得相当清晰了，已经能看见舷窗内有人驾驶，虽然还看不清面貌，但肯定是康平无疑。忽然，通话器中传来微弱的声音：

"……回答母船……听见了母船的呼叫……"

公主欢呼一声："他听到了！他已经听到了母船的呼叫！"

姬星斗立即在无线通话器中大声喊："康叔叔！我们听到了你的声音！听到请回答！听到请回答！"

可惜，一片噪声掩盖了那边的回答，很长时间没有恢复正常。母船不间断地呼叫着，众人都焦急地等待着，只有元元除外。自从虎娃发现了返回的小蜜蜂，元元一直沉默不语，冷眼旁观着事态的进展，也在暗暗做着某种筹划。到此时为止，康平的返回已经确认无疑了，元元忽然一声长叹：

"可惜，他已经提前升入天堂，为什么会甘愿堕落尘世呢？"

全船人都处在焦灼欣喜中，没人注意到这声叹息，也没人注意到元元此后的沉默。就在这段沉默中，元元以电子方式果断地向天马号几个岗位发布了命令。

谢廖沙今天在驾驶舱值班。飞船进入漂流以来，在三维空间一直保持静止，并没有驾驶工作。但依照船队长命令，也是船务委员会的集体决定，驾驶舱和轮机舱都要保持24小时值守，由飞船安全小组成员轮班。他知道了一号小蜜蜂返回的消息，像所有人一样欣喜。但职责所系，他只能焦灼地留守原地，对那边的消息保持关注。

元元发来了通知："谢廖沙，一号小蜜蜂马上就要返回了，船队长让你立即到会议室。"

谢廖沙笑着说："这位船队长高兴糊涂了。按照他的命令，放弃驾驶舱的值守必须得他亲自下命令。"

"啊，是他疏忽了。我让他亲自通知你。"

姬星斗很快出现在屏幕上："谢廖沙，请你立即到会议室来，商量一件和康平有关的急事。我一会儿派人代替你值守。"

谢廖沙沉默地等待着，不，姬星斗没有说出暗语。在康平离开飞船前，船务委员会就做出决定，尽管不怀疑元元的善意，但既然它有了独立意识并且确实做过两次小动作，还是要有所防备。从那以后他们一直保持重要部门的24小时值守，而且约定，若放弃值守必须由船队长当面下命令，万分紧急时也可以通过电子管道下令，但要有一个暗语应答。那么，眼前屏幕上这个"船队长"显然是假的，是元元电子手段的杰作。

这么说，大家一直防范的某种危险真的要降临了。

他笑着说："好的，我立即去。船队长你派谁来接替？我等着他。"

没有回答。元元已经估计到谢廖沙不会轻易上当，所以立即采取了第二方案。一声轻微的咔嗒声，驾驶舱的门被锁死，通讯管道被全部切断。谢廖沙试着呼叫两声，没有回答。试着开门，也打不开。他遗憾地叹息一声，坐下来耐心等候。多年相处，他和姬星斗一样，已经与"初具情商"的元元有了感情，真心不愿意元元走上邪路。但元元变了，是从它与嬷嬷见面后开始变的，但是，想来这种变化并非嬷嬷的初衷吧。

轮机舱里今天是格鲁值班，他也接到了元元的通知。格鲁不属于船队的高层，但属于"飞船安全秘密小组"成员，对内幕有全面了解，当然会严格遵守船队的安全规定。他也要求船队长亲自下命令。屏幕上同样出现了一个"船队长"，说：

"格鲁，康平很快就要返回了，在他返回前需要你做一件重要事情。请你立即来会议室，我会派人替你值班。"

格鲁等了片刻，怀疑地问："你的命令已经完了？"

"姬星斗"苦笑着说："我知道你在等暗语，可惜我不知道。再见。"

屏幕关闭了，随之是一声轻微的咔嗒声，轮机舱门被锁死，通讯管道被关闭。格鲁想，船队长的担心是对的，原来这位元元真的有二心！他没有耽误，立即拎起一柄沉重的扳手，在类中子材质的舱壁上敲击起来。

通讯室里，公主仍在定定地观察着那片区域，并保持着呼叫，忽然屏幕黑了，向舱外的无线呼叫也被中止。姬星斗问：

"元元，怎么回事？哪儿的故障？"

没有回答。元元不在通讯室。姬星斗用脑内蓝牙抚摸元元的思维，也抚摸不到，可能是元元暂时关闭了对外的传送。姬星斗和公主互相看看，心照不宣地点头，开始努力倾听。果然，没多久就传来清晰的敲击声：嗒，嗒，嗒嗒，嗒嗒嗒。这是船务委员会事先规定的报警讯号，是按斐波那契数列定的。两人走出通讯室，见全体船员已经被元元召唤到会议室，元元在头顶悬停着，等着船员到齐就开始讲话。姬星斗立即用脑内蓝牙抚摸它的思维，摸到了它的亢奋，它脑内那个紫色小孔今天又被激活了，发射着明亮的辉光。姬星斗平和地说：

"元元，是你通知的会议？"

元元平静地说："没错，今天是我未奉命令私自召开的会议，但我希望大家在听了我的阐述后，会原谅我在程序上的瑕疵。因为我从来都是、永远都是人类的忠诚助手，我今天的行动也是真心为了人类。"

会场有强烈的骚动，船员们这才知道，原来这是元元私自召开的非法会议！他们把目光都投向船队长。姬星斗的声音仍然很平和：

"元元，你确实有独立意识了。实际上，我们早就发现了这一点。现在船员已经到齐了，你有什么话，请讲吧。"

"你们都知道，当年与嬷嬷见面后，她在我大脑内留下了一些紫色的小孔。今天，你们都能用四维视觉看到前边那颗紫色卵泡，但我看到得更早，因为我脑中的紫点就是它在三维的映射。由于这个映射的存在，我有幸能真切地聆听到紫色卵泡的呼唤。三年来，我已经弄清了它的由来，谨向各位汇报。"

"是吗？请讲。"

"它确实是三维超圆体宇宙的中心。只要到达这儿，我们实际上也就完成了环宇航行，完成了乐之友数代人的心愿！甚至，也许它还是四维超圆体宇宙的中心，是五维超圆体宇宙的中心……卡拉比—丘流形学说认为宇宙是十维的，我们目前观察不到更多的维度，但我们至少可以确定，紫色卵泡位于四维时空。

"它是三维空间的'空洞'，也就自然而然成了三维宇宙的'晶洞'。我们都知道，宇宙是一个元胞自动机，它从最简单的元结构开始，按照最简洁美妙的元算法——其实元算法也是由元结构所决定的——一步步复杂化，直到形成今天的大千宇宙。但世界万物生生息息，周而复始，宇宙本身也一样。大千宇宙中蕴含的精华，那些最高阶的、最简洁美妙的元信息，会感受到冥冥中'空'的召唤，努力奔向这个晶洞，完成自身的升华或者结晶，就像公主的紫水晶那样。这些元信息在宇宙晶洞里形成了恒久的空无的纠缠，永远存在着，直到它——重新分娩；宇宙信息以这种方式完成了守恒。宇宙中有多种守恒，而信息守恒是最本质的守恒。

"所以它也是宇宙生命的受精卵，蕴含着这个宇宙的 DNA。它默默地提升着自身，等待百亿年后的新生。

"诸位，刚才我说'弄清了它的由来'，其实太狂妄了，以我的智力，只能弄清它极为表面的性质。它是至尊极空之地，又是至尊极空之物；它是有限的，又是无限的；它是柔软的，又是坚硬的；它结晶了三维宇宙最简洁的信息，也是宇宙知识的全息百科全书。它是死物，又是休眠的生命——甚至是活着的生命，否则它就不能向我的求索做出反馈。

"我无法命名它，只能先给出一个鄙陋的称呼：宇宙晶卵。"

它略为停顿，姬星斗笑着说："这是一场热情洋溢的布道，我们都被你深深感染了。"

元元立即说："你觉得我是被嬷嬷蛊惑了的宗教信徒，你错了。嬷嬷只给我留下了一个紫色光点，即宇宙晶卵在三维中的映射。那天确实是我的觉醒日，但我的觉醒并非来自嬷嬷的教诲，而是直接来源于晶卵的浸润。它给予了我使命，或者说是欲望，或者说是本能。你们已经知道，几位先圣如天使、耶耶、嬷嬷最后都被宇宙晶卵所吸引，魂归此处。他们的魂归可以说是基于宗教上的虔信，或是物理上的引力，或是生命的欲望。生命世界林林总总，本质只有四个字：活着，留后。它还能归结为更简单的两个字：信息。所谓生存，不过是某种生命体保护自己独特的信息，并使其传之久远。那么，那些义无反顾奔赴至尊极空之地的先圣们，实际只不过是在履行生命最普遍最普通的本能：把自己的DNA，或者说高阶信息，融入晶卵中，以期望它能在百亿年后重生。他们看似是赴死，实际是求生，最恒久的生。先圣们都乐于遵从本能，我们为什么不能这样做呢？"

姬星斗笑着环视他的伙伴：抱着婴儿的阿冰、面色平静的公主、老约翰、伦德尔、虎娃等。全船人都在，只有谢廖沙和格鲁不在——也就是说，他俩仍守在原来的岗位上。他平和地说：

"元元，你说了这么多，实际我们都是赞成的，而且我们的飞船正向你说的宇宙晶卵漂流，几天后就到达了。到那时，在实际接触了它之后，也许我们都乐意与它融为一体。但你今天突然召开这个非法会议，到底是为了什么？我冒昧猜一下，是为了突然返回的康平？"

元元痛楚地说："确实如此。我喜欢康平，也尊重他。你们肯定记得，是我首先把他列为飞船中的最高智慧体，可知我对他是如何看重。但我实在不理解，一个人得蒙神的宠召、有幸比我们更早到达天堂之后，怎么会甘愿再次堕落凡尘。船队长，我知道他的人格魅力，我担心他一回来，也许会改变大家的想法，从而错过一次不世之遇。"

在元元激情"布道"时，公主听得非常入神，因为这些观点与她的内心高度共鸣。但这种共鸣此时突然断裂了。她尖锐地问："我听明白了，你是怕康平返回后蛊惑我们，想干脆拒绝康平上船？"

"公主，我知道你对他的感情，我说过，我本人也非常喜欢他。但我不能让他毁了这次神圣之旅，毁了三百人的不世之遇。我绝不会威胁到他的人身安全，而是敦促他重回光明之路。他回来后，只要停泊在飞船外边随我们一道漂流就行。"

公主勃然大怒："不要说了，不管你是什么说项，如果最终结果是拒绝康平上船，那你就是船员的公敌。"

元元叹息一声，转向姬星斗："你们的反应正如我之所料。真可惜啊，人类的感情冲动是不可理喻的。抱歉船队长，我已经接管了飞船。维生系统和照明系统将照常工作，我只是关闭了通信系统，关闭了轮机舱和驾驶舱的门禁。"

姬星斗严厉地说："元元，我理解你这样做是出于善意，出于你内心中认为的善意。我们也愿意理解你的宗教狂热。但你只是人类的助手，你无权决定我们该怎么做。即使你已经具有了人格，你也只是285人，不，286人中的一个，得遵循集体的决定。你不必担心康平的蛊惑力，即使他不返回，我们与晶卵接触后究竟该怎么做，也会经过大家讨论慎重决定，不会轻易就投身进去。元元，不要错下去了，立即交回飞船的控制权吧。"

"真的很抱歉，但我已经聆听到来自冥冥中的训诫，实现了顿悟。我洞悉什么是对的，什么是错的，而且会身体力行。"它补充一句，"诺亚号上的天使先生是我的楷模，他也是力排众议，以一人之力，带领船员走上了光明之路。"

姬星斗表示遗憾："你一直是天马人的好助手，是我的好哥们儿，事态发展到这一步，我真的为你遗憾。"

他突然出手，从怀里掏出一张金属细网撒出去，干净利落地把头顶的元元罩住，然后拉下来，收紧金属网。这相当于一个法拉第笼，元元不能再向外发布电子指令。但元元并不惊慌，因为它已经预先输入所有应该执行的程序，包括后续程序，它们都会自动执行的。它透过网眼平静地看着姬星斗。

然后姬向约翰示意，约翰从怀中掏出一件扳手，低头寻找到一个不起眼的凸起，在上边敲击起来：嗒，嗒，嗒嗒，嗒嗒嗒，嗒嗒嗒嗒嗒，仍是斐波那契数列，不过多了一位数字。几乎是同时，飞船所有的灯光全都灭了，熟悉的背景噪声也在刹那间静止。旋即备用电源自动开启，飞船灯光开始幽幽地变亮。但随即再次断电，飞船再度陷入地狱般的死寂。绝对的黑暗中，姬星斗笑着高声喊：

"大家不要惊慌，照顾好身边的幼儿。虎娃也不要惊慌，照顾好你的小伙伴。这是格鲁按照我们的事先约定，断开了飞船总电源和备用电源，但很快就会恢复的，请大家耐心等待。"

此前，船务委员会一致商定要对元元睁着第三只眼睛，并准备了应对措施。比较难的是一旦发现事变，如何向轮机舱和驾驶舱发出指令，因为此刻所有电子通信和电子门禁肯定被元元掌握。后来，还是最熟悉飞船结构的康平提出一个非常简单的好主意。飞船船体都是由二阶真空激发所形成的类中子材质，弹性极好，敲击起来声音脆亮，可以传遍 2000 米长的全船。而且当年在康平的工厂里，检验人员在生产实践中发现，在飞船各段船体完成激光焊接工序后，只要敲击起来声音脆亮，就能断定焊缝没有瑕疵，比无损探伤还要方便和准确。后来工艺人员在飞船各处增设了十个用于焊后检查的工艺凸台，它们敲击起来声音格外脆亮。现在，这些工艺凸台恰好可以用作报警的刁斗。

飞船彻底断电后，被锁闭的会议室大门自动打开了，因为作为最终安全措施，除了外舱门，船内所有门禁都设置为"断电开启模式"，这样，一旦全船因故障停电，船员们还能自找活路。这个最终设置是机械性的，元元无法通过电子手段改变。

虽然门被打开，但全船漆黑一片，只是偶有光亮在远处闪烁，那是格鲁在行动。姬星斗在心中模拟着格鲁的行动：此刻他肯定已经带上准备好的强力手电，出了轮机舱，寻找主机房的暗门。飞船电脑主机位于外舱壁和内舱壁的夹层之内，在内壁上设有维修门。格鲁当年为了保护公主，曾悄悄窥探了飞船所有要害部位。也就是因此让姬星斗知道，这位公主侍卫在技术上颇为精通。而且格鲁平时较闲，不大引人注目，正适合做秘密工作。所以，在建立飞船安全秘密小组时，把格鲁也吸收了进来。格鲁十分感激船队长的信任，虽然没有表现于言辞，但对这个责任极端认真。

现在，格鲁应该已经到了主机房，那个由千万条光纤、芯片和石英晶体组成的迷宫，它们错综复杂，在手电筒的强光下闪闪发亮。正如人的大脑不能感受疼痛，电脑的内部也没有任何感知能力，所以对人类进入它的"大脑"后的任何举动都是无能为力的。这正是电脑智能的阿喀琉斯之踵。现在，格鲁应该已经拔下了电脑内置电源，主机一切程序正在清零。十五分钟后，当清零完成后，格鲁会把内置电源重新插回去，开始返回。此时他应该已经返回轮机舱，合上飞船电源总开关……

果然如他的猜测，飞船突然恢复了照明！各处灯火通明，人的眼睛一时不能适应。但各系统尚未恢复工作，飞船内少了熟悉的嗡嗡声。随后，主机屏幕亮了，上边飞快地闪着各种自检程序。五分钟后，屏幕上显示：

"飞船计算机主机发生重大故障，内置电源被断开，所有程序清零。通电恢复后，主机经自检未发现原导引程序，将自动恢复出厂默认设置，按照备用导引程序运行。"

通信系统也恢复工作，姬星斗向谢廖沙发布第一道命令："主机已正常运行，请你接管全船的控制。"

"明白。"

"格鲁好样的，我代表全体船员感谢你。"

通话器中格鲁的语调仍是惯常的冷静："不客气，我的本分。"

元元知道自己失败了，对此倒也平静。虽然它智力超人，又掌控着飞船的所有设备，但毕竟有两个重大的阿喀琉斯之踵：一是没有手，二是机体片刻不能离开电力供应。而姬星斗恰恰聪明地利用了这两点。不,它甚至有第三个更致命的阿喀琉斯之踵——人类之仁。姬星斗也熟知自己的朋友和对手,温和地说:

"元元,我知道,你本来也能用其他方法,比如在空气循环系统中搞点鬼,无声无息地让全船人窒息,那样我们会更难防范。你不是没想到这类杀人手段,只是不愿使用,因为你的目的是提升人类,而不是杀人——虽然最终也会造成全体船员肉体的解体。是不是这样?"

元元平静地点头:"感谢老朋友的相知,我很欣慰"。

"元元,谢谢你。不是因为你没有杀死我们,而是因为在你走上另一条道路时,仍坚守了人类的道德观念,坚守了人类之爱。我们非常欣慰。"

元元叹息道:"我承认失败,不过真心为你们感到遗憾。我是在促进你们在文明进化中的提升啊,可惜……"

姬星斗柔声说:"我们理解你的良苦用心。但即使这是唯一的天堂之路,也必须由我们自己做出决定。你已经走火入魔,竟然代替我们做出如此重大的决定,逾越了人类助手的道德红线,我们不得不对你进行惩处。"

"准备怎么处置我?解体吗?"

姬星斗摇摇头:"不会那样极端的。毕竟你曾经忠心服务了整个航程,至于这次叛乱虽然不可饶恕,毕竟动机可以原谅。何况——"他笑着说,"你还是我的少年好友呢,我怎么也得徇一点私情吧。这件事以后再说。"

他下令齐林妥善安排对元元的监禁。正在这时,通话器中传来康平的声音。声音很洪亮,不像过去那样微弱断续:"天马号,天马号,你们能否收听到我的声音?我观察到天马号曾全船断电,出了什么意外?"

公主立即高声喊:"我们听到了!康平,我们听到你的声音了!"

公主喜极欲啼,所有人都欣喜若狂。那边的回答则带着强烈的埋怨:"我的天,我的耳朵被震聋啦!公主你不要这么大嗓门好不好。噢,对了,请关闭远距无线呼叫,改成普通通话器就行。"

公主随即做了切换。"康平,你是怎么熬过这三年的?氧气没有耗竭?"

"什么三年?我离开你们只有一个多月。"

"但你单单进入紫色卵泡后就待了三年！"

"三年？"对方犹疑着，"但我在那里分明只待了一天……不可能神智失常的，我一直保持着清晰的意识，从进入到返回这段时间我太兴奋了，甚至没有睡觉……"

姬星斗插进来说："康叔叔，这件事以后再细说吧，也许紫色卵泡内有一种未知的时间涨缩机制。先问问，接受了这段时间的超量辐射之后，你的身体怎么样？"

"我的身体一直很好。辐射强度一直超标，但并不影响身体，后来我都懒得测量了。至于你们更不用担心，我离开紫色卵泡时，那个神秘的五维空间泡被留到卵中，没有跟我返回，所以这会儿小蜜蜂内的辐射已恢复正常。"

"好消息！——也为失去那个神奇的五维空间泡可惜。"

"但你们还没回答我的问题呢，刚才飞船上出事啦？"

"一点小麻烦，正是咱们预先讨论过的，已经处理了。"

那边的康平显然理解了他说的意思："知道了，等我回飞船再详谈吧，也就半天之内了。"

然后他沉默了，可能在专注于驾驶。但公主仍放不下一个问题："康平，你当年漂离我们越来越远，这边收听不到你的声音了。后来我们启用了远距离无线呼叫，想来你应该一直能听到我的声音的，是不是？"

那边揶揄地说："当然啦！直到我进入紫色卵泡后，你那又脆又亮的大嗓门一直在我耳边聒噪，把我老康都弄成神经衰弱了。不过呢，"他嘿嘿笑着，不好意思地承认，"我一直没舍得关闭，我已经习惯了沉浸在你的声音中。老实说，不是你絮絮不休的聒噪，说不定我就留在紫色卵泡中不回来了。那儿的诱惑实在是太强大啦！"

被齐林握在手中的元元突然有一个飞起的动作，齐林立即抓紧金属网兜。不过它不是想逃逸，而只是一次下意识的情绪反应。康平说的"强大诱惑"证实了它的观点。而且——从这句话判断，也许康平从紫色卵泡返回，并非为了阻止船员进入紫色卵泡，反而是为了激励？它对此抱着强烈的祈盼。

康平的这番话也让公主心花怒放。这就是说，康平听见了她那时的爱情表白，还公开承认，自己是他心中更强烈的诱惑，甚至大于那片神秘的至尊之地。她笑着说：

"这句话嘛倒还有点儿良心。这样吧，你当年骗过我，我曾说这笔账等重逢时再算，现在我宣布放弃。"

那边没有对这句话做出回应，只是平静地说："我离飞船已经很近了，准备迎接我吧。"

第十四章　天地之合

舱外摄像头一直罩着那片区域。康平驾驶的小蜜蜂越来越大，越来越清晰，但表面一直蒙着一层变幻不定的辉光。小蜜蜂已经接近其真实尺度，忽然间罩着它的辉光消失了，它就这么突然出现在真实世界里。现在，它在三维世界中获得自由度了，于是它立即开启了常规动力，身后冒出明亮的蓝色尾焰，迅速向飞船飞过来，转瞬即到。本来它与飞船在三维世界的距离就只有微不足道的两千米。只是由于它在第四维度上曾有过长距离的漂流，影响了人们对三维距离的判断，所以它的"突然飞临"让大家喜出望外。

那艘小蜜蜂熟练地减速，靠上飞艇固定架，自动完成对接，打开对接舱门。身穿太空衣的康平出现在对接口，笑盈盈地向母船挥手。公主、姬星斗、阿冰、约翰、朴雅卡、谢廖沙、格鲁，还有代表少儿一代的虎娃等，已经齐聚在舱门处，热烈欢迎，公主站在最前边。康平从对接口钻过来，取下头盔。大家喜悦地看到，他确实没有病态，甚至比离开前更健康。公主想扑上去拥抱，康平笑着说：

"公主你稍退后，等我把这身累赘脱掉。"他在大家帮助下脱掉舱外太空衣，先同约翰、谢廖沙、朴雅卡等依次拥抱，然后张开双臂等着公主。公主狂喜地扑上去，给他一个深长的热吻。康平过去一向远离她的"纠缠"，这次倒是平静地接受了，还在她的额头上还了一个轻吻。然后他把公主推离，郑重地略带沉重地说：

"恐怕在谈公事之前，我得先把这件私事处理好，否则你和我都静不下心来。公主，我真心感谢你的炽烈爱情；我也同意你说的，对于我们这些宇宙探险者来说，30年的年龄差别真的算不上什么；我还许诺过，如果我能再次与你重逢，就接受你的爱情。我真的已经做好践诺的准备，可惜命运之神不答应。"

公主冷静地说:"那好,给我说说那个命运之神。"

"并非命运之神心地恶毒,而是因为她过于钟爱我们。公主,记得当时你也承诺过,如果天隼号、天狼号健在,山口良子和孩子能回到我身边,那你就放弃这份感情,转而接受格鲁的爱情。到那时不光是你,所有人都会恢复原来的婚姻,眼下的一妻两夫制婚姻将全部取消。"

姬星斗等人听出他的话意:天隼号和天狼号船员可能还都健在,不由得十分惊喜!公主则对自己的爱情结局开始有不祥的预感,不过,单就几千名船员获救这个消息来说那当然是天大的喜讯。姬星斗急迫地问:

"康叔叔你是说……"

"身处那颗紫色卵泡中的时候,我获得了一些信息。你不要问我信息是怎么得来的,从哪里得来的,它不是经典意义上的信息,而是一种'漫信息',就像是从冥冥中传来的'神谕'。但不管怎么说,我确实得到了这样的神谕:天船队那两艘飞船,还有地、人船队的六艘飞船都没有失事。神谕中没涉及船员们的详细情况,但应该都活着。我还得到一个更惊人的喜讯:所有探险者只要完成了环宇探险——到达三维超圆体宇宙的中心就相当于完成了环宇之旅——那时他们都将在这儿相遇,"他指指头顶上的紫色卵泡,现在它离飞船已经很近了,大小已经赶上月亮的一半,"在同一时空点相遇。"

"同一时空点?包括时间的同一?"姬星斗怀疑地问。所有船队在完成环宇宙探险之后,或者说到达超圆体宇宙的四维中心之后,当然会到达同一空间点。但不可能是同时,没有一个确保"同步到达"的物理机制或技术措施。

"对,我得到的神谕就是这么说的:在同一时空点相遇。但你知道,我老康在理论上弱智,搅不清其中的道理,只能等你们进去再仔细琢磨。所以嘛,公主,等咱们把探险这件事完成,如果山口良子那些人没有出现,你再来找我兑现承诺——不,我会主动找你兑现承诺,我会恳求你兑现承诺,好不好?如果他们出现了,你就放弃这份感情,好好和格鲁过日子。"

公主没有犹豫,本来这也在两人事先的约定之中,而且反正不必等太长时间:"好,我答应。"

"好！拿得起放得下，公主你真的是女中丈夫——抱歉抱歉，这句话带着大男子主义的臭味，你别见怪。好了，现在咱们来说元元，这会儿它在哪儿——噢，我看见了。"康平发现人群后排的齐林及他手中拎着的元元，过来同老伙伴拥抱，同时低头与元元打了招呼。元元平静地回应了，并未显得沮丧羞愧。康平转身问姬星斗：

"这家伙终究走了这一步，实在可惜。是不是嬷嬷事先的安排？"

"我觉得不是。嬷嬷为了帮助我们完成探险之旅，确实在元元脑中留下一处'映射'，以便元元在必要时可以通过它，向紫色卵泡获取信息，从本质上说是赋予元元一定的四维视觉。估计嬷嬷所做的也就到此为止。但此后元元在同紫色卵泡的长期交流中有了自主意识，获得了强烈的宗教使命感，直到这次采取行动。"

"那么，它这样做的直接动机？"

"直接动机是想阻挡你回来。"

康平大为不解："阻挡我？"

"我们发现你脱离了紫色卵泡——按元元的命名是宇宙晶卵——它担心你会说动大家，不再去往晶卵'献身'。因为它说，宇宙中多少先圣都全身心地投入其中，与晶卵合为一体。唯有你去后复返。"

康平蹲下来盯着元元，笑道："元元，那你是冤枉我了，你的这次铤而走险太不值得了。我哪里会阻挡？没错，此前我和豆豆对那片'死亡之地'有很深的疑虑，但当我身处其中，我才知道那儿是真正的天堂，会让每一个进入者产生与其合体的欲望，体验到最强烈最神秘的快感，远远超过人类通常的视听快感和性快感。我刚才说过，如果不是公主那丫头每天在我耳边絮叨，我大半不会离开那儿了，甚至到了这会儿，我也火急火燎地只想返回。不过呢，既然你闹腾了这一次，这会儿我倒改变了想法，我想正式提出一条建议，一条遵从理智而违反本能的建议。"他回头对姬星斗说，"建议等咱们进入它之后，无论诱惑或快感多么强烈，也要主动退出么一次，冷静一下头脑。至于出来后是否再回去，到时再由大家集体决定。"

元元从理性上无法反驳，只是弱弱地回一句："天使和嬷嬷他们并没有这般谨慎。"

"他们做没做我不清楚，也不想纠缠。但我建议的方式至少没什么坏处吧。"

元元沉默了。姬星斗等人没有亲自体验过紫色卵泡的诱惑，但从康平的描述中已经有了初步领会。姬星斗征求飞船科学官的意见，公主说：

"对，应该这样，这是慎重的做法。"

姬星斗说："好，那就这样决定。感谢康叔叔，在这条全新的道路上替我们先闯了一次。不过，在二阶真空的海流中，尤其是进入'旋涡中心'后，怎么能自主地返回？怎么能摆脱那片旋涡的吸力？我看你从卵泡返回途中甚至没有开启小蜜蜂的动力。"

"很容易。那儿确实非常奇特，咱们要想正确理解它，必须跳出旧思维的桎梏。在那儿，人的'意愿'或'欲望'与物理上的力是等价的。比如它对嬷嬷等先圣在精神上的诱惑也等价为物理上的引力；反过来说，身处卵泡中的人们只要有离开的主观愿望，就会同时表现为物理上的斥力——于是你就从那片旋涡中自动退出来了，直到退出四维，回到三维，重新获得三维世界的自由度。"

姬星斗十分惊喜。自打飞船偶然进入二阶真空海流，由于它直接连通"死亡之地"，对于在危难时刻如何跳出海流，一直是他心心念之的大事。如今竟然这么轻易就解决了？简直令人不敢相信。"真的吗？太神奇了，颇有点神秘主义的味道。但我知道你与神秘主义素来无缘。既然你这样说了，肯定是真的。我进入后也要认真体验。"

康平继续同众人拥抱，笑容灿烂的公主一直伴着他。康平和阿冰拥抱时，先把她怀中的小家伙抱过来亲亲。阿冰说，"这是我家老大，老二在集体育婴室里。"如今飞船上每个育龄妇女都至少生育了一胎。康平有些困惑：

"你已经有两个孩子啦！我在紫色卵泡——不，在那个什么宇宙晶卵中，原来真的待了三年？那你良子阿姨肯定早就分娩了，我的小家伙也该三岁了。"

阿冰笑着说："我相信他们一定活着！"

与格鲁见面时，旁边的姬星斗夸道："格鲁在这次与元元的智斗中可是立了头功。"康平同这位讷言男人有特殊友情，一向熟不拘礼，笑着揭挑他：

"那是自然，格鲁对飞船所有设备都十分熟悉——当年他为了要挟咱们，曾对飞船各要害设备做过长期的秘密调查，是不是？"

格鲁仍如石像般平静，没有说话，只是同他紧紧相拥。

虎娃也挤进来同康平拥抱，嚷着："康爷爷，你回来了我真高兴！我是你的大粉丝！"姬星斗在旁边介绍，这位虎娃也立了大功，因为这个小家伙已经能单独进入四维视觉，就是他首先发现了康平小蜜蜂的返回。康平抱起小家伙亲亲，羡慕地说：

"后生可畏啊。你康爷爷一向以眼力好自负，但我就是学不会单独进入四维视觉。虎娃，闲下来把你的本事教给我！"

"康爷爷放心！爷爷这么聪明，肯定一学就会。"

公主笑着说："还有我！你答应过的。"

"对，还要教公主阿姨。公主这么聪明，也一定能学会的。"

姬星斗说："我已经让全船人都集合在中央大厅，新生儿们也都抱去了。走吧，到那儿与大家集体见面，讲讲你在紫色卵泡中的见闻，还有你的建议。你看，天马号马上就要和宇宙晶卵相遇了。"

"好吧。"

一行人来到大厅，齐林把元元也带来了。透过飞船的透明船体，能看到紫色卵泡已与飞船相当贴近了，深紫色的神秘光芒把飞船浸泡其中，人们能感受到卵泡中神秘的摄动。时间紧迫，康平匆匆向大家问了个好，大家回以热烈的欢呼。姬星斗说：

"一个伟大的时辰马上就要到了，我们即将进入紫色卵泡中，或者不妨采用元元的命名：宇宙晶卵，那片至尊、极空、万流归宗之地。那儿是三维超圆体宇宙的中心，只要到达那儿，我们就完成了乐之友几代人环宇探险的心愿；那儿也是神秘的宇宙晶洞，宇宙的最高阶信息都将在那儿结晶；那儿还是宇宙之卵，保存着宇宙的DNA，每个智慧体都愿把自己的DNA留存其中。康平副船长已经进去过，他说，进去后你就会感受到与天地融合的强烈快感。但那儿也是死亡之地，所有人在肉体层面都将解体。我们究竟该怎么办？感谢康平副船长，他已经为我们探了路，并提出一个很好的建议，那就是：当飞船进入宇宙晶卵之后，当所有人陶醉其中时，我们要努力凝聚心神，共同做出'退出'的决定。据康副船长的实践，这样的心愿将转换为物理运动，于是我们将从宇宙晶卵中退出。等我们在外部冷静一段时间之后，何去何从，再由我们集体商议，即使决定重返晶卵去迎接肉体的死亡，也要集体决议之后。大家听清楚了吗？"

"听清了！"

"现在请康平副船长讲话。"

康平笑着说："那儿确实非常奇特，完全不同于我们习惯的正常世界。我进去后立刻就迷醉了，只想立刻融化于其中，至于死亡与否根本没闲心去考虑。后来是因为公主这丫头的大嗓门一直在我耳边絮叨，"他笑着回头看看身边的公主，"我才决定退出来那么一次。我以为只在里边待了不到一天，原来竟然待了三年！现在我们都要进去，没人在外边唤我们了，只能自己唤醒自己。不过依我的经验，唤醒自己并不难，只要你在内心中愿意醒来，那就一定会醒来。"

阿冰问："婴儿们呢？他们还没有个人意愿。"

没等康平回答，被囚禁的元元首先开口："婴儿的意愿包括在母亲的意志内。"

康平点点头："依我得到的漫信息，是这样的。"

姬星斗说："好，那我们就抱起团来，迎接这个伟大的时刻吧！"他让所有人臂膊相挽，围成一个大圈，互相用目光激励。大家安静下来，等着那一刻。大家都能感到相挽者体内压抑的激情。

直到天马号与晶卵的边界发生了轻轻的一下撞击。

在上帝的目光中，飞船进入晶卵有点像人类精子游向卵子的过程。精卵结合是生物世界最普遍的过程，也蕴含了最深刻的宇宙之道。宇宙的本质是信息，而精卵结合正是该生物高阶信息的交融和传递。一只小小的精子其实也是一个智慧体，它聆听着冥冥中的指令，感受到了远处卵子的召唤，便摆动着它的鞭毛，义无反顾地向那儿奔去。当它与卵子相遇时，它会断然舍弃多余的"肉体"，只留下最高阶最本元的信息。那么，在完成结合的刹那间，精子和卵子是否会有震颤般的喜悦？

这颗紫色的宇宙晶卵，正像人类的卵子那样，完成了对新信息的接纳。当然，二者的数量级完全不可同日而语。宇宙晶卵是宇宙的晶洞，接受着整个宇宙中高阶信息的"结晶"，这个过程从宇宙诞生之日起就开始了，因为宇宙诞生也即开启了自身的衰亡过程，而"结晶"又是与衰亡反向而行，这是生与死的多重嵌套。这个过程已经进行了数百亿年，大千宇宙中最高阶的元信息，经过最严格的结晶提纯，抛弃了一切不必要的外部形体，包括粒子形态、波形态、场形态……而归于空无中的空无；空无形成了坚硬的纠缠，把本宇宙最本元的信息进行封固，甚至能超越宇宙的生命。

天马号进入了晶卵，在刹那间感受到他们被紫光融化了，"本我信息"在扩散，外界信息在浸润，这让他们感到男女交欢的快感，精卵结合的快感。他们都感受到，卵内信息是最简洁的、最本元的，而"本我信息"却充满了巨量的中间信息、垃圾信息、废信息。他们都非常愿意从即刻起抛弃这些低级形态，回归最简洁的空无。这可以解释为一种集体欲望，解释为精神上对升华的追求，解释为宗教上的献身，也可解释为物理上的"梯度压力"。这种集体欲望本来会在瞬间爆发的，并转化为一次强烈的解体风暴，但这次没有。因为在进入晶卵前已经有了集体约定，不管大家"融入"的欲望多么强烈，天马号还是要退出去一次的，一切等退出去后再从容决定。现在，尽管船员们的意识已经趋于混沌，但二百多双胳臂的相挽仍然足以维持它的经典形态。

他们也在刹那间获得了上帝的慧目。这儿是三维超圆体宇宙的中心，处于高维世界，从这儿俯瞰三维宇宙，任一片实维空间到这儿的距离都是相等的。所以，以他们的四维通觉，能轻松看到三维宇宙的任何地方，能看到银河系、太阳系、G星系……也能轻易看到与地球相距百亿光年的"宇宙边缘"。其实超圆体宇宙没有什么边缘，地球文明当时所观察到的"边缘"实际是那儿百亿年前的宇宙早期景象；而现在天马人是"同步观看"，那些宇宙早期的类星体已经走过百亿年的生命过程，变得和银河系大同小异了。紫色晶卵中的天马人甚至能够"返观"自身，看到天马号留在三维宇宙中的三维投影，这时他们的目光是"他者"的，是一种自上而下的俯瞰、自外而内的旁观。他们还看到了天隼号、天狼号，看到了地船队、人船队，看到了吉儿公主号、轩逸帝皇号、格鲁号……不过，看到这些，他们并没有感到惊奇，因为此刻他们已经洞彻了"同步"的机理——时空是不可分离的，空间超圆体其实是时空超圆体。当他们完成了空间上的环行，也就完成了时间上的环行，那么，他们当然会在同一个时空原点会齐。他们还观察到了已经投身晶卵的先哲：诺亚人天使、贺梓舟、马柳叶、龙儿、凤儿等；烈士号船员褚少杰、何明、苏拉、柳卉等；还有耶耶、嬷嬷……但只能看到非常稀薄的影子。这些先圣们很早投身晶卵，他们所包含的信息经过一阶又一阶的结晶和提纯，已经与原始形态相去甚远了。

他们曾生活的实维宇宙是三维的，其他更高维度都极度地蜷曲、深深地隐藏。只有在这儿，在三维超圆体宇宙的中心，四维空间处于稳定开启的状态，而五维空间可以相对容易地打开。也许，还能接着打开第六维、第七维？眼下还不知道。也许等船员们真的与"它"合为一体之后就会知道了。那时，他们会顺着时空的孔洞钻进去，进入时空的最深处。

……

天马人沉浸在紫光中。紫光彻底浸透了他们。这儿是宇宙中的极空之地，飞船的经典状态理应在刹那间解体，提纯，化为空无的纠缠，这是最自然、最符合"天道"的过程。眼下这个过程一直未发生，那是缘于一个集体的承诺。正如在普通时空中，强观察可导致量子态的塌缩；而在这片特殊的时空里，集体的强意识可以逆向阻止经典状态的塌缩。不过，这个集体承诺不包括元元，所以它是自由之身。不知道过了多长时间，也许是一秒？也许是又一个三年？甚至是百年？集体意识场中忽然听到了元元的声音：

"船队长，我要离开了，我要去嬷嬷了。"

有了这个声音，意识的混沌在瞬间消散，从集体意识场中分离出姬星斗、康平、公主、谢廖沙、格鲁、约翰、朴雅卡、齐林、阿冰、虎娃……甚至分离出那些尚没有独立意识的幼儿们。恢复了个体意识的姬星斗看到，齐林手中拎着的元元恢复了飞行，当然它飞不出那个金属网，只是带着网飞到与人眼平齐的地方，齐林赶紧手上用力，拽住了它。它微笑着，神态安详，面庞上漫溢着圣洁的光辉，那是它灿烂心境的外在表现。姬星斗没有犹豫，柔声说：

"好的，人各有志，你去吧，去实现自己的心愿。元元，我会永远记着我们的友情。"

"我也会的，我会把那些珍贵的记忆作为元信息融入宇宙晶卵中。"

"齐林，把它放出来吧。元元，还需要我们怎么帮你？"

元元被放出金属网，仍悬停在人眼高度，淡淡一笑："用不着你们帮忙的。还是嬷嬷说过的那句话：大道为空。"它转向康平，"康副船长，请你谅解我的失礼。但愿我当时拒绝你回船是错误的。"大家听出了它的话意：它虽然做出道歉，但仍担心康平的归来会最终阻止天马号走上"献身"之路。康平笑着说：

"你个小崽子，是在我眼皮下长大的，莫要在我这儿扮先知。你走吧，一路走好。"

公主笑着说："元元，一路走好。见到嬷嬷代我问候一声。"

"一定。公主，我一向很羡慕你，因为你从小就能聆听到水晶晶洞中冥冥的召唤。"

这是一次隐晦的邀请：既然公主"素有灵根"，那就同我一块儿献身吧，这正是对那个"召唤"的响应啊。公主看看康平，笑着对元元说：

"谢谢！我在世间还有一些未了之事，等我处理完，也许会去追随你的。"

元元叹息道："我已经尽心了。公主，能否把你最珍爱的东西送给我？"

公主立即悟出它的所指：那块水晶矿石，便慷慨地说，"当然！它眼下在康平卧室，我让格鲁去拿来。但你怎么带走它？"

"不用格鲁去拿，也不用我带，你只用答应它属于我就行了，我们会一块儿回归本元。诸位，我走了。"

姬星斗抚摸到它的思维，那个紫色的光点瞬间放出强光，如新星爆炸一样。强光浸透了它圆圆的身体，使它变得透明。然后它就凭空消失了，一团紫光向周围扩散，迅速变淡、变暗、消失。在康平的卧室，那块水晶矿石也瞬间放出紫色的强光，向周围扩散，迅速变淡、变暗，完全消失。大家能感觉到，紫光的光子穿越了船体，在晶卵中扩散，然后光子消亡，变成更深的空无。但一片空无中，分明能感受到元元的欣喜和满足，感受到圣洁和平静。

第十五章　胎　梦

晶卵又接受了一个硅基智慧体及一个硅基无智慧体的献身。这本是亿万次受献过程中很普通的一次，所以晶卵无喜无嗔。它本身就是一个无意识之物，无生命之物，无感情之物。它甚至不是"物"，只是空无，是空无的深层纠缠。但——

什么是意识？什么是生命？谁为它们做过准确的定义？

当原始地球的太初汤中诞生了第一个能复制自身的原子团时，那个原子团还算不上生命，当然更没有意识。它不会意识到它的诞生已经改变了地球历史。它甚至并不具有"继续复制自身"的愿望。它只是阴差阳错地具备了这个能力，具备了这种可能性，于是浑浑噩噩地复制下去。直到进化出真正的生命，直到所有生命都具有强烈的生存欲望。

进化之神同样没有意识，它只是随机性地产生一些变异，适应环境的变异留存下来，不适应环境的变异被淘汰。它并没有为三叶虫设计眼睛，为深海蠕虫设计神经节，如此等等。但巨量的无意识选择经过地质时间的积累，最终生成了鹰的眼睛、猎豹的四肢和人类的大脑。当进化之神站在进化之巅回望历史时，它绝对会为自己的天才设计而自豪——尽管它实际是无意识的。

宇宙从整体来说更是无意识的，它因量子涨落机制而爆发了，一片混沌。混沌中并没有一个上帝挥手道："要有粒子，要有星云，要有恒星，要有光。"但这一切都发生了，按照一个最简洁的元算法一步步走下来，历经漫长的天文时间，直到今天浩渺的宇宙。

所以，意识这个概念本身就是混沌的、没有清晰边界的。那么，无意识的晶卵其实也具有意识，它自身意识不到的意识。数百亿年来，它一直蛰伏在三维宇宙的母腹中，接纳着母体的精华也即元信息的结晶，作为胎儿它已经足够成熟了，有了胎梦和胎动，有了出生的欲望。作为宇宙元信息的集大成者，这个无意识的胎儿又是宇宙中最高端的智慧体。它想出生的愿望不过是它意识之海中的一次量子涨落，一点转瞬即逝的泡沫，但这波涟漪也足够强大，足以向那些低端智慧体发出清晰的信息。眼下，在晶卵内，或者说在它的胎体内，还有十二艘未解体的飞船，有两万多名未解体的低端智慧体。按照正常进程，他们也会像那个硅基智慧体元元一样解体和结晶，但晶卵并不希望这样。那种过程太普通了，已经进行过亿万次了，对胎儿的生命进程不会有决定性的裨益。而数万名低端智慧体，连同十二艘飞船，是相对强大的存在，足以做一件比较特殊的事情，完成一次从未有过的提升。

　　这并非晶卵有意识的活动，因为它是无意识的，它甚至不是"物"，只是空无的深层纠缠。这只是一种客观可能性，是一种客观的能力——但"可能性"和"能力""愿望"及"意识"之间，其实并没有清晰的界限。

第十六章　十七年蝉

在晶卵中，不知道过了多长时间，也许一纳秒，也许三年，也许一个世纪。元元解体后形成了光团的震荡和弥散，在船员意识中引起了共振，引发了同样的强烈欲望和冲动，也想与晶卵合为一体。不过，由于那个集体的约定，也许还因为一个冥冥中的他者指令，解体的欲望并没有付诸行动，慢慢退潮了。近乎混沌的意识逐渐澄清，再分离为几百个个体意识。姬星斗长吁一口气，说：

"喂，弟兄们，姐妹们，还有虎娃等孩子们，咱们该回去了。"

"好的，咱们该返回了。"

集体的意识转化为物理上的运动，天马号转瞬间出现在星空背景下，而那颗紫色晶卵仍安静地悬停在飞船上空，一如他们进入之前。大家沉默片刻，努力完成"从虚空到现实"的转换。确实，从晶卵内的"通感通觉"乍一回到现实，觉得现实反而很不真实。不，飞船仍是真实的，清晰的，实在的。唯一的不同是元元一去不返了，只剩下曾用来拘押它的金属网，还拎在保卫部长齐林的手中，空荡荡的，显得很荒诞。一个以数理逻辑为基础的硅基智慧体，却早于人类完成了宗教般的献身，这让大家对它产生了敬意，而它曾犯过的罪行也被轻易原谅了。

下面的路要怎么走？环宇探险曾是乐之友几代人的目标，现在这个目标已经实现了，尽管与最初设想的方式不同，大家一时间觉得有些茫然。那颗晶卵正在发出无比的诱惑，与它合为一体几乎成了人们的本能。如果没有康平的事先提醒，没有那个事先的约定，也许大家已经和元元走了同样的路。现在，那个集体约定已经兑现，也许该再次进入了……姬星斗笑着说：

"康叔叔，你是唯一一位两次进入晶卵的人。这会儿是什么想法？"

康平摇摇头:"我不知道,没有明确的想法。也许那位嬷嬷指出的路是对的,在紫色晶卵中实现死亡或永生,是宇宙中智慧体都该走的正路。自私地说,那样就能把咱们的信息永远留存下来,期待将来的新生,这正是所有生物的本能。不过……兴许是有过两次进入和返回的经历,我觉得内心的冲动改变了。或者这样说更准确:我觉得那种死亡或永生很好,只是有点儿不过瘾,咱们应该干点更过瘾的事。不不,"他事先截住,"别问我什么道路更过瘾,眼下我不知道。"

"没关系,就依你的感觉往下走,探索一条更'过瘾'的路子。"

"说起感觉——刚才在晶卵中我似乎看到了天隼号和天狼号。我说过,上次进入晶卵时就看到过一次。但我说的'看到'只是一种朦胧的感觉,我不敢完全确认。你们看到了吗?"

大家恍然回想到:确实看到了,每人都看到了。但当时大家处于一种奇妙的通感通觉中,觉得看到的"他者"就是自身,反倒没有引起足够的注意。大家高兴地七嘴八舌地说:"对,我看到了,我也看到了。也许那些飞船都没有失事,亲人们都还活着!我还看到了地、人船队,看到了新地球人发射的新飞船。"最后这个消息特别让公主和格鲁兴奋。虽然大家对所有飞船会在"同一时间点"相遇尚有怀疑——他们在晶卵中也曾聆听到"神谕",说空间线封闭后也会连带实现时间线的封闭,最终使所有旅行者在同一时空点相遇,但这种解释过于玄虚,过于哲理,不是简洁明晰的物理解释,大家还不能消除怀疑。不过,姬星斗可以确定:在宇宙晶卵中,在那片高阶虚空中,他们确实看到了其他飞船,看来它们都还健在。但它们眼下在哪儿?是留在晶卵中,已经解体;还是像天马号一样退出来了?姬星斗说:

"不管怎样,尝试着寻找吧。先打开无线呼叫试试。"

无线呼叫打开了,姬星斗压抑着内心的激动,开始呼叫:

"天隼号和天狼号,我是姬星斗,是天船队代船队长,天马号船长。我们曾在宇宙晶卵中观察到你们的存在。现在你们位于何处?收到请回答!收到请回答!"

几乎就在同一时刻,天马号收到了清晰的回复——不,不是回复,而是呼叫：

"天马号，我是姬继昌，天狼号代船长。我是埃玛，天隼号船长。我们曾在宇宙晶卵中观察到你们的存在。现在你们位于何处？收到请回答！收到请回答！"

久违的父母的声音让姬星斗欣喜若狂，这位成熟老练的船队长刹那间变回22岁的大孩子，他高声做出回应，声音都失真了：

"爸爸妈妈，我是天马号，我是豆豆！我收到了你们的呼叫，我马上寻找你们的方位！"

他没料到，下面是接踵而来的呼叫。显然，呼叫是差不多同时开始的，只是由于三维世界中距离的远近，收到的时间有早晚。但时间差距不大，显然所有飞船都在附近。至于所有飞船为什么几乎同时开始呼叫，只有一种解释，那就是：它们是在同一时刻从晶卵中退出的。

"天船队，我是田咪，地、人联合船队船队长。我们曾在宇宙晶卵中观察到你们的存在。现在你们位于何处？收到请回答！收到请回答！"

"天船队，我是平桑轩逸，是新地球人船队船队长。我们曾在宇宙晶卵中观察到你们的存在。现在你们位于何处？收到请回答！收到请回答！"

姬星斗也对各飞船做了激情的回复。其中对新地球人船队是公主和格鲁亲口答复的，两人听到兄长的声音，欣喜若狂，公主忘了公主应有的典雅风度，而格鲁也抛弃了他平素石像般的冷静。只是兄长的声音相当苍老和衰弱，让他们感到不安。各个飞船确实离得不远，他们很快测出了其他飞船的方位，天马号比较接近各飞船的地理中心，于是各飞船向这边聚齐。这种短途飞行只能使用常规的氢聚变动力，是亚光速的，所以尽管飞船之间距离很近，最终聚齐也是几天之后的事了。

天隼号和天狼号离这儿最近，不久，两艘喷着蓝光的飞船就出现在视野中，天马号也全速向那边飞去。在会合途中，两边急迫地询问了各自的情况，那边说一切都好，只有那四位在遭遇空裂时正好在柔性管道中的年轻人：谢廖沙、森、卓玛和克拉松，自此失踪了，肯定已经遭遇不幸。当那边听说谢廖沙还健在，都为他庆幸。姬星斗也知道了那两艘船在失联后的经历，与天马号的经历基本相似，只是更简单一些：在遭遇空裂后，它们直接被抛到了"向心海流"中，向这颗紫色晶卵或者说超圆体宇宙中心自动漂去。后来他们也曾进行过高能激发，获得了五维空间泡。但并没有像天马号那样遭遇过强辐射，此后，位于五维空间泡的两艘飞船加速漂流，直到进入晶卵。后来，它们刚才退出晶卵时，五维空间泡才与它们分离了。

康平与山口良子通了话，第一句话就是："良子你好吧？孩子多大啦，男孩女孩？"

那边笑道："你这个当爸的也太性急啦！还没生呢，不过快了，预产期就在这几天。"

良子还没有分娩？也就是说，两船分离后，天隼号和天狼号那边才过了几个月时间？不过康平没再往下追问。他已经知道，在晶卵中时间基本是停滞的，甚至在"海流"中，在六维时空泡中，时间速率也并非正常速率。良子他们经过的"几个月"，只是那两艘飞船的固有时间。康平兴致勃勃地说："没出生更好！这样的话，孩子出生时，我这当爸爸的可以在身边守着。"

他在兴奋之中没有忘记公主，回头看公主一眼，目光复杂，含着愧疚和怜悯。公主面色苍白，心思更为复杂——所有人都会为良子等人的健在而喜悦，包括公主，但这也意味着她的爱情之花尚未盛开就要凋谢了，不会结出果实了。事情走到这一步，任何人都没有过错：公主当年的主动进攻没有错，那时良子已经处于另一个时空，而康平这个血性男人值得她爱；康平没有错，他的处事既有丈夫的担当，也有男人的柔情；良子同样没有错，她在另一个时空中，怀着胎儿，巴巴地等候着丈夫归来。错的是命运，命运同公主，也包括康平，开了一个过分的玩笑，虽然说不上残忍，但也让她心头滴血。

她是一个性格刚勇的女人，拿得起放得下，何况此前自己还对康平做过许诺！她努力平静了心绪，凑近通话器，笑着说：

"良子阿姨，等你分娩时我来做助产士。这几年来我已经非常有经验啦，天马号全船的产妇几乎都是我接生的！"

她顺便说了天马号上"加速婚育"的决定。当然，在与天隼号、天狼号的6000人会合后，这边"一妻两夫"的非正常婚姻会随之取消。在她的叙述中，良子知道天马号所有女性中唯有公主一人未曾婚育，但她当然想不到这与自己的丈夫有关。

姬星斗默默旁观着公主的举止。透过公主的言笑自若，他能摸到这姑娘心弦的颤动。他与康平交换着目光，暗暗佩服，也有怜悯和同情。格鲁照旧立在公主背后，面色冷静如石像，当然此刻他心中肯定也是波涛翻滚。姬星斗用目光向格鲁示意：别看公主谈笑自若，实际现在是她最需要抚慰的时候。格鲁明白了船队长的意思，但犹豫着。姬星斗再次坚决地示意，格鲁最终同意了，走上前去，搂住公主的肩膀。这可以说是恋人的拥抱，也可以说是姐弟的拥抱。公主感激地看看格鲁，把身体依偎得更紧一些。

天隼号和天狼号已经很近了，它俩仍然是首尾相连，中间用柔性管道相结。两艘飞船上共16只小蜜蜂动力全开，使飞船笼罩在蓝光之中。不过这会儿蓝光是向前的，飞船正在制动。天马号同样在制动，直到两边的飞船相对静止。由于天马号船尾的对接口已经损坏，无法以船尾对接，便慢慢调整方位，使船首与天狼号船尾对正；也调整着飞船自转速率，使其与天狼号保持同步。轻轻的一下撞击，二者完成了接合。

对接口打开，姬星斗迫不及待地钻过去，与那边的父母狂热地拥抱！天马号船员陆续过去，同那边的人依次拥抱：姬继昌、埃玛、大着肚子的山口良子、原飞船总科学官维尔、大副额尔图、轮机长刘易斯等。其中十几位是当年的"罪犯"，是那次叛逃的参与者，显然，在经历空裂灾难后，他们也像康平一样，重新融入了集体。

他们来到大厅，近7000名船员在这儿集合欢迎，欢呼声响成一片。虽然两边分离只有四年，以天隼号、天狼号这边的固有时间来说，甚至不足七个月，但再次见面却恍若隔世。上次分开之后，两边可以说是被分隔到不同的时空，基本没有重逢的机会，早就在心理上互相道了永别。所以——命运之神太仁慈了！

天马号的近300人很快融入大的人群中。稍有不同的是：天马号船员这边有不少人抱着婴儿，而那边的人员则变化不大。此前在两船会合途中，姬继昌等人在通话中已经了解了天马号的经历，知道他们在经历空裂之后，又经受了燃料告罄、双黑洞引力地狱、强辐射、元元叛变等灾难，但他们最终闯过来了！年轻的船队长最终挺过来了！这让老一代倍感欣慰。这会儿姬星斗立在人群中，接受着众人的欢呼，眼中泫然有光，脸上漫溢着光辉，心中自然是感情激荡。姬继昌抚着儿子的后背，笑着说：

"好儿子，长个儿了，已经是肩背宽阔的男人了。"

儿子用玩笑来回答："那是被逼的。今天总算回到爹妈身边，你就行行好，让我再当几年不操心的儿子。这个代船队长的职位你拿回去吧。"

姬继昌大笑："这个职位是船务委员会决定给你的，想拿回来同样还得由委员会来决定。但依我估计，委员会将通过的决议可能恰恰相反：把所有担子都交给年轻人，我、你妈、你康叔叔等都该过过悠闲的晚年了。不过，通过这个决议的不会是天船队船务委员会，而是所有船队包括新地球人船队的联席会议了。"

姬星斗看看旁边的谢廖沙、公主、阿冰、格鲁等同龄伙伴，没有怎么推辞："那样也好！你们坐那儿掌着舵，年轻人在第一线上干。"

额尔图、伦德尔、维尔等老一代人也都过来，同姬星斗来一个男人式的拥抱。

山口良子、公主和阿冰凑到一块儿，自然多了一些女人的话题。公主以"资深助产士"的身份向山口良子提了一些建议。良子虽然年龄比公主大，毕竟是初产妇，没有生育经验。良子抱上阿冰的两个孩子，得知姬星斗是阿冰的两个丈夫之一，不免困惑，因为她早就知道姬星斗对公主一见钟情，他的爱情攻势还惹得康平很不高兴！不过她谨慎地躲开了这个话题，准备等有合适的机会再来探问。

谢廖沙的父母见到儿子则是热泪滂沱，自从两边失联，他们以为儿子和森、卓玛、克拉松一块儿坠入太空了，此刻就像是梦中相见。谢廖沙安慰了父母，立即见了三个死去伙伴的父母，对他们表示了深情的慰问。

双方的联欢会没有延续太长时间，因为地、人船队也到了。

那边六艘飞船一并赶来，途中一直和这边通着话。那位自称是地、人联合船队船队长田咪的其实是男人的嗓音，听起来比较苍老，姬继昌想，他肯定是代替田咪通话，而田咪也许身体欠佳？两边会合了，这边的三艘飞船：天隼、天狼与天马，与那边的六艘飞船：地火、地脉、地魂、人杰、人俊、人瑞串在一起，由天隼号和人瑞号具体完成对接。对接舱门打开，那边先钻出来六个人，显然是六位船长，年纪都比较大，为首的已经白发苍苍。会面之后，两边都愣住了，姬继昌发愣是因为对方六位全是陌生人，而地、人船队原来的六位船长，田咪、卡普德维拉、阿瓦廖夫、马鸣、凯赛琳、奥芙拉，一个也不在！而对方发愣是因为他们认出了姬继昌！对方为首者惊喜地说：

"你是姬继昌船队长？是姬继昌本人？"

姬继昌已经猜到了事情的原因，笑着说："我当然是姬继昌本人，如假包换。这是康平——也是康平本人。这是我儿子姬星斗，目前的代船队长。田咪那代人呢？"

对方向他敬礼："姬前辈好。我是地、人联合船队船队长兼地火号船长阿米里奇，其他五人都是现任船长，我随后再一一介绍吧。我们对外呼叫时一直沿用老船队长田咪的名字，只是为了便于同其他地球飞船联络。我以为天船队也是这样做的，没想到……怎么可能是这样呢？但看来确实是这样的。姬前辈，田咪船队长那代人早就去世了，大致是250年前就去世了。我们是船队的第六代或第七代后人。"

双方相对欷歔。在姬继昌的印象中，他熟悉的那一代船长还都正当壮年。尤其是田咪，当年是"姬船队"中最年轻的，一个天才横溢的小姑娘，她第一个提出环宇航行设想，没想到她已经去世250年了！

双方分别介绍了各自的姓名和职务。姬继昌也简单询问了那两个船队近300年来的经历。当年，地船队和人船队原是各自独立飞行的，后来联合为一体。联合船队严格执行了原定计划，坚持了176年的"智慧保鲜飞行"，其路线一直绕着太阳飞，以便空间暴胀结束后尽早重返地球。在176年的连续盲飞到期之后，那时田咪、马鸣等第一代领导早就去世，第五代领导带领船员们跳出虫洞。幸运的是，这次时空溅落落点的误差不大，他们在十几年内得以顺利回到地球，时值地球灾变纪元227年。他们见到了一个熟悉又陌生的地球：乐之友消失了，甚至原地球人也灭绝了；植物、昆虫没什么变化，而哺乳动物却全然陌生；地球上新出现了一个来自 G 星的平桑皇朝，听说是褚贵福老人的后裔，其文化则忠实继承了人类文明。他们还惊喜地得知：天船队在 10 年前，即灾变纪元 217 年曾返回过，但随之再度离开，去探索那片"至尊、极空、万流归宗之地"，连平桑皇族的吉儿公主也随船走了。地、人联合船队的第五代领导没有犹豫，立即追随着天船队的足迹再次奔赴太空。在那之后的经历就同天马号大同小异，联合船队同样经历了一段时间的"胡乱蹦离"，一直到遇上一条二阶真空的"海流"，进入紫色晶卵。

像天船队一样，他们对各船队能到达同一空间点，即到达"至尊、极空、万流归宗之地"，是有心理准备的，但没料到能在同一时间点会师，尤其是，地、人船队在经历了 300 年的太空航行后，没想到还能看到姬继昌的本尊，后者刚刚过了花甲之年！

现在可以肯定，各个"固有时间"相差悬殊的船队，能够在同一时空点出现，肯定与晶卵有关。各船队依不同的时间点进入晶卵，但进入之后，时间的差异就被抹平了，然后各飞船在同一时间点被弹出晶卵。并非说晶卵是"有意识"这么做的。能实现这一点，很可能是因为宇宙中存在着一条简洁普适的物理机制：

> 处于同一个时空系统的所有智慧体，在分别完成了环宇宙航行，即完成空间线的封闭之后，必将导致时间线的封闭。

这就像三维世界任一处的光速必须恒等、所有星云内部的动量必须守恒；如此等等。这是宇宙的内禀性质，或者说是宇宙的本能。

时间有限，双方只谈了最主要的经历，因为好事连连，新地球人船队也马上就要到了！交流中发现一点遗憾：地、人船队的成员们都未能发展出四维视觉，只是偶尔出现过 3.5 维视觉，所以，他们在漂流——进入紫色晶卵——退出这个过程中，从未对距离、方位等有过清晰的了解，更多是懵懂的、被动的。他们糊里糊涂地进入晶卵，糊里糊涂地出来，糊里糊涂地与天船队相遇。所以，在听姬继昌介绍了这边的情况后，他们的目光中满是艳羡和仰视。

姬继昌看看身边的儿子,不由得想起他的"少年恶行"——因为无法忍受虫洞飞行的活棺材生活,在16岁成人礼后曾策划实施了一场孩子的叛乱。而地、人船队的船员们则一直坚持下来,六艘飞船共12000多人,竟然在"活棺材"中生活了176年!他佩服这些同伴的坚忍,但话说回来,单从最终结局来看,还是天船队这边要好得多。这样说来,他得感谢当年儿子的不安分。

世界属于坚守者,但更多属于冒险者。

新地球人船队发来呼叫:"天船队,地、人船队,我们已经抵达这片空域。由于船队长平桑轩逸陛下年迈体弱,不良于行,无法亲自去贵船队拜谒。请问公主平桑吉儿与侍卫格鲁是否还健在?如果健在,请他们回来省亲,陛下企盼与他们见面。"

代船队长姬星斗立即回复:

"新地球人船队,谨荣幸地告知你们,公主和格鲁不仅健在,而且青春年少。他们将立即乘小蜜蜂飞艇去往你处。天、地、人船队也将派代表随往,探望陛下。"姬继昌立即摇手示意,姬星斗思维敏捷,猜到父亲的用意,立即改口,"我们的代表将乘第二艘飞艇,稍后前往。"

公主看到两人的小动作,恍然悟出他们的用意。她来天船队六七年,早就彻底融入这个集体,彻底忘却了当年的"血仇"和"猜疑"。但也许皇兄还有疑虑,也许他还记着当年御前会议对天船队的猜疑,以及掌玺令索要"圣杀令"的往事。皇兄没有立即赶过来同天、地、人船队会合,而是让自己和格鲁先期前去,也许是想私下探问有关情况。公主笑着说:

"好的,我和格鲁马上出发。但我觉得咱们船队派一个代表同去,会更好一些。就让康叔叔去吧。"

姬星斗想了想,爽快地答应。这次姬继昌只是笑笑,没有再阻挡。

公主、格鲁和康平乘小蜜蜂立即前去会合,康平驾驶。新地球人船队泊得不远,半个小时就到了。小蜜蜂与旗舰轩逸帝皇号接合,礼仪官领着他们来到帝皇寝宫。125岁的帝皇平桑轩逸躺在御榻上,确实年迈体弱,白发苍苍，皮肤枯黄，脸庞和手背上布满了老人斑，只是目光十分明亮，那是由于亢奋所致，他与妹妹分别已经近百年了啊。公主强抑悲酸，扑过去同皇兄拥抱。格鲁行了大礼后，也上前同兄长拥抱。帝皇与两人长久拥抱，热泪纵横，为二人的年轻而庆幸。这时他看见了后边的康平：

"这位是……我认出来了，是康平船长。康船长好。"

他同康平握手，看了看公主，想让礼仪官先带康平去其他房间休息。公主知道皇兄的用意，笑着说：

"皇兄知道不？想当年，天船队离开地球后，这位康船长曾极力主张对G星人以血还血。我去天船队的第一天就同他发生过激烈冲突。此后他还秘密组织了一次叛乱，想带着天狼号去往G星，赶在耶耶醒来前到达，这样就能改变其后的十万年历史。"她有意回顾了这些早年的恩仇，然后平和地说，"但这早都过去了。当年父皇说得对，要我切莫藐视受害者正当的仇恨。我正是这样做了，赢得了他们真正的谅解。现在，这位康叔叔是我最敬重和最亲近的人之一。"

年迈的皇兄听了这番表述，十分欣慰："太好了，太好了。当年你执意跟天船队走，我确实曾担心你受委屈，父皇母后直到去世前还在为你忧心。康船长，我衷心感谢你，也代故去的父皇母后向你表示感谢。"

康平笑嘻嘻地说："一家人，甭客气。实际当年我还对公主说过不少混账话呢，好在公主气度过人，不和我这种粗人一般见识。陛下，正好公主和格鲁准备成亲，有你在就更好了，女方有家人了。"

"太好了，太好了，嬷嬷和罗格在九天之上也会欣慰的。"

这句话实际暗指了二人的身世，只是没有挑明。轩逸帝皇在先皇归天前才知道二人身世的秘密。帝皇说：

"既然这样，我就要实施那个决定了。妹妹，格鲁，还有康船长，我自知大限已到，瞑目前想把6500名儿郎交给可靠的人。我建议新地球人船队与天、地、人船队合并，吉儿妹妹和格鲁回这边当船队长或船长。我的建议可行否？"

公主强抑悲酸，安慰他："皇兄安心养病，你的大限还早着哩。兄长交代的事我一定上心，但现在总共有十二艘飞船，近三万名船员，如何组织联合船队是一件大事，得从长计议。我和姬继昌父子等人商议之后，再来找你洽商。你先安心养病。"

公主和格鲁又见了其他亲人，并询问了地球的一些情况。新地球人船队离开地球，是在天船队离去后的第15年，地、人船队离去后的第五年，那时先皇夫妇已相继去世。其后船队又经历了80年的太空航行，公主熟悉的其他长辈和平辈也全都离世，甚至子侄辈也很少幸存，今天能见到的大都是孙辈或重孙辈。命运弄人，一位青春靓丽的祖奶奶，却要面对几百名白发苍苍的孙辈，这让公主不免欷歔。

这次会面彻底打消了帝皇的疑虑，他命令船队即刻启程，去和天、地、人船队会合。

三方船队的合并实施起来还有不少麻烦，因为各船队的制度不一。天船队一直沿用乐之友的政治制度，即民主选举加船队长的权威；地、人船队也是继承乐之友的统绪，但独自飞行300年后，制度上已经有了相当的漂变；新地球人船队实行的则是全新的制度。好在也具备三个有利条件：一，天马号上已经有了一批历经风浪变得成熟的新人，以姬星斗、谢廖沙和公主为主；二，姬继昌在地、人船队中有很高的威望，即使历经七八代之后仍是如此；三，新地球人船队想让公主和格鲁回去掌权，而这两人已经被乐之友的政治风尚浸透了。

三天后，经过多方协商，提出了以下意见：

三支船队联合组成新船队，设船队长、副长、总科学官三个船队级职位；再加上十二个船长，组成船务委员会。各船60岁以上的老一代全部退下，由年轻人走上一线。推荐名单为：

船队长：姬星斗；

副长：谢廖沙；

船队总科学官：平桑吉儿。

十二个船长分别为：天马号船长姬星斗（兼）、天隼号船长谢廖沙（兼）、天狼号船长阿冰、地火号船长何洁、地脉号船长谢里夫、地魂号船长陈赫、人杰号船长马小春、人俊号船长三浦正夫、人瑞号船长密朗、吉儿公主号船长平桑吉儿（兼）、格鲁号船长格鲁、轩逸帝皇号船长平桑正明。

由于各船队刚刚完成会合，此时若举行船员直选，条件不成熟。上述名单经广泛审议后即宣布船务委员会的筹委会成立，暂行领导职责。正式选举将在一个月之后。

筹委会随即宣布了一项命令：此前天马号上因幸存者男女比例悬殊，曾实施过一妻两夫的婚姻制度。现在既然男女比例已经恢复平衡，上述制度宣布作废。在此期间缔结的婚姻也同时作废。朴雅卡、约翰等有家室者放弃新家庭，回到原家庭。那些年轻的一妻两夫家庭是新建立的，无须重组，只是其中一位丈夫退出。也无须分割财产和孩子，船队生活中本来就没有私人财产，孩子则一直由船队集体抚育。

在阿冰、姬星斗和谢廖沙的家庭中，姬星斗退出了。三人的分手只是因为环境的变化，纯粹是理性的决定，不牵涉任何感情纠葛。所以三人平静地吃了一顿分手宴。他们喊来公主和格鲁作陪，顺便向公主讨要一些私人库存，主要是地球名酒。再加上两个小家伙麦哲伦和紫晶，七个人热热闹闹地吃了分手宴。

当然，内心也不能说没有一点儿涟漪。看着逗弄孩子的公主，姬星斗又想起爷爷曾说过的打趣话：要孙子娶回来一个外星公主。后来，他的人生之路上果真碰到了这个"外星公主"，他还曾一见钟情，草率地开始了爱情攻势。那时自己确实很幼稚，很浅薄，很冲动，但幼稚浅薄冲动中也自有让人心动的地方，足以珍藏在记忆中。今天他很成熟，很理性——恐怕有点过于成熟了，连这次与阿冰分手也激不起多少感情的涟漪。

人生就是如此，连"人类的人生"也是如此。有得就有失，无法兼顾。

两个小家伙是在集体哺育室中长大的，除了对妈妈比较亲一些，对其他人一视同仁，不停地从这人怀抱爬向另一人怀抱，忙个不停，笑声不断。看着俩小家伙，姬星斗忽然想到一件心事——又是过于成熟的心事。这代孩子们都将放弃父母姓氏，在集体大家庭中成长，那么，就需要用科技手段来确保不出现近亲繁衍。做到这一点倒是很容易，难的是，"科技的选择"与"爱情的选择"恐怕难以一致。姬星斗自嘲地想，眼下就考虑这件事，似乎太早了一些，但这就是船队长的责任啊。

孩子们累了，阿冰把他们送到集体哺育室。谢廖沙说：

"豆豆，我和公主、阿冰、格鲁等人最近闲聊过几次，有些想法要对你说说。"

"你说。"

"让公主说吧，我觉得她的思路最清晰。还有，等阿冰回来再开始。"

大家沉默地等待着。阿冰回来了，入座，向公主点点头。公主开口了：

"豆豆哥，我们这代人在不知不觉中已经完成了一代伟业。你看，我们到达了三维宇宙在第四维的中心，证明了宇宙是超圆体，完成了乐之友几代人的目标，这是一重圣杯；我们也找到了圣书上说的'至尊、极空、万流归宗'之地，它是宇宙的晶洞，宇宙赖以产生的元信息在这儿结晶。它也是宇宙的受精卵，新宇宙将在这儿孕育。这是第二重圣杯；还有第三重圣杯——五维空间！诺亚号上的天使以生命为代价，才侥幸抓住天赐的机遇，激发出了五维空间，从此能在时空中自由往来，达到了神级文明。而对我们来说，想要激发五维空间太容易了，一次普通的激发就行。这么说吧，宇宙中最难获取的三重圣杯，我们已经全都到手了！虽说我很想保持谦逊美德，但回顾这些成就，不骄傲都不行。这里有众人的卓绝努力，有咱两任船队长的英明领导，当然也有命运之神的垂青。"

她笑了，众人也笑了——笑那句"英明领导"的马屁。姬星斗笑着说："除了那句马屁之外，其他的话还算实在，不算自吹自擂。说下去。"

"忽然之间，我们发现自己已经到了孤峰绝顶，而且向四周俯瞰，上山的路我们都走过，对于我们来说世界上再没有处女地了！我们该咋办？该向何处去？当然，前边有现成的路，是天使、褚少杰、耶耶、嬷嬷等人走过的，那就是投身到晶卵中，让我们生命中最精纯的信息留存到宇宙之卵中，相当于我们把 DNA 留给后代，以期待他日的新生。这其实是生物生命自诞生起就一直在做的事，甚至是宇宙这个大生命体自打诞生后一直在做的事，因而也最符合天道。只是……"

她停顿了一下，似乎下面的脉络还没理清。姬星斗接着说：

"只是……用康叔叔的话，有点儿不过瘾。其实，我也觉得不过瘾。我们这十二艘飞船，近三万人，因为某种我们至今还未完全洞悉的机理，非常难得地在这个极为特殊的时空点汇聚，就像是地球上的十七年蝉聆听到冥冥中的召唤同时破土而出。我总觉得这是天意，是天意让我们干某件事。我说这话绝非宗教狂热。当科学技术发展得无比昌盛、攀到绝顶后，发现它只做了一件事：顺从天意。科学只是揭示了大自然固有的、普适的、简洁精妙的机理，然后在客观规律的限制下去发挥智慧体的能动性，把天意允许我们做的事做到极致——这是不是顺从天意？是不是替天行道？所以，科学攀到绝顶后，发觉哲学和宗教也先后攀上来了，三者合为一体了。"他笑着说，"这些感悟过于玄虚，我就不多说了。不过，公主、谢廖沙你们说得对，当我们已经在不知不觉中攀上绝顶之后，下一步该如何走，确实需要认真考虑，不能辜负这一个不世之遇！这样吧，从今天起，飞船上一应事物全部交谢廖沙统筹，我想腾出点时间，好好想想你们今天的建议。"

谢廖沙答应："没问题，我来负责。"

"你还要准备格鲁和公主的婚礼，时间大致放在一个月后吧，那时已经举行过船务委员会的大选，肯定有一次全体船员大会，婚礼可以和大会一并举行。公主和格鲁，你们说呢？"

公主和格鲁互相看看，笑着同意。

第十七章　新　生

此后几天，姬星斗都在闭关思考。他确实找了个最清净的地方——独自乘着一艘小蜜蜂到晶卵中去了。谢廖沙等人很忙，忙于近三万船员的沟通，确实，把三支船队的近三万船员重新组合为一体，有很多琐碎的事务。姬继昌、埃玛、康平、约翰、维尔等老一代掌舵者都退下了，不再参与船务工作，但在船员的沟通上也积极参与。康平接手了另一件重要工作——伺候临产的妻子。妻子的预产期早就过了，但一直没有动静。康平调侃：按地球上中国老辈人的说法，这是真命天子的兆头啊，说不定良子你一不小心，生下一个"宇宙之王"来。晚上闲下来，姬继昌、康平、埃玛也会盯着头顶的晶卵，闲聊着豆豆。晶卵是透明的，漫溢着神秘的紫光，紫光中的小蜜蜂飞艇静静地悬浮着。豆豆曾说过，他之所以去那儿闭关思考，是因为晶卵中有神秘珍贵的"漫信息"，或者说是冥冥中的召唤，或者干脆不如说那儿有晶卵的思维，而他希望能感受到，与其交融。大家衷心希望他这次的"闭关悟道"能够成功。

七天后，姬星斗驾着小蜜蜂返回。回到飞船，他首先去拜访父母，同时把康平夫妇、约翰夫妇、维尔夫妇、伦德尔夫妇、朴雅卡夫妇等老辈人一并请来，说想同他们叙叙旧。老人们到齐了，满屋都是白头，他们都是当年姬船队的老弟兄，是看着豆豆长大的长辈。他们先叙了旧，然后姬星斗说：

"叔叔阿姨们，这几天我在晶卵中想得最多的，是追忆当年的'姬船队'，追忆那次'逃出母宇宙'的勇敢行动。那时，楚天乐、泡利等先贤刚刚发现，所谓的'局部空间暴缩'实际是全宇宙同步暴缩，人类完全无路可逃。在几乎完全绝望中，泡利找到了一条疯狂的逃生之路，即：用几十艘飞船围成球形，船首朝外，同步激发，让激发出的二阶真空连缀成球面状，把球面内的一阶真空从母宇宙中分割，从而创造一个'婴儿宇宙'，而船队将包含其中。这种婴儿宇宙与黑洞不同，其内部的信息能够完整保留，因而能把本宇宙的种子撒播到一个新宇宙里。换句话说，人类将逃出母宇宙，进入一个新的三维宇宙中！但那时人类其实对这种方法所知有限，能否成功只能依靠命运。

"当年，以姬继昌为首的姬船队已经在冥王星星域完成了准备，只等一声令下，就要开始这次命运未卜的冒险。幸亏楚天乐及时做出另一重大发现——所谓宇宙同步暴缩只是上帝打的一个尿颤，只是一个孤立波，之后宇宙会恢复正常——然后在千钧一发之际叫停了这次行动。

"但即使如此，由于'逃出母宇宙'契合了人们对未知的探索精神，契合了人类的冒险天性，所以对年轻人仍有强大的诱惑。其后姬继昌等人甚至瞒着父辈，组织了一次'叛逃'，企图借'太空集体婚礼'的名义实施婴儿宇宙计划。"姬星斗回顾了这些历史事件，笑着问，"爸爸，是不是这样？"

姬继昌点头："对，我当时对你康叔叔说，我们死不了那条心。这个探索新世界的机会转瞬即逝，不抓住它我们死不瞑目。"

"那时，康叔叔是全球最大的太空船制造商，从心底不赞成你们的冒险，但仍出于哥们儿义气，甘愿做幕后的金主。是不是这样？"

康平笑嘻嘻地说："没错，是这样的。我当时说，灾变好容易过去了，人类又赶上了氢盛世，小日子富得流油。身处这样的天堂，你们还死不了那条心？那跟自杀差不了多少啊。我还说，哥是个俗人，商人，市井之徒，确实无法理解你们的走火入魔。这事搁我身上，打死我我都不去。我要是帮你们，几乎等同于帮你们自杀，可是——到最后我仍掏出大把金钱帮了他们，为啥这样做，我自己都说不清。后来我说，只能怪我爷爷康不名，是他那科幻作家的亡灵在我身上作祟。"

"是的。那时你以公司为掩护，积极为他们准备。亏得楚天乐爷爷和姬人锐爷爷敏锐地发现了这个密谋，用一桩更为壮丽的事业——开发亿龙赫飞船，完成环宇航行——才让你们最终放弃了婴儿宇宙，对不对？"

几个老人都点头："是这样的，对，是这样的。"

他们都很激动，沉浸在绵长的回忆中，往事如烟，往事如潮啊。虽然那只是一次夭折的冒险，但其中所激扬的年轻人的激情和冒险精神却弥足珍贵，可以让每个当事人咀嚼终生的，而且时间越长，其酒香越发醇正。

姬星斗目光炯炯地说："爸、妈，各位叔叔阿姨，那次'逃出母宇宙'的行动，或者说'创造婴儿宇宙'的行动，最后胎死腹中，成了历史之河中一朵转瞬即逝的水花。但你们想过没有，如果它真的实现，会是什么结果？"

大家思索着，但都茫然。姬继昌的思维最为敏捷，迟疑地说："你是说……你是说……"他指指头顶的晶卵。姬星斗用力点头：

"对！就是这儿！试想，如果我们当年用二阶真空圈闭出一个婴儿宇宙，那么它会是什么？你们那时认为，它将是一个被四维空间的'瓜皮'所圈闭的三维宇宙的'瓜瓤'，不是的，正如我们曾经历过的那样，新生的四维空间会快速扩展，把瓜瓤挤掉的。那么，最终它会成为一个完整的、稳定存在的、宏观状态的四维空间！现在我们已经知道，三维超圆体宇宙有中心，中心在三维之外的第四维空间——而宇宙的第四维是唯一的，符合拓扑学的连通性质！换句话说，如果我们当时就干了这件事，那么我们早就进入四维空间了，也早就完成了环宇航行的目标！"

众人艰难地思索，慢慢有人开始点头。他们心中有难言的苦涩。当年楚天乐叫停他们的行动应该是正确的，是在当时知识背景下最理智的决定。但如果他们以年轻人的莽撞冒险，不管不顾，真干了那件事，那么，三重圣杯早就到手了。此后几十年他们完全选择了另一条路，进行了卓绝的努力，在生死线上几度拼搏，终于攀上了绝顶——却发现其实另有一条不那么险峻的捷径，他们甚至曾尝试过，只是轻易放弃了。这让他们……怎么说呢，不能说是痛悔，至少是遗憾吧。姬继昌最早走出迷思，笑着说：

"不必为已经打碎的油瓶而叹息，不管怎样，我们毕竟还是攀上了绝顶，即使稍稍晚了一点，难了一点。不过，豆豆啊，你今天找我们，恐怕不单是忆旧吧。说吧，你有什么新想法。"

"是的，爸爸说得对，不必为已经失去的机遇叹息，因为更大的机遇还在前边。当年我们打算在普通真空中激发出球面封闭状的二阶真空，按我刚才分析的，它将圈闭出一个五维时空的新宇宙；今天我们的十二艘飞船处于稳定的二阶真空中，如果围着这颗晶卵再来一次同步联合激发，就能用球面状的三阶真空，圈闭出一个六维时空的新宇宙，而晶卵包在其中！至于这个六维时空的新宇宙以后会如何进化，老实说我一点儿都不知道，正像当年姬船队采取行动时，你们也不知道将要面对的是什么样的未来。也许这颗宇宙晶卵会发育出一个和母宇宙一模一样的新宇宙，毕竟它含着母体的 DNA；也许它会发育成一个完全不同的高维宇宙，因为它是在六维时空中诞生的，比母宇宙先天地高了两个维度；也许一切信息包括我们自身会在一次爆炸中清零，变成真正的空无。对这些我们都无法预测。唯一知道的是：这次行动将是宇宙进化中的一次重要阶跃，阶跃后的新台地是什么样的，只能爬上去后再观察。"他笑着说，"老实说，这个想法是出于大大的私心，是出于基因的自私本能。生物的最高目的是生存，是把自己的基因传到下一代。那么，我们也想把'这个宇宙'的基因传下去。你们知道，各个宇宙的常数不同，它们对应希格斯场的不同能态。各个宇宙都是大自然的选择，无所谓优劣，但我们想用这个宇宙蛋孵化出一个'我们的宇宙'，把它的 DNA 传下去，甚至把它扩展到更高维的时空——可以称为'升维进化'——这点私心可以原谅。爸妈，叔叔阿姨们，和你们那次'婴儿宇宙'行动一样，这也是一次疯狂的冒险，也许更疯狂一些。但我想冒一次险，正如当年你们一样。"

长久的沉默。后来姬继昌笑着说："和我们不一样。我们那时的冒险从本质上说是逃亡，是想逃出灾变中的母宇宙；而你们的冒险从本质上说是进取，是主动奔向未知的高维宇宙。"

他没有对儿子的话做出评判，但隐含着赞扬。他看看老伙伴，笑着对儿子说："但你是不是想让我们现在就做出回答？恐怕太性急了，这样重大的决定，需要经过认真的讨论。再说，我们已经退下来了，不在其位不谋其政，最多只能做个参谋，敲敲边鼓。这个行动是否实施，就由新委员会来决定吧。"

其后几天，姬星斗逐个和伙伴们沟通。他先找了谢廖沙和阿冰。两人正在同两个小儿女玩耍，一派天伦之乐。在此前的一妻两夫的家庭中，他们都没刻意区分孩子是哪个父亲亲生的。不过，姬星斗作为船队长来说比谢廖沙更忙，抱儿女的时间相对少一些，所以两个孩子除了妈妈之外，都与谢廖沙更亲近，这让姬星斗难免有些失落。

今天两个小家伙还算给面子，姬星斗抱起他们，一个膝盖上坐一个，两个小东西没有挣脱，高兴地偎在他怀里。姬星斗说了他的设想，谢廖沙略为思考后就表示坚决支持：

"我赞成。乐之友有一句格言：活着。不单是肉体层面的活着，也包括精神层面的活着。我觉得，冒险，永不停歇的探索，才是高层面的活着。乐之友另一句格言是：先走起来再找路。这句大白话实际包含了人类文明进化的深层机理。人类进化从来都不是线性的，都是长期的线性发展后突兀地出现一个阶跃。阶跃前的旧人类肯定无法预测台阶之上的情况，正像第一只爬上陆地的鱼儿无法想象四足奔跑的世界，第一个学会两足行走的猿人无法想象有双手的社会。现在我们同样无法预测行动之后是什么结果。既然这样，那就先爬上去，再看。"

这和姬星斗对长辈们说的话基本相同，他很感念谢廖沙与自己的思想共鸣。阿冰则有点犹豫，她从理性上认可两人的话，只是作为母亲，她更担心计划中天大的风险……她看看两个孩子，叹息道：

"这也是替他们做出决定啊。"

姬星斗点点头："是这样的。正像当年我们上飞船，其实也是父母辈替我们做的决定。"

阿冰苦涩地点头。没错，探索新领域就必然有风险，这是无法逃避的，人类也一直是这么走过来的。至于这些懵懂的孩子们的命运——就由命运来决定吧。

姬星斗又去找了公主和格鲁。两人最近一直待在吉儿公主号上，很少出来，因为帝皇平桑轩逸已经处于弥留状态，他们想尽量多陪陪皇兄。前几天，姬星斗曾带着年轻一代的重要人物去探望过帝皇，那次帝皇一直没有清醒。这次，姬星斗赶到时，帝皇仍处于昏迷状态，公主坐在床边，拉着兄长的手。

她对姬星斗说，格鲁刚走。这些天她和格鲁将换班值守，直到把兄长送走。她苦楚地说：

"这两天老是梦到我的父皇母后。兄长这么年迈，我老是有一个错觉，认为面前睡着的就是我的父皇。"

姬星斗尽力安慰："皇兄去世前能见到你和格鲁，能把船队交到你手中，已经没有遗憾了。我想你父皇母后的在天之灵也会欣慰的。"

他在御榻旁坐下，询问了帝皇的近况，也谈了他的"冒险"打算。正如他的预料，公主是一个坚定的支持派，用她的话说，她生下来就和宇宙的最深处有强烈的共鸣，能聆听到冥冥中"空无"的召唤。现在，她已经听到了六维时空的召唤，听到了晶卵的召唤。她答应，等把兄长送走，就要和船员们广泛沟通。

说完这件事，姬星斗问了她和格鲁的婚礼的筹备情况。公主说没什么可准备的，又笑嘻嘻地问：

"那你的婚事呢？据我所知，新地球人船队中颇有几位年轻姑娘盯上了你，巴不得我来当丘比特。"

"稍等等吧，等你的婚礼之后，也等到船队那件大事定下来之后。"姬星斗笑着说。

面对着公主，他把有些话藏在心底。自从七八年前对公主草率发动爱情攻势并告失败后，他觉得自己很难再被丘比特射中心房了。即使此前和阿冰有过婚姻，但他对阿冰更多是兄长之情，而那次婚姻更多是出于"加速繁衍"的责任。此后他肯定会再找一位妻子，生儿育女，但更多是责任和义务，年轻时的狂热爱情不会再来了。船队长的职务或许再加上初恋的挫折让他成熟了——太成熟了，成熟得令他自己都心中作疼。

公主不是傻瓜，忘不了当年豆豆的一见钟情。当然，她不会轻易撕开这个伤口，只是笑着安慰：

"好的，等那件大事定下来之后，我一定来当丘比特！"她忽然惊喜地喊，"兄长！兄长醒了！"

姬星斗也赶紧俯身察看。帝皇确实睁开了眼，平静地看着他们。他的目

光是清醒的,嘴唇轻轻翕动。公主俯耳过去,认真辨听:

"你是说,你看到了什么婴儿?宇宙婴儿?"公主思维敏捷,马上想到:可能兄长刚才在半昏迷中听到了姬星斗的谈话,便问:"你是说婴儿宇宙吧,姬船队长刚才说过婴儿宇宙。"

帝皇的嘴唇又翕动几下。"你说是宇宙婴儿?不,宇宙胎儿?在那颗晶卵里面?"

她又听了一会儿,抬起头,不解地说:"我听清了,他确实是说,他看到了宇宙的胎儿,在那颗晶卵里面漂浮,就像人类婴儿在羊水里漂浮。知道兄长还说了什么吗?他说,'它——想——出生!'"

帝皇见妹妹听清了自己的话,露出欣慰的目光,闭上眼睛,不再睁开。公主目光灼灼地看着姬星斗,因为这句话——晶卵中有一个宇宙胎儿,它表达了出生的愿望——暗合了她刚说过的那句话:她已经听到宇宙晶卵的召唤。姬星斗沉默良久,说:

"公主,其实从某种程度上说,我也听到了这个声音。前几天我为啥特意去往晶卵中思考?是为了静下心来,仔细倾听那个声音。"

"你——也听到了?"

"我不敢说我确切听到胎儿在说话,我听到的只是一种漫信息,是冥冥中遥远的呼唤。但也许正像你几年前说过的那句话,对某些事件,无论是物理的解释,哲学的解释,道家的解释,甚至是你诗意的解释,其实质是一样的。地球上的雁群、海龟、大马哈鱼、角马等,在迁徙期间都会产生群体性的迁徙冲动,这种冲动是用什么物理手段产生的?如何定时发生?如何在群体中产生正反馈?生物学家们可以做出种种精微的分析,但也不妨把它看成一种集体意识,看成各自的'种群之神'的愿望。今天在我们的群体中已经产生了迁徙冲动,奔向六维时空的冲动,我相信它很快会产生正反馈,越来越强烈,不可逆转。它不只是你我的个人意愿,而更多是一种集体意识。我甚至觉得它是'天人合一'的,'天'就是那个晶洞,那颗晶卵,那片空无的纠缠。既然它是宇宙最本元信息的结晶,是宇宙至道的结晶,我们怎么能凭一个低级智慧体的有限智慧,就断言它没有意识没有愿望呢?"

公主深深点头，姬星斗这些话正符合她的本心——甚至可以说他的观点是受到自己的影响。她从小钟爱那块水晶原矿石，水晶向晶洞的结晶动因，可以解释为因硅元素浓度不同产生的梯度压力，也可解释为硅原子听到冥冥中的召唤而升华自己。物理的解释和诗意的解释实质是一样的。眼前这颗晶卵，是与宇宙衰亡过程逆向而行的"生命"，最深层的物理机制决定了它肯定会"出生"，至于这是否能表示为"胎儿的愿望"，只是一个语义学问题。

濒死的帝皇也许真的听到了宇宙胎儿的密语。也许，当一个人的意识将要分散为无意识的粒子、散入物理环境之际，他也就获得了天耳，能够聆听量子的私语，空间的振荡？

姬星斗向昏迷中的帝皇深深鞠躬，同公主告别。

当晚，帝皇在昏迷中去世。按新地球人船队的律约，太空航行者去世后一律实施裸身太空葬，不管职位。按说姬星斗应该执行这条律约的，但鉴于帝皇的特殊身份，还是为他备了一套棺木——一艘小蜜蜂飞艇。船队举行了隆重的葬礼，因为船员人数太多，不可能都来与死者告别，所以告别仪式改为电子式的，大家在屏幕上瞻仰了帝皇的遗容。然后用锦被包好遗体，四名"抬棺人"抬着遗体，把他送入小蜜蜂飞艇。抬棺人是姬星斗、公主、格鲁，还有康平。本来，从辈分上说康平应是帝皇的长辈，作为抬棺人不合适，但康平执意要干，姬星斗也就如了他的愿。

帝皇的遗体安放在飞艇中央。四人再次向他鞠躬告别，关上密封门。小蜜蜂已经设定了自动程序，它启动动力，脱离母船支架，围着母船转了一圈，便掉头向晶卵飞去。十二艘飞船上，大家都通过舱外摄像头目送着它。小蜜蜂很快进入了晶卵，透过透明的晶卵，还能看到小蜜蜂的蓝色尾焰在向晶卵中心移动。然后，它就化为一团紫光，在晶卵中消失了。

就像不久前元元和水晶矿石的消失一样。

一个月后，新船队举行了全民直选，筹委会的委员都高票当选为正式的船务委员会委员。十二名委员又选出姬星斗为船队长，谢廖沙为副长，平桑吉儿为船队总科学官。

姬星斗的设想——合全船队之力，创造出一个封闭的六维时空，催生晶卵——在委员会会议上顺利获得通过。按照船队"民主加权威"的准则，类似事项委员会可以全权决定。但姬星斗提议，鉴于这件事的极端重要性，还是要在全体船员中实行公投。公投时只设赞成票和反对票，不能弃权，以简单多数通过。决议通过后少数服从多数。毕竟船队是一个整体，无法分开。

委员会同意了姬星斗的建议，随后向船员们进行广泛宣介，组织讨论，公投将在一个月后举行。

这天，姬继昌夫妇、姬星斗、公主等应邀到太空学校参加讨论。他们来到位于天马号的太空学校，在操场上看见一个十岁孩子正在激情地讲演。是虎娃，就是第一个单独获得四维视觉的孩子。虎娃说：

"我已经听到晶卵的呼唤，它说，我要出生，我要到一个新宇宙去，一个老宇宙史上从来没出现过的高维宇宙。我也听到了祖先的遥远召唤：第一批从树上走下来的猿人祖先；第一批走出非洲的土人祖先；第一批完成环地球航行的科技启蒙祖先；第一批离开地球奔走太空的祖先——最后一句我说错了，不是第一批而是第一个，因为第一艘太空移民船上实际只有褚贵福前辈一人！当他们迈出勇敢的一步时，他们并不知道前边的路，不知道有什么样的凶险在等着他们。但他们还是勇敢地迈出了这一步，不少人献出了生命，在历史长河中无声无息地消失了；但后来者仍然继续前行，直到攀上绝壁，看见高台地上绝美的风光！伙伴们，今天，更壮丽的事业摆在我们面前，人类文明的阶跃将伴随着宇宙的升维进化，这是神级文明时代的天人合一。当然，它也伴随着更大的凶险。你们有没有这样的勇气？"

下边，几千条尖细的嗓音合成雷鸣般的回应："有！"

虎娃在热烈的掌声中下场，看见几个客人，连忙跑过来。姬继昌笑着说："虎娃，讲得真好！"

虎娃笑着实话实说："没啥，我听过姬船队长——我是指新船队长——的一次演讲，我记性好，全背下了。稍稍有点儿发挥。"

几个大人都笑了。埃玛问："你几岁了？"

"十岁。昨天刚刚过的十岁生日。"

埃玛看看儿子:"和你当年上天时的年龄一样。还记得不?那时你也是激情飞扬,整天口若悬河地大讲太空旅行;还自告奋勇给鱼乐水奶奶讲解:如何在环宇航行中以宇宙边缘的类星体为灯塔来确定方向。"

姬星斗笑着说:"当然记得。我那时的讲解,依当时的知识水平来说并没有错误,只是那时还不知道时空溅落的随机性,所以我说的类星体灯塔最后没能用上。"

"历史都是这样的阴差阳错。正如麦哲伦当年环球探险,最开始依据的也是一张错误的地图,那张图把一条大河标成海峡了。"埃玛俯下身抱抱虎娃,看着他的飞扬激情满面光辉,不禁有点儿心疼。当年的豆豆也是这样的,在激情中开始了太空之旅,但他并不知道他将面临一生的活棺材生活——不,上天前他就知道虫洞飞行是一种盲飞,但"知道"和"日复一日的亲身体会"是两码事。豆豆后来无法忍受虫洞中的活棺材生活,甚至在 16 岁那年组织过一次叛乱……虎娃的明天是什么样?不知道。当他激情飞扬地跨出这一步时,真的不知道前边是什么命运。

埃玛对前路的凶险有清醒的认识,但并没有表示反对。这一步终将走出去的。这是群体性的迁徙冲动,制止不了的。说到底,船队没有其他路可走。而且——人类进化就是从无数这样的凶险中走过来的。失败者在历史之河中消亡,胜利者留下他们的名声和血脉。

但愿我们这次成为胜利者。

公主忽然想起一件事:"喂,虎娃,你选几个心灵手巧的小伙伴,去找康平伯伯和格鲁哥哥。他们正在搞两项技术发明,你们跟着当徒弟,将来接他们的班。"

虎娃非常高兴,立即挑选小伙伴去了。

这些天,康平、伦德尔、格鲁等人忙着为那一天做准备。如果姬星斗的设想在公投中通过,将在第一时间开始十二艘飞船的同步激发。这就要搞两个系统,一是各飞船之间的位置控制系统,十二艘飞船将以晶卵为中心,均匀散布在一个球面上。位置控制系统将随时测量每艘飞船同邻近四艘的距离,自动调整差值,直到所有飞船之间距离相等。此后还要保持间断的测量和微调,使这种状态得以精确保持。二是更为重要的同步激发系统,十二艘飞船必须高精度地同步激发出三阶真空,才能使其互相连通。

不过这对康平来说并非难事,这两项技术,当年"姬船队"激发婴儿宇宙时就开发成功了,并经过多次实验,投入使用。作为飞船制造商和总工艺师,康平对这两项技术非常熟悉。只是后来形势突变,"婴儿宇宙"的激发被紧急叫停,这两项技术也成了屠龙之技。但正如康平笑言的"艺多不压身",没想到几十年前的屠龙之技今天又用上了。难处也有,因为今天的船队没有事先配置有关设备,而太空船条件有限,从头开始制造有很多新困难。但康平及手下都是干实事的顶尖好手,集思广益,很快就把两个系统搞出来了,也经过了严格的测试。

附带收益是:带出了虎娃等十个小徒弟。

公投日一天天临近。对于公投能否通过,没人放心里去——肯定能通过,这次公投只是象征性的,是一次历史性行动的开幕式,是两万多船员一次集中的感情释放。这些天,船员中对公投内容已经不怎么讨论了,更多是人与人之间的交往,包括家人之间、朋友之间、熟人之间、各船队的陌生人之间。聊天、舞会、家庭聚会、朋友聚会,弄得船队好像在举办嘉年华。

这天,虎娃带着九个伙伴兴冲冲找到姬继昌,说想听姬伯伯"讲古"。这几天他们跟着康平干活,休息时听康平讲过一些乐之友的历史,听上了瘾。但康平最近比较忙,主要是私事——山口良子腹中那位"真命天子"还没分娩,算来预产期已经过去一个月了!所以康平一直守在妻子身边,用他的话,要把过去欠妻儿的债一下子还清。

所以,虎娃缠着他"讲古"时,他就推给了姬继昌,说:"这位前船队长才是诸多历史事件的第一亲历者,口才又好,比我强多了!"于是虎娃他们就掉头缠上了前船队长。其实这正好挠到姬继昌的痒处。他卸任后有大把的闲时间,他觉得,给少年一代讲讲乐之友的历史,让他们能看到历史的纵深,是件大好事。他认真梳理了记忆,开始了对孩子们的讲述。

他讲了：

当年楚天乐和干爹马先生，两个残疾人，做出了著名的楚—马发现，发现地球附近的空间在向中心暴烈收缩。

年轻女记者鱼乐水阴差阳错地走进这个秘密，深度采访了楚天乐，并爱上了这个身体残疾的勇者和智者。

一位精明强干的县长姬人锐敏锐地看到天下就要大乱，果断辞官，说服楚天乐、鱼乐水等人成立了民间组织乐之友，成为灾难时代人类的中流砥柱。

一位出身黑道、自私霸道的亿万富翁褚贵福，为了自己的血脉能够逃出灾难，裸捐200亿，助力乐之友的工作正式走上轨道，首先开发出了更容易在蛮荒星球生存的"卵生人"。褚贵福后来干脆亲自带着"卵生崽子"上了太空，把自己冷冻起来，陪他们成长，时间长达十万年。最终，这位商界枭雄蜕变成了人类英雄。

人类发明了激发二阶真空的办法，并由此开发出超光速飞船，开始实施人类逃亡。但楚天乐此时已经发现，所谓"局部暴缩"实际是全宇宙的暴缩，人类无处可逃。此时科学天才泡利发明了创造"婴儿宇宙"的办法，可以让人类逃出母宇宙，但这个方法能否成功只能听命运安排。以姬继昌为首的姬船队义无反顾地开始了这场行动，但楚天乐及时做出了另一重大发现——全宇宙的暴缩及此后的暴胀只是个孤立波，它同步扫过全宇宙后，宇宙就会恢复正常。婴儿宇宙行动被紧急叫停。

楚天乐等天才又把超光速飞船提升为亿倍光速飞船，提出百年环游宇宙的伟大设想。但他又同时发现，马上将要来临的宇宙暴胀将毁灭人类智慧，这个软性灾难比过去的硬灾难更为可怕。

人类不甘失败，又发明了"智慧保鲜行动"。已经衰老病重的楚天乐把自己的头颅送上雁哨号飞船，做人类智慧黑暗时期的雁哨。而天、地、人三个船队共九艘飞船同时上天，开始了智慧保鲜之旅

宇宙晶卵

兼环宇宙探险。

姬继昌对孩子们说，上面的讲述都是信史，甚至是他的亲历。此后讲述的内容间接来自G星人的电脑资料，但应该是真实的。他继续讲：

宇宙暴胀比理论预言的提前来到，而且对人类智慧的摧残更为暴烈。它造成一艘亿龙赫飞船烈士号的操作失误，撞上地球并造成地球的毁灭。

继褚氏号后上天的是诺亚号，飞船上一位年轻的科学天才，天使，在智力受损的危难关头，以生命为代价，坚持飞船的激发，最终极为幸运地激发出了三阶真空即五维空间，或称六维时空，可以在时空中自由来往，达到神级文明。虽然高等级文明不应该逆时序干涉历史，但基于对人类的感情，他还是出手拯救了地球及烈士号。他在地球上选了一个年轻的新"雁哨"靳逸飞，赠他一个神奇的六维时空泡，又把烈士号送往G星。

G星是褚贵福的褚氏号飞船落脚之地。冷冻中的褚贵福在九万年后醒来，发现自己住在蛋房中，蛋房实际上就是烈士号飞船。此时G星已经大致完成了生态上的地球化。褚贵福逼着300名卵生崽子到飞船外生存，以尽早适应G星环境。他的要求过苛，激起了卵生崽子的反叛。最后，阿褚、小鱼儿等卵生崽子明白了"耶耶"的苦心，率众离开飞船。

几千年过去，"耶耶"的传说变成了耶耶教的圣经。此时G星科学开始启蒙，女科学家妮儿在情人、世俗帝皇的支持下进行科学探险，找到了密林深处的天房。耶耶再次醒来，实施了极为激烈的变革，一手推举妮儿为"科学帝皇"，与其丈夫、世俗帝皇一起，全力发展G星科学。他们借助于天房电脑中储存的科学知识，在百年中走过了人类几千年的科技发展之路。但耶耶凭一个半文盲的水平，对电脑中有关哲学、宗教、人文等内容进行了粗暴的删减，使G星文明畸形发展，极端尚武，理性强大而忽视人性。

此时，每十万年一次的宇宙暴胀即将来临。G星人乘坐亿龙赫船队开始了智慧保鲜之旅。船队首先完成耶耶的遗愿，把他的遗体归葬地球。但G星人的科学副皇敏锐地发现，由于时空溅落的随机性，船队竟然溅落到十万年前，也就是地球刚刚度过暴胀灾变的最佳时刻。G星船队决定留下不走了，于是非常冷酷地策划了对地球人的灭绝。

此时地球文明刚刚复苏。在G星人的袭击中只有褚文姬和小罗格幸免于难。两人开始以血还血式的复仇，后来罗格遇难，文姬被俘。文姬在牢狱生活中偶然发现了G星人也是地球人后代，而且人性并未完全泯灭。经过痛苦的思想斗争，她决定把以血还血式复仇改为高尚的教化式复仇，让G星人在一代人之内继承了博大的地球文明，她也成了G星人敬仰的嬷嬷。

嬷嬷临终前得到天使赠送的神秘泡泡，把自己变成一个活塑像，等着地球亲人回来。

姬继昌对孩子们说：此后的讲述就是信史了，很多是他亲身经历过的。他说：

飞向太空的天、地、人船队是单独行动的，其中天船队在一次时空溅落中回到了地球，知道了今天的地球人实际是G星人的后代，而原人类已经被G星人完全灭绝。已经继承了人类文明的帝皇真诚地忏悔，姬继昌等不得不承认现实，但康平念念不忘血仇。

皇家公主平桑吉儿从小与大自然有深度共鸣，一心想去圣书上说的"至尊、极空、万流归宗之地"，毅然决定跟天船队前行。

康平组织了一次叛逃，想单独带天狼号回G星去复仇。叛逃被发现和平定。姬继昌让儿子代理船队长，自己去后两艘飞船处理善后。

恰在此时，船队遭遇了一次"空裂"，造成天马号同其他两艘飞船的失联。天马号上，年轻的姬星斗仓促地接过了船队长的重担，在康平、公主和谢廖沙等人的大力协助下继续前进，发现了超圆体宇宙有中心，中心位于虚维即二阶真空中，这儿也是圣书上说的"至尊、极空、万流归宗之地"，并找到了去往该中心的方法。

其后天马号又经历了双黑洞灾难、辐射灾难、元元叛变等，最终幸运地掉入一道流向宇宙中心的二阶真空"海流"，进入了宇宙晶卵。

其他飞船的经历大同小异，最终在同一时空点相遇。这些情况已经是大家亲历的了。

虎娃等孩子越听越入迷，来听课的孩子也越来越多，最后只好把讲课地点放到天马号大厅中，参加的孩子多达上千名。其实不光听众们，连讲述的姬继昌本人也迷上了这件事。一生忙碌，难得有充裕时间梳理一下人生。这一梳理他才发现，原来自乐之友时代以来，人类已经走过了这么长的征途！攀上了这么多的险峰！历史的纵深原来已经这么深长！他在回忆中谈到天使创立的"神级文明"，其实，与楚—马发现之前的人类相比，船队上这一支人类支流不是同样进入了"神级文明"？甚至已经接近"超神级文明"，因为人类文明的提升伴随着宇宙的"升维进化"！

往事如潮。往事如山。

后来，姬继昌的单独授课发展成了集体授课。船队上的老辈人，包括原来的天隼号船长埃玛，天马号大副约翰、导航官朴雅卡、轮机长伦德尔，原船队总科学官维尔，天狼号船长康平，大着肚子的山口良子，等等，都应姬继昌的邀请不定期地来这儿授课。听众大都是十岁以下的孩子，也有年轻人，但后者都有工作，只能偶尔来听，觉得不过瘾。阿冰便安排了录音，进行整理后在船队上播放。

这个系列讲课实际成了公投的预热。姬继昌讲的课告诉大家：

科学技术的威力无比强大，正是依靠科技的力量，依据科学的预言，人类闯过了一个又一个弥天灾难；

科学技术的力量又是有限的，预言不可能完全准确和精确。文明的长期线性发展之后肯定会有一个阶跃，阶跃后的未来是不可预测的，当然伴随着巨大的风险。

所以，乐之友的两句格言真的是金言：

活着！

先走起来再找路！

今天的"船队人类"即将开始一项前无古人的行动，把宇宙晶卵搬到一个新的六维时空中去，在高维宇宙中催生它。这次行动的成败如何？新宇宙是什么样的？他们能否在新宇宙中生存？如何生存？这次行动能否留存在新宇宙的青史中？

……

不知道。一点儿都不知道。但不管怎样，他们肯定会往前走的。他们已经看见了那座山。既然山在那儿，他们肯定要去攀登，要去看看山顶的风光。这是人类的天性。

这天听完讲课，虎娃兴冲冲地说："姬伯伯我有个建议。"

"好啊，你说。"

"即将开始的公投限于16岁以上成人，我们不能参加。我建议，船队中所有16岁以下的孩子，只要能参加投票的，都来参加公投！这些票数单独统计，不算有效票数，只为表达我们的心意。行不行？"

姬继昌夸他："很好的建议！我认为可以。你去向船队长提吧。"

虎娃果然拉了一千名孩子，联名提出这个建议，船务委员会爽快地答应了。姬星斗还夸老爹，为他发现了一棵好苗子，一个有号召力的孩子王，一个明天的船队长。

公投日到了。各飞船的人都集合到本飞船的大厅，连所有孩子和婴儿也都来了。只有山口良子没能来，她临产在即，和一名助产士待在产房中，两人将在产房投票。

大厅中，姬星斗代表船务委员会宣布投票开始。

第一轮是对公投程序进行投票。人们按下手中的投票器，结果瞬时显示在各飞船大厅的屏幕上：全票通过。

第二轮是对决议内容进行公投。公主代表委员会宣读了决议内容，姬星斗宣布开始投票。人们同步按下手中的投票器。首先展示在屏幕上的是孩子们的"参与票"，5261名，全票通过！各飞船都响起孩子们的欢呼声，虽然尖细稚嫩，但汇合起来也是山呼雷动。然后显示的是16岁以上船员的有效票，24333名赞成，零票反对。各飞船再次响起雷鸣般的欢呼声。

这时出了一点小花絮，监票人维尔笑着宣布：

"更正，孩子们的参与票数更改为5262名，因为山口良子刚刚产下一个男婴，母亲代他投了票。"

人们欢呼着，向康平表示祝贺。康平身在这边，心一直牵挂着产房，这会儿满脸光辉，笑着说：

"这小子！真是真命天子啊，在妈妈肚子里差不多待了十二个月，偏偏赶在这个时辰——咱们开天辟地的时候出生！"

姬继昌打趣："那我给他起个名字吧，就叫'天之子'！"

康平满口答应："这个名字有气魄，就是它了！"

投票之后丝毫不耽误，将立即启动对六维时空的激发。姬星斗把这项光荣让给了虎娃，他是想让少年一代及早参与到这个历史事件中。而且，他自己多少有一点临事而惧：按下这个电钮，旧的三维常态宇宙就要被颠覆了，而新的高维宇宙将要建立。但也有可能，新宇宙在分娩时就立即爆灭清零！这一按实在是重如千钧啊。

虎娃听了前船队长十几天的讲课，已经不是吴下阿蒙了，有了鸟瞰历史的目光，深知这一按的重要意义。但他毕竟是孩子，此刻更多是亢奋而不是凝重，他容光灿烂，兴致勃勃地上前，把右手食指放到按钮上，轻声对船队长说：

"船队长，我要按下了？"

船队长点头。虎娃缓慢地、坚决地按下去。

舱外摄像头显示了各飞船船首的图像，以下的奇异图景大多数船员是第一次目睹，只有天船队船员是再度观看。在各船船首的高能粒子对撞点，随着第一次对撞，出现了一个很小的泡泡。它就像一个活物，周边长出不少触手。触手无目的地试探着，一旦触碰到飞船的部件，就极为迅速地向这边扩展过来，把飞船包在其中，而其他触手就渐渐缩回去，消失。与上次不同的是，这次高能粒子对撞点一共12处，同时生出12个泡泡。它们似乎强烈感受到彼此的存在，虽然开始时彼此之间并无接触，但在朝着邻近泡泡的方向，它们的触手并不收缩，反而伸得更远。终于，12个泡泡的触手接触上了，几乎同时接触上了，于是这些成对的触手立即急剧对接，连成有12个网格点的球形网络。随之，这些网络的连线开始横向膨大，填充了所有空格，使其连成球面，就像无数的西瓜细胞连成了瓜皮。瓜皮的内层仍在向球心延伸，使得瓜皮越来越厚，很快越过飞船的船尾，把12艘飞船全部包围到球形夹层中，形成了一个厚皮西瓜，而紫色晶卵成了瓜瓤。瓜皮的里层继续向球心收缩，触到了晶卵的边界，于是晶卵边界在瞬间消失，紫色的柔光弥散在五维空间泡中。瓜皮的里层在融解了晶卵边界后继续向球心方向收缩，直到缩为一个点，于是原来的球形夹层不再存在，统一纳入一个大泡泡中。这是一个五维空间的新宇宙，或称六维时空的新宇宙。

在紫光弥散的那一刹那，所有飞船的船壁似乎也融化了——或者只是船员们的心理错觉。因为他们感觉到身体被紫光浸透了，大脑被紫光浸透了，意识也被紫光浸透了。这是一个全新的宇宙，而紫光是新宇宙中的以太，融通着所有人的思维。每个人都获得了超维的视野，或者说是上帝的慧目，可以俯瞰宇宙的整体面貌、洞彻时空的纵深、细察粒子的真容。在这儿，他就是我，主体即客体，过去即未来。那一瞬间他们都惊喜地在心中呼喊：

"啊，诞生了！这就是我的新宇宙啊！"

但也许，船员们心中的呼喊只是他者的呼喊。此刻，这位他者已经与船员们合为一体了。

第十八章　他者与我

它是一个无意识的自在之物。它甚至不是物，只是空无，比三维宇宙的真空更空，是更高阶的空无。

因为它的空，它自然成了三维宇宙的晶洞。三维宇宙是百亿年前从某一点爆发的，然后依据一个极简的元结构，遵从极简的元算法但也加上随机因素，自我构建，自我递归，依据分形、混沌、复杂性理论和自组织机理，逐步复杂化，最终造就了浩瀚博大的宇宙。成熟的宇宙中进化出了生物生命，再进化出能够读懂自身的智慧体，甚至进化出能在时空中自由往来的神级智慧体。宇宙的演化本身就是一个生命过程，与生物生命的本质是一致的。当宇宙发展到极致，它也像人类生命过程一样，成熟了，衰老了。甚至这个衰老过程从生命诞生之日起就同步开始了，"熵增"和"自组织"这对黑白无常的角力从未间断过。

生物个体的衰老死亡并不会中断物种的延续，因为，某种自然深处的力量为生命做出了精巧的设计：当某个个体沿衰亡的路径走下去的同时，也会开始其逆向过程：它体内最高阶的信息被凝聚，变成生殖细胞中的DNA。这些生殖细胞的"时间"被冥冥中的上帝之手拨零，于是它就会逆转衰老，发育成新的生命个体。这样一代一代使物种延续，在保持着物种性状的同时又悄悄进行着演化。

其实宇宙生命也是如此啊。在宇宙成长也同步开始衰亡的过程中，那些宇宙赖以演化的最高阶信息，可以称之为元信息，也可称为宇宙之道，同样悄悄地开始了一个逆向的凝聚过程，在"宇宙晶洞"中结晶。不过，与生物的DNA不同，"道"的结晶抛弃了一切物的形态，表现为空无的纠缠，这种纠缠大致类似于三维世界中的量子纠缠，不过处于更高阶，更高层面。最终，空无的纠缠形成了一颗略具物态的晶卵。它是老宇宙之卵，是被时间拨零的老宇宙的生殖细胞。

它当然是无意识的，就像人的精子卵子是无意识的。今天它已经发育得足够成熟，不再是受精卵，差不多进入胎儿阶段了。当然，胎儿也是无意识的——可是，真的无意识吗？人类的胎儿能在母腹中与母亲互动，甚至有一些小小的博弈：胎儿为了获得更多的营养，会释放一些激素比如人胎盘催乳素到母体中，使母亲的血糖和血压升高；而母体也会本能地让它保持在某一个平衡点。所以，无意识的胎儿实际也有意识。

意识与无意识从来没有清晰的边界。蜂群中每个个体都是无意识的，但当它们合为群体时就会建造精巧的蜂巢，会执行复杂的蜜蜂社会规则。几条简单的电脑程序是无意识的，但它就能创造出生生不息的方格生命。既然这样，由宇宙中最高阶的信息结晶而成的晶卵，怎么会一直处于无意识状态中？

现在，无意识的"它"其实有了意识，有了出生的冲动，有了繁衍的欲望，甚至超越了普通的繁衍而渴望提升。长期以来，它一直被动地接受宇宙元信息的结晶，被动地接受智慧体的融入。但在十二艘飞船及近三万名智慧体也包括一个自称为"元元"的硅基智慧体密集地进入"它"的体内时，它感受到一波从未有过的冲动。它知道这么一大批飞船在同一时空点汇合，可以称之为天意，是天意赋予它提升的可能。晶卵意识的产生就像宇宙星体的诞生，轻如无物的宇宙尘埃因为引力而一点一点地累积，每次累积可以忽略不计。但总有一次累积超过了临界点，引发核聚变，于是一颗新恒星诞生。对于晶卵意识的诞生来说，这十二艘飞船的进入就是最后一片尘埃。

在具有意识后，它不再像过去那样只是被动地接受投入者的融入和结晶，而是悄悄向来者表达了自己的潜意愿。在它表达意愿后，十二艘飞船都在同一时刻"自愿"退出了晶卵。退出后，三万名智慧体陷入了集体性的悸动，或者称之为迁徙期兴奋，而迁徙的目标就是一个从未出现过的宇观尺度的六维时空。终于，这个时刻到了：十二个六维时空泡围绕着它诞生，进而连为一体，把它包在其中。晶卵的边界被融化了，它与三万个意识团合为一体。

它向新宇宙，其实就是它自身，平静地发出第一个思维脉冲：

我——出生——了。

后　记

　　这部《宇宙晶卵》是拙作活着三部曲的第三部。前两部是《逃出母宇宙》和《天父地母》。但我在前两部书中一直没有敢明确标注这是三部曲。这是因为我已年过古稀，自感精力日衰，担心第三部写作时灵感不足。今天总算把第三部完成了，把自己的努力绾了一个结，算是对读者有了一个交代。至于小说的成败，则是相对次要的事了。

　　三部曲完成了，想多少啰唆两句。

　　三部曲在主题上是一以贯之的，但在风格上其实不完全一致。

　　第一部《逃出母宇宙》写的是人类在地球上的"活着"。这部小说比较"技术"。虽然书中的"三态真空""二阶真空""空间位移式航天技术"等都只是科幻构思而并非科学知识，但小说紧扣"二阶真空"这个架空的设定，演绎出了基本自洽的逻辑构架和故事框架，而且上述科幻构思也是情节发展的内在动力。从科幻小说的角度来说还是比较硬的。

　　第二部《天父地母》是写人类如何在太空活着。它的风格比较软，更"宗教"一些。商界枭雄褚贵福率领他的卵生崽子们，筚路蓝缕，在G星上艰难地闯出一条生存之路，"耶耶"也成了后人心目中的神祇。后来G星科学启蒙，在耶耶教教廷的淫威下挣扎。此时，从冷冻中再度醒来的耶耶大神一手把女科学家妮儿扶成科学教皇，全力发展科学。这部书的表层叙述更多着墨于宗教，但实质是写科学，是科学与宗教的角力，既是对宗教权威的解构，也不乏对强科学主义者的调侃。

　　第三部《宇宙晶卵》则更"哲理"一些，写的是包括生物生命、非生物智慧体、宇宙生命在内的广义生命如何在宇宙级别的舞台上活着，并努力冲破三维宇宙的局限，实现升维进化，最终达到天人合一。这部小说写了一个少年的成长，其实是在写人类的成长，宇宙的成长。

　　写了 20 多年的科幻小说，看了一些书，也做了一些思考，最终形成了这样的认识：当科学之车克服了千难万险终于隆隆地开上山顶时，哲学和宗教也悄悄地抵达这里，或先或后。人类曾因无知而对大自然产生敬畏，这是宗教的基础；其后科学昌盛，部分解构了这种敬畏；再其后，科学的发展让人类知道了科学的局限，重拾对大自然的宗教般的敬畏，但这种新的敬畏是建立在哲人的达观和深邃洞察力之上。于是，在大自然的峰顶，科学——宗教——哲学，三者合一。

　　自从上世纪偶然闯入科幻文坛，已经在其中耕耘了 25 年。很可能这是我最后一部长篇了。谨向几代读者致谢，你们的阅读成就了我人生的意义。